中國新聞史研究輯刊

六 編

主編　方漢奇

副主編　王潤澤、程曼麗

第 1 冊

鴉片戰爭前後外報在嶺南的興起及其影響

鄧紹根 著

花木蘭文化事業有限公司

國家圖書館出版品預行編目資料

鴉片戰爭前後外報在嶺南的興起及其影響／鄧紹根 著 — 初版
— 新北市：花木蘭文化事業有限公司，2022〔民 111〕
目 4+244 面；19×26 公分
（中國新聞史研究輯刊 六編；第 1 冊）
ISBN 978-986-518-682-1（精裝）
1.CST：中國新聞史 2.CST：中國報業史
890.9208　　　　　　　　　　　　　　110022042

ISBN-978-986-518-682-1

中國新聞史研究輯刊
六 編 第 一 冊　　　　　　　ISBN：978-986-518-682-1

鴉片戰爭前後外報在嶺南的興起及其影響

作　　者　鄧紹根
主　　編　方漢奇
副 主 編　王潤澤、程曼麗
總 編 輯　杜潔祥
副總編輯　楊嘉樂
編輯主任　許郁翎
編　　輯　張雅淋、潘玟靜、劉子瑄　美術編輯　陳逸婷
出　　版　花木蘭文化事業有限公司
發 行 人　高小娟
聯絡地址　235 新北市中和區中安街七二號十三樓
　　　　　電話：02-2923-1455／傳真：02-2923-1452
網　　址　http://www.huamulan.tw 信箱 service@huamulans.com
印　　刷　普羅文化出版廣告事業
初　　版　2022 年 3 月
定　　價　六編 7 冊（精裝）台幣 20,000 元　　　版權所有・請勿翻印

鴉片戰爭前後外報在嶺南的興起及其影響

鄧紹根　著

作者簡介

鄧紹根，中國人民大學新聞學院教授，博士生導師、閩江學者講座教授、中國新聞史學會秘書長、國家社科基金重大項目《新中國 70 年新聞傳播史研究，1949～2019》首席專家、馬工程教材《中國新聞傳播史》課題組專家、《新聞春秋》執行主編；先後在《新聞與傳播研究》《國際新聞界》《現代傳播》《新聞大學》等發表論文 100 餘篇；學術著述先後獲得廣東省哲學人文社會科學優秀成果獎、第七屆吳玉章人文社會科學成果獎、教育部第八屆高等學校科學研究優秀成果獎、第八屆全國新聞傳播學優秀論文獎。

提　　要

　　近代來華新教傳教士馬禮遜和米憐不僅創辦世界上第一份華文報刊《察世俗每月統記傳》，而且創辦了英文報刊《印支搜聞》，華人梁發也參與了其中的出版工作，共同開創了「文字傳教」的傳統，並不斷促使「西報東傳」，推進了鴉片戰爭前後外報在華的興起。在此過程中，珠三角湧現了近代第一批報人群體，如馬禮遜、麥都思、威廉·伍德、裨治文、衛三畏、馬儒翰。他們不僅創辦英文報刊《傳道者與中國雜記》《廣州紀錄報》《中國叢報》，而且創辦中文報刊，如《特選撮要每月紀傳》《天下新聞》《東西洋考每月統記傳》《雜聞篇》《千里鏡》《遐邇貫珍》等，促進了外報在華的興起，成為「西報東傳」的關鍵性環節之一，也將鴉片戰爭前後的中國納入了世界信息交流的新聞網絡，成為世界近代化報刊走向中國並在中華大地落地生根的關鍵環節之一。

　　在鴉片戰爭前後外報在華興起過程中，近代先進中國人林則徐和魏源等也開始認識近代化報刊，組織人員從事譯報活動。逃亡香港的洪仁玕抵達「天京」（南京）後提出了治國方略《資政新篇》，提出了中國人最早的辦報構想。在外報的辦報理念指導和實踐示範下，廣州人於1872 年 12 月直接倣仿泰西創辦了羊城《采新實錄》，不僅成為嶺南中文商業報刊的「報春鳥」，而且是中國人自辦報紙的第一家。「西報東傳」完成了西方人主辦外報向中國人自主辦報的過渡嘗試，預示著近代中國人辦報時代的來臨。

前　圖

馬禮遜及譯者和《察世俗每月統記傳》《印支搜聞》圖

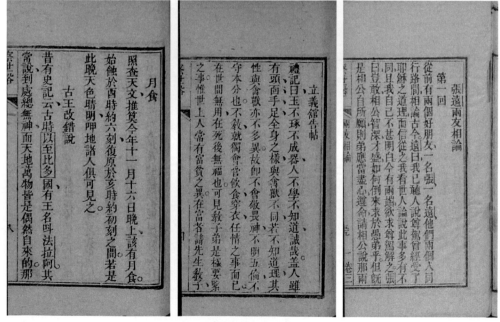

米憐和《察世俗每月統記傳》圖

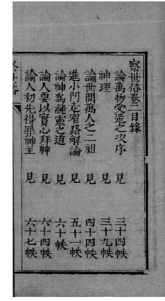
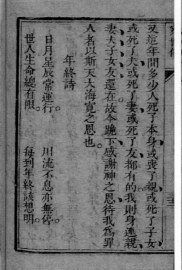

梁發和《察世俗每月統記傳》圖

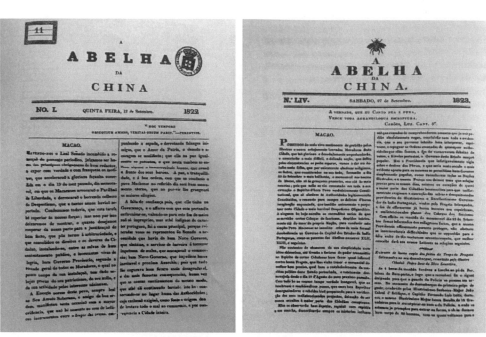

《蜜蜂華報》創刊號和第 54 期封面

麥都思（Walter Henry Medhurst，1796～1857）

《特選撮要每月記傳》封面和序及《遐邇貫珍》

威廉·伍德主編的《廣州紀錄報》《中國差報與廣州鈔報》創刊號封面

裨治文與《中國叢報》創刊號封面

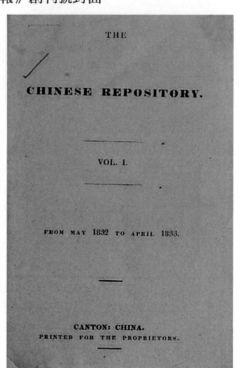

衛三畏與《中國叢報》

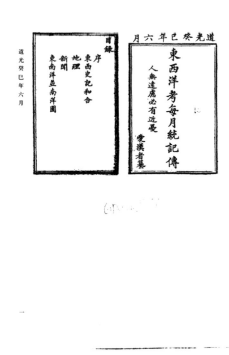

郭實獵與《東西洋考每月統記傳》

馬儒翰（站立者）和《香港憲報》

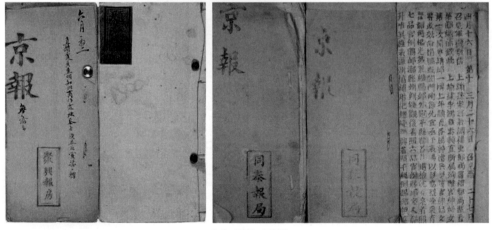

《京報》圖片

林則徐與《澳門新聞紙》

魏源與《澳門月報》

洪仁玕與和太平天國「辦報條陳」

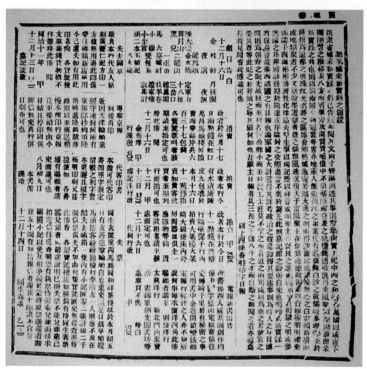

1873 年 1 月 14 日,《申報》第 222 號《記羊城采新實錄之創設》

目次

第一章　開疆拓土：馬禮遜與嶺南近代報刊的興起〔註1〕

　　「馬禮遜，神學博士，首位派往中國的新教傳教士。他在中國服務 27 年，編纂和出版了《華英字典》，創辦了在馬六甲的英華書院，完成了中文版的聖經，並於生前親見其完成的譯稿出版並大量散發給中國人。如今他在耶穌裏安睡了，他是 1782 年 1 月 5 日在英國莫佩思生，1807 年由倫敦傳教會派駐中國傳教。在澳門東印度公司任中文譯員長達 25 年，1834 年 8 月 1 日在廣州逝世。」

　　這段話鑴刻在澳門東方基金會馬禮遜墓碑上，概括了他的三項豐功偉業，即譯聖經、編字典、辦學校。確實，他作為近代第一位來華新教傳教士，在嶺南 25 年開疆拓土，在諸多方面均有首創之功。他在中國境內首次把《聖經》全譯為中文並予以出版，使基督教經典得以完整地介紹到中國；編纂第一部《華英字典》，成為以後漢英字典編撰之圭臬；他開辦「英華書院」，開傳教士創辦教會學校之先河；他又和東印度公司醫生在澳門開設眼科醫館，繼承醫藥傳教的方式。他所開創的譯經、編字典、辦學校、開醫館、印刷出版等事業，使其成為開創近代中西文化交流的先驅。但是，這段話並不完整，遺忘了他另一項偉業，即辦刊物。馬禮遜來到中國傳教，開創了文字傳教的方式，在新聞出版自由理念推動下通過印刷書籍，創辦《察世俗每月統記傳》（中文）、《印支搜聞》（英文）、《傳道人與中國雜記》（英文）、《雜聞篇》

<hr>

〔註1〕本文曾發表於《嶺南傳媒探索》2017 年 01 期，第二作者王蒙。

（中文）等報刊，並積極參與《廣州紀錄報》（英文）和《中國叢報》（英文）的編撰工作，成為近代中國名副其實的第一位基督教報人，推動了嶺南近代報刊的興起，成為嶺南近代報刊興起的開拓者和近代中國新聞業的奠基者，被譽為「中國近代報刊的開山鼻祖」。

第一節　少年慷慨：立志海外傳教事業

　　1782 年 1 月 5 日，馬禮遜（*Robert Morrison*）出生在英國北部諾森勃萊郡的小鎮莫佩思。他的父親雅各·馬禮遜是一位虔誠的基督教徒，在紐開斯爾教堂擔任長老。從馬禮遜出生時起，他的父親就帶領著全家的人信奉上帝，作家庭禮拜，教導子女們嚴格遵守主日。就是在這樣的家庭環境中，童年時期的馬禮遜受到了良好的宗教薰陶，漸漸長大後，他對於宗教的熱情有增無減，希望長大後能夠成為一名聖工，將自己的一生獻給上帝。他勤奮讀書，從小學習拉丁文、希伯來文和希臘文，獨立生活能力很強，先後就學於霍克斯頓學校（*Hoxton Academy*）和戈斯波特傳教士學院（*Gosport Missionary Academy*），除神學課程外，積極學習天文、醫學和初等漢語，並聽取了傳教士介紹非洲和印度等地傳教經驗。

　　1798 年，十六歲的馬禮遜接受洗禮，成為英國長老會的一名基督教徒。此後，馬禮遜花費更多的時間去閱讀聖經、參加教堂的崇拜和禱告，去研究基督教的歷史。正是這一時期，馬禮遜對《海外傳教雜誌》產生了濃厚的興趣，萌發出前往海外傳教的想法，憧憬海外的傳教事業。在他的日記中，也多次提到了《海外傳教雜誌》，如 1799 年 8 月 17 曰：今天我感到心情舒暢。我讀了兩份昨天借到的《海外傳教雜誌》，感到非常滿足。〔註2〕1800 年 4 月 4 曰：我閱讀了一本《海外傳教雜誌》，其中載有兩位傳教士航海前往加拿大傳教。〔註3〕這時的馬禮遜已經對海外傳教事業有了自己的認識，《海外傳教雜誌》所起到的啟蒙作用不言而喻。這不僅幫助他熟悉地瞭解西方報刊的基本情況，樹立起新聞出版自由的理念，而且對他在華采用報刊進行文字傳教策略產生了深遠影響。在此後三十多年的工作生活中，馬禮遜始終保持著閱

〔註 2〕〔英〕馬禮遜夫人編、顧長聲譯，《馬禮遜回憶錄》，廣西師範大學出版社，2004 年，第 3 頁。
〔註 3〕〔英〕馬禮遜夫人編、顧長聲譯，《馬禮遜回憶錄》，廣西師範大學出版社，2004 年，第 5 頁。

讀報刊、撰寫稿件的習慣，直到去世。

1804 年 5 月，他向倫敦傳教會（*London Missionary Society*）報名，要求接收他為傳教士。9 月，倫敦傳教會接受他的請求，命他再接受兩年更為嚴格的訓練，準備派往海外傳教。雖然，他自己主動向教會要求去海外傳教，本想去非洲內地傳教，但不知道自己會被派往哪個地區。當獲悉自己將派往中國開闢新的傳教區後，馬禮遜在立即將自己的注意力放在了學習中文上。「從那時起，直到他離世之日，他只有一個主要的目標，就是要使中國皈依耶穌基督」〔註4〕。他今後三十年的實踐也一直在為實現這一目標而努力。

1807 年 1 月 8 日，馬禮遜在倫敦教堂被封立為牧師。同年 1 月 20 日，倫敦傳教會專為馬禮遜舉行了歡送大會，在會上宣讀了給馬禮遜的《書面指示》和《告誡書》。1 月 31 日，馬禮遜在倫敦登上「雷米頓茲號」貨船取道美國前往中國。時年 25 歲的馬禮遜獨自一人首途赴華，於同年 4 月 20 日到達美國紐約。5 月 12 日則搭乘美國貨船「三叉戟號」從紐約啟程，經爪哇、澳門，經過 113 天的海上顛簸，於同年 9 月 8 日到達中國廣州，成為第一個來華傳教的新教傳教士。從此，馬禮遜扎根於嶺南，將中國當成了他的家，他生命中所有的時光幾乎都在中國度過，在中國結婚、生子，死後也葬在了中國。為了福音在中國的傳播，他的每一分每一秒都沒有虛度。

第二節　插柳成蔭：嶺南近代報刊的開創者

馬禮遜抵達廣州後，立即開始了自己的工作：一方面學習中文，一方面開始傳教。但經過一段時間的適應之後，他發現中國的情況比之前預想的要複雜得多，除了環境的不適應之外，天主教也對馬禮遜持排斥的態度，屢屢刁難。當時的清政府屬行禁教的政策，不允許傳教士到中國內地傳教，「不僅不允許西洋人與中國人交往，也禁止中國人信仰天主教」；在馬禮遜寫給倫敦傳教會司庫哈德凱斯爾牧師的信中寫道：「中國人是被禁止對歐洲來此地的西洋人教授中文的，如被發現，是要判處死刑的」〔註5〕。

馬禮遜的助手米憐在論及傳教政策時也提到：我發現中國的方言非常之

〔註 4〕〔英〕馬禮遜夫人編、顧長聲譯，《馬禮遜回憶錄》，廣西師範大學出版社，2004 年，第 17 頁。

〔註 5〕〔英〕馬禮遜夫人編、顧長聲譯，《馬禮遜回憶錄》，廣西師範大學出版社，2004 年，第 38 頁。

多,而且語音各異,常常無法互相交談,唯一的辦法是可以寫文字和別人交流。因為中國的書寫文字是全國統一的,利用寫中國字的辦法可以和任何講方言的中國人溝通,這是中國的特點。並且,在當時的中國,仍然保持著閉關鎖國的狀態,對外國人有著無法克服的猜忌,禁止耶穌基督的傳教士在中國各地傳教。最好的辦法就是出版書刊,中國人都可以看得懂,而且可以在中國各地通行無阻。〔註6〕

馬禮遜認為,如果要傳教,就一定要宣傳。一個人一個人地去傳教太慢,要是能夠將聖經印刷傳發下去,通過報刊傳播出去,這樣就能夠以最高的效率在遼闊複雜的中國大地上進行傳教,這樣的話,「中國人都可以看得懂,而且可以通行無阻,只要有人去謹慎小心地去散發,就可源源不斷得輸入中國全國各地」〔註7〕。這就是馬禮遜所開創的「無聲而有效」的文字傳教策略,即通過文字、醫藥等方式來介紹西方基督教文明,使中國人在潛移默化中意識到西方文明的優越,藉此達到傳教的目的。馬禮遜在成長中耳聞目睹英國近代報刊出版的自由現狀,或多或少受到了西方自由主義報刊理念的影響。當他抵達中國直接傳教受到清政府嚴厲禁止後,在倫敦會文字傳教指示基礎上,提出了自由出版報刊進行文字間接傳教的設想,「在馬六甲刊印一份小型月報,以便傳播實用知識和基督教;……出版一份小型的英文期刊,旨在促進傳教會在印度以東地區的合作和交流。」〔註8〕

在近代西方新聞出版自由觀念的指導下,馬禮遜和米憐付諸行動,克服重重困難,於 1815 年 8 月 5 日在馬六甲創辦《察世俗每月統紀傳》(*Chinese Monthly Magazine*,以下簡稱《察世俗》),成為世界第一份中文近代報刊,也是外國人所辦的第一個以中國人為宣傳對象的報刊,在華文世界開始實踐近代西方新聞出版自由理念。這份月刊主要介紹基督教的教義,登載宗教和道德之類的文章,還有一些歷史、自然等方面的內容,受到了當地中國讀者的歡迎。共出 7 卷,1821 年停刊。最初每期印 500 本,後增至 2000 本。這是近代以來以中國人為對象創辦的第一份中文期刊,揭開了中國近代報刊史的序幕。

〔註6〕〔英〕馬禮遜夫人編、顧長聲譯,《馬禮遜回憶錄》,廣西師範大學出版社,
　　　 2004 年,第 135 頁。
〔註7〕〔英〕馬禮遜夫人編、顧長聲譯,《馬禮遜回憶錄》,廣西師範大學出版社,
　　　 2004 年,第 136 頁。
〔註8〕〔英〕馬禮遜夫人編、顧長聲譯,《馬禮遜回憶錄》,廣西師範大學出版社,
　　　 2004 年,第 100 頁。

　　馬禮遜和米憐創辦《察世俗》是希望通過這份雜誌來宣揚基督教教義，沒承想卻「無心插柳柳成蔭」，開啟了中國近代報刊的時代。《察世俗》的編輯出版由米憐全面負責，但馬禮遜、麥都思、梁發都曾為《察世俗》撰寫過文章，《察世俗》的辦報經歷，為他們以後參與報刊發行、獨立辦報打下了經驗基礎。如中國近代報業發展史上避不開的在華傳教士麥都思，在 1817 年 6 月 12 日受倫敦傳教會的派遣到馬六甲協助編印《察世俗》。《察世俗》停刊後，麥都思就到巴達維亞和香港等地創辦或作為編輯參與了多種中文月刊報紙的發行，如《特選撮要每月統記傳》《天下新聞》等。1823 年，麥都思在巴達維亞創辦《特選撮要每月統記傳》，「該刊在辦報思想、宣傳方式及編輯方針等方面都繼承了《察世俗》，可以說是《察世俗》的巴達維亞版」〔註9〕。麥都思在《特選撮要每月統記傳》的創刊號中，也直接指明《特選撮要》是在繼承《察世俗》的使命。

　　《察世俗》在中國人群所引起的良好效應讓馬禮遜意識到需這種「無聲傳教」的方式取得了成效，應該將這種宣傳和宣傳範圍擴大得更廣，吸引更多的人參與到創辦報刊中來，「一方面是為了鼓勵傳教士皈依異教徒的信心；另一方面是藉此來加強各地傳教會，尤其是印度各地和中國傳教會之間的聯繫，獲得有價值的信息，進而增加對基督教在全球傳教形勢的瞭解。」〔註10〕

　　1817 年 5 月，馬禮遜和米憐在馬六甲又出版了一份《印支搜聞》（*The Indo-Chinese Gleaner*）的英文季刊，主要刊載中國、印度和鄰近國家的消息。就其性質而言，它仍是一個宗教性刊物，內容以宗教方面的居多。其中關於中國的報導最多，除了有關中國人的宗教情況，還介紹了中國的風俗、人情、物產、自然環境、政府、賑濟等情況。此後，馬禮遜將精力放在編纂華英字典、翻譯聖經的中文版、英華書院的管理以及恒河以東傳教差會的事務上面，有時自己還要提筆為這些報刊撰寫文章。

　　1827 年 11 月，馬禮遜受聘為在廣州出版的一家英文報紙《廣州紀錄報》（*The Canton Register*）的專欄作家，專門撰寫基督教宣傳文章和評論等。這是在中國境內出現的最早的英文報紙，由著名的英國鴉片走私商人馬地臣創辦。1827 年出版，起初為半月刊，後改為週刊。其主要內容是刊載有關廣州

〔註9〕譚樹林，《馬禮遜與中國文化論稿》，宇宙光全人關懷機構，2006 年，第 76 頁。
〔註10〕譚樹林，《馬禮遜與中西文化交流》，中國美術學院出版社，2004 年，第 254 頁。

和遠東地區的新聞，地方市場和鴉片走私的信息。馬禮遜作為《廣州紀錄報》的特約撰稿人，為該刊撰文一直到 1834 年去世前止。

1832 年 5 月，在馬禮遜的幫助下，《中國叢報》（*The Chinese Repository*）在廣州創刊，由裨治文任主編，每月出版一期，內容包括原始的中國報導，宗教消息和時事等。該刊從 1832 年 5 月創刊到 1839 年 5 月在廣州出版，之後由於鴉片戰爭爆發遷往澳門出版。香港被英國割據後，該刊於 1844 年遷往香港出版，1845 年 7 月又回到廣州出版，直到 1851 年 12 月才停刊。馬禮遜不僅協助裨治文創辦《中國叢報》，而且還一直為它撰寫文章，對它前期的發展做出了重要的貢獻。「據統計，僅 1832 年到 1834 年馬禮遜去世前短短幾年間，馬禮遜為《中國叢報》撰稿達 97 篇，其內容涉及中國的政治、法律、語言、文學、人口、自然、物產、哲學、宗教、對外關係等。」〔註 11〕

除了幫助在廣州出版的《廣州紀錄報》和《中國叢報》英文報刊撰稿外，馬禮遜於 1833 年 4 月 29 日獨自創辦了中文報刊《雜聞篇》。這份刊物在形式上，版式為 13.4 x 9.2cm，各期均有四頁，各期篇幅均不多，每期只有四則消息或文章，雙面印刷。每期僅首頁有版頭，全頁不分欄，四周有雙框裝飾，類似《京報》的黃色紙印刷。每一號頭版的版頭中間為報名，由右至左橫排「雜聞篇」三字；報名右有方格，內直書「壹號」等刊期號及「癸巳年」三字。報名左則另有方格，內以中式數目字由右至左書寫出版的月日。報刊的內文以右至左的中式書寫方式作直排。除了不分欄外，第一版的版式已經接近現代報刊的樣式。刊物已採用頓號和句號兩種標點符號，其標點符號已經正式句逗在正文之間，不是將標點標在文字旁邊。在每個段落結束以前，《雜聞篇》還以「0」號為段落標記，又在人名右方加私名號單線，在地名和國名右旁加雙線。原件上均有馬禮遜手寫的文字，上面清晰地說明該刊在馬家英式印刷所印刷（是馬禮遜購自英國的平版印刷機），每期印數為兩萬份，相信為同期報刊印量之最。形式而言，《雜聞篇》是中國歷史上首個鉛活字排印的刊物，在採用標點符號方面比《察世俗》進了一步。內容上，《雜聞篇》傳教雜誌，絕大多數篇幅宣傳基督教。第二期有兩則內容特別重要，分別是第三則的「胎生聾兒啞巴者論」，此文從現代醫學的角度說明失聰的原因，並以此反駁中國人對「胎生聾」種種迷信的論調。更重要的是，在分析了先天失聰的原因以

〔註 11〕譚樹林，《馬禮遜與中西文化交流》，中國美術學院出版社，2004 年，第 269 頁。

後，又刊登了該報的唯一一個「消息」「又聞英吉利國醫生，會教聾啞者發仁人之心，想來中華為傳這個法子」。第二期重要的篇章是《外國書論》，全文只有二百字，這篇文獻是中國刊物上最早介紹西方活字印刷術的中文文獻，文中還將中式木刻雕版和活字印刷術作了比較，這也是最早介紹西方報業的中文文獻。1833 年 10 月 17 日，《雜聞篇》出版半年多後停刊。這份雜誌的發現改寫了中國新聞史的一些定論。外國人在中國境內創辦的第一份中文期刊應由《東西洋考》（1833.8.1 廣州）改為《雜聞篇》，外國人在中國境內創辦的第一份中文期刊出版地應由廣州改為澳門；澳門新聞史第一份中文報刊應由《鏡海叢報》（1893.7.18）改為《雜聞篇》，中國最早以西方印刷術結合活字排印的中文期刊應由《遐邇貫珍》（1853，香港）改為《雜聞報》；中國報刊裏最早介紹西方報刊出版情況的專文，應由 1834 年 1 月出版的《東西洋考》上的《新聞紙略論》改為《雜聞篇》上的《外國書論》一文，以「新聞紙」作為報刊的中譯名稱，也應該從《外國書論》這一篇章開始。此外，《雜聞報》還是最早以近代報刊樣式單頁出版的期刊，也是最早以正式標點加入正文的刊物。比以往在澳門發現的最早採用標點符號的《澳門通報》（1913.6.3）早八十年。〔註 12〕

　　1833 年 5 月 1 日，馬禮遜在澳門出版中國最早的中英文合刊《傳道者與中國雜報》（*The Evangelist& Miscellance Sinica*）。該刊宣揚基督教義，傳播中國文化知識，報導各地消息及評論。據林玉鳳記載：《傳教者與中國雜報》為一般西式小報樣式，比今天的 A4 略長，板框面積為 299cm x 210cm，每期四版，雙面印刷。該報每期首頁為花式報名大字樣報頭。報頭下有橫框，橫框左則為刊期號，如 "No.I"，右則為日期，如 "MAY 1, 1833"，刊號與日期之間以大寫刊有該報格言 "*GO YE INTO THE WORLDAND PREACH THE GOSPEL TO EVERY CREAUTRES*"，相當於《中國新聞事業通史》中所說「走向全世界，將福音傳播給每一個人」。橫框下分左右兩欄，刊正文，英語文字全部由左至右橫排，中文文字全部由右至左豎排。除頭版外，其餘各版版頭均以普通小字字樣印刷報名。比較特別的是，每期的後三頁均會在相於頭版刊號的位置上注明頁碼，但各期頁碼為上期的接續，如第二期第二頁至第四頁標示為「6」至「8」，相信是由於出版時已計劃以「卷」的方式將報章裝訂

〔註 12〕林玉鳳：《中國境內的第一份近代化中文期刊──〈雜聞篇〉考》，《國際新聞界》2006 年第 11 期，第 72～76 頁。

成冊的設計。各期最後一頁刊該報小啟，說明售價為 "1 mace"，同時刊出該報在澳門和廣州的銷售點以及出版社——馬家英式印刷所，又說明訂閱者將按期收到該報。〔註13〕《傳教者與中國雜報》於 5 月 21 日、5 月 27 日出版了第二、第三期。6 月 3 日，《傳教者與中國雜報》因為部分內容引起澳門天主教神父的不滿，澳葡政府遂致函東印度公司，以違反當時的「出版預檢制度」的名義，下令關閉馬家英式印刷所，同時取締該報。從創刊到 1833 年 6 月 3 日停刊，該報僅存世一個月。《傳教者與中國雜報》出版第四期後停刊，成為中國近代史上第一份被「查禁」報刊，負責該報印刷的馬家英式印刷所也被迫移至廣州。〔註14〕

第三節　立言不朽：近代中國報刊的奠基者

　　《傳教者與中國雜報》被迫停刊後，馬禮遜非常憤怒，引用法國《人權法案》撰寫文章《印刷自由論》在《廣州紀錄報》發表，闡述天賦人權理念，成為中國近代史上最早為捍衛言論出版自由而撰寫的反映自由主義新聞理念的文章。全文如下：

印刷自由論

　　據法國所頒布的新憲法上說：「全體法國人都有權利發表和出版他們個人的意見；審查制度永遠廢除。」人之異於禽獸者在於天賦予人有說話的恩賜。有智慧的被造之物在社交時可以進行有教益的溝通，其價值遠勝於肉體的享受。政府無權剝奪人們理智的往來、肉體方面的需要和食物的選擇。根據這一原則，除了最危險的罪犯外，絕不可剝奪人們是用筆墨和紙張。印刷機是僅有的更迅速的寫字機器。在上帝的恩賜中，這種寫字機器幫助傳達和交換人們的思想到最遙遠的地方，並且不受時間的限制。因此，任何實施這個原則的政府，秉著公正和平等對待的態度，就不會去剝奪印刷自由的權利。某些人不喜歡閱讀可聽便，但如果這些人是執掌權力的人，他們就沒有權利去剝奪那些喜歡閱讀之人，強制他們不可以閱讀。

〔註13〕林玉鳳：《中國近代報業的起點——澳門新聞出版史（1557～1840）》，社會科學文獻出版社，2015 年，第 148 頁。
〔註14〕鄧紹根、毛瑋婷：《西方自由主義新聞理念在中國早期傳播的歷史考察》，《新聞記者》2015 年第 8 期，第 78 頁。

　　中國人已經准許歐美各國人士僑居中國沿海一帶，他們可以根據各自的習俗穿衣、吃喝、跳舞或享受其他娛樂。在外國人當中，沒有哪一部分人可以限制其他部分外國人的權利。他們沒有權利禁止一部分外國人閱讀英文書刊和報紙，因為澳門是中華帝國的一部分。中國人沒有禁止，難道葡萄牙人可以禁止嗎？

　　上帝賦予人類有思想和言論的自由，有寫作和印刷出版的自由，這是為了使他所創造的人類得到快樂。因此，沒有一條人立的法律可以取消這個天賦的人權。「聽從你們，不聽從上帝，這在上帝面前合理不合理，你們自己去酌量吧」，這是使徒彼得當年在耶路撒冷面對祭司和政府官員所說的辯護詞，載於聖經的《使徒行傳》第4章19節。

　　這是必須要遵從的上帝的法則。雖然是人制訂的法律，且不論是任何國家或教會，但如有違反上帝的法則，我們仍要遵從上帝所規定的法則行事。

　　因而，我們的結論是：凡是違背上帝的法則由人們制定的禁止言論、寫作和印刷自由的法律，憑著我們的良心可以不服從。暴君可以懲罰，但上帝一定會稱許。〔註15〕

　　《傳教者與中國雜報》被澳門當局「查禁」，引起近代來華傳教士的關注。馬禮遜是當時新教在華領袖，他在澳門遭受的出版自由迫害引發他們的同情和聲援。1833年6月底，《中國叢報》刊登文章《論出版》（ *The Press* ），聲討澳門當局和天主教迫害新聞出版自由，「我們震驚並且遺憾地聽說澳門的馬家英式印刷所……被當局禁止印刷工作。……關於禁止該印刷所，我們聽說有兩點原因：第一，上述命名的出版物包含了與羅馬天主教會相悖的學說；第二，在葡萄牙領土上，一切印刷所都是被禁止的，除非經過葡萄牙國王的許可。……我們更驚訝於當局這種做法，因為這份出版物並沒有提及天主教會，而且它以英語印刷；它已經被證明是最令人滿意的方式，因為澳門不是葡萄牙國王的領土，它屬於中國……如今，在每個半球，除了這個狹小的區域，出版自由是被享有的。」〔註16〕

〔註15〕〔英〕馬禮遜夫人編、顧長聲譯，《馬禮遜回憶錄》，廣西師範大學出版社，
　　　　2004年，第285～286頁。

〔註16〕 *The Press*. The Chinese Repository, Vol.2. No.2. pp92～93.

　　馬禮遜派遣米憐前往東南亞華人聚集區自由創辦報刊，踐行近代西方出版自由理念。雖然這是一種無奈之舉，卻無意識地將西方自由主義新聞理念在東南亞華人和中國境內付諸實踐。〔註17〕有研究者在闡述西方出版自由觀念傳入中國過程中指出：「馬禮遜這個人的重要，不僅僅在於他是基督教新教派遣到中國傳教的第一人，還在於他是將西方的自由主義報刊理念帶入中國的第一人。遺憾的是，馬禮遜的這種歷史和文化重要性，許多年裏，竟因為他的傳教士身份而被嚴密地遮蔽著。……因此，馬禮遜宗教意圖中所曲涵著的自由主義因素必然也隨之挾帶入中土。」〔註18〕

　　1834年8月1日，馬禮遜在廣州逝世。馬禮遜的品德和成就為他贏得了世人尊重。在華的外僑為了紀念馬禮遜的功績，在澳門的馬禮遜墓前立下了一座石碑。《中國叢報》進行了特別報導：「常聞天地間有萬世不朽之人，端賴其人有萬世不朽之言行。如我英國之羅伯·馬禮遜者，乃萬世不朽之人也。當其於壯年來中國時，勤學力行，以致中華之言語文字，無不精通。迨學成之日，又以所得於己者作為《華英字典》等書，使後之習華文漢語者，皆得借為津梁，力半功倍。故英人仰慕其學不厭、教不誨之心，悉頌為英國賢士。由此不忘其惠，立碑以志之。」〔註19〕

　　從馬禮遜創辦《察世俗每月統記傳》開始，商人和傳教士都開始把報刊作為自我發聲的利器，他們將西方的近代期刊形式引入中國，推動了嶺南及中國近代報刊的發展。這些報刊在為創辦者攫取利益的同時，也刊載了中國自然、歷史、政治等方面的知識，還有西方的知識和文化，這些舉措客觀上促進了東西方文化的交流。因為馬禮遜在中西文化交流方面所做出的開創性貢獻，格拉斯哥大學於1817年授予其神學博士學位。1824年，他被選為英國皇家學會會員。曾擔任晚清海關稅務司整整半個世紀的羅伯特·赫德（Robert Hart）曾經稱讚馬禮遜是「平民階級中的英雄」。他的同工米憐說他有「不容征服的耐心，從不疲倦的勤奮，戰戰兢兢的謹慎，及自自然然的要求隱居獨處的讀書習慣。」偉大的馬禮遜，出身平微之家，作為第一位來華基督教傳

〔註17〕鄧紹根、毛瑋婷：《西方自由主義新聞理念在中國早期傳播的歷史考察》，《新聞記者》2015年第8期，第79頁。

〔註18〕張育仁：《自由的歷險：中國自由主義新聞思想史》，雲南人民出版社，2002年，第41頁。

〔註19〕〔英〕馬禮遜夫人編、顧長聲譯，《馬禮遜回憶錄》，廣西師範大學出版社，2004年，第308頁。

教士，成為中國基督教奠基者。正如有人形容他在傳播基督福音方面貢獻時說，「馬禮遜的偉大，就是在一塊堅硬的巨石上，撒下了一顆具有生命的種子，使基督之花終於開遍了整個中國。」在他對近代中國報刊發展的貢獻，何嘗不是如此。正是馬禮遜不僅引入而且踐行新聞出版自由觀念，開闢了利用報刊書籍進行文字傳教的策略。讓人們看到了近代報刊產生的巨大力量，人們不約而同地開始通過創辦報刊來宣傳自己的主張，達到自己的目的。這些報刊的創辦客觀上促進了中國近代報刊的發展，引進了西方新聞出版自由理念和報刊形式及其運營制度，帶來了西方先進的印刷設備、技術，培養了第一批有報刊編輯出版經驗的中國人。馬禮遜不僅是嶺南近代新聞事業的開拓者，而且是中國近代新聞事業的奠基者。在他的推動下，外國在華商人和傳教士如影隨形，漸次在廣州、澳門、香港等地開辦了一批中英文報刊，近代中國報刊如雨後春筍般蓬勃發展起來。

第二章　奠基立業：米憐與近代中文報刊的開端〔註1〕

　　這是關於一位應倫敦傳教會的派遣到中國傳教的新教傳教士——威廉·米憐牧師的神聖回憶的畫面。7 年來，他在這塊殖民地上作為英華書院的校長，致力於領導對華人和馬來人青年的教育，用漢語和馬來語寫作，出版了大量非常有用的、宗教性的小冊子。他忠實於教會，傳播基督的福音，但是他工作的主要成就體現在他和羅伯特·馬禮遜牧師的合作成果中。在他們的合作中，米憐做出了最有價值和高效率的服務。他於 1785 年生於愛伯丁郡的肯色芒教區，於 1812 年以傳教士的身份離開英國，於 1822 年 6 月 2 日逝世於馬六甲，終年 37 歲。〔註2〕

　　在馬六甲大馬古城基督堂內保存著一尊米憐紀念碑和米憐按照基督教宗教儀式正在佈道的壁畫，並銘刻著上段紀念米憐基督事工貢獻的文字。確實，米憐（*William Milne*，1785～1822）在近代第一位來華新教傳教士馬禮遜的感召下前來中國傳教，成為近代第二位來華新教傳教士。兩人共同謀劃發展藍圖，馬禮遜身居廣州遙領事工發展，寄居馬六甲的米憐負責具體執行，成為馬禮遜的得力助手。他們共同翻譯聖經，傳播基督福音；創辦中文男童學校「立義館」、廣東話學校和英華書院，開展華文教育；共同組建「恒河外方傳道團」，建立圖書館，創立華人慈善互助團「嗎啦呷濟困疾會」。他們共同創辦世界第一份中文月刊《察世俗每月統記傳》（1815～1822）和南洋第一份英文季刊《印中搜聞》（*Indo-Chinese Gleaner*，1817～1822），成為近代中文報刊

〔註1〕本文曾發表於《嶺南傳媒探索》2017 年 02 期，第二作者王蒙。
〔註2〕李穎姿：《出師未捷身先死——米憐評傳》，《近代來粵傳教士評傳》，百家出版社，2004 年，第 202 頁。

和南洋報業的開端。他們都是近代中文報刊《察世俗每月統記傳》的創辦者，而米憐是辦報活動的實際主持者和該報主編及主要撰稿人，但是米憐對近代中文報刊奠基立業的貢獻卻被馬禮遜的光芒所遮蔽，為世人並不熟知。

第一節　前往中國協助傳教，南下考察辦報地點

1785 年 4 月 27 日米憐出生於蘇格蘭北部阿伯丁郡（*Aberdeenshire*）肯尼斯蒙特教區（*Kenneth Mone*）。自幼家貧，6 歲喪父，隨母務農，學習木匠手藝。自 13 歲起，開始喜愛閱讀宗教圖書。1804 年，成為漢特利鎮（*Huntly*）的公理會成員，1809 年，24 歲的米憐向倫敦傳教士會（*London Missionary Society*）申請赴海外傳教。但倫敦傳教會看見身穿牧羊裝的他，認為「不能勝任」，說他去做機械工人比做傳教士更適合。米憐隨即回答說：「無論什麼工作，只要是有關傳教的服事，我都願意去幹。」經選拔後，他進入高斯波特神學院（*Theological Seminary at Gosport*）學習。1812 年 7 月米憐完成學業後，被按立為牧師。同年 8 月，被倫敦傳教會選拔赴中國廣州協助馬禮遜傳教。

馬禮遜於 1807 年 9 月 8 日抵達廣州後，不僅學習中文，編撰《華英字典》，翻譯中文版聖經，並且承擔起支持其生活的東印度公司的職務。勢單力薄的馬禮遜迫切需要一位得力的助手和他一起在中國承擔如此艱巨的事業，為此他多次向倫敦傳教會提出增派傳教士前往中國的要求。1809 年 12 月，他在寫給神學院同學克羅尼牧師的信中說：「同時要做好幾種工作，我感到時間非常不夠。過去我有信心去做，現在我已沒有多少信心了。」〔註3〕他甚至向倫敦會提出「是否可以聘用美國傳教士到中國來」的建議。1811 年 1 月 7 日，他向倫敦會致信說：「我仍盼望董事會派助手從英國到我這裡。」〔註4〕倫敦傳教會認為：「物色一位願意獻身、並有足夠才能的傳教士去與馬禮遜合作共事是完全必要的。如此方可減輕馬禮遜的工作壓力，使在中國初創的差會得以鞏固。」〔註5〕倫敦傳教會決定派遣米憐前往中國作為馬禮遜的助手，

〔註 3〕〔英〕馬禮遜夫人編、顧長聲譯，《馬禮遜回憶錄》，廣西師範大學出版社，
　　　　2004 年，第 66 頁。
〔註 4〕〔英〕馬禮遜夫人編、顧長聲譯，《馬禮遜回憶錄》，廣西師範大學出版社，
　　　　2004 年，第 68 頁。
〔註 5〕〔英〕馬禮遜夫人編、顧長聲譯，《馬禮遜回憶錄》，廣西師範大學出版社，
　　　　2004 年，第 71 頁。

以支持中國的傳教事業。1812 年 3 月 25 日，倫敦傳教會致信馬禮遜，「決定派遣米憐先生前往中國與你一同工作。……我們也甚盼你中國工作的經驗傳授給米憐先生，並幫助他學好中文。」〔註 6〕

1812 年 9 月 4 日，米憐夫婦從樸茨茅斯（*Portsmouth*）啟程，經好望角（*Cape of Good Hope*）、法國島（*Island of France*），於 1813 年 7 月 4 日安全抵達澳門，成為近代第二位新教來華傳教士。馬禮遜夫婦帶著興奮心情歡迎米憐夫婦的到來。馬禮遜在日記中寫道：這位我期待近 7 年之久的同工，現在終於從我們的遙遠的祖國真正踏上了中國的土地。我的愛妻久已渴望和祈禱，盼能有一位虔敬的女伴的孤獨並一起侍奉上帝，那位米憐夫人終於來到了澳門。〔註 7〕

7 月 20 日，米憐在澳門僅停留 16 天就遭到當地官方的驅逐，隻身乘坐一艘中國民船偷渡到黃埔港，然後換乘另一艘中國民船前往廣州。

抵達廣州後，米憐無法在廣州取得清政府的合法居留權，始終處於官府的嚴密監視之中，但他堅持學習中文。米憐說：「當時我認為要學好這門語言是非常困難的（至今我都沒有改變這一看法），並且確信，一個才能平庸的人需要勤奮、專注和堅持不懈，才可望經過長期努力之後掌握這門語言」〔註 8〕8 月 10 日，馬禮遜抵達廣州，立即看望了米憐，給予他兄弟般的溫暖。他「建議他請求英國商行大班為他找一個住處，以便繼續攻讀中文。」〔註 9〕12 月 12 日，米憐送了兩個人抵達澳門參加馬禮遜主持的禮拜活動，逐漸成為馬禮遜的助手。在元旦來臨之際，馬禮遜寫道：我讚美上帝給了我一位助手米憐先生。我相信這是上帝所安排，要他和我同工。〔註 10〕

米憐來華之際，清政府當局實行閉關鎖國和禁教政策。因此，馬禮遜和米憐來華後都認識到到在中國傳教任務的艱巨性，一直有到中國周邊地區建立傳教基地的想法。1808 年底，他致信倫敦傳教會說：「目前應說明的是，

〔註 6〕〔英〕馬禮遜夫人編、顧長聲譯，《馬禮遜回憶錄》，廣西師範大學出版社，2004 年，第 76 頁。

〔註 7〕〔英〕馬禮遜夫人編、顧長聲譯，《馬禮遜回憶錄》，廣西師範大學出版社，2004 年，第 88 頁。

〔註 8〕〔英〕米憐：《新教在華傳教前十年回顧》，大象出版社，2008 年，第 50 頁。

〔註 9〕〔英〕馬禮遜夫人編、顧長聲譯，《馬禮遜回憶錄》，廣西師範大學出版社，2004 年，第 91 頁。

〔註 10〕〔英〕馬禮遜夫人編、顧長聲譯，《馬禮遜回憶錄》，廣西師範大學出版社，2004 年，第 93 頁。

我還不能指望可以進入中華帝國工作，要等到中國真的能開放有了很大的自由，但現在是無法達到的心願。我所提出要做和已經在做的工作，現在只能在澳門或到檳榔嶼才可以更好地完成，而不是在中國。」〔註 11〕1812 年 4 月 2 日，他致信倫敦傳教會董事會，認為：「如今在瓜哇有上萬的中國人在那裡聚居，我相信上帝會幫助你們作出安排，派遣一些傳教士到那裡去開闢聖工。」〔註 12〕同年 12 月，馬禮遜初次正式提議在麻六甲創辦傳教差會設想：「我希望能在麻六甲創辦一所學校，以便訓練歐洲籍居民和當地的中國居民能夠成為傳教士，這樣就可以派他們到恒河以東各國傳播基督教。同時，也應在麻六甲設立一座印刷所，以便印刷中文聖經，並便於當地人使用印刷品進行傳教。」〔註 13〕1813 年，倫敦傳教會董事會根據馬禮遜的重要建議，已決定要在爪哇島建立一個差會。米憐前往爪哇考察。米憐的具體任務：1. 向當地中國居民分送《新約全書》和勸世文。2. 在當地尋覓一處安靜和安全的地方，以建立中國傳教差會。3. 調查馬來群島中國居民人數，以便將來指導年輕弟兄如何更有效在該地區傳福音。4. 在爪哇和檳榔嶼瞭解是否有印刷所可以印行馬禮遜所編的《中英會話》，以便幫助年輕弟兄學習中文。〔註 14〕米憐自己也認為：「我們渴望找到一個鄰近中國並處於歐洲新教國家統治下的地點建立中華傳道團的總部，以期更為合理地長期開展卓有成效的工作，並準備一旦上帝為我們打開一扇大門時，能夠進入中國發揮更大的作用。」〔註 15〕

1814 年 2 月 14 日，米憐從廣州出發前往爪哇。米憐閱讀了很多關於爪哇的資料和文件，並觀見了爪哇皇帝梭羅，拜訪了大部分為華人居民的、比較大的城鎮和村莊，同時在中國居民區散發了書籍和勸世小冊子。8 月 11 日，米憐又從爪哇前往馬六甲大致瞭解了當地的情況，評估了在當地建立向中國人傳教服務的基地的可能性。

〔註 11〕〔英〕馬禮遜夫人編、顧長聲譯，《馬禮遜回憶錄》，廣西師範大學出版社，2004 年，第 51 頁。

〔註 12〕〔英〕馬禮遜夫人編、顧長聲譯，《馬禮遜回憶錄》，廣西師範大學出版社，2004 年，第 78 頁。

〔註 13〕〔英〕馬禮遜夫人編、顧長聲譯，《馬禮遜回憶錄》，廣西師範大學出版社，2004 年，第 85 頁。

〔註 14〕〔英〕馬禮遜夫人編、顧長聲譯，《馬禮遜回憶錄》，廣西師範大學出版社，2004 年，第 96 頁。

〔註 15〕〔英〕米憐：《新教在華傳教前十年回顧》，大象出版社，2008 年，第 65 頁。

經過考察與比較後米憐認為，南洋地區的馬六甲是合適的傳教基地。米憐分析：「馬六甲的中國居民不是很多；但這裡距離中國路途較近；與中國人居住的馬來群島各地之間的來往更為方便——位於交趾支那、暹羅和檳榔嶼間來往直接通道上——並擁有與印度和廣州頻繁來往的有利條件。……因而更適合建立一個將來能發展壯大成為包含若干國家的傳道團的核心佈道站。」〔註16〕他的建議得到了馬禮遜的認同。馬禮遜也闡述了在馬六甲建立中國傳教的差會的理由，「馬六甲位於交趾支那、暹羅和檳榔嶼之間，隨時可與印度和廣州聯絡，因商船常在兩地停靠。馬六甲的氣候也較適宜，如有傳教士在別地時患病，可到馬六甲治療，那裡是一個理想的修養地。馬六甲又是一個安全的地方，那裡有英國殖民統治者部署的必要的兵力。」〔註17〕

第二節　主持和編輯《察世俗每月統記傳》

馬禮遜和米憐共同確定馬六甲是設立傳教基地的理想地點後，兩人共同向倫敦傳教會提出了《恒河外方傳教計劃》。他們在第一點中寫道：我們認為六甲適合於此目的——於是決議由米憐先生啟程去馬六甲建立道站。而在第四、八點提出了創辦中英文報刊的設想，「4. 在馬六甲出版一種旨在傳播普通知識和基督教知識的中文雜誌，以月刊或其他適當的期刊形式出版」，「8. 非常期望出版一種英文期刊，旨在增進倫敦傳教會在印度不同地區傳道團之間的聯繫與合作，並增進普遍友愛和基督徒美德的善行。」〔註18〕

馬禮遜和米憐主張文字傳教，共同提出了辦報設想，並為此進行了闡述。他們認為，「文字播道」對於中國人比起別的傳教手段更為重要與有效。〔註19〕米憐認為：「在漢語中，書籍作為一種提高改進自身的工具，也許比任何其他現有的傳播工具都更為重要。」〔註20〕倫敦傳教會批准了《恒河外方傳教計劃》。米憐成為建立馬六甲傳教基地任務的具體負責人，籌辦近代中文第一份報刊和一份英文季刊的任務也落到了他的肩上。

〔註16〕〔英〕米憐：《新教在華傳教前十年回顧》，大象出版社，2008年，第64～65頁。
〔註17〕〔英〕馬禮遜夫人編、顧長聲譯，《馬禮遜回憶錄》，廣西師範大學出版社，2004年，第99頁。
〔註18〕〔英〕米憐：《新教在華傳教前十年回顧》，大象出版社，2008年，第66頁。
〔註19〕趙曉蘭、吳潮：《傳教士中文報刊史》，復旦大學出版社2011年，第38頁。
〔註20〕〔英〕米憐：《新教在華傳教前十年回顧》，大象出版社，2008年，第72頁。

　　1815 年 4 月 17 日，米憐夫婦帶著中文書籍和印刷用紙乘船離開中國前往馬六甲建立傳教差會。經過 35 天的航行後，於 5 月 21 日到達馬六甲。他立即著手創辦傳教機構，建立印馬六甲印刷所，籌辦華文學校，多項工作齊頭並進。8 月 5 日，他創辦的免費中文學校「立義館」在馬六甲正式開學；同一天，《察世俗每月統記傳》（ *Chinese Monthly Magazine* ）橫空問世。《察世俗每月統記傳》是近代來華新教傳教士創辦的第一份以中國人為對象的報刊，也是世界第一份中文近代報刊，儘管它創建國境外，卻是中國近代化報刊的肇始。

　　米憐創辦《察世俗每月統記傳》時，距他到中國僅兩年時間，學習中文時日尚短，以他這樣的中文底子辦一份中文報刊，困難是可想而知的。但他不懼艱險，克服重重困難，成為《察世俗每月統記傳》實際工作的主持者、主編和主要撰稿人。

　　第一，從《察世俗每月統記傳》的封面來看，封面左下角署名「博愛者纂」，博愛者即為米憐。《察世俗每月統記傳》外形就像中國的線裝書，封面的天頭由右到左，橫刻著「嘉慶某年某月」，其右上角印有孔子語錄；「子曰：『多聞擇其善者而從之。』」中間頂大立地式地印著刊名《察世俗每月統記傳》，右下角印有「博愛者纂」以示由米憐編撰。

　　第二，他親撰發刊詞《〈察世俗每月統記傳〉序》，全文如下：

察世俗每月統記傳序

　　無中生有者，乃神也。神乃一，自然而然。當始神創造天地人萬物，此乃根本之道理。神至大，至尊，生養我們世人，故此善人無非敬畏神。但世上論神，多說錯了，學者不可不察。自神在天上，而顯著其榮，所以用一個大字指著神亦有之。既然萬處萬人，皆由神而原被造化，自然學者不可上察一所地之方各物，單問一種人之風俗，乃需勤問及萬世萬處萬人，方可比較辨明是非真假矣。一種人全是，抑一種人全非，未之有也。似乎一所地方，未曾有各物皆頂好的，那處地方皆至臭的。論人論理，辦是一般。這處有人好歹智愚，那處亦然。所以要進學者，不可不察萬有，後辨明其是非矣。總無未察而能審明之理，所以學者要勤功察世俗人道，致可能分是非善惡也。看書者之中，有各種人：上中下三品，老少愚達智昏皆有，隨人之能曉，隨教之以道，故察世俗書，必載道理各等也。神理人道國俗天義地理偶遇，都必有些，隨道之重遂傳之，最大是神

理，其次人道，又次國俗，是三樣多講，其餘隨時順講。但人最悅
彩色雲，書所講道理，要如彩雲一般，方使眾位亦悅讀也。富貴者
之得閒多，而志若干道，無事則平日可以勤讀書。乃富貴之人不多，
貧窮與工作者多，而得閒少，志難於道，但讀不得多書，一次不過
讀數條。因此察世俗之每篇必不可長也，必不可難明白。蓋甚奧之
書，不能有多用處，因能明甚奧理者少故也。容易讀之書者，若傳
正道，則世間多有用處。淺識者可以明白，愚者可以成得智，惡者
可以改就善，善者可以進諸德，皆可也。成人的德，並非一日的事，
乃日漸至極。太陽一出，未照普地，隨升隨照，成人德就如是也。
又善書乃成德之好方法也。

　　此書乃每月初日傳數篇的。人若是讀了後，可以將每篇存留在
家裏，而俟一年盡了之日，把所傳的湊成一卷，不致失書道理，方
可流傳下以益後人也。〔註21〕

第三，從《察世俗》中「告帖」署名來看，第一卷七月和十二月「告帖」
署名「愚弟米憐」，為米憐謙稱。

　　凡屬呷地各方之唐人，願讀察世俗之書者請每月初一二三等
日，打發人來到弟之寓所受之。若在葫蘆、擯榔、安南、通羅、咖
煙吧、廖里龍牙、丁幾宜、單丹、萬丹等處各地之唐人，有願看此
書者，請於船到呷地之時，或寄信與弟知道，或請船上的朋友來弟
寓所自取，弟即均為奉收也。愚弟米憐告白。

第四，米憐在《新教在華傳教前十年回顧》多次記載《察世俗每月統記
傳》。他說：「《察世俗每月統記傳》上發表的主要是宗教和道德類的文章。關
於天文學的最簡單和顯而易見的原理及教育意義的逸聞趣事、歷史文獻的節
選、重大政治事件的介紹等等，給本刊內容增加一些變化。但是，這些都少
於原來設想的篇幅。內容缺少多樣化的一個原因是，直到目前為止的最初四
年中，除了很少的一部分是由本刊最早的創議者（馬禮遜先生）所寫，其他
所有文章都出自一個人（米憐先生）的筆下，而他還承擔著大量其他的工作。
若要讓這本雜誌變得生動有趣，會佔用傳教士一半的時間和工作——必須是
充分安排利用的時間和工作——並要聯合不同的作者一起來寫稿。本刊編者

〔註21〕米憐：《〈察世俗每月統記傳〉序》，《察世俗每月統記傳》第 1 卷，1815 年 8
　　　　月。

希望將來他有更多的時間專心於這部分工作。……每個月要為《察世俗每月統記傳》寫稿。」〔註22〕

第五，在馬禮遜著作中很少提及《察世俗每月統記傳》。如在《馬禮遜回憶錄》中僅提及一次，「米憐和馬禮遜還在麻六甲創辦了一份中文月刊，刊名為《察世俗每月統紀傳》。這份月刊主要登載宗教和道德之類的文章，兼載一些天文知識等教育性故事，受到當地中國讀者的歡迎。」〔註23〕

第六，1822年米憐病情惡化，三月赴新加坡和檳城養病，這份刊物也於此時由於後繼無人而告終。在《馬禮遜回憶錄》頁有所提及，「所提的精彩的出版物，因米憐先生不幸去世而停刊。」

第七，麥都思曾在1823年創辦的《特選撮要每月紀傳》創刊號《特選撮要序》中說：「夫從前到現今，已有七年，在嗎啦呷曾一本書出來，大有益於世，因多論各種道理，惜作文者一位老先生仁愛之人已過世了，故不復得其書也，此書名叫《察世俗每月統記傳》。」

第八，在新教傳教士偉烈亞力於1867年編撰的《基督教新教傳教士在華名錄附傳教士略傳及著述目錄》中一書，將《察世俗每月統記傳》列入米憐第21種著作，而沒有在馬禮遜著作中提及。

因此，以上八點充分證明《察世俗每月統記傳》雖由馬禮遜和米憐共同創辦，但米憐則是具體開展工作的實際主持者和主要負責人，具體的撰稿、編輯和發行工作都是主要由米憐來完成。

米憐深知，《察世俗每月統記傳》是在中國朝野視基督教為異端的情況下讓中國人接受基督教並改奉上帝決非易事，如果不採用中國人能夠接受的方法宣傳基督教，是不可能有一個「好的效果」的。米憐決定不作空洞的說教，不把僵化的教條硬塞給中國人，而是要讓中國人對宣傳的東西感興趣，進而接受他們的觀點。〔註24〕為了瞭解中國人，米憐研究了中國傳統文化、中國人的性格以及風俗習慣等。《中國叢報》評論說：「他十分善於觀察人，能夠機敏地抓住各種機會，以研究中國人的性格和習慣。他知曉他們的偏見並用合適的方法進行處理。」〔註25〕他決定採用中國人的思想習慣與傳統形式來

〔註22〕〔英〕米憐：《新教在華傳教前十年回顧》，大象出版社，2008年，第73頁。
〔註23〕〔英〕馬禮遜夫人編、顧長聲譯，《馬禮遜回憶錄》，廣西師範大學出版社，2004年，第135頁。
〔註24〕趙曉蘭、吳潮：《傳教士中文報刊史》，復旦大學出版社2011年，第43頁。
〔註25〕*The Chinese Magazine*. The Chinese Repository, Vol.2, p. 235.

宣傳自己的思想，這就是「附會儒學」，即把基督教教義與儒家思想聯繫起來，用儒家經典語錄來闡釋和宣傳基督教。為了達到「附會儒學」的目的，《察世俗》刊登了不少倫理道德方面的內容，如《忤逆子悔改孝順》《仁義之心人皆有之》《自所不欲不施之於人》《論人之知足》等。不管米憐採取何種宣傳策略，他的最終目的是宣傳基督教，傳播教義，這一宗旨讓《察世俗每月統記傳》始終沒有改變。《察世俗每月統記傳》的辦刊宗旨正如米憐在《新教在華傳教前十年回顧》中所說的「以闡發基督教義為根本要務」。因此，該刊以絕大部分篇幅宣傳基督教，出版發行七年來總共發表文章 244 篇，其中直接宣傳宗教的 206 篇，占總數的 84.5%。《察世俗每月統記傳》的根本任務是闡發基督教義，但它不是唯一的目的。米憐說：「其首要目標是宣傳基督教；其他方面的內容儘管被置於基督教的從屬之下，但也不能忽視。知識和科學是宗教的婢女，而且也會成為美德的輔助者。」它所刊登的文章中，關於科學文化方面的大約占 11.9%，辦學、辦濟困會等告白、章程等約占 3.6%。《察世俗每月統記傳》還登載了一些介紹世界地理、歷史、政治制度、風土人情等知識的文章，如《論亞默利加列國》等。

　　米憐充分利用了馬六甲交通便利、各國商船停靠的優勢，廣泛地免費發行《察世俗每月統記傳》。在最初發行的三年裏，《察世俗每月統記傳》每月發行 500 份，後來逐漸增加，流傳的範圍也逐漸擴大。具體出版發行情況見下表：

《察世俗每月統記傳》的印刷份數及頁數

年　別	1815	1816	1817	1818	1819	總　計
每號頁數	5～8	6～8	7～9	7～9	7～9	
份　數	3000	6000	6060	10800	12000	37860

《察世俗每月統記傳》再版份數及頁數

年　別	1815	1816	1817	1818	1819	1820	1821	總　計
頁　數	33	73	83	81	84	84	86	
份　數	725	815	800	500	1000	2000	2000	7840

第三節　創辦和主編《印支搜聞》

　　1817 年 5 月，米憐主辦《察世俗每月統記傳》積累經驗後，由在馬六甲創辦《印支搜聞》。該刊為季刊，每年 1 月、4 月、7 月和 10 月出版。關於刊名的由來，米憐解釋說：「該刊的目標是搜集那些曾去過這些地區的人所遺漏的資料，記錄不可能引起有聲望的出版物注意的那類事情，因而將它命名為『搜聞』」。就《印支搜聞》性質來說，它是由近代來華傳教士創辦的以溝通印支各地教會之間的聯繫，進而增加對基督教在全球傳教形勢的瞭解的一個宗教性刊物。《印支搜聞》明顯受到了西方報刊模式影響，採取了與《察世俗每月統記傳》不同的分欄編排方式。最初所有文章報導，都在各地教會的消息、總消息、雜錄三個欄目下進行編排。每期的欄目視其內容，長短不一，順序和名稱亦有所改變。

　　米憐說《印支搜聞》內容，「包括來自中國和其鄰近國家的各種風俗；與印度、中國等國家相關的歷史、哲學、文學等方面的雜文逸事；譯自漢語、馬來語等語言的翻譯作品；關於宗教的文章；關於在印度基督差會的工作進展；以及基督教世界的普遍狀況。」〔註 26〕該刊內容主要有：第一，各地教會的消息。第二，世界不同地區的關於基督教形勢的描述。第三，雜錄，主要是那些與傳教士所在的各個國家的文學、哲學、歷史學等有關的「各類介紹及短評」，還有譯自當地的文學翻譯等。米憐也加強了《印支搜聞》的中國報導，除介紹有關中國人的佛、道和一些民間信仰等宗教情況外，還報導了中國的風俗、人情、物產、自然環境、政府、救災賑濟等情況，如第三期介紹了中國雲南發生的叛亂、福建爆發的家族仇殺；中國人的自殺行為；中國的罪犯以及對犯人採用的酷刑；中國皇帝求雨；吐魯番地區的棉花增長；對中國的行政、司法的介紹較多，翻譯了《大清聖訓》，強調皇帝是天的兒子，臣民必須服從。第六期，用 400 字篇幅報導了 1535 年皇帝派員查處江南三洋地方官王神翰侵吞朝廷救濟水災民眾的錢糧的案件，分析了當時中國司法體制的特徵，指出：中國法律是嚴厲的，是實行株連的；第二，中國皇帝的政策是狡詐的；第三，中國人向死人奉獻祭品是迷信的、愚昧的。由於《印支搜聞》特別注重對有關中國和印度的情況，搜集的材料基本上又是常不為人注意、被其他人遺漏的信息，所以有人也由此稱它為

〔註 26〕〔英〕米憐：《新教在華傳教前十年回顧》，大象出版社，2008 年，第 89 頁。

「中印拾遺季刊」。〔註 27〕

第四節　編撰和出版大量中英文書籍

　　1816 年 1 月，米憐向總督申請在馬六甲批准一塊好地設立中國差會，並允許設立一個為傳道團服務的印刷機構，於是他建立了馬六甲印刷所，大量編撰出版書籍。據《基督教新教傳教士在華名錄附傳教士略傳及著述目錄》一書記載，米憐先後編撰和出版了 24 本中外文著述小冊子。米憐編撰和出版的第一本宗教小冊子是 1814 年他離開巴達維亞時致巴達維亞華人居民的一封辭別信，簡單地說明發送給他們的書中的主要教義。同年在廣州出版《求世者言行真史記》，分為：福音書之前的教規、基督的先行者、基督的降生、希律王及伯利恆的兒童、基督在耶路撒冷的神殿、受洗、誘惑、感召信徒、對信徒的告誡、教義、教理、教導的方式、聖蹟、生命的神聖、聖餐制度、耶穌被出賣、耶穌被定罪和受難、耶穌復活、耶穌昇天、眾使徒向各民族傳道等 20 個章節。米憐也開始使用署名「博愛者」。此後，他筆耕不輟，著作頗豐，在主持和編輯宗教刊物《察世俗每月統記傳》和《印支搜聞》外，還先後出版《進小門走窄路解論》（1816）、《崇真實棄假謊略說》（1816）、《幼學淺解問答》（1817）、《祈禱真法注解》（1818）、《諸國異神論》（1818）、《生意公平聚益法》（1818）、《聖書節注十二訓》（1818）、《賭博明論略講》（1819）、《張遠兩友相論》（1819）、《古今聖史記集》（1819）、《受災學義論說》（1819）、《三寶仁會論》（1821）、《全地萬國紀略》（1822）。此外還有英文書籍，如 The Sacred Edict（漢譯《聖諭廣訓》，1817）、A Retrospect of the first ten years of the Protestant Mission to China（漢譯《新教在華傳教前十年回顧》，1820）。

　　1818 年 11 月，米憐在馬禮遜指導下建立英華書院，並親任首任校長。自此到生命的最後，米憐將自己的餘生都投入到了英華書院的事業上，希望能通過這所書院將傳教事業向前推進，「進入中國」。繁忙的工作，使得米憐的身體不堪其重，健康狀況不斷下降。1819 年又遭喪妻之痛。但他仍然忠誠於傳教事業，埋頭處理英華書院於 1820 年開課後之校務。1820 年 1 日，英國格拉斯哥大學（University of Glasgow）在獲悉米憐所做的聖工，經過對他的品

〔註 27〕譚樹林：《馬禮遜與中西文化交流》，中國美術學院出版社 2004 年，第 256～257 頁。

德、神學修養和翻譯聖經等方面的作證、審查、評估之後，授予米憐神學博士榮譽學位。1822年初，米憐身體每況愈下。2月20日，米憐被迫離開馬六甲前往新加坡、檳榔嶼養病，《察世俗每月統記傳》和《印支搜聞》由此而停刊。6月2日，米憐因肺結核去世，年僅37歲。

第五節　一報永存，名垂青史

在廣州的馬禮遜獲悉米憐去世後悲痛不已，接納米憐之子羅伯特‧米憐為義子，並寫悼詞追記米憐傳教功績：「米憐博士天生擁有非常熱情、急性和堅決之心，但卻以溫柔的舉止表達。在他皈依基督教之後，一直保持著這種熱情和急性，轉向了和以前完全不同的奮鬥目標。他完全相信，到海外去為基督服務的傳教事業，乃是天國的事業，不論面臨的「是火還是水」，都不能阻擋他前進的道路。他勇敢地和忠誠地為傳福音的事業服務了整整10年，因過度勤奮而筋疲力盡，在工作崗位去世了。」1〔註28〕

米憐刻苦地學習中國的語言文字所獲得的成就是顯著的。他生前所撰寫的中文勸世文和鄉村佈道集，流傳於中國嶺南地區，教導著中國的慕道者、新入教者和傳道人、新受聖職者。他出版的書籍報刊不斷被再版發行，如他模仿中國傳統章回小說書寫基督教教義的《張遠兩友相論》不僅是第一部公開發行的傳教士中文小說，而且被廣泛傳播，先後在馬六甲、香港、上海、寧波、福州、北京等地不斷再版，版本達十七種之多，印行數十萬冊甚至超過百萬冊，成為傳教士小說的代表。甚至他去世後，生前的一些書稿還繼續被後人印刷出版，如《鄉訓五十二則》（1824）、《上帝聖教公會門》（1824）、《靈魂篇大全》（1824）、《神天聖書》（1824）、《聖書節解》（1825）等。

米憐是一位出色的宣傳家，他和馬禮遜共同創造了「孔孟加耶穌」的對華宣傳模式。他採用「附會儒學」的做法，採用中國章回小說的寫法，使有些文章具有故事情節等等，把報刊編得生動活潑。他主編的《察世俗每月統記傳》，雖刊行於馬六甲，但作為中文報刊，其目的無非是辦給中國人看的，它的發行對象主要是南洋的華僑以及中國本土的中國人。因此，《察世俗每月統記傳》的重要意義在於它是第一份中文近代報刊，最早向中國讀者介紹了西

〔註28〕〔英〕馬禮遜夫人編、顧長聲譯，《馬禮遜回憶錄》，廣西師範大學出版社，2004年，第193頁。

方近代報刊的定期出版概念並將這一概念引入中國，開創了中國近代報刊的歷史，為後來中國報刊的發展奠定基礎。《察世俗每月統記傳》開啟了近代中文報刊的序幕，創造了近代中文報刊史上的多項第一：第一，該刊第二期刊登了近代中文近代報刊的第一條消息，「照查天文，推算今年十一月十六日晚上，該有月食。始蝕於酉時約六刻，復原於亥時約初刻之間。若此晚天色晴明，呷地諸人俱可見之。」第二，該刊刊登了近代中文近代報刊的第一幅新聞插圖。1821 年 5 月 10 日，該刊登載了馬六甲地區祭祀痘娘娘活動報導，並以西方宗教的觀點作了評論，並附有一幅插圖《事痘娘娘懸人環運圖》，把當時祭祀痘神時銀鉤弔人迴旋轉動的場面形象地記錄下來。這幅插圖是我國報刊史上最早發表的新聞插圖。第三，該刊刊登了近代中文近代報刊的第一則廣告《告貼》，如《立義館告帖》。1822 年 2 月，《察世俗每月統記傳》停刊後，宗教報刊在靠近中國的南洋和中國沿海一帶開始湧現，如《特選撮要每月統記傳》（1823）、《天下新聞》（1828）、《東西洋考每月統記傳》（1833）、《依涇雜說》（1837）、《各國消息》（1838）等。因此，米憐主編的《察世俗每月統記傳》實為近代中文報刊之發軔，揭開了近代中文新聞事業發展史的序幕，成為近代中文報刊活動的開端。

第三章　梁發：近代中國「正式服務報界之第一人」[註1]

在嶺南最高學府中山大學南校區圖書館一樓石刻文物展覽區，收藏著完好無損的「梁發墓碑」。這塊飽經歷史磨難才得以重見天日的墓碑中間清晰地刻著「第一宣教士梁發先生墓」字樣；左旁刻有梁發先生的生卒年份，「生於一七八九年　終於一八五五年」；右旁刻有梁發墓地變遷的地址，「民國九年由蕭崗遷此　此乃大禮堂講壇地點」；下面還有英文 *"REV LEVNG FAT FIRST PREACHER，1789～1855"*（第一宣教士梁發）字樣。雖然位於懷士堂（即中山大學小禮堂）前草坪旗杆下的梁發墓沒有蹤跡，但現在精心保存完好的梁發墓碑則成為告慰先人的最好紀念。梁發是近代第一位中國籍基督教傳教士，成為中國基督教歷史上具有里程碑意義人物；並且因最早參與近代中國報刊出版活動，彪炳新聞史冊，被中國新聞史研究的開拓者和我國早期的新聞教育家戈公振先生在中國新聞史奠基之作《中國報學史》稱之為「我國之第一基督教新教教士亦即正式服務報界之第一人也」。[註2]

第一節　因印刷宗教書籍與馬禮遜結緣

梁發（Leang Kung-fa，1789～1855），小名「阿發」（A-fa），原名梁恭發（又名公發），又稱梁亞發，字濟南，號澄江，筆名「學善」「學善居士」，

〔註1〕本文曾發表於《嶺南傳媒探索》2017 年 03 期。
〔註2〕戈公振著：《中國報學史》，中國文史出版社，2015 年，第 65 頁。

出生於廣東省高明縣西梁鄉（今屬佛山市高明區荷城街道西梁村）。父親梁敬賢，出身貧農家庭，以農為業。兄弟兩個，梁居長；弟弟梁興發，過繼給二伯父。因為家貧之故，11 歲時梁發才進入村塾念書。其童年生活已經無從稽考，他「或在山側牧牛，或在林中採薪，或在田間耕耘，或在陳設簡陋的家中操作」。他先讀《三字經》，然後讀「四書」「五經」，四年村塾讀書後，他粗通文字，對於中國古來豐富的典籍就有了相當的涉獵，奠定了他一生工作上所不能缺少的文學基礎。「他所受的儒家倫理教育和關於忍耐、禮讓、勤苦、服從、克己等各方面的訓練，都在日後獲得豐富的收成。」〔註 3〕1804年，因家庭貧困，15 歲的梁發中斷學業，乘舟前往省城廣州自謀生計。他最初學習「造筆之業」，旋即改習雕版。在一個業師指導下，他堅持學習了四年的雕版印刷，技術與年俱進。1810 年，因母親去世，他回高明奔喪，積蓄花去大半。喪事完畢，他重返廣州，繼續從事雕版印刷出版工作，但「已脫離學徒生活而做了一個正式的工人」，「青年雕版匠就因其手藝而與馬禮遜先生發生了接觸」。〔註 4〕

　　1807 年 9 月 8 日，馬禮遜抵達廣州後，成為第一個來華傳教的新教傳教士。他在廣州、澳門兩地穿梭，一方面學習中文，翻譯聖經；一方面開始傳教。馬禮遜開創了「無聲而有效」的文字傳教策略，即通過文字、醫藥等方式來介紹西方基督教文明，使中國人在潛移默化中意識到西方文明的優越，藉此達到傳教的目的。〔註 5〕在中國助手蔡興等幫助下，馬禮遜文字傳教進展順利。到 1809 年 12 月，除了《四福音書》，他還翻譯完成了新約中的《使徒行傳》《羅馬人書》《哥林多前後書》《加拉太書》《腓力比書》《歌羅西書》《帖撒羅尼迦前後書》《提摩太前後書》《提多書》和《腓利門書》。他自認為：「這批譯文在質量上，總的說來，我認為是忠實的和可靠的。對於幫助我翻譯的中國助手們，他們的工作是勤勞的，我希望他們能藉此而相信我們的上帝。」〔註 6〕馬禮遜尋求廣州出版機構，希望能將這些書籍結集出版。

〔註 3〕麥占恩著，胡簪云譯：《中華最早的佈道者梁發》，《近代史資料》總 39 號，中華書局，1979 年，第 144 頁。

〔註 4〕麥占恩著，胡簪云譯：《中華最早的佈道者梁發》，《近代史資料》總 39 號，中華書局，1979 年，第 147 頁。

〔註 5〕鄧紹根，王蒙：《開疆拓土：馬禮遜與嶺南近代報刊的興起》，《嶺南傳媒探索》2017 年 01 期，第 121 頁。

〔註 6〕〔英〕馬禮遜夫人編、顧長聲譯，《馬禮遜回憶錄》，廣西師範大學出版社，2004 年，第 59 頁。

　　1810 年 9 月，馬禮遜命蔡興幫他去印刷 1000 本中文《使徒行傳》（亦名《耶穌救世使徒行傳本》）。梁發當時就在離馬禮遜等外國人居住的外國商館（十三行）不遠的印刷所工作。蔡興找到梁發所在的雕版印刷所出版了《使徒行傳》。據《馬禮遜回憶錄》1811 年 1 月 7 日記載：「9 月，我把所譯的《使徒行傳》與希臘原文對照做了仔細的校對後，已經交給了一個中國印刷工人予以改正。現在我已和他的印刷所訂立了合約共印 1000 份。根據合約，如果木刻字模完完好，還可繼續印 5000 份，印刷費共 521 元。我已寄送了 3 冊《使徒行傳》中文譯本的樣給董事會的司庫。」〔註 7〕當時清廷就頒布禁止基督教諭旨：如有洋人秘密印刷書籍，或設立傳教機關，希圖惑眾，及有滿漢人等受洋人委派傳揚其教，及改稱名字，擾亂治安者，應嚴為防範，為首者立斬；如有秘密向少數人宣傳洋教而不改稱名字（洗禮也）者，斬監候；信從洋教而不願反教者，充軍遠方。這使得印刷商和工人非重酬不肯承印基督教書籍。當時印刷工人承印聖經，乃是一種冒險的事情。為此，蔡興自己也承認他承印此書取價較平時印費多取二三百元，使得馬禮遜對他的信任消減；但是為梁發立傳的麥占恩傳教士說：「我們深信那次多取馬禮遜先生印刷費的事情，梁發必不與份，否則，馬禮遜先生以後必不會再那樣信任他了。」〔註 8〕此後，馬禮遜翻譯的中文基督教書籍紛紛出版，《神道論贖救世總說真本》（1811 年）、《問答淺注耶穌教法》（1812 年）、《路加氏傳福音書》（1812 年）、《厄拉氏亞與者米士及彼多羅之書》（1813 年）、《耶穌基利士督我主救者新遺詔書》（1813 年）、《耶穌基利士督我主救者新遺詔書》（1813 年）、《古時如氏亞歷代略傳》（1814 年）等，均出自梁發等刻工之手。有研究者認為：馬禮遜與梁發「雙方此時僅是雇傭關係」〔註 9〕，就在這段時間因雕刻教書籍和馬禮遜交往，從此他積極參加了倫敦傳教會的出版活動和傳教活動。〔註 10〕

〔註 7〕〔英〕馬禮遜夫人編、顧長聲譯，《馬禮遜回憶錄》，廣西師範大學出版社，2004 年，第 68 頁。

〔註 8〕麥占恩著，胡簪云譯：《中華最早的佈道者梁發》，《近代史資料》總 39 號，中華書局，1979 年，第 147 頁。

〔註 9〕鄭宇丹：《「服務報界之第一人」梁發的社會角色分析》，《青年記者》2014 第 24 期，第 119 頁。

〔註 10〕方漢奇主編：《中國新聞事業通史》第一卷，中國人民大學出版社，1992 年，第 250 頁。

第二節　與米憐共同創刊出版《察世俗每月統記傳》

1813 年 7 月 4 日，米憐在馬禮遜的感召下，經倫敦傳教會的派遣，作為第二個來華傳教的新教傳教士抵達廣州。馬禮遜和米憐針對中國傳教的重重困境，在 1814 年前往馬六甲考察，準備在此設立理想的傳教基地，並向倫敦傳教會提出了《恒河外方傳教計劃》，準備開辦印刷所，出版報刊，「在馬六甲出版一種旨在傳播普通知識和基督教知識的中文雜誌，以月刊或其他適當的期刊形式出版」。1815 年 4 月 17 日，米憐夫婦帶著中文書籍和印刷用紙乘船離開中國前往馬六甲建立傳教差會，隨行的還有米憐的私人教師兼助手和印刷工梁發。經過 35 天的航行後，於 5 月 21 日到達馬六甲。當時，梁發「竟肯漂洋過海，隨一外國人以遠適向所未知之國土，我們從這裡就可以看到他的心志之堅強了」〔註 11〕。他們立即著手創辦傳教機構，建立印馬六甲印刷所。1815 年 8 月 5 日，他們創辦《察世俗每月統記傳》（*Chinese Monthly Magazine*），該刊成為近代來華新教傳教士創辦的第一份以中國人為對象的報刊，也是世界第一份中文近代報刊，儘管它創建在國境外，卻是中國近代化報刊的肇始。〔註 12〕

梁發積極參與了《察世俗每月統記傳》的出版工作，不僅是負責該刊出版工作的刻工、印刷工人，而且為該刊物撰寫了部分稿件，而成為撰稿人。因為《察世俗每月統記傳》文章不署名，很難分別是誰撰寫過稿件；但是，梁發為《察世俗每月統記傳》撰稿的事實得到了後來研究者的公認。在近代新教傳教士偉烈亞力在《基督教新教傳教士在華名錄附傳教士略傳及著述目錄》中寫道：「最後幾期上有馬禮遜博士、中國信徒梁發以及麥都思牧師的文章」〔註 13〕。戈公振先生在中國新聞史奠基之作《中國報學史》中記載：內有數期，由馬禮遜、麥都思（*Walter Henry Medhurst*）及梁亞發三人編輯，餘均出自米憐一人之手。著名新聞史學家方漢奇先生在著作《中國近代報刊史》中記載：參加《察世俗每月統紀傳》的編輯出版工作的，除馬禮遜、米憐外，還有一個中國人梁發。他在《中國新聞事業通史》第一卷也有記載：由於稿件

〔註 11〕麥占恩著，胡簪云譯：《中華最早的佈道者梁發》，《近代史資料》總 39 號，中華書局，1979 年，第 149 頁。

〔註 12〕鄧紹根，王蒙：《奠基立業：米憐與近代中文報刊的開端》，《嶺南傳媒探索》2017 年 02 期，第 133 頁。

〔註 13〕〔英〕偉烈亞力編，趙康英譯：《基督教新教傳教士在華名錄附傳教士略傳及著述目錄》，天津人民出版社，2013 年，第 24 頁。

不署名，有哪些人參加撰稿已難以一一查明。據目前所知，主要撰稿人為米憐，大部分稿子出自他的手筆。此外的稿人還有馬禮遜、麥都思（W. H. Medhurst，1796～1856）和中國的梁發等。〔註14〕同時，梁發還是《察世俗每月統記傳》的發行員。據《中國報學史》記載：「每逢粵省縣試府試與鄉試時，由梁亞發攜往考棚，與教書籍一同分送」。該說法雖不一定完全準確，因為梁發在馬六甲，怎能每逢粵省縣試府試與鄉試時回國。在《察世俗每月統記傳》出版期間，據其傳記有載：梁發僅於 1819 年 4 月至 1820 年春回國結婚在國內活動；但從一個側面也說明他是《察世俗每月統記傳》在南洋地區發行員。因為漢語語言相通原因，該刊經他之手更容易向南洋華人分發。趙曉蘭等在《傳教士中文報刊史》中認為：米憐是主辦者、編輯及主要撰稿人，大部分文稿都由他執筆。馬禮遜、麥都思和中國人梁發也曾為該刊寫過稿，但數量不多。……他以「學善者」「學善居士」的筆名為《察世俗每月統記傳》寫稿，還承擔了《察世俗每月統記傳》的刻印和發行工作，因此他被稱為中國「報童的祖師」。〔註15〕

　　確實，梁發在《察世俗每月統記傳》出版後期參加了編輯撰稿工作。1822 年 2 月，米憐因重病纏身，離開馬六甲前往新加坡養病，而《察世俗每月統記傳》交由梁發等負責出版。3 月 6 日，他在寫給馬禮遜的信中談道：「你一定會奇怪我怎會在新加坡的。……我來此是為了養病。……我盼望能在 4 月 1 日或之前回馬六甲去。英文季刊的稿件已準備了一期，中文雜誌的稿件已準備了兩期。」〔註16〕5 月 23 日，米憐回到了馬六甲，6 月 2 日，因病去世。根據《馬禮遜回憶錄》記載，1822 年 6 月 14 日，《察世俗每月統記傳》已經停刊。〔註17〕

第三節　文字傳教，獨立出版基督教書籍

　　在印刷出版《察世俗每月統記傳》期間，梁發逐漸走上了文字傳教道路，

〔註14〕方漢奇主編：《中國新聞事業通史》第一卷，中國人民大學出版社，1992 年，第 257 頁。

〔註15〕趙曉蘭、吳潮：《傳教士中文報刊史》，復旦大學出版社，2011 年，第 39 頁。

〔註16〕〔英〕馬禮遜夫人編、顧長聲譯，《馬禮遜回憶錄》，廣西師範大學出版社，2004 年，第 191 頁。

〔註17〕鄧紹根：《〈察世俗每月統記傳〉出版時間考》，《中國社會科學報》2017 年 5 月 4 日。

開始信奉基督教義。根據麥占恩記載：梁發抵馬六甲後，逐漸拋棄了中國的偶像崇拜，不久就成了一個熱心慕道的人。此事非屬偶然，他以前與馬禮遜先生所發生的接觸和他雕新約書板時由書板中所認識的真理都對他的心靈有著影響。他本來誠心要在佛教中尋赦免之道，卻沒有找到。他的心靈中久有歸附那主張公道並能赦免信從耶穌的人的罪過的上帝之念。他到底在耶穌基督的身上尋得了上帝，找到了最後之真理，找到了勝利的生活之路。當然，他被雇雕刻米憐牧師所著的《救世者言行真史記》的版本；這本用簡明的華文寫成的大傳記對於那雕版者的善感之心必大有影響無疑。〔註 18〕這本有系統的《耶穌傳》無疑地是最感動梁發的易受感化的天良和追求真理之心。〔註 19〕在米憐及基督教書籍的感化下，梁發於 1816 年 11 月 3 日接受米憐的施洗，皈依耶穌基督教。此後，梁發與米憐同甘共苦，「過著嚴格的基督徒生活，學道至勤」，「彼已不再為僕，而是較僕人尊貴之兄弟矣。」〔註 20〕受洗之後，梁發在米憐指導下學習英文排版和用印刷機印書，但印刷中文聖經則仍用木板。他開始自覺地模仿馬禮遜和米憐兩人的文字傳教事工。

　　1819 年 4 月，他回到故鄉高明，看見他的家人和親友都為偶像所迷惑，大起憐憫之心。他一心要拯救他的本鄉人，撰寫了中國基督徒首本傳教書籍《救世錄撮要略解》，論述偶像之無用與改信基督之必要。該書共 37 頁，中除正文外，還附了經文數段，禱文數篇，聖詩三首和十誡。他把書稿帶到廣州去給馬禮遜先生審閱得到高度評價。於是，他就將此書付梓，印刷 200 本，分贈親友。但由於在他以前服務的那家店裏印刷工，人心不測，向政府告發了梁發印刷佈道書籍事情。官府得報後，立刻派人來逮捕梁發，將他的人連同他的書籍印版一併解到縣署裏去。他因此被捕入獄，而且一些木版和書籍也被官府掠去並且燒毀。梁發在官府裏力證他所印的小書，不但並無教人為惡之處，而且是勸人為善的；縣官說：「你的書胡說亂道，並無意義，不足計較，但我因你的寓國出洋而罰你」〔註 21〕。梁發被衙役用竹片在腿上毒打三

〔註 18〕麥占恩著，胡簪云譯：《中華最早的佈道者梁發》，《近代史資料》總 39 號，中華書局，1979 年，第 150 頁。

〔註 19〕麥占恩著，胡簪云譯：《中華最早的佈道者梁發》，《近代史資料》總 39 號，中華書局，1979 年，第 151 頁。

〔註 20〕麥占恩著，胡簪云譯：《中華最早的佈道者梁發》，《近代史資料》總 39 號，中華書局，1979 年，第 154 頁。

〔註 21〕麥占恩著，胡簪云譯：《中華最早的佈道者梁發》，《近代史資料》總 39 號，中華書局，1979 年，第 156 頁。

十大板，血從兩足流下。馬禮遜呼籲中國商人極力營救。最後，梁發交了罰金，並且具結以後永遠不在廣州工作，然後才得釋放。馬禮遜在日記中說：我甚喜此中國基督徒為基督而受苦，非為己罪而受苦。我們一般人和他本人都不必把他那入獄之事引為恥辱。在基督福音散播此地之初，必須有殉道者之血以為灌溉，然後福音能廣布四境。〔註22〕馬禮遜也在給倫敦傳教會書信中高度稱讚梁發出版宗教書籍進行文字傳教而遭遇的磨難，「一位由米憐牧師施洗皈依基督教新教的中國印刷工人梁拔已編寫和印刷了一本《新約全書釋義》。他是在讀經中獲得啟示後編撰的，要比前我們出版的任何中文書或勸世文好得多。我希望梁發能繼續用上帝賜給他的啟示編撰他的心得。我相信梁發已真正感受到聖言的能力，這在充滿偶像崇拜的中國人中善於用聖經闡明真理的一個好榜樣。」〔註23〕

　　1820年春，梁發重返馬六甲，參與《察世俗每月統記傳》出版工作。1822年6月，米憐去世後，他自覺無逗留馬六甲之必要，決定重返中國。1823年11月10日，馬禮遜在廣州給倫敦傳教會寫信說：在馬六甲印刷所工作的工人梁發，他是在米憐博士引導下接受受洗入新教教會的。他曾在廣州印刷教會書籍遭受過中國官府的鞭笞，現在此地等到印完聖經之後要回到中國去〔註24〕。同時，馬禮遜經過慎重考慮，在他12月離開中國之前，決定指定他的中國同工梁發為傳道人（牧師）。梁發已經與馬禮遜博士同事8年之久，證明是條件做聖工的中國籍新教教徒，如此仍可繼續在中國同胞中傳揚基督的福音。〔註25〕梁發由此成為倫敦傳教會的傳教士，也是基督新教首位中國籍傳教士。他說服自己的妻子加入基教，兒子梁進德剛出世也接受洗禮成為基督教徒，這對母子因而成為近代中國最早的女基督教徒與嬰兒教徒。為了發展教徒，梁發不辭辛勞地向社會各界做宣傳，到1832年，梁發已為7個中國人施洗，吸收他們入教。〔註26〕

〔註22〕麥占恩著，胡簪云譯：《中華最早的佈道者梁發》，《近代史資料》總39號，中華書局，1979年，第157頁。

〔註23〕〔英〕馬禮遜夫人編、顧長聲譯，《馬禮遜回憶錄》，廣西師範大學出版社，2004年，第164頁。

〔註24〕〔英〕馬禮遜夫人編、顧長聲譯，《馬禮遜回憶錄》，廣西師範大學出版社，2004年，第216頁。

〔註25〕〔英〕馬禮遜夫人編、顧長聲譯，《馬禮遜回憶錄》，廣西師範大學出版社，2004年，第220頁。

〔註26〕趙曉蘭、吳潮：《傳教士中文報刊史》，復旦大學出版社，2011年，第40頁。

　　但是，梁發堅持文字傳教，筆耕不輟，先後印刷出版了九種基督教書籍。
1828 年夏，他在廣州出版《熟學聖理略論》，講述作者宗教生活、皈依、受洗
和後來情況的自傳。1829 年，他在馬六甲出版《真道問答淺解》。1831 年，
他出版《聖書日課初學便用》，這是英國海外學校協會的聖經教程的譯本，根
據英國和美國居民的訂閱量來印刷。該書第 2 版於次年由英國學校協會出資
出版。1832 年，他撰寫了《勸世良言》，並由馬禮遜博士修訂出版。該書收集
了 9 小冊子，分別是《真傳救世文》《崇真辟邪論》《宗教傳單彙編》《聖經雜
解》《聖經雜論》《熟學真理論》《安危獲福篇》《真經格言》《古經輯要》等。
這九部作品作為獨立的小冊子經過修訂在馬六甲再版。其中四本經修改後合
在一起，以《揀選勸世要言》題在新加坡再版。1833 年，他在澳門出版發行
《祈禱文讚神詩》，該書得到了馬禮遜的大力支持。其中讚美詩則由馬禮遜和
其他人所寫，馬禮遜專門為該書雕刻了活版，採用雙面印刷。他還發行了宗
教傳單《論偶像的虛無》等。1839 年，他又出版了小冊子《救世之神論》。
這些出版物中都以「學善者」（*Student of Excellence*）或「學善居士」（*Retined
Student of Excellence*）作為他自己的署名。其中，1832 年刊行的《勸世良言》，
是他撰寫的眾多小冊子中影響最大的，這小冊子對太平天國領導人洪秀全有
過直接影響，造成中國歷史上利用西方基督教一部分教義發動太平天國運動
的重大歷史事件。〔註 27〕

　　梁發不僅撰寫基督教宗教書籍進行文字傳教，而且積極利用華人身份參
與基督教書籍的發行推廣工作。他不僅是倫敦佈道會的教士，而且是英美聖
書公會的佈道者。1832 年「一年之內，他們印送小書和聖經日課至七萬冊之
多」〔註 28〕，據美部會 1834 年統計，經梁發所率華人團隊派發的聖經、佈道
小書大約在十幾萬本。1833 年 10 月，美國傳教士衛三畏抵達廣州後記載了
見到梁發的感受，「他現在盡力從事千著書，而且已經派送過數千本了。不久
以前，廣州舉行府試，有二萬五千個童生從各縣到廣州來。梁發雇苦力數人
把他的箱子抬到貢院前面去。他在那裡盡力把生命之道傳播與這些知識階級
的青年，如是者三日。他是一個儀容可敬的老人，年紀在五十歲左右。他的
面容表示他有慈善之心，令人一見便生愛敬之心。」同月，馬禮遜寫信給倫

〔註 27〕　趙曉蘭、吳潮：《傳教士中文報刊史》，復旦大學出版社，2011 年，第 40 頁。
〔註 28〕　麥占恩著，胡簪云譯：《中華最早的佈道者梁發》，《近代史資料》總 39 號，
　　　　　中華書局，1979 年，第 182 頁。

敦佈道會彙報了他和梁發等人派發傳教書報情況：「我儕有時共同工作，有時分頭進行著作及分送各種小書。前數日，梁發得一非常良好之機會，將聖經日課及其自作小書分與來省考試之生員，此等青年皆自百里外之鄉村來考省試者也。亞發以最公開之方法與彼之助手將宗教書籍分送與彼等。彼等甚欲得之。且有看過內容之後有再來討取者。亞發在一封信內對我說彼已立志忍受任何境遇。已預備忍受迫害，但直至寫此信時並未有事故發生。亞發之心甚願在現在尚有日光之時盡力工作。」〔註29〕

　　1834 年 10 月，他在廣州鄉試期間冒著危險分發宗教小冊子，而被官府追捕逃亡南洋。1835～1839 年，梁發不斷地在馬六甲新加坡努力工作，中間只一度回國，稍作逗留。1837 年，他從事一種新工作，他襄助美國公理會的杜里時（Tracy）牧師翻譯一本小書，名叫《新加坡栽種會敬告中國務農之人》。1838 年，梁發與創製活版華文鉛字的戴耳（Dyer）牧師共事。1839 年，他有感於鴉片煙毒泛濫和親人吸毒而死痛心疾首，將兩年前寫好的《鴉片速改文》一書呈獻給林則徐，勸人戒除吸鴉片。有研究者考證：在新加坡期間，梁發參與了《東西洋考每月統記傳》的復刊和編輯工作。其根據梁發和杜里時在《新加坡栽種會敬告中國務農之人》《鴉片速改文》等合作情況認為：梁發與杜里時在新加坡合作所做的事還是很多的。有理由相信在《東西洋考每月統記傳》的辦刊中他們互相合作，而在編纂中文《東西洋考每月統記傳》中則是以更擅長中文寫作的梁發為主。還有一大批追隨梁發的華人信徒及教會和印刷基地的中文教師、印工。實際上這些華人也擔當起了出版《東西洋考每月統記傳》及「益智會」所交給的其他書刊的出版任務。因此，筆者認為此時《東西洋考每月統記傳》在新加坡編者非梁發莫屬。〔註30〕

第四節　後世哀榮

　　1839 年底，梁發返回廣州，在廣州、澳門、香港三地繼續傳教，也協助醫生傳教士救死扶傷。他還在家鄉高明創建了一所基督教的私塾，對孩童予以科學技術的啟蒙。1850 年底，美國醫生傳教士合信向人稱讚他說：「梁發仍

〔註29〕麥占恩著，胡簪云譯：《中華最早的佈道者梁發》，《近代史資料》總 39 號，中華書局，1979 年，第 183 頁。
〔註30〕黎尚健：《論梁發在我國近代中文報刊創辦中的作用與貢獻》，《廣東教育學院學報》2009 年第 4 期，第 56 頁。

與前時一樣熱心宣傳真道。他今年已經六十四歲了，但是他體魄強健如昔，可期享受高壽。我們同心協力，共同工作。他對於任何有益於他的國人的新計劃和事業都極熱心。我得到像梁發這樣的一個經驗豐富的基督徒為夥伴，實在覺得很榮幸。」〔註 31〕但次年開始，梁發的身體每況愈下。1855 年 2 月 12 日，合信醫生在信中寫道：「梁亞發現已日見衰弱，然仍繼續為福音中可寶之真理作證，洵可敬佩。」〔註 32〕在他生前最後一個禮拜，梁發仍堅持到與他家裏相去很遠的醫院中去工作。4 月 12 日（禮拜四）三點鐘去世，享年 67 歲。

梁發辭世後，葬於廣州河南龍尾導與康樂村之間的小山上。50 年後，嶺南大學由澳門遷至廣州河南康樂村；為擴展校址，需要遷走附近的山墳，梁發墓亦在遷走範圍之內。1917 年，時任嶺南大學副監督的鍾榮光得知此事，極力推動嶺南大學的當局把梁發的遺骸遷葬於校內。在嶺南大學（現中山大學）第一任華人校長鍾榮光（1866～1942 年）的推動下，梁發墓遷至嶺南大學中央——懷士堂（即今日中山大學南校區小禮堂）前的草坪上。1920 年 6 月 7 日，嶺南大學舉行成立紀念，並將梁發的葬地劃為尊崇之地。參加典禮的麥占恩認為：我想凡讀過這本傳記的人都不會懷疑他在這嶺南大學的中心地有埋葬權吧。他雖不是一個偉大的學者，卻是一個偉大的中國人和偉大的基督徒。香港合一堂牧師張祝齡稱讚梁發「足為吾人模範」，尤其讚揚他文字傳教貢獻，「著述傳世，能以餘暇作文字佈道，輯之成書，雖今日失傳已久，然當日竟能鼓動人心，移風易俗，則其文字感格之力不少。以一手民之梁發能為非常之事，非有靈助不可。洵不愧與保羅比美。」〔註 33〕「文革」期間，梁發墓被毀。20 世紀 80 年代，梁發墓碑被人發現。2005 年至今，梁發墓碑一直在中大圖書館一樓展覽大廳保存，供後人瞻仰。

梁發作為世界基督教新教史上的第一位華人牧師，是中國基督教新教史上舉足輕重的劃時代人物，成為不折不扣的華人基督徒文字傳教事業的開山之祖。他撰寫、翻譯宗教書籍，不僅主觀上推動了基督宗教在華的傳教事業，

〔註 31〕麥占恩著，胡簪云譯：《中華最早的佈道者梁發》，《近代史資料》總 39 號，中華書局，1979 年，第 210 頁。

〔註 32〕麥占恩著，胡簪云譯：《中華最早的佈道者梁發》，《近代史資料》總 39 號，中華書局，1979 年，第 214 頁。

〔註 33〕麥占恩著，胡簪云譯：《中華最早的佈道者梁發》，《近代史資料》總 39 號，中華書局，1979 年，第 221 頁。

而且客觀上促進了包括基督宗教文明在內的西方文化在中國的傳播。〔註34〕
他參與創辦和印刷出版《察世俗每月統記傳》和《東西洋考每月統記傳》等
中文報刊，不僅推動了近代出版印刷技術的向前發展，而且促進了近代中國
報刊出版活動的興起。因此，他在中國新聞史上也同樣具有重要的歷史地位，
成為首位參與近代報刊出版活動的中國人，是名副其實的近代中國「正式服
務報界之第一人」。

〔註34〕陳才俊：《梁發與早期來華新教傳教士的文字傳教活動》，《基督教文字傳媒與
中國近代社會》，上海人民出版社，2013 年，第 172 頁。

第四章 《蜜蜂華報》：中國境內近代第一報 [註1]

　　《蜜蜂華報》（A Abelha da China，亦稱為《中國蜜蜂報》）為中國近代報業之濫觴，是中國境內近代第一報，成為學界公論。如戈公振在《中國報學史》中指出：我國現代報紙之產生，均出自外人之手。……語其時間，以葡文為較早；數量以口文為較多；勢力以英文為較優。……A Abelha da China（意譯《蜜蜂華報》）發刊於一八二二年九月十二日。方漢奇在《中國近代報刊史》中指出：最先在中國境內出版的近代化報紙，都是外國侵略者首先創辦起來的。其中，《蜜蜂華報》是在中國境內出版的第一份外文報紙。他在《中國新聞事業通史》（第一卷）再次指出：1822 年 9 月 12 日創辦的《蜜蜂華報》（A Abelha da China），被認為是在中國出版的第一份外文報紙。確實，《蜜蜂華報》創刊於 1822 年 9 月 12 日，終刊於 1823 年 12 月 26 日，僅出版 67 期，一年零三個月，但在長達 1300 年以上的中國新聞事業史上，卻具有極其重要的地位。《蜜蜂華報》是中國境內出版的第一份近代報紙外，它不僅是外國人在中國境內創辦的第一家報紙，而且是澳門有史以來的第一家報紙。

第一節 《蜜蜂華報》的創辦

　　澳門雖然自古以來就是中國的領土，但是從 1577 年葡萄牙人非法入居之日起，葡國國王就把它作為自己的殖民地看待。在頭 200 多年間，葡人均是

〔註 1〕本文曾發表於《嶺南傳媒探索》2018 年 02 期。

—39—

以類似「自治」的模式進行自我管理的。葡萄牙政治真正滲透至澳門，是從
1783 年《王室制誥》頒布時開始的。是年 4 月 4 日，葡萄牙海事暨海外部部
長卡斯特羅以女王唐娜·瑪麗亞的名義向印度總督發布聖論，授予總督必要
的權力，主導澳門地區的政治生活。葡萄牙透過總督加強了對澳門的管治，
澳門政局從此也變得與葡萄牙本土的政治變化息息相關。1820 年葡萄牙爆發
資產階級政治革命，影響到了澳門當局的政治動盪，直接導致了 1822 年《蜜
蜂華報》在澳門的創辦。

　　1807 年，拿破崙侵入葡萄牙，葡萄牙王室流亡巴西，使巴西成為葡萄牙
王國的政治中心。1820 年 8 月 24 日，受西班牙革命的鼓舞，M.F.托馬斯等立
憲黨人乘國王不在國內，領導波爾圖的衛戍部隊發動了一場革命運動，不久
遍及全國，並得到里斯本的響應。立憲黨人後在首都里斯本成立軍事執政團
控制政局，正式推翻帝制，取消獨裁專制，創立君主立憲制度。1821 年，葡
萄牙新政府廢除了 1737 年的禁止海外出版書報法令和自 1768 年開始實行的
新聞檢查制度，通過了《新聞自由法案》。這次革命，促進了葡萄牙新聞事業
的發展，迎來新聞事業的第一次大飛躍。當年里斯本就有六份政治性日報出
版發行。葡萄牙海外新聞事業也得到了發展，如同年 12 月 22 日，葡萄牙海
外殖民地——印度果阿便出現《果阿鈔報》（ *Gazeta de Goa* ）。新聞法規的變
革令使得包括澳門在內的葡萄牙以外地區有出版報紙的法理基礎。

　　真正導致《蜜蜂華報》出版的，是在澳門日益強大的葡萄牙本土政治力
量和澳門土生葡人的自治訴求之間的鬥爭。葡萄牙立憲革命的成功，只是讓
澳門立憲黨人乘勢發動政變的一個機會。受葡萄牙國內革命運動的影響，澳
門的葡萄牙人成相互對立的兩大派——立憲派與保守派。立憲派以澳門土生
的葡萄牙人為主體，首領之一是巴波沙中校；保守派大都是來自本土的貴族
官員，其首領是身兼市政議員、司庫官言等要職的亞利鴉架。當葡萄牙政變
的消息在 1822 年傳至澳門後，土生葡人便想借立憲運動，奪回把持在澳督手
上的權力。澳門立憲派首先展開請願活動。他們上書國王和議會，要求恢復
有的議事政體，免除澳門對果阿、帝汶的財政補貼，允許土生葡人在當地文
職機構及軍隊中任職，目的是要擺脫「宗主國」的束縛和影響，使澳門實行
完全意義上的自治。迫於民眾的壓力，澳葡當局於 1822 年 2 月 16 日召集市
民在市政廳舉行忠於憲法的宣誓。同時他們又以沒有接到國王和議會的指示
為由，拒不進行民眾要求的變革，立憲派與當局，特別是與保守派首領亞利

鴉架的矛盾因此而日趨激烈。8月中旬，要求改革的市民發生騷動，澳葡當局無法控制局勢，陷入癱瘓狀態，亞利鴉架被迫辭職。8月19日，市民舉行新政府選舉大會，立憲派與保守派再度發生衝突。卡瓦爾坎蒂少校等保守分子宣布，這個議會沒有確定新政體的權力。與會群眾被激怒，幾乎把他從窗口扔了出去。群情激憤之時，立憲黨澳門分部的首領巴波沙登臺演講，指出希望建立的是與憲法完全相符的政體。在他的鼓動下，會議最後做出決定，恢復1783年以前的政體，賦予新選出的議事會以不受總督及地方長官控制的立法權、司法權和行政權。

在激烈的政治鬥爭中，巴波沙決定創辦報紙作為立憲黨的有力武器，以社論、讀者來信形式檢舉報復舊勢力。他將報紙以「蜜蜂」命名，就是因為蜜蜂會蜇人，要像蜜蜂那樣痛蜇保守派，使其手足無措、狼狽不堪。1822年9月12日，巴波沙、阿美達等創辦了澳門有史以來的第一份報紙——《蜜蜂華報》，由神父阿馬蘭特編輯，在官印局印刷，每逢週四出版。它是澳門資產階級革命派（立派）的喉舌，是一份具有資產階級民主色彩的政治報紙。創辦人巴波沙為土生葡人。9月18日，他率眾推翻了統治澳門20年的舊政府，並在同一天以多數票當選為市政議員，成為臨時政府（立憲派政府）的首領。

《蜜蜂華報》創刊號寫道：「受議事會之託編輯本報，我們認為，作為編輯的主要責任是真實坦誠地表達加速取得上月19日勝利的原因。這是難忘的日子，澳門人聚集在自由亭周圍，推翻了忍受多年的專制統治。雖然我們承認這項任務非我們力量所能完成，但並未因此不能顯示我們要齊心合力、結束獨裁專政的決心。這次勝利，鞏固了市民的權利和義務，並在大眾的歡呼聲中，依居民的普遍願望建立了臨時政府……」

第二節　《蜜蜂華報》的主要內容

從創刊伊始，《蜜蜂華報》站在居澳葡人的角度，為葡萄牙立憲革命的勝利而吶喊，為從總督手中奪回權力而歡呼。它以立憲派機關報和立憲派政府公報自居，又同時以保皇派為攻擊和報復的對象。《蜜蜂華報》一共出版了67期。除了刊登少量的商貿信息和社會新聞之外，大部分為政治性內容，包括政府公文、政情信息、會議通告、會議記錄、政府與市民的信函往來，等等。根據程曼麗《〈蜜蜂華報〉研究》統計，各期所刊的內容中，新聞類文體占總

量的百分之三十，非新聞類占百分之七十。新聞類文體包括了政論文章及各類新聞，非新聞類文體包括了政府公文公告和會議記錄等公文體文獻和讀者來信，其中，這些公文體文獻占《蜜蜂華報》所有篇幅的一半以上，是撐這份報紙的核心內容。從這些數據可以看出，《蜜蜂華報》具有鮮明的官報性質，平均每期過半的篇幅刊登政府文件。

　　第一，宣傳立憲黨人政治主張，傳播資產階級民主思想，捍衛革命成果。

　　創刊號上，《蜜蜂華報》高度評價立憲革命，「這次革命結束了專制統治，明確了公民的權利與義務，並在大眾的歡呼聲中成立了臨時政府。這個政府成立的時間雖然不長，卻已表明，它是符合全體澳門居民的意願的，是愛國的，它所做的一切是符合國家利益的……人民對祖國的熱愛和對美好事物的嚮往通過這一事件充分體現了出來。……那一天，澳門人民的壯舉將永載史冊，我們將為之謳歌不已。」

　　9月19日，《蜜蜂華報》社論中指出：澳門人，真正的立憲主義者是這樣的：他服從立法機關，遵守法律條文；他珍視自己的幸福，渴求良好的秩序；他同時發自內心地憎恨專制制度。而那些不樂於見到新秩序的人，他們是憲法的敵人，是人類的敵人。……信任你們的政府吧，澳門人！它為你們謀幸福，並且願意傾聽你們的要求。提出你們的要求吧，這是你們的權利。

　　面對保守分子的瘋狂反撲，《蜜蜂華報》以筆代槍，向他們發起了凌厲的攻勢，「當久被流放的正義重新回到這個國家執掌大權時，當難以忍受的對權力的濫用漸被消除時，當新政權最終擔負起讓民眾在新憲法的光下生活的責任，使他們忘記過去，有資格進入議會發言，並對未來抱有美好的嚮往時，我們發現一些政客──或是因為他們貪得無厭的靈魂，或是因為他們統治一切的野心──企圖詆毀國家的榮譽，破壞澳門人民英勇的愛國主義鬥爭的成果。」

　　12月12日，《蜜蜂華報》刊文宣傳資產階級民主思想，並通過對世界各地反專制鬥爭情況的介紹，使澳門民眾充分認識到自己的權利、義務，「任何人都有自由行動的權利，人人都可以說出或者寫出你認為對公眾有利的意見而用不著擔心因此會受到懲罰。因為這不是法律所禁、理智所不容和宗教所譴責的對權力的濫用；為祖國的利益而表達個人觀點的自由也不是誹謗、個人主義和侮辱他人的自由。……言論和出版自由能夠將所有政府成員的行為置於公眾的監督之下，這是約束專制主義的最好的方法。」

　　《蜜蜂華報》也向民眾發出捍衛革命吶喊，「正義、團結、穩定和安寧，

是國之根本。……你們接受了祖國的召喚，在憲法的基礎上選出了政府；在憲法的保護下，你們和你們的家人寧靜地生活著。」報紙首先刊登表明新政府成員抗敵的會議記錄，同時向駐澳各國商會、宗教團體、軍艦、商船等發出籲請，要求人們就此事表態。接著，報紙以大量篇幅刊登上述機構以及在澳各界人士支持性的表態意見，從而形成一股輿論聲勢。

1823 年 6 月 7 日，葡萄牙「薩拉曼特拉」號抵達澳門，市政府召開由巴波沙主持的全體市民會議，要求大家就此問題發表意見：「如果這艘軍艦的指揮官拒絕接受澳門市政府作出的反對武裝介入、不接受果阿統治的決定，澳門怎麼辦？」他們表示：「如果軍艦採取敵對行動，我們就將用鮮血來保衛這座城市。」7 月 4 日，《蜜蜂華報》擴版至 12 版，並以 5 個版的篇幅刊登了此次會議的記錄，從而將這股抗敵聲勢推向高潮。此後，報紙一連刊登了 5 封市政府致「薩拉曼特拉」號指揮官的信。信中指出：澳門的民眾已經武裝起來，寧死不願接受原來的專制統治。7 月 7 日，該報發表社論，「澳門人民一直是愛好和平的，一直是服從國王命令的，他們絕不會向果阿的專制主義者低頭。……如果這些和平而順從的市民今天成為混亂的根源，那是因為專制主義從遙遠的果阿來到這裡支持它的黨徒。……如果軍艦的指揮官一定要履行他的使命，那麼，我們已經準備好流盡最一滴血，來保衛這個依照神聖的憲法建立起來的制度。」7 月 10 日，該報刊登評論文章，對該艦指揮官包也致市政府公函中的「虛偽之處」進行了揭露，「我很高興這座城市處在安寧的狀態中。軍艦的到來不會打破這種狀態，也不會成為城市不安的根源……我們都應盡力維護這個城市的安寧；並向全市居民發出緊急呼籲：澳門正處於危急之中，人人對此都應發表意見，而不是對它所面臨的危險無動於衷！」

第二，痛斥保守勢力，揭露政敵惡行。

《蜜蜂華報》拿起批判的武器，矛頭直指亞利鴉架和他所代表的澳葡政府。為了加大批判力度，加深人民對舊有政權本性的認識，報紙採取了「請看事實」的做法，大量刊登原政府發布的有關決議、文件、會議記錄，同時刊登揭露問題的讀者來信和市民提案，將政府成員的所做所為公之於眾。《蜜蜂華報》於 1822 年 10 月 31 日、11 月 7 日和 11 月 14 日連續刊登亞利鴉架洋洋萬言的辯護詞，流露出的不滿與對立情緒很快激怒了澳門居民。一位讀者在來信中說，他對亞利鴉架「作為市政官員的才能與品行表示懷疑」，「他的那個長篇演講令人反感，讓人生厭」。

　　1823 年 3 月 13 日，《蜜蜂華報》刊登市民若瑟的來信，信中說：「我揭發一個事實，他（亞利鴉架）曾經偽造文件，企圖敲詐安東尼奧 8000 塔西斯。」6 月 5 日，報紙刊登了兩封讀者來信——亞利鴉架生意合夥人的信。第一封信提到，1818 年，亞利鴉架和他們做過一筆鴉片生意。在交易過程中，亞利鴉架對他們謊報虧損，從而侵吞了大量的貨款。第二封信中說，他們已向澳葡當局提出指控，要求司法機關對亞利鴉架進行調查。6 月 19 日，報紙刊登了 12 位中國商人致市政府的信。信中說，亞利鴉架任職期間，曾以澳門市政府的名義和他們做生意，並且欠了大的貨款。他們以為亞利鴉架是政府官員，不會失信，因此對他從未起過疑心。現在聽說亞利鴉架辭職並被遣返，他們要求澳門市政府承擔起亞利鴉架拖欠的債務，同時列出了亞利鴉架拖欠每個人貨款的數目。經過該報不斷揭發，亞利鴉架聲名狼藉。

　　7 月 17 日，《蜜蜂華報》發表社論，對亞利鴉架做了最後的審判，「野心家亞利鴉架已經不是第一次通過各種不正常甚至是不體面的手段來恢復他曾經佔據了 20 多年的職位。……這個人在統治澳門的時間裏，總是把個人利益和財產放在首位，他的勢力滲透到澳門的各個部門，甚至滲透到軍隊和教會中。……當他看到澳門人民出於愛國熱情而拒絕受果阿政府的命令時，他又充當了『薩拉曼特拉』號總指揮的代理人，並向中國的兩廣總督遞交了一份關於澳門人民不服從國王命令的謊話連的照會。這就是他玩弄的伎倆。……只有這個曾經專制地統治過澳門的人，才會對澳門人民如此的背信棄義。」

　　第三，報導各國資產階級革命新聞。

　　《蜜蜂華報》對葡萄牙本土以及世界各地發生的與資產階級革命有關的事件也十分關注，並闢出 1／3 的版面報導這類事件。首先報導葡萄牙資產階級革命。如 1822 年 9 月 12 日，《蜜蜂華報》報導了 1821 年 8 月 11 日會議記錄：總督歐布基宣讀了葡萄牙議政官馬努埃爾·佩雷拉 8 月 8 日寄給他的信。信中說，3 月 6 日，王後生下了一位小王子，同時，考慮到全國人民的利益，國王決定把王宮遷回葡萄牙，並同意依照已定的計劃進行全國大選。這個消息對澳門來說可謂雙喜臨門，一方面，王室又有了一位男性繼承人；另一方面，國王終於把全國民眾的呼聲集中到自己周圍，同意舉行議會選舉。1823 年 3 月 6 日，《蜜蜂華報》報導了 1822 年 2 月 26 日國王宣誓執政消息，「確立資本主義君主立憲政體一週年這個值得紀念的日子裏，國會派出代表團向國王表示了熱烈的祝賀。賀詞說：整個國家都通過我們向您表示祝賀。您的

做法使國家擺脫了專制、殘暴的貴族統治，使葡萄牙成為世界上最尊貴、最先進的國家。立憲制度的確立，為國家帶來了安寧和幸福，國王也將因此而名垂青史。國王順應了民意，人民將更加愛戴您。」

其次是報導西班牙革命和巴西獨立。1821 年 4 月，葡萄牙國王苦奧六世離開巴西回國，臨行前，他把自己的兒子佩德羅（大兒子）留在巴西做攝政王。他對佩德羅說：萬一形勢惡化，巴西要求獨立的話，親自宣布獨立，把王冠戴在自己的頭上。1822 年 9 月 7 日，佩德羅自立為帝，稱佩德羅一世，宣布獨立，巴西與葡萄牙斷絕關係。1823 年 4 月 17 日，《蜜蜂華報》報導：里斯本 1822 年 8 月 24 日] 美洲議員格雷羅先生在分析了攝政王佩德羅寫給宮廷的信和最近發布的命令後指出：佩德羅傾向於巴西獨立。9 月 20 日葡萄牙宮廷宣布巴西已成立的政府不合法。任何對這個政府的服從都是犯罪。同時命令佩德羅王子立即乘船回國。9 月 30 日，蒙得維的亞的駐軍向巴西政府提出抗議，宣布忠於葡萄牙。1823 年 6 月 5 日報導說：葡萄牙國王否定了王子在巴西所做的一切違反憲法的行為。

第四，報導各種新聞。

《蜜蜂華報》刊登的新聞消息分為：國內新聞、國際新聞、中國新聞、船期消息和其他新聞。《蜜蜂華報》上的「國內新聞」專指來自葡萄牙的消息。如《蜜蜂華報》報導：9 月 30 日，蒙得維的亞的駐軍向巴西政府提出抗議，宣布忠於葡萄牙。9 月 26 日，議會的一個代表團將憲法呈交國王。10 月 1 日，議會議員除一小部分外，向憲法宣誓。「國際新聞」，介紹法國的反戰義舉、智利革命、巴黎會議、馬尼拉叛亂等。《蜜蜂華報》也大量報導「中國新聞」。如它轉載《京報》新聞：西南邊界發生了一些軍事行動。敵人企圖入侵四川、西藏，被皇家軍隊打敗，逃到新疆山區。一些人因為在一個皇家園林中砍伐樹木而被判死刑。他們首先賄賂了負責看管園林的人。因為此人是滿人，他沒有被砍頭，其他人均被處死。一滿族黃旗貴族，因接受基督教而被皇帝流放伊犁。此人本應被終生流放，但是為了表明誠意並處罰自己，他宣布放棄基督教。皇帝決定赦免他，讓他回到旗裏，但不允許他隨便離開，並派人監視他的行動。它刊登了大量船期消息。1823 年 1 月 2 日至 3 月 27 日，《蜜蜂華報》刊登船訊 21 條，也就是說，在這段時間內，共有 21 艘大小船隻進出澳門港口。其中，出港的 17 艘，入港的 4 艘。在出港的 17 艘船中，去孟加拉的 7 艘，去孟買的 3 艘，去馬尼拉的 2 艘，其餘是去帝汶、里約熱內盧、

里斯本的；進港的 4 艘船中，2 艘來自里斯本，2 艘來自馬尼拉。

第五，刊登讀者來信，反映民眾呼聲。

《蜜蜂華報》的讀者來信不僅數量多，而且內容龐雜：談時局的、談政要的、求助的、致謝的、建言獻策的、澄清事實的，無所不有。這些來信又可以粗分為三類：政治性的，經濟性的和其他方面的。如《蜜蜂華報》第 6 期刊登了政治性讀者來信：「尊敬的市政府：我們認為，如果澳門繼續推遲對叛亂分子的逮捕，對澳門十分有害。特別是阿列克山得魯上尉，此人歷來被認為是獨裁專制的化身。希望市政府早日逮捕他們，並於本月 13 日預定的時間內將他們送上去葡萄牙的船隻。」如《蜜蜂華報》第 27 期刊登了經濟性讀者來信：「海關總督大人：總司庫考德拉說，由於工作需要，他急於證實以下幾點：1819 年海關給了馬停斯多少箱鴉片，質量和商標又是怎樣的？在那一天，馬停斯為此支付的稅款是多少？1819 年 6 月 28 日是支出那 17 箱鴉片的日期，還是他支付稅款的日期？請盡快答覆。」其他方面的讀者來信，如《蜜蜂華報》第 46 期：「主編先生：請在您的報紙上聲明：Magniac & Companhia 公司的先生們向市政局揭發我命令他們運入 80 箱鴉片。我從未以書面或口頭形式發布過這樣的命令。我將證明這一點。而他們將受到法律的相應的處罰。」

第三節　《蜜蜂華報》的改版

1823 年 9 月，由於澳門立憲政治運動的形勢逆轉，《蜜蜂華報》易主，實行改版，發生政治轉向。其有深刻的外因。1823 年 6 月，葡萄牙本土發生君主復辟政變，立憲派政府被推翻，政變影響延伸至葡萄牙的其他殖民地和澳門。葡印總督派遣軍艦駛抵澳門，對澳門立憲政府形成了軍事威脅。「薩拉曼特拉」號巡洋艦駛抵澳門，它帶來葡印總督致澳門立憲政府的討伐信：澳門於 8 月 19 日對政府進行的改動，不可能得到國王和議會的承認。此舉是違反國王命令的。……最大的違憲行為（罪行），是建立了一個反憲法的邪惡的政府將三權集中於一個機構甚至一個人的手中。而三權分立才是人民權利的保障，是反對專制主義的武器。……因此有理由認為，這個政府遲早會失去民心，並犯下更大的罪行。我認為，為了城市的安全，必須在澳門恢復去年 8 月 19 日以前的政府。「薩拉曼特拉」號總指揮包也命屬下劫持一艘裝運糧食的葡萄牙商船，準備命令部隊強行登陸。在這危急關頭，立憲派內部產生了矛盾，導致

分裂。早在 1823 年 1 月，由於面對大量的訴訟案件，巴波沙提出方案，成立一個司法委員會，負責處理刑事及民事案件。該委員會應由三人組成，從澳門居民中確定人選。法官無權裁定上訴人的訴訟，但有權向司法委員會表明自己對審判結果的態度。多數市政府官員投了反對票。巴波沙則強行通過了該提案。立憲派內部的意見分歧卻也由此而生。後來巴波沙又主張改變原有的政體，重新選舉成立一個沒有普通法宮的議事局，而另行選舉普通法官。他的這些做法引起相當一部分人的不滿，立憲派因此逐漸失去了原有的群眾基礎。

1823 年 9 月 23 日凌晨，在海岸和炮臺警衛較為鬆懈之時，「薩拉曼特拉」號總指揮包也等乘坐小船，偷偷登上陸地。在保守派分子的引導下，沒有遇到任何抵抗就進入了市政廳前廣場，逮捕了熟睡中的巴波沙，將他押上「薩拉曼特拉」號巡洋艦。保守派成立了由指揮官依德費基、主教沙敏和新選出的議事局首席長老組成的政府委員會，來攝理總督職權，並將亞利鴉架召回澳門，官復原職。他們全力鎮壓立憲派，將部分立憲派領導人和巴波沙一起押往印度接受審判，還迫使一大批立憲派人士出逃避難。同時，在澳門法院前當眾焚燒 8 月 28 日出版的《蜜蜂華報》。

1823 年 9 月 27 日，保守派恢復出版《蜜蜂華報》第 54 期，但明顯地發生了變化。版面形態上，報頭上面增加了一個蜜蜂圖案，報頭下面的名言由塔倫提烏斯的「在那個時候，謊言帶來朋友，誠實卻導致仇恨」改為賈梅士《盧濟塔尼亞人之歌》第五章中的「我所講述的單純且赤裸的事實，勝過所有虛誇的文字」。編輯和出版地點也發生了變化，由原來地址：Laboratorio Constitucional, JoaquimJoze das Santos 先生家，綠色窗口，變為：Antonio Joze da Rocha，他家本市的 Conven de Graga。出版時間由原來的每星期四改為每週六出版。保守派也大大加強了該報官報性質，在每一期頭版頭條均注明為「官方法令」（Artigos Officiaes）。

當然最大的變化是政治的轉向，由原來立憲派的喉舌成為了保守派的政治宣傳陣地。雖然報名依舊，但該報紙立即拉開一副算總帳的架勢，以激憤的情緒、犀利的言辭向立憲派發起了全面攻勢，以便「使澳門民眾看清曾經統治他們的是什麼人」。恢復出版的第 54 期《蜜蜂華報》的政治立場轉向在社論文章中一目了然，「滿懷對本城高貴且無論如何讚美也不過分的居民，在險惡的情況下自發地完成了一件極為困難和艱巨的任務的最誠摯的感激之情，我們將在本期完成我們應盡的義務，詳細介紹那使 9 月 23 日成為澳門歷

史上不光對我們，對今後世世代代的澳門人來說都是光榮的和值得紀念的日子的各種細節。在那一天，我們見到了真正熱愛憲法的優秀的民眾全身心地展現他們的精神，他們只服從合乎憲法的政府，將那一心想要把澳門置於可怕的獨裁統治之下的邪惡企圖拒之門外。今天，對所有的人來說，那些企圖引誘澳門民眾犯下在本報第 17、18 期以及隨後幾期中提到的違抗葡萄牙印度州首府果阿政府的命令的罪行的叛黨頭目的邪惡行徑，已經不應再被隱瞞了。他們企圖以幻想迷惑某些公民單純的心靈，甚至得以在某些公民心中造成極端的憤怒，使他們竟然去對抗從果阿來的帶著重建自去年 8 月 19 日起就完全被毀壞了的城市政治機器的使命的艦隊。但是在同時，一個不可否認的事實是，在這些無政府的和叛逆的靈魂從事這些邪惡和可怕的活動、準備著他們惡意的計劃時，他們並不能夠蒙蔽大多數澳門優秀的居民。」

恢復出版的第 54 期《蜜蜂華報》主要內容就是詳細報導了 9 月 23 日的復辟行動。此後，《蜜蜂華報》積極為澳門民眾「洗腦」，抨擊立憲政府，揭露政敵，宣傳復辟政府的種種舉措。保守派通過《蜜蜂華報》對以巴波沙為代表的新政府進行了猛烈的抨擊，稱它為「荒唐的政府」「非法的政府」「強行插入的政府」以及「由一小撮叛徒組成的政府」。他們抓住立憲政府體制上存在的弱點，對它進行全面攻擊。「作為叛黨的領袖，他們犯下了令世人震驚的罪行——建立了一個三權合一的政府，並統治了一年多的時間。」「在那段時間裏，行政權、立法權、司法權統統集中於市政廳，以致無法將它們分開。市政廳既是政府同時又是特別法官、檢察官，還是民事法官和宗教法官。進行一個上訴，是從市政廳到市政廳。多麼荒唐的政府！」同時將巴波沙被描述成「叛徒」「野心家」「熱衷於黨派活動者的首領」，保守派對他欲置之死地而後快。總之，第 54 期以後，《蜜蜂華報》領導權落入反立憲政府手中，使它轉而成為保守派反對立憲派的輿論工具。

第四節　《蜜蜂華報》的歷史地位及其影響

1823 年 12 月 26 日，《蜜蜂華報》出版完第 67 期後停刊。執政的保守派便利用其資源，於 1824 年 1 月 3 日創辦了《澳門鈔報》（一譯《澳門報》 *Gazeta de Macau*）。該報實際上是《蜜蜂華報》的延續，版式與《蜜蜂華報》完全相同，為兩欄小報，頭版頭條均注明為「官方法令」（*Artigos Offclaes*），

連刊在版頭的口號也與第 54 期易手和改版後的《蜜蜂華報》相同，引用了葡萄牙詩人賈梅士的同一詩句。

在澳門新聞史上，《蜜蜂華報》至少在三個方面對後世有影響。第一，其確立的「官報」加「黨報」的發展模式，在其後幾乎一直為澳門出版的葡文報章所仿傚。第二，該報紙的版式設置及欄目分等辦報的技術元素，也為其後包括《澳門鈔報》在內的葡文報刊吸收，而《澳門鈔報》在《蜜蜂華報》基礎上發展而來的版面與內容，又為《廣州紀錄報》所借鑒，這也可以說是《蜜蜂華報》對中國近代報刊的一種帶動作用。第三，其對後世的出版技術傳播同樣有貢獻。該報名義上由當時的市議會印刷，其編輯部和印刷所卻都是在奧古斯汀修道院內。修院用該設備印刷書籍，又培訓了一批葡人印刷工和排字工人。

在近代中國新聞史上，《蜜蜂華報》是首次向國外傳播中國信息的報紙，也是首份反映外國人在華鴉片貿易活動的報紙（外報），更是中國領土上最早引介和探討西方言論自由與公民權利等觀念的報紙。該報曾發表一篇題為《記錄》（Momoria）的文章，其中，作者非常明確地表明了對於傳媒自由及其組成部分的認識：印刷自由、政治自由、允許大眾的質疑、傳播當權者的活動。傳媒自由顯然不在任何一個被黑暗籠罩的國家生存，只有科學的光明可以教育人民在自己和他人相互之間是存在著一種責任的，就像彼此之間的一種相互制約。所有的葡萄牙人都是崇尚愛心和平等的，他們對於不同地區或者不同膚色的人不會有例外的待遇，所有人都有希望，都可以在公司就職或者在傳媒界找到一席之地。……我特許同意所有的公民有說話和發表自己的感想以及誠實地對政治時事發表感言的自由。總之，中國近代史上的任何一份報紙——無論是中國的還是外國的——都不能與之相比，因為它同時佔據了三個第一：它是中國境內出版的第一份近代報刊，它是外國人在中國領上創辦的第一份外文報紙，也是澳門有史以來的第一份報紙。這三個第一，奏響了中國近代報業這部雄渾壯闊的交響樂的序曲，預示著（同時影響著）它的高潮的到來。

（特別說明：由於本文作者不通葡文，無法對《蜜蜂華報》進行研究；又鑒於《蜜蜂華報》在近代中國尤其是嶺南新聞史上的重要歷史地位，為普及新聞史知識，作者在參考程曼麗教授著作《〈蜜蜂華報〉研究》基礎上完成拙文，特致謝意！）

第五章　開拓奮進：麥都思與近代中國新聞事業的興起[註1]

　　早在 1936 年，現代著名作家、翻譯家、語言學家林語堂在英文著作《中國新聞輿論史》（*A History of the Press and Public Opinion in China*）記敘了英國傳教士麥都思（*Walter Henry Medhurst*，1796～1857）參加近代中國報刊工作的情形，「在前後四十多年麥都思參加工作的報刊，前有《察世俗每月統記傳》《特選撮要每月紀傳》，後有《各國消息》《東西洋考》《遐邇貫珍》」[註2]。1981 年，美籍華人潘賢模撰文認為：「麥都思，中文期刊界最活躍的一位，幾乎在每家中文期刊後面都有他的影子。他參與編輯的報刊計有：《特選撮要每月記傳》《各國消息》《察世俗每月統記傳》《天下新聞》等等，他還是《遐邇貫珍》最早的主筆」[註3]。著名基督教文化研究學者、香港基督教文化學會主席李志剛牧師撰文高度評價麥都思在近代中國新聞事業史上的貢獻，「麥都思牧師亦可稱為中國近代報刊泰斗，他於 1823 年至 1828 年在巴達維亞辦《特選撮要》；1853 年在香港創辦《遐邇貫珍》；1856 年籌創上海《六合叢談》，使中文的報刊橫跨數個年代」[註4]。貌似海內外對麥都思報刊活動的研究已經清晰透徹，無須贅言研究；但是這些研究不僅缺乏系統，

〔註 1〕本文曾發表於《嶺南傳媒探索》2017 年 04 期。
〔註 2〕林語堂：《中國新聞輿論史》，世紀出版集團 2008 年，第 87 頁。
〔註 3〕潘賢模：《南洋萌芽時期的報紙——近代中國報史初》，《新聞研究資料》1981 年第四輯，第 242 頁。
〔註 4〕李志剛著：《基督教與香港早期社會》，三聯書店（香港）有限公司 2012 年，第 34 頁。

沒有專門就麥都思對近代中國新聞事業的發展進行深入的探討，尤其在麥都思與近代各個報刊之間的關係上，史實存在諸多錯訛，需要訂正；也未能實事求是地進行歷史評價，給予恰如其分的歷史地位，需要運用新史料進一步深入系統地對麥都思在近代中國新聞事業開拓奮進中的業績進行重新的梳理和研究。

第一節　航海東來，印刷出版《察世俗每月統記傳》

香港李志剛牧師說：「倫敦傳道會所派遣的出版教士，以麥都思為最早。」確實，麥都思是第一個為滿足馬六甲印刷所印書出版需要而航海西來的傳教士。

1796 年 4 月 29 日，瓦爾特‧亨利‧麥都思出生於英國倫敦。他幼年在聖保羅大教堂學校接受教育，「頭角嶄然，異於常兒」。1800 年，他重返故里格洛切斯特鎮，向一位印刷工伍德（*Wood*）學習印刷出版技術。不久，他成為畢曉普牧師（*Rev. W. Bishop*）主持的南門街禮拜堂獨立派會眾成員，並由畢曉普牧師親自為他施洗入教。在學習印書出版技術的同時，他「勵志劬書，學日益進，乃思東方之人未聞聖道」，漸懷「遠離故土，傳道異鄉之志」〔註5〕。

當時，倫敦傳教會傳教士馬禮遜和米憐在馬六甲創立了東南亞傳教基地，並於 1815 年 8 月建立英華書院，出版世界第一份近代中文報刊《察世俗每月統記傳》；但是諸事幾由米憐一人承擔，任務繁重，辛苦異常。1816 年 1 月 1 日，馬禮遜寫信給倫敦傳教會的書記柏德牧師報告米憐在馬六甲工作困境，「他的妻子有點不適，印刷工人也病倒在床，我正要派送另外一個印刷工人到他那裡去。我希你能籌款購買一部印刷機和派送一個熟練的印刷工人給米憐先生。那裡還需要有一位校長和一位助手。……妥善地幫助馬六甲差會打下一個很好的基礎，使之為在中國周圍的殖民地的差會的永久會址。」〔註6〕身體孱弱的米憐先生已不堪重負，也抱怨說：「從來沒有像這段期間一樣感受到馬六甲佈道站的壓力：工作上沒有助手；不得不與家人離；在大量工作和

〔註 5〕《麥都思行略》，《六合叢談》第 1 卷第 4 號，第 7 頁。
〔註 6〕〔英〕馬禮遜夫人編、顧長聲譯，《馬禮遜回憶錄》，廣西師範大學出版社，2004 年，第 122 頁。

事務中奮力拼搏。」〔註7〕

　　馬禮遜和米憐急切倫敦傳道會派人前來支持他們在馬六甲的傳教活動。於是，傳道會在倫敦打出了徵召一名印刷工前往馬六甲傳教的廣告。麥都思立即前往應聘，被倫敦傳道會的董事們相中，並派遣他前往克里森博士（*Dr. Collison*）負責的哈克尼學院學習數月，做好前往馬六甲的各項準備工作。1816年9月，麥都思從英國登船啟程。1817年2月10日，他在印度馬德拉斯港（Madras）停留幾個月，其間與印度軍官布朗上校的遺孀伊麗莎白·馬丁（*Elizabeth Martin*）成婚。7月12日，麥都思到達馬六甲，並立即接替了米憐先生在印刷所的職務。當麥都思達馬六甲時，米憐先生懷著無法言表的喜悅歡迎他們的到來。他記載說：「麥都思牧師在著名的克萊特先生（*Dean Colet*）建立的聖保羅學校學習經典知識。他從英格蘭出發，途經印度馬德拉斯，在那裡被延誤了幾個月。他勤奮學習漢語，以自己年輕朝氣蓬勃的性格贏得別人的尊重和喜愛，並讓周圍的人樂於幫助他；他與他們一起熱情高漲，堅持不懈地學習，這使同工們高興地期待他在漢語學習上進展迅速，並能在不久的將來成為佈道站一名有用的助手。」〔註8〕

　　麥都思抵達馬六甲後的工作表現沒有令米憐失望。米憐記載說：「這個期望一直未讓人失望。他較為直接的工作目標是管理印刷所。」但他刻苦學習，「雖然沒有嚴格的規定，但是他仍然非常勤奮地學習語言，並且承擔講經佈道的工作」，逐漸承擔起管理印刷所重任。馬禮遜也對他讚賞有加，他在回憶錄裏說：「麥都思先生已送來一些金屬活字的樣品，打算用來印刷刊物和勸世文，看來很有前途。麥都恩先生的才能和對聖工的關心給我們很大的鼓舞。」〔註9〕8月9日，麥都思完全勝任了印刷所工作後，負責其《察世俗每月統記傳》的印刷出版工作。米憐放心啟程返回中國，探望深受病痛之苦的妻子和恢復自己身體的健康。在米憐離開馬六甲期間（1817.8～1818.2），麥都思承擔了《察世俗每月統記傳》的編輯工作。戈公振先生在《中國報學史》中記載：《察世俗每月統記傳》內有數期，由馬禮遜、麥都思及梁亞發三人編輯。〔註10〕他承擔印

〔註7〕〔英〕米憐：《新教在華傳教前十年回顧》，大象出版社2008年，第90頁。
〔註8〕〔英〕偉烈亞力著，趙康英譯：《基督教新教在華傳教士名錄（附傳教士略傳及著述目錄）》，天津人民出版社2013年，第31頁。
〔註9〕〔英〕馬禮遜夫人編、顧長聲譯，《馬禮遜回憶錄》，廣西師範大學出版社，2004年，第132頁。
〔註10〕戈公振著：《中國報學史》，中國文史出版社，2015年，第65頁。

刷所、學校一般的管理工作，再加上他還要學習漢語，任務十分沉重。1819 年初春，他到檳榔嶼分發宗教小冊子，並創辦學校。麥都思在傳道方面上所展現出的天賦令其同仁深為敬佩。4 月 27 日，在馬六甲舉行按立儀式，他被授予神職，受禮成為牧師。

　　1819 年，麥都思學習中文取得成效，他在馬六甲出版了自己第一本中文書籍《地理便童略傳》。它顯然是作為英華書院供學生用的簡明地理教科書印發的。該書共 21 頁，有 4 張地圖：一張世界地圖、一張中國地圖、一張亞洲地圖和一張歐洲地圖。全書採用問答式，分八回七十問，第一回《論地分四分》、第二回《論中國》、第三回《論印度等國》、第四回《論亞拉彼亞及如氏亞等國》（今譯阿拉伯，猶太）、第五回《論英吉利國》、第六回《論友羅巴列國》、第七回《論亞非利加》、第八回《論亞默利加》。該書講述了地球的一般劃分和世界主要國家的邊界、疆域、產品、人口及宗教，例如中國、印度、波斯、巴勒斯坦、埃及、俄國、德國、英國、美國等。如開篇首先給「地理」定性，一問「地理何耶？」答曰：「地理者，是講普天下各國的分數、方向、寬大、交界、土產、人情、風俗之理也。」二問「地之形狀如何？」答曰：「地之形狀為圓如球，如雞卵，而周圍有萬國布列在其上面也。」三問：「普天下各國有幾多分。」答曰：普天下各國，大概有四大分，一在東，名曰亞西亞；一在北，名曰友羅巴；一在南，名曰亞非利加；一在西，名曰亞默利加。〔註 11〕雖然它是一本地理教科書，也由於麥都思本人對宗教和歷史有濃厚的興趣，他給此書所定的英譯名 *"Ggraphical Catechism"*，意為「地理學的教義問答集」，可知此書中有許多關於宗教方面的內容；但是，《地理便童略傳》作為是近代新教傳教士所編寫的一系列漢文地理學著述的第一種，不僅是一部簡明的地理學通論，而且對人文地理也有較為詳細的介紹，事實上是對中國人開始一場關於「世界意識」的新的啟蒙。〔註 12〕該書全部內容「首次出版是刊登在米憐博士的中文雜誌（《察世俗每月統記傳》）第 5 卷中。」〔註 13〕通過《察世俗每月統記傳》，進一步向華人讀者普及了地理知識；由此麥都思與《察世俗每月統記傳》的關係也更進一步發展，

〔註 11〕麥都思：《地理便童略傳》，英華書院 1819 年，第 1～2 頁。

〔註 12〕鄒振環：《麥都思及其早期中文史地著述》，《復旦學報》2003 年第 5 期，第 101 頁。

〔註 13〕〔英〕偉烈亞力著，趙康英譯：《基督教新教在華傳教士名錄（附傳教士略傳及著述目錄）》，天津人民出版社 2013 年，第 32 頁。

成為《察世俗每月統記傳》的撰稿人。

　　《地理便童略傳》印數 1100 份，出版後，取到了良好的傳播效果。《察世俗每月統記傳》主編米憐對該書的出版和發表給予了高度評價，「麥都思先生編寫並印刷了一本中文《地理便童略傳》，以便在學校中使用。書中附有幾張地圖，並簡要地描述了世界上主要的國家。由於中國人對地理極其無知，所以非常需要這類書籍。該書風格鮮明，全因作者的勤奮所得。連成年人也帶著濃厚的興趣閱讀此書。幾乎毫無疑問，幾年之內將需要一本比學校用書內容更詳盡、更大開本的這類新書。」〔註 14〕同時也希望「為青年人編寫的地理摘要」《地理便童略傳》「作為學校使用的初級課本比較短小，但是未來可以增補擴大。」〔註 15〕

第二節　創辦主編《特選撮要每月紀傳》

　　1820 年，英國教士赫德曼（*G. H. Huttman*）抵達馬六甲，「督理印書諸事」。麥都思前往檳榔嶼從事傳教活動。1821 年春，麥都思再前往巴達維亞（雅加達）。同年秋抵達新加坡傳教。1822 年 6 月，由於米憐病逝，《察世俗每月統記傳》停刊，都思成了倫敦會在東南亞地區的主要人物。1823 年，麥都思在巴達維亞（今雅加達）建立起新的傳教基地後，將印刷機器從馬六甲運抵巴達維亞，重新開展起基督教書報的印刷出版工作。同年，他在巴達維亞印刷出版《三字經》，共 17 頁。這本通俗的小冊子是仿照同名中文作品的樣式印刷的，並且有通俗易懂的基督真理。在這部以及後來出版的作品中，麥都思先生傚仿米憐自稱為「尚德者」，意為「一個崇尚道德的人」。〔註 16〕由於掌握了中文與馬來文，又懂印刷技術，利用文字進行傳教對麥都思來說更為得心應手。他繼承了米憐開創的教育播道與文字播道的做法是：辦一所以當地華僑為對象的學校，出版中文書籍與中文報刊。這份中文報刊就是《特選要每月紀傳》。

　　1823 年 7 月，麥都思在巴達維亞創辦《特選撮要每月紀傳》（*Monthly Magazine*），成為近代新教傳教士創辦的第二份近代中文報刊。該刊封面與《察

〔註 14〕〔英〕米憐：《新教在華傳教前十年回顧》，大象出版社 2008 年，第 126 頁。
〔註 15〕〔英〕米憐：《新教在華傳教前十年回顧》，大象出版社 2008 年，第 132 頁。
〔註 16〕〔英〕偉烈亞力著，趙康英譯：《基督教新教在華傳教士名錄（附傳教士略傳及著述目錄）》，天津人民出版社 2013 年，第 33 頁。

世俗每月統記傳》一脈相承，版式完全一樣。封面頂部標明創刊時間：「道光癸未年六月」；封面正面採用三列豎排格式。右側：「子曰亦各言其志也已矣」，這是選錄自《論語》先進篇第十一章第二十五節，意思是：孔子說那有什麼關係呢？不過是各自談談自己的志向啊！中間為報刊名稱：「特選撮要每月紀傳」，封面左下角：尚德者纂。《特選撮要每月紀傳》版面長 21 公分，寬 13 公分，大小比《察世俗每月統記傳》（長 19 公分，寬 12 公分）略大。

　　《特選撮要每月紀傳》創刊號封面之後，是麥都思親自撰寫的《特選撮要序》，長達六頁，1500 字。序言表明：麥都思創辦《特選撮要》是為繼承米憐的遺志，延續《察世俗》的功用。

　　　夫從前到現今，已有七年，在馬六甲曾印一千本出來，大有益於世，因多論各樣道理，惜哉作文者一位老先生，仁愛之人，已過世了，故不復得印其書也，此書名叫《察世俗每月統紀傳》。但雖然不複印此《察世俗》書，在彼處地方，還有幾樣勸世文書再印出來的，又可復送於人看。且弟勸君等細看此等書，察其道理，免了老兄許多心血作文而留傳無用也。夫如是，弟要成老兄之德業，繼修其功，而作文印書，亦欲利及後世也。又欲使人有所感發其善心，而過去其欲也。弟如此繼續此《察世俗》書，則易其書之名，且叫做《特選撮要每月紀傳》。此書名雖改，而理仍舊矣。

　　　夫《特選撮要》之書，在乎紀載道理各件也。如神理一端，像創造天地主宰萬人養活萬有者之理，及眾之犯罪，而神天設一位救世者之理；又人在今世該奉事神天，而在死後得永生之滿福，都包在內耳。而既然此一端理，是人中最緊要之事，所以多講之。

　　　其次即人道，像在人本分應行，或向神天，或向人物，又人當受善惡之報，此人今生所作，來生必受其關係；又今生所報之種，來生必收其同類也。

　　　其次天文，即為日月星辰運行之度也。又其次地理，而依地理書所云，就是講普天下各國的分數方向、寬大、交界、土產、人情風俗之理也。除了此各端理，還有幾端，今不能盡講之，只是隨時而講。且如是得滿此教化人之意思，則各人可以知神人之大道，知自己為罪人，知耶穌之大仁愛，靈魂之重要處，實為益於世界不少也。

　　夫各父母以正道教其子，示伊敬天，敬天即可愛人，愛人即可成善功，教化眾人，以得享天堂之福，豈不美哉。在人中莫大於此，其或正教廣布全地萬方，至無一人不遵神天之令，上則榮歸於神，下則利益於人，乃正是完全了，此《特選撮要》之旨意也。……〔註17〕

　　可見，麥都思非常認同米憐文以載道的做法，「弟要成老兄之德業，繼修其功，」但與米憐希望《察世俗》能「啟迪思考與激發興趣」稍有不同的是，麥都思傳教的願望更加強烈，「欲使人有所感發其善心，而遏去其人慾」。由此也決定了《特選撮要》是一本以宗教勸服為主要內容的期刊，此外，輔以道德宣揚、自然知識等。這與《察世俗》「最大是神理、其次人道、又次國俗。是三樣多講，其餘隨時講」的做法可謂是一脈相承的。

　　在《特選撮要序》後，麥都思刊登了兩幅咬𠺕吧（瓜哇）地圖和《咬𠺕吧總論》第一回，長達八頁，開始了該刊對《咬𠺕吧總論》的連載。1824年，《咬𠺕吧總論》正式在巴達維亞出版，全書共85頁，附有一些地圖和彩色插圖。該書較為詳細地介紹了爪哇島的地理、歷史、風俗、民情，被認為是最早的中文外國區域地理的譯著。1824年初版問世後，銷行頗好，又於1825、1829、1833、1834年先後重印，在東南亞產生了很大的反響，也擴大了《特選撮要每月紀傳》在東南亞的影響。

　　在隨後出版的《特選撮要每月紀傳》各期中，它首先刊登「紀載道理」文章，向中國傳播基督教。它大量刊登宣傳基督教文章，如《上帝生日之論》《祈神法》《神天十條聖誡注解》《耶穌贖罪之論》《論耶穌之神跡》《信者托仗神天》《天理無不明》《論神主常近保助》等以及一些悔罪感恩的文章，如《感神恩》《水手悔罪》等。除了刊登直接宣教的文章，它還通過批判中國人的風俗習慣、傳統教來宣傳基督教，如《清明掃墓之論》《普度施食之論》《兄弟敘談》《媽祖婆生日之論》等文章。其次，刊登的宣傳「人道」倫理道德文章，如《不可性急》《夫婦相愛》《母善教子》《父子相不捨》《惡有惡報》《貧婦大量》《馬亦知仁》《屠人有仁》《婦救其夫》《鳥人相愛》《良心》《有勇且忠》《好友答恩》等等。這些文章所宣揚的都是儒家思想。這類文章的寫作上，作者採用中國章回體形式，體現出迎合中國人的思想習慣，拉近與中國人距離的手法。再次，刊登天文、地理、歷史等方面文章，如《海洋》《山兔》《懶

〔註17〕麥都思：《特選撮要序》，《特選撮要每月紀傳》1823年7月，第2～3頁。

猴》《英吉利國商船之數》《英吉利國生理》《英吉利國所得之錢糧》《公班衙生理》等。因此，《特選撮要每月紀傳》儘管創辦於巴達維亞，目的也是向中國人宣傳基督教；但它全面繼承了《察世俗每月統記傳》旨在宣傳基督教的編輯方針，是一份以「神理」為中心的典型宗教報刊，〔註18〕無論是版式、宗旨、風格和內容上，《特選撮要每月紀傳》均被認為是《察世俗每月統記傳》的延續，「這份雜誌原本是米憐博士的華語雜誌的續編，刊登有大量的宗教、歷史事件和雜記」〔註19〕；它初期每月印 1000 份，在後來的三年多中，總印數達到 83000 份。〔註20〕1826 年，《特選撮要每月紀傳》停刊，共出版四卷。

但是，麥都思在東南亞的報刊活動，還沒有停止。1828 年，倫敦傳道會傳教士紀德（Samuel Kidd，1799～1843）在馬六甲創辦《天下新聞》（Universal Gazette）。這一份用鉛字目印刷的單面大幅報紙，是按照兩位出資辦報的紳士的意願出版的。每期刊登的都是能讓當地人感興趣的中國新聞、歐洲的信息和有關歐洲科學、歷史、宗教及道德倫理的解說性短文。麥都思雖然沒有參與該報創辦活動，但他是該刊的撰稿人之一。他撰寫的一篇講述聖經歷史的著作《東西史記和合》（Comparative Chronology）摘要曾在該刊發表。〔註21〕1829 年，《東西史記和合》在巴達維亞出版單行本，共 40 頁。該書採用並行排列的方式來展示中國和歐洲的歷史記載，旨在改正中國人自負的炫耀，並向其表明我們擁有早於基督紀元 4000 年的記載。〔註22〕

第三節　供稿廣州近代中英文報刊

麥都思在編輯出版東南洋近代中文報刊並為之撰稿的同時，積極向近代英文報刊投稿，促進了近代中國英文新聞事業的發展。1831 年，麥都思撰寫

〔註18〕趙曉蘭、吳潮：《傳教士中文報刊史》，復旦大學出版社 2011 年，第 84～85 頁。

〔註19〕〔英〕偉烈亞力著，趙康英譯：《基督教新教在華傳教士名錄（附傳教士略傳及著述目錄）》，天津人民出版社 2013 年，第 33 頁。

〔註20〕〔美〕白瑞華著；蘇世軍譯：《中國近代刊史 1880～1912》，中央編譯出版社 2013 年，第 38 頁。

〔註21〕〔英〕偉烈亞力著，趙康英譯：《基督教新教在華傳教士名錄（附傳教士略傳及著述目錄）》，天津人民出版社 2013 年，第 59 頁。

〔註22〕〔英〕偉烈亞力著，趙康英譯：《基督教新教在華傳教士名錄（附傳教士略傳及著述目錄）》，天津人民出版社 2013 年，第 36 頁。

了英文《巴釐島遊記》，分別於 7 月和 10 月刊登於英國倫敦的《傳教士協會會刊》（*Transactions of the Missionary Society*）雜誌，介紹了巴釐島當地的風土人情。

1832 年 5 月，美國第一個來華的傳教士裨治文（*Eliah Cloleman Bridgman*）在廣州出版英文月刊《中國叢報》（*Chinese Repository*）。其創刊宗旨：第一，介紹中國，內容無所不包，就像其英文名字一樣，中文直譯「中國的倉庫」，雅意「中國的寶庫」，以便向西方的傳教支持者介紹中國，讓西方讀者認識中國，成為「有能力、值得信賴的、公認的中國權威」；其二，傳播西方文明和基督福音，從而改造中國人的靈魂。〔註 23〕麥都思先後 22 次為該刊積極撰稿，發表了 15 篇文章，依次如下：1.《馬來西亞的穆斯林和反對福音》（Vol.3. p161）；2.《中文雕版印刷、石板印刷和活字印刷的比較》（Vol.3. p246）；3.《麥都思乘「福隆」號在中國東海岸航行日記》（Vol.4. p406）；4.《蘇門答臘島的巴達地方概況》（Vol.8. p575）；5.《馬來語表達耶穌之名》（Vol.12. p440）；6.《〈南京條約〉補充條款的英文翻印》（Vol.13. p143）；7.《陳化成傳略，英雄武松》（Vol.13. p247），8.《朱夫子關於原始物質的哲學觀點》（Vol.13. pp552, 609）；9.《〈南京條約〉英文翻譯》（Vol.14. p26）；10.《1845 年中國官員的任職名單》（Vol.14. p77）；11.《上海發布弛禁基督教告示》（Vol.14. p532）；12.《贊同用「上帝」翻譯 God 的評論》（Vol.16. p34）；13.《關於〈聖經〉中 God 一詞貼切中譯法研究》（Vol.17. pp105, 161, 209, 265, 321）；14.《麥都思對文惠廉〈關於 Elohim 及 Theos 二詞中譯的意見〉一文的回應》（Vol.17. pp489, 545, 601）；15.《麥都思給叢報和〈養神〉介紹》（Vol.19. p445）等。雖然數量不是很多，但內容豐富，時間段長，麥都思成為《中國叢報》積極的撰稿人，支持該刊的發展。

1833 年，麥都思著作《東西史記和合》在馬六甲再版，使得其報刊活動與廣州《東西洋考每月統記傳》發生了緊密聯繫。1833 年 8 月 1 日，普魯士傳教士郭士立（*Karl Friedrich August Gutzlaff*）在廣州創辦和主編《東西洋考每月統記傳》，成為廣州乃至中國本土上出版的第一份中文近代報刊。《東西洋考每月統記傳》的外形很像《察世俗每月統記傳》，也是雕版印刷線裝的款式，封面的設計、刊物的名字，兩者類似，它們都採用中國紀年，也都引用儒

〔註 23〕鄧紹根：《美國在華早期新聞傳播史》，世界知識出版社 2013 年，第 94 頁。

家語錄。《東西洋考每月統記傳》的內容也是由宗教、倫理道德和科學文化知識組成的，也是套用「孔子加耶穌」模式進行宣傳的。因此從從創刊號起，《東西洋考每月統記傳》又分十一次轉載了《東西史記和合》，由此麥都思又成為《東西洋考每月統記傳》的撰稿人。

正是麥都思與近代中國英文《中國叢報》和中文報刊《東西洋考每月統記傳》的機緣，他關注廣州，並在 1834 年 8 月 1 日馬禮遜去世後，為瞭解廣州傳教情況前往廣州考察。1835 年 7 月 21 日，麥都思抵達廣州。8 月 26 日，在史蒂文斯牧師（*Rev. E. Sterens*）的陪同下，他從廣州登船作了一次沿中國海岸的旅行，考察分發宗教小冊子和傳教佈道的可能性。9 月中旬，他們分別在山東半島部多處地區停泊，並在返回途中訪問了上海、普陀島及其他地區。10 月 31 日，他到達伶仃島碼頭停船。返回巴達維亞後，麥都思先生又馬不停蹄地於 1836 年 4 月 6 日經鹿特丹港前往英國，並於 8 月 5 日到達倫敦。在當地逗留期間，他聽說在巴達維亞居住的長女死訊。於是，他便於 1838 年 7 月 31 日從英國乘船，於 11 月 5 日到達巴達維亞。〔註24〕他在英國期間，《各國消息》於 1838 年 10 月在廣州創刊。現在諸多人在新聞史著述中都認為該刊由麥都思創刊，值得存疑，留待另文考證。

第四節　遙領香港《遐邇貫珍》

1843 年 7 月，《南京條約》生效後，香港島被英國割占，廣州、福州、廈門、寧波、上海被迫開闢為通商口岸，中國門戶大開，傳教士們在中國活動範圍隨之不斷擴展，迎來了一個嶄新的傳教局面，香港迅速崛起為遠東轉口貿易的中樞，逐漸取代馬六甲成為傳教中心與報業中心。英華書院和印刷所隨之前來香港。麥都思在倫敦傳道會董事們的鼓勵下離開巴達維亞，前往香港出席了 8 月傳教士大會。8 月 22 日至 9 月 4 日期間，他還在那裡參與了一系列有關翻譯《聖經》的傳教士全體會議，並將在《聖經》翻譯工作中發揮重要作用。12 月中旬，他與雒魏林抵達上海，開始在上海傳教，建立傳教基地，設了中國境內第一家近代印刷所——墨海書館，直到 1856 年始終在上海居住。

〔註24〕〔英〕偉烈亞力著，趙康英譯：《基督教新教在華傳教士名錄（附傳教士略傳及著述目錄）》，天津人民出版社 2013 年，第 31～32 頁。

　　在上海期間，傳教士們為了把《聖經》翻譯成通俗易懂的中文，以能在中國大規模流傳，1847 年，麥都思組成了一個以他為首的五人編譯委員會，重新翻譯《聖經》。1850 年，《新約全書》中譯本完成並於 1852 年出版。1853 年，《聖經》漢譯完成後，由於具有豐富的辦刊和編輯經驗，麥都思接受馬禮遜教育會邀請，擔任《遐邇貫珍》的編輯工作，成為該刊首任主編兼編輯。

　　1853 年 9 月 3 日，《遐邇貫珍》在香港創刊，成為近代香港出版的第一份中文報刊，也是最早使用鉛字印刷的中文報刊，刊有中英文對照的目錄，這是中文報刊的創舉。該刊由倫敦傳道會對華文教機關英華書院和馬禮遜教育會聯合出版，英國傳教士麥都思主編。但他定居地在上海，而《遐邇貫珍》出版地在香港，殊為不便；而且麥都思年事已高，工作又非常忙，他是倫敦傳教會上海分會的負責人，又是上海領事館的翻譯官。上海租界成立工部局後，他被推選為工部局董事會的第一任主席（1854～1855 年）。繁重的工作使他無法長期擔任《遐邇貫珍》的編輯工作，他從一開始就想尋找一名專業編輯擔當此任，苦於無合適人選而暫時由自己承擔。〔註 25〕麥都思撰寫的《遐邇貫珍序言》批評一度先進的中國現在國勢下降，各方面都落後於西方後，分析了中國落後的原因，進而批評中國的新聞報導落後。希望《遐邇貫珍》能有所改進。

　　　　吾屢念及此，思於每月一次，纂輯《貫珍》一帙，誠為善舉。其內有列邦之善端，可以述之於中土；而中國之美行，亦可達之於我邦。俾兩家日臻於洽習、中外均得其裨也。現經四方探訪，欲求一諳習英漢文義之人，專司此篇纂輯，尚未獲遘，乃翹首以俟其人。乃先自行手為編述，尤勝於畏難而不為也。惟自忖於漢文義理，未能洞達嫻熟，恐於篇章字句，間有未盡妥協，因望閱者於此中文字之疵，勿為深求；但取其命意良厚，且實為濟世有用之編。更望學問勝我者，無論英漢，但有佳章妙解，郵筒見示，俾增入此帙，以惠同好，諒而助益之。是所盼於四海高明耳。

　　　　中國除邸抄載上諭奏摺，僅得朝廷舉動大略外，向無日報之類。惟泰西各國，如此帙者，恒為迭見，且價也甚廉。雖寒素之家亦可購閱。其內備載各種信息，商船之出入，要人之往來，並各項著作篇章。設如此方，遇有要務所關，或奇信始現，頃刻而四方皆悉其

〔註 25〕趙曉蘭、吳潮：《傳教士中文報刊史》，復旦大學出版社 2011 年，第 99 頁。

詳。前此一二人所僅知者，今乃為眾人所屬目焉。中國茍能同此，
豈不愉快？若此寸簡，可為中國人之惠，毫末助之，俾得以洞明真
理，而增智術之益，斯為吾受無疆之貺也夫。〔註26〕

在此辦刊宗旨指導下，《遐邇貫珍》雖為傳教士所辦，但實際上是以新聞
為主的刊物。因此，該刊在內容上以時事新聞為重點，反映當前時事的新聞
報導和評論，既有報導中國和中外關係的新聞，也有反映歐美、日本和東南
亞的新聞。所刊羅森的《日本日記》，是中國人對當時日本時事政治很有價值
的記述。《遐邇貫珍》的政治傾向，無疑是站在英國殖民主義者的立場上的，
但在報導中國內部消息時，因其不必顧忌清政府的干涉而能比較客觀、公正
地反映事情的真實面貌。例如，1854 年 12 月出版的《遐邇貫珍》第一次刊出
「時論」，評論清軍攻打上海小刀會事件，對清軍將領的虛報軍情和誇大戰功
作了揭露。其他有關太平天國和小刀會起義的報導，以及法蘭西公使到南京
與太平軍將領會談的報導等等，也都能及時、準確地反映事實真相。《遐邇貫
珍》還十分注重對文化知識的介紹，曾廣泛介紹西方政治、歷史、地理和科
學知識。這些知識儘管明顯地有炫耀西方文明、為英國殖民政策辯護的用意，
但對中國人還是很有啟迪和借鑒的作用，對開闊中國人的視野，瞭解中國和
世界具有一定的積極意義。〔註27〕

《遐邇貫珍》在新聞業務上也有了重要發展，它的消息、通訊、短訊、
評論都已具雛形。1855 年起，《遐邇貫珍》還增出附刊《布告篇》，刊登各類
廣告並開始收費，這是在我國出現的中文報刊首次出現的收費廣告，「各商人，
如有欲出招帖者，可於下月攜至英華書院印字館黃亞勝處，彼可代印，使自
為一冊，而附於貫珍之後，如此則招帖可藉貫珍而傳矣。西方之國，狃賣招
帖，商客及貨絲等，皆藉此而白其貨物於眾，是以盡沾典益。茍中華能效此
法，其獲益必矣。凡印此招帖者，初次每五十字要銀半元，再印者則半初價。
若五十字以上，每字加一先令。」〔註28〕

在麥都思的主編下，《遐邇貫珍》每期「用上等紙料」印 3000 冊，除在
香港或賣或送外，還寄往廣州、福州、廈門、寧波、上海等處發行，「遂至內

〔註26〕沈國威，內田慶市、松浦章編著：《遐邇貫珍》（附解題‧索引），上海辭書出
版社 2005 年，第 715 頁。
〔註27〕黃瑚：《中國新聞事業發展史》復旦大學出版社 2009 年，第 35 頁。
〔註28〕《遐邇貫珍小史》，《中國新聞史文集》，上海人民出版社 1987 年，第 7 頁。

地異方，皆得傳視」，是當時極有影響的一份中文報刊。至 1854 年，麥都思卸任主編時，由其女婿奚禮爾接任主編，被人評價其主編功績時說：「其首號之序，已歷陳造握書之由，非欲藉此以邀利也，蓋欲從得究事物之顛末，而知其是非，並得識世事之變遷，而增其聞見，無非為華夏格物致知之一助。」〔註29〕1856 年 5 月 1 日，由於第三任主編理雅各分身乏術無法顧及而停刊，前後共出 33 期。

第五節　在上海《北華捷報》連載發表

　　1843 年 7 月，上海成為對外通商口岸，並於 19 世紀 50 年代逐漸成為中國重要的外貿城市，隨著經濟的發展，報業開始崛起。1850 年 8 月 3 日，上海第一家報刊是《北華捷報》（*North China Herald*），由英商奚安門（*Henry Shearman*）創辦。它是一份英文週刊，由英國商行字林洋行負責發行。主要刊登廣告、行情、船期等商業信息，言論反映在華英國商人利益。在太平天國革命時期，《北華捷報》對太平軍與上海小刀會起義持反對態度。

　　麥都思是《北華捷報》英文週刊的撰稿人。他在上海後期出版的英文書籍，大多都在該刊連載發表。1853 年，他出版《南京中國起義軍發行的宗教小冊子》，共 102 頁，包括文章《廣西起義軍歷史》《外國傳教士與中國起義軍之關聯》《對上述幾個小冊子的評述》等。該著作「最初在 1853 年的《北華捷報》上連載發表，隨後出版了單行本」。1854 年出版的《浙江省天目山傳教之旅》最初刊登在《北華捷報》上，後發表在《上海年鑒文集》中。1855 年出版的《鼓山》是麥都思博士於同年遊歷福州名山鼓山的短篇遊記，最初刊登在《北華捷報》上，後發表在《上海年鑒文集》中。1855 年《寧波與定海之旅》是麥都思與哥伯播義和艾約瑟兩位牧師一同遊歷浙江著名寺院的遊記，首先發表在《北華捷報》上，後刊登在《上海年鑒文集》中。1855 年《評鴉片貿易》起初發表在《北華捷報》上，然後刊登在《上海年鑒文集》中。1856 年《天主教孟振生主教給中國皇帝的奏摺》是一篇附有注的譯文，摘自北京主教孟振生所發表的漢語文件，首先發表在《北華捷報》中，隨後刊登在《上海年鑒文集》中。1856 年《西洞庭山的神奇洞穴》記述了蘇州太湖的一個洞穴，最初發表在《北華捷報》中，後刊登在《上海年鑒文集》中。《1853～1856

〔註29〕《遐邇貫珍小史》，《中國新聞史文集》，上海人民出版社 1987 年，第 6 頁。

年〈京報〉譯文》，最早作為連載出在《北華捷報》上，後來在 1854～1857 年間的《上海年鑑文集》中連續刊登。

第六節　開拓奮進的基督教報人

　　1856 年 9 月 10 日，麥都思應倫敦傳道會董事的邀請返回故土，並於 1857 年 1 月 22 日抵達倫敦。24 日，在倫敦去世，享年 61 歲。麥都思自 1816 年 9 月航海東來到 1856 年 9 月乘船西去，在東南亞和中國為倫敦傳道會的傳教事業辛勤勞作整整 40 年。在基督事工活動中，麥都思最熱心，也最有成就者是召集廣東、浙江各省教會，派代表到上海研究討論，修訂重印馬禮遜等以前所翻譯的基督教《聖經》，主導從事中文委辦本《聖經》的翻譯和出版，功不可沒。他成為當時中國基督教會中聲望最高的人。1857 年 4 月，麥都思逝世後，傳教士報刊《六合叢談》刊載《麥都思行略》追思他的傳教功績，蓋棺定論說：「吾教中視之若干城，同會內仰之如山斗，至東方者當以麥君為目擊焉」，稱讚「麥君視中國猶其桑梓之鄉……嗣後華人之能至道者，皆麥君為先路之導也」。〔註30〕

　　在卓越的基督宣傳事工之外，麥都思還是近代印刷出版的先行者。他是因英華書院印刷所的需要，以「出版教士」的身份前往馬六甲，開始了自己的出版生涯。他先後管理了英華書院印刷所、巴達維亞印刷所，引進新式石印機；在上海建立了中國近代第一個印刷所——墨海書館，引進英國新式滾筒式印刷機，極大地推動了近代中國印刷技術的發展。由於他精通出版技術，又是一位極富有語文能力的傳道人，智商高，勤奮力學，精通英文、中文、馬來文，熟悉韓語、日語，使得他如虎添翼，如魚得水。麥都思筆耕不輟，出版成果豐碩，可謂著作等身，實為近代外國傳教士第一人。據偉烈亞力《基督教新教在華傳教士名錄（附傳教士略傳及著述目錄）》統計，麥都思學博識廣，先後出版中外文書籍 99 種，其中中文 64 種，馬來文 7 本，英文 28 本，另編纂有中國、朝鮮、日本字典，可謂，數量之多，範圍之廣，確是「近代一位語文奇才」。

　　在近代中國新聞事業中，麥都思富有成就，是近代中國新聞事業的開拓奮進者。他從 1817 年負責印刷出版《察世俗每月統記傳》，米憐外出時負責

────────────

〔註30〕《麥都思行略》，《六合叢談》第 1 卷第 4 號，第 9 頁。

編輯，到 1819 年撰稿《地理便童略傳》在該刊連載發表。他不僅是近代中文第一報刊《察世俗每月統記傳》的印刷者、編輯者、撰稿人；而且是《察世俗每月統記傳》的繼承者。1822 年 6 月《察世俗每月統記傳》停刊後，麥都思繼承其志，在巴達維亞創辦主編《特選撮要每月紀傳》，無論是版式、宗旨和內容，《特選撮要每月紀傳》都沿襲了《察世俗每月統記傳》風格。麥都思不僅積極為廣州近代英文月刊《中國叢報》撰稿，向世界介紹中國；而且將著作《東西史記和合》在《天下新聞》和《東西洋考每月統記傳》連載發表，充實這些報刊內容，成為《中國叢報》《天下新聞》《東西洋考每月統記傳》的撰稿人，實際支持了廣州近代報刊的發展。1853 年 9 月，他遙領香港近代第一份中文報刊《遐邇貫珍》出版，成為該刊第一任主編和編輯，引領該刊在新聞業務上多有創新；同時積極為上海英文週刊《北華捷報》撰稿，支持該刊發展。雖然根據他在華時間推算他沒有參與廣州《各國消息》和上海《六合叢談》的報刊活動，也不一定稱得上「中國近代報業泰斗」；但是，麥都思從東南亞的《察世俗每月統記傳》《特選撮要每月紀傳》《天下新聞》，到廣州《中國叢報》《東西洋考每月統記傳》，再到香港《遐邇貫珍》和上海《北華捷報》，他一生 40 餘年與近代中國報刊發展軌跡緊密相連，可謂最活躍而最富有成效的早期基督教報人，是近代中國新聞事業的開拓奮進者。

第六章　筆路藍縷：威廉‧伍德與廣州近代英文報業 [註1]

　　1827 年 11 月 8 日創刊的英文《廣州紀錄報》（*The Canton Register*）作為廣州第一份近代化報刊，不僅是近代中國第一份英文報刊，而且是鴉片戰爭前後中國最重要的商業報刊，近代中國英文報業由此開端；[註2] 美國商人威廉‧伍德（*William W. Wood*）不僅是《廣州紀錄報》的創辦者之一，而且是該報首任主編。1830 年 8 月，他將自己在廣州和澳門的所見所聞撰寫成著作《中國概述》（*Sketches of China*）在費城出版，成為當時向美國介紹中國（尤其是廣州）風土人情的暢銷書。1831 年重返廣州後，他創刊了美國人在華創辦的第一份報紙——英文《中國差報與廣州鈔報》（*Chinese Courier and Canton Gazette*），揭開了美國在華新聞事業的序幕。[註3] 由此，威廉‧伍德成為廣州近代英文報業的拓荒者，其在近代中國英文報業發展史上具有筆路藍縷的開創之功。

第一節　《廣州紀錄報》創刊的歷史背景

　　《廣州紀錄報》是在中外貿易格局發生新變化、英美自由商人勢力興起、

〔註 1〕本文曾發表於《嶺南傳媒探索》2017 年 05 期。
〔註 2〕鄧紹根：《近代中國英文報業的開端——〈廣州紀錄報〉初探》，《新聞與傳播研究》2017 年第 8 期。
〔註 3〕鄧紹根：《美國人在華創辦的第一份報紙——中國差報與廣州鈔報研究初探》，《新聞與傳播研究》2012 年第 6 期。

英文社區逐漸形成過程中誕生的。美國新聞史學者埃默里父子曾指出:「報紙首先是在那些中央權力薄弱或統治者比較寬鬆的地方興盛起來的」;且認為:商業是報業的先聲,「商業的發展對第一份報紙的創辦影響極大,而所有早期的報紙都是在商業中心問世的。」〔註4〕《廣州紀錄報》的創辦基本契合了英美早期報業的發展路徑。廣州偏居南粵,遠離清政府統治中心,中央統治力較為薄弱。特別清政府為了保護封建經濟和鞏固封建統治,面對日漸增長的外國力量採取了自衛防範措施,走向閉關鎖國。1757 年起,清政府僅允許廣州一口對外通商;實施「公行制度」,設立十三行,限制外商與中國市場直接貿易;實施防範外國人條例,外國人嚴格限制在澳門、黃埔和廣州城郊外國商館區等三地活動。但對於來華外國人來說,廣州屬於中國「統治者比較寬鬆的地方」。據美國來華商人亨特說:「我們只要高興,就出去散步,而且想在外邊待多久就待多久,很少有通事跟著」,「我們滿不在乎地按照自己的方式行事,照料我們的生意,划船、散步、吃喝,使歲月盡可能過得愉快一些」。〔註5〕這為外國人在廣州創辦報紙提供了較為寬鬆的外部條件。

當時廣州是中國對外貿易的商業中心,是中國最大、最主要和最繁榮的商港。1757 年後,廣州在世界上聲名赫赫,成為海上絲綢之路環球貿易的唯一大港,被歐美譽為「中國的門戶」。除了日本、東南亞,中印半島諸國等外,歐美國家商船蜂擁而至。歐洲有葡萄牙、西班牙、荷蘭、英國、法國、瑞典、丹麥、普魯士(德國)、奧地利、比利時、意大利等國。北美洲有美國、墨西哥,南美洲則有秘魯、智利等國。據記載自 1749～1838 年,到廣州貿易的外國遠洋商船達 5266 艘,平均每年近 60 艘。〔註6〕至 19 世紀 20～30 年代,進入廣州黃埔港的外國商船與日俱增,據《粵海關志》統計:1828～1838 年 10 年間,外國商船進港共計 1178 艘,平均每年 117.8 艘。大批外國商船的到來,讓外國海員一時雲集廣州。據美國海員教友會 1829 年年報記載:「每年有三千美國或英國海員訪問中國廣州港。」〔註7〕在中英通商 200 年裏,東印

〔註4〕邁克爾·埃默里、埃德溫·埃德里著,展江、殷文譯:《美國新聞史——大眾傳播媒介解釋史》,北京:新華出版社 2001 年,第 24 頁。

〔註5〕〔美〕亨特著,沈正邦譯:《廣州番鬼錄舊中國雜記》,廣州:廣東人民出版社,2009 年,第 194 頁。

〔註6〕梁碧瑩著:《美國人在廣州 1784～1912》,廣州:廣東人民出版社,2014,第 2、3 頁。

〔註7〕〔美〕賴德烈著,陳郁譯:《早期中美關係史 1784～1844》,北京:商務印書館,1963 年,第 84 頁。

度公司一直是英國對華貿易的主角。19 世紀後，東印度公司對華貿易的壟斷地位逐漸走向終結，港腳貿易趁勢興起。當時東印度公司從中國進口大量茶葉，卻無等價商品輸入中國，造成巨大貿易逆差，於是英國人開始向中國輸入鴉片。由於清政府禁止鴉片貿易，東印度公司不能直接運輸鴉片到中國，需要先在加爾各答先售出，再由英國和印度的自由商人（散商）走私到中國。這種港腳貿易促使對華鴉片貿易迅速增長，英國自由商人有由此崛起。據記載：自 1817 年起，港腳貿易在廣州提供了全部英國進口貨物的四分之三，這個比例一直維持到東印度公司壟斷權結束時（1833 年）為止。〔註 8〕隨著罪惡的鴉片貿易發展，英國自由商人在廣州的人數和在倫敦的勢力都與日俱增。他們開始大膽地批評東印度公司監理委員會的政策，諷刺英國人需要外國證件的保護才能居留廣州的現狀，且經過努力獲得了無須別國外交掩護即可居住廣州的權利。

　　1825 年，英國爆發經濟危機，積極尋求擴大中國市場，促使英國在廣州的勢力迅速發展，自由商人來華人數俱增。據《東印度公司對華貿易編年史》記載：1796 年英國散商來華 3 人，1798 年 5 人，1802 年 3 人，1826 年 25 人，1830 年 30 人，1832 年 36 人，1833 年 35 人。1834 年，東印度公司對華貿易特許權終止，英國來華商人不斷增多。1835 年，除了英國駐華商務監督處的官員與職員外，居住在澳門和廣州的英國人 86 名，巴斯人（英屬印度的商人）63 名。1836 年，在澳門和廣州的西人，除葡萄牙人外，共 307 人，其中英國人 158 名，巴斯人 62 名。總之，英國商人是外國在華居民中，無論在人數上，還是在實力上，都佔有明顯優勢的群體。〔註 9〕另外，20 年代後，美國對華貿易地位在西方國家中穩居第二位，美國商人地位逐漸增強，其勢力和重要性僅次於英國商人。據訪問廣州的愛德蒙・羅伯茨（*Edmund Roberts*）曾向美國政府報告說：「在廣州港，除了東印度公司的建築外，這裡還有九家英國商館，七家美國商館，一家法國商館。英國和美國在此各有一家旅店。這裡的外國建築十分豪華，外商的生活非常奢侈。」〔註 10〕

〔註 8〕〔英〕格林伯格著，康成譯：《鴉片戰爭前中英通商史》，北京：商務印書館
　　　　1961 年，第 14 頁。
〔註 9〕吳義雄：《條約口岸體制的醞釀：19 世紀 30 年代中英關係研究》，北京：中華
　　　　書局，第 2009 年，第 8～9 頁。
〔註 10〕仇華飛：《早期中美關係研究（1784～1844）》，北京：人民出版社，2005 年，
　　　　第 121 頁。

　　隨著中西貿易變化，各種語言交流也發生更替。16 世紀末至 18 世紀中葉，廣州口岸的中西貿易語言是「廣東葡語」（*Pidgin-Portuguese*）。18 世紀中葉，隨著英國在中西貿易中地位上升，「廣東英語」（*Pigeon-English*）逐漸替代「廣東葡語」，成為中國人與「西洋人」進行貿易的獨特語言。據亨特記載：在我到來後的許多年裏，外國僑民中懂中文只有三人——馬禮遜博士、現在的德庇時爵士，他是英國東印度公司商館的最後一位主任，還有一位美國人，即我本人。〔註 11〕因此，20 年代中期開始，廣州商館逐漸形成了一個英語社群。他們物質生活優厚，但精神生活空虛，水手們過著「單調無聊的生活」，強烈需要有精神食糧。他們在澳門居住的時候，羅馬天主教對異教徒出版事業的壓制以及葡萄牙政府及中國政府的壓制，外國人認為「報紙可能帶來的好處，其代價是昂貴的，不得不放棄。」〔註 12〕隨著自由商人的崛起，商業信息上互通有無的需求變得越來越迫切；同時他們試圖影響英國政府對華政策的政治訴求也越來越強烈，創辦一份影響輿論的英文報紙是實現政治訴求的絕佳方式。這無疑成為《廣州紀錄報》得以創刊的內在動力。

　　當時，英國人在東南亞創辦英文報刊的實踐活動也提供了借鑒作用。1818年 10 月，英國人白金漢（*Buckingham*）創辦《加爾各答政治、經濟和文學編年報》譴責印度社會陋習；後又創辦《加爾各答日報》抨擊東印度公司弊端。1823 年 6 月 3 日，東印度公司職員創辦《東方約翰公牛報》（*John Bull in the East*），與《加爾各答日報》形成強勁競爭。1819 年，新加坡淪為英國殖民地後，英語成為官方語言。1824 年 1 月，英國人伯納德（*Bernad*）創辦英文報紙《新加坡紀事報》。此後，新加坡先後出版了 14 種英文報刊。〔註 13〕這些英文報刊實踐活動，不僅為東南亞培養了一批英文報刊讀者，而且它們開辦讀者專欄、關注地方事務、揭露中國弊端、反對東印度公司等方針，也為《廣州紀錄報》的創刊提供了經驗借鑒。

〔註 11〕〔美〕亨特著，沈正邦譯：《廣州番鬼錄舊中國雜記》，廣州：廣東人民出版社，2009 年，第 66 頁。

〔註 12〕Frank H. H., Prescott Clarke. *A Research Guide to China-Coast Newspaper*s, 1822 ～1911. Harvard University Press, 1965: pp.15.

〔註 13〕汪前軍：《論英屬東印度公司在印度早期報刊發展中角色的雙重性質》，《國際新聞界》2013 年第 3 期，第 154～155 頁。

第二節　威廉‧伍德創辦和主編《廣州紀錄報》

在中外商貿格局發生新變化、自由商人勢力興起、英文社區逐漸形成的過程中，美國商人威廉‧伍德（*William Wightman. Wood，1805～1855*）和英國商人詹姆斯‧馬地臣（*James Matheson*）共同創辦了《廣州紀錄報》，而威廉‧伍德是創辦報紙的倡議人。

威廉‧伍德，是近代中國活躍於澳門和廣州的美國報人、商人、博物學家和詩人。1805 年，他出生於費城。父親威廉‧布克‧伍德（*William Burke Wood，1779～1861*）是費城著名的戲劇演員兼劇團經理。1825 年，20 歲的年輕人威廉‧伍德乘坐輪船「伊薩貝拉號」（*Isabella*）從費城啟程，在乏味寂寞的旅途中，他和亨特（*William C. Hunter*，《舊中國雜記》和《廣州『番鬼』錄》作者，乘坐紐約啟程的「公民號」前往廣州）在翁拜航道（*Ombay Passage*）相識。共同的經歷使兩人很快感情融洽，交談甚歡。兩人並排坐著，談了一兩個鐘頭。經歷艱辛航程後，伍德終於抵達廣州。隨後兩年，他都在廣州、澳門活動。

詹姆斯‧馬地臣也是《廣州紀錄報》創辦人之一。1796 年，他出生於英格蘭北部薩瑟蘭郡，畢業於愛丁堡大學。1815 年，他獲得自由商人執照，前往印度加爾各答，加入麥金托什商行（*Mackintosh & Co.*）。1818 年，他來到廣州從事鴉片走私。1826 年，開辦馬地臣行（*Matheson & Co.*），成為「積極鼓吹中國向西方打開大門的英商代言人」。〔註 14〕當時，英國為擺脫 1825 年經濟危機，積極擴大對華貿易，不斷輸入英國商品以及罪惡的鴉片，賺取高額的利潤。英美來華商人在擴大對華貿易、打開中國大門等方面的利益是一致的。因此，隨著各國對華貿易日益擴展，不斷需要溝通市場行情，商品信息和商船航期等信息，威廉‧伍德敏銳地意識到這一需求和商機。1827 年 11 月初，威廉‧伍德向詹姆斯‧馬地臣提出創辦報紙倡議，並向亞歷山大‧馬地臣（*Alexander Matheson*）借用一部小型手搖印刷機〔註 15〕，籌辦《廣州紀錄報》。

1827 年 11 月 8 日，威廉‧伍德任編輯，詹姆斯‧馬地臣任發行人兼經

〔註 14〕吳義雄：《條約口岸體制的醞釀：19 世紀 30 年代中英關係研究》，北京：中華書局，第 2009 年，第 12 頁。

〔註 15〕Frank H. H., Prescott Clarke. *A Research Guide to China-Coast Newspaper*s, 1822 ～1911. Harvard University Press, 1965: pp.41.

理，共同創辦近代中國第一份英文報刊《廣州紀錄報》，創刊號報頭英文名稱
"*Canton Register*"。有著作稱：「該報最初的名稱即為《廣州紀錄和行情報》」
〔註16〕，這顯然與事實不符；但在威廉・伍德主編下，《廣州紀錄報》卻成
為名副其實的「貨價行情紙」。

　　《廣州紀錄報》報頭下面是出版地，出版時間和刊期："*Canton, November
8th, 1827, No.1*"。該報創刊號單張四頁，兩欄編排。第一篇文章《致讀者》具
有發刊詞性質，主要內容為：1. 創刊原因，「我們長期以來不僅感受到出版商
業和中國其他信息紀錄的缺乏，而且充分認識到它們的效用和便利。為了彌
補這一缺陷，我們已經開始嘗試開始我們目前的事業，這主要歸功於一位友
善、富有公益精神、准許我們使用他的印刷機的紳士。」2. 刊物內容，「我們
主要的努力目標是呈現國內外市場上豐富而正確的物價行情。我們要特別關
注那些與我們切身相關的國內外市場上的銷售價格和行情。關於貿易、海關，
特別是中國的內容，將經常佔據相當版面；同時也會刊登符合標準的翻譯稿
件，為此我們要非常感謝投稿給我們的任何朋友。抵離港的船隻和其他感興
趣的航運信息，也是我們經常刊登的專欄文章。」3. 刊期，每月初一、十五
日定期出版，「不管怎樣，我們會向以上承諾的那樣，在將來每月的 1 和 15
日出版。」〔註17〕第一頁還刊有《中國錢幣》《改革》《意外》等文章，分別
報導中國錢幣制度，東印度公司駐華特選委員會改革和黃埔兩外國人意外溺
水事故。第二頁進口貨價行情表。第三頁主要是出口貨價行情。第四頁上半
部分是「庫存」貨物，中間是貨幣匯率，下部分是船期。最後申明：每月 1、
15 日出版，半年定價 *13Sp-Drs*。總之，《廣州紀錄報》創刊號表明是一份紀
錄中外（尤其是廣州）貨價行情以及外國人在華活動信息的商業半月刊。《廣
州紀錄報》創刊當晚，馬禮遜在日記中寫道：「《廣州紀錄報》是世間的一樁
新事，中國從未出現過這樣的報刊。這份報紙專門為外商辦的，他們不怕登
載走私鴉片輸入中國的報導和價碼行情。」〔註18〕馬禮遜還接受馬地臣聘請
成為該報撰稿人。11 月 10 日，他記載：「今日我為《廣州紀錄報》週刊寫了
三頁稿子。*W* 先生和某先生不懂漢語；似乎也缺乏從本地人那裡收集信息的

〔註16〕方漢奇主編：《中國新聞事業通史》第一卷，北京：中國人民出版社，1992 年，
　　　　第 273 頁。

〔註17〕*The Canton Register*, November 8th, 1827.

〔註18〕〔英〕馬禮遜夫人編，顧長聲譯：《馬禮遜回憶錄》，桂林：廣西師範大學出
　　　　版社，2004 年，第 262 頁。

才能。除了我為該刊撰寫傳教稿件外，我與該刊沒有別的關係。我認為在該刊發表傳教文章沒有錯。」〔註19〕

　　1827年11月15日，《廣州紀錄報》出版第二期，報紙名稱由 "*Canton Register*" 改為 "*The Canton Register*"。威廉・伍德在開篇文章中坦言第一期刊登兩頁價目表的原因是「對出版的這份新刊物還不太自信，也對社區是否支持還感到不確定」；宣稱：「我們確信娛樂材料是刊物不可缺少的部分」，「為了盡力讓報紙更耐讀、更有益，我們將縮小貨價行情表的篇幅，以求能有更多版面發表有興趣的文章和全國及地方新聞」，「我們向商業朋友保證，我們仍會最大限度地關注豐富而正確的貨價行情，與中國相關的商業主題仍是我們最關心的」。〔註20〕第二期增加了文章內容，縮小貨價行情船期比例；前兩頁均為文章，後兩頁是貨價行情表和船期，內容包括：發表《中國時局》《風俗》《刑罰》《捕蛇者》等四篇文章介紹中國情況；刊登讀者來信和評論；還有兩則新聞：11月14日早晨7點，廣州商館區發生的火災；預告11月16日廣東行商將舉行火神紀念活動。最後，該報申明：每15天在第七號外國商行出版，所有訂戶和社區居民均可購買；每年13元，可先支付半年，每份單賣50分。11月30日，《廣州紀錄報》第三期出版，前兩頁文章是：爪哇戰爭、自殺、北京龍王廟、湖南省凌遲新聞、江西省鄱陽湖、廣州專制體制、馬六甲新聞信、讀者來信。貨價行情和船期仍占兩頁篇幅，後者比重略有增加。該期最後發表《致通訊員》，對各地通訊員表示感謝，說明外地投稿者逐漸增多。12月14日，該報第四期出版。該期貨價行情和船期比重增加，占到兩頁半篇幅；文章《中葡貿易》占1¼頁篇幅；有轉自《京報》的韃靼戰爭、廣州海關官員任免、山東鎮壓土匪、日本戰爭等新聞。但是該刊聲明由半月刊改為雙週刊，每14天出版。1828年1月15日，第五期出版，貨價行情和船期又有兩頁半篇幅。該期報導了廣州葬禮、澳門總督和司令官會議、福建海防、廣州佛教徒抗議、天氣預報、火災商館區垃圾處理等新聞；增設「市場」欄目，紀錄鴉片、棉花、黑絲綢等貿易情況。2月4日，該報第六期出版。文章《廈門》敘述了廈門港的中外貿易歷史；報導北京、土庫曼韃靼、日本、澳門等地新聞，尤其是廣州麻風、火災、海盜等情況。

〔註19〕〔英〕馬禮遜夫人編，顧長聲譯：《馬禮遜回憶錄》，桂林：廣西師範大學出版社，2004年，第280頁。

〔註20〕*The Canton Register*, November 15th, 1827.

1828 年 2 月 11 日，《廣州紀錄報》第七期改為週刊出版。文章使用「我們已辭職的前任編輯」，表明威廉·伍德已經離開該報。當時，東印度公司不允許別人攻擊公司政策，更不允許直接轉載印度等地報紙新聞。而威廉·伍德主編的《廣州紀錄報》從第二期起，就不時攻擊英國在印度以及東印度公司的制度和外國人管理政策，甚至直接批評廣州貿易體制的不平等性、中國人道德低下和官員專制腐敗行為等威脅中外貿易現行的廣州體制言論。這使他贏得了一個「冒險的麻煩製造者」聲譽。〔註 21〕他的編輯方針在英國主導的外國社團很難獲得普遍的支持。東印度公司當局更不能容忍他不時轉載印度報紙新聞，不斷給該報發行人馬地臣施加壓力，強迫伍德離開《廣州紀錄報》。第七期告白說：「有人建議，我們也應該承認，我們已辭職的前任編輯此前公開轉載印度報紙的新聞，這在地方報紙中是不可接受的。」〔註 22〕當然威廉·伍德反對東印度公司插手干預美國商船裝運英國貨物進入廣州，也與英國利益背道而馳。因此，他被迫辭職離開。威廉·伍德主持《廣州紀錄報》時間三個月，出版僅六期，但他首倡在中國創辦英文商業報紙，負責編輯事務，撰寫大部分文章，成為近代中國第一位英文報刊主編；他刊登貨價行情和船期，設立「市場」專欄，佔有報刊一半篇幅，使得他主編的《廣州紀錄報》成為報導和評論中外新聞的貨價行情紙。

第三節　在美國出版《中國概論》，傳播中國

離開《廣州紀錄報》後，威廉·伍德以辦事文員身份加盟了美國旗昌洋行工作。他和他的朋友亨特分配在同一個辦公室，後來又增加了一位年輕的美國人莫蒂默·歐文（Irving），組成了一個三人小組。他們的辦公室，是旗昌公司船長們經常集會的三個場所之一。由於一次工作失誤，伍德被迫辭職，離開了美國旗昌公司。雖然在外貌上，伍德長著滿臉大麻子，面孔像一隻松果，但他是個多才多藝的，非常幽默、充滿智慧、受過良好教育卻沒有固定目標的年輕紳士。

威廉·伍德擅長繪畫和素描，由此和一位廣州的愛爾蘭畫家喬治·欽納里（George Chinnery）成為莫逆之交。據亨特《舊中國雜記》記載：「他無論

〔註 21〕 Paul Pickouicz. *William Wood In Canton: A Critique Of The China Trade Before the Opium War*, Essex Insitation Historical Colections, 1971. p4.

〔註 22〕 *The Canton Register*, Feb.11th, 1828.

去澳門還是在廣州的時候都常常跟欽納里見面；由於兩個人都愛繪畫，所以物以類聚，趣味相投。兩人都是性格極其詼諧，外貌也是半斤八兩。……伍德是欽納里最受歡迎的朋友。在他的畫室裏（我們常常在那裡見面和吃早餐），沒有什麼東西能夠勝過他們相互間的美好感情。他們倆都會說：——若是沒有你，我將委身何處？生存在哪裏？」〔註23〕伍德也很關心喬治‧欽納里，經常為他排憂解難。

　　威廉‧伍德精通詩詞，擅長小品文，可以即席做詩，是個有天分的詩人。一天晚上，有幾個人在他的房間吃晚餐，談話涉及詩歌，還即興寫了幾首，並要求伍德模仿拜倫的詩《你熟悉這片土地嗎？》作詩，詩句限定完全用本地事物。他接受了這個要求隨即吟唱到：

　　　　你熟悉這片土地嗎，滿地是南京布和茶箱，

　　　　又充斥著肉桂、大黃和樟腦？

　　　　苦力散發著臭氣的腳常在行裏踐踏，

　　　　他們包裝武夷茶的方法會使人大為吃驚？

　　　　你熟悉這片土地嗎，你只是做徒勞的努力，

　　　　出售你美麗的長袍或交換你的棉紗？

　　　　當你心煩意亂，到你如此清醒，

　　　　發覺你的利潤全都變成了「沙」？

　　　　你熟悉這片土地嗎，麻醉品交易暢旺，

　　　　棉花和檳榔流行無比？

　　　　巴特那和馬爾瓦是每一個故事的主題，

　　　　生活甲的每件軼事，是莊嚴或是放蕩？

　　　　你熟悉這片土地嗎，美女得不到

　　　　命運之神的保護，只有凋殘？

　　　　婦女是奴隸，受到暴君的拋棄，

　　　　她們悲歡唯一的光潔寶物，並非己有？

　　　　在這裡，本來用於表達夫婦間的溫情

　　　　或對愛人的挑逗的嘴唇；

〔註23〕〔美〕亨特著，沈正邦譯：《廣州番鬼錄舊中國雜記》，廣州：廣東人民出版社，2009年，第474頁。

是否不用於傾訴他們的柔情愛意，

而全用於發洩吸煙的刺激？

這是我們居住的土地——它勇敢、創造和寶貴

將使普天之下感到羞恥；

她的歷史由於她的聖人和名將的名字

而輝煌燦爛，傲視天地；

這裡的茶葉是一服飲啜的良劑，

連帝王也屈尊降貴；（他們如此，誰不效尤？）

他們親視爐火煎煮，

寫下了「瓦壺之傲」的散文頌歌。

最美的花地到處是花圃，

萬花芬芳，隨風搖曳，

清香與彩色，蔭滿樓臺，

或纏繞著老樹的藤蔓；

那些充滿鮮花和芬芳的土地，雖已

全都離開我們。

是否需要這種韻律，使我們回憶

對那裡所產生的深情厚誼？

再見了，茶箱；迎風揚帆，

並責備我們的耽延；

現在到了離別時，低聲說「請，請」，

可憐的「番鬼」，全都捨不得離開！〔註24〕

　　在每次聚會吃飯後，他就會將寫的詩念給大家聽，大家紛紛誇讚他所寫的廣州實在妙！正因為威廉對廣州的獨特觀察，1830 年他返回美國後，開始反思自己主編《廣州紀錄報》期間對中國貿易和東印度公司的態度，並逐漸形成了系統的看法。於是，他起筆撰寫著作《中國概述》（*Sketches of China with Illustration from Original Drawing*），並於當年 8 月 30 日在費城出版。

〔註24〕〔美〕亨特著，沈正邦譯：《廣州番鬼錄舊中國雜記》，廣州：廣東人民出版社，2009 年，第 110～111 頁。

　　《中國概述》全書為篇幅 274 頁，附有威廉‧伍德六幅風景、人物和漁船素描畫，展示了他高超的繪畫才能，成為當時向美國介紹中國（尤其是廣州）風土人情的暢銷書。威廉‧伍德在《序言》中介紹了寫作的原因和主要內容：「對歷史學家或古玩研究者來說，耶穌會成員的作品是無價之寶；但是對於一個渴望瞭解中國風俗習慣的顯著特徵的人來說，還遠遠不能令人滿足。本書包含的敘述是現場記錄的簡略筆記，還有為不瞭解廣東及其周邊地區的讀者繪製的一些相關場景的草圖。它們的風格並不高雅。這些記錄只是用平和的筆調展現出對這個非凡的民族的仔細觀察，並讓每個閱讀的人都能正確獲得這些認知，我希望大家不帶偏見地看待中國及中國人。」他說：「我盡力清楚地解釋描述廣東人特有的習慣和禮儀，避免重複那些關於我沒到過的相鄰省份的傳聞。」他也想讀者介紹了自己寫作過程，「在中國超過一般度假時長的旅居時光使我有足夠的時間收集這些筆記與回憶錄，為了各位好奇的讀者，現在我將其原樣展現出來。每篇筆記都是獨立的、而非連續的敘述，這樣方便隨心地散漫閱讀，一篇讀完即止。我所做的唯一加工就是將這些筆記按照記錄人研究的時間順序排好。」序言最後強調了商業內容和寫作態度，我「只是介紹了一下廣東商業貿易規範的特殊風俗。這些敘述都是我親身觀察的結果，因此我可以保證其正確性。那些插圖都是我親筆繪製，沒什麼特別的，但真實還原」〔註25〕。

　　當然，《中國概述》也用侮蔑的語言向普通的美國讀者描述了中國的生活；同時發展和豐富了自己的東印度公司的政策觀點。在書中，他特別攻擊東印度公司在印度到廣州鴉片貿易中的偽善作用以及在廣州的殘暴的管理政策。不過，對於中國人民的看法，他也客觀地記載道：讚揚中國的早期偏見，主要受天主教傳教士的影響。當我抵達的時候，會發現莫名的羞辱，超出了自己曾經的想像。他們大大地低於我們所能知道的他們的精神和身體標準。儘管被不得不放棄我的非常受歡迎的人民思想，把他們的價值降低到一個低層次；然而，我絕不同意那些否認中國人擁有好品格，而宣稱他們天生具有這些弱點和邪惡的個性，至於貶低他們低於邪惡思想的普通水平，是最野蠻民族的標誌。因此，有論者指出：這是「西方商人撰寫關於中國和中國人的著作。一個關於這個文明的新描述對於歐洲和美國是非常有用的，它有別於18

〔註25〕 William Wood. *Sketches of China with Illustration from Original Drawing.* CAREY&LEA, 1830, Philadelphia.

世紀的耶穌會教士和歐洲哲學家」。〔註26〕

第四節　威廉·伍德創辦和主編《中國差報與廣州鈔報》

　　1831年2月12日，威廉·伍德乘船重返中國，再次加入美國旗昌洋行，成為洋行合夥人威廉·洛的秘書。當時英國廢除東印度公司壟斷貿易權的討論傳到中國，引起了外國商人的熱切關注，一場自由貿易的爭論也在廣州、澳門展開。威廉·伍德一直積極關注這場討論，決定創辦第二份英文報刊，作為關心中國貿易讀者的英文信息來源。

　　7月，伍德離開旗昌洋行，開始在法國館裏籌辦英文報刊。為了早日出版，他接手了普爾（T. Poole）發行的一份貨價行情表，並獲得了旗昌洋行的資助。7月28日，《中國差報與廣州鈔報》（Chinese Courier and Canton Gazette）在廣州外國商館區第五號法國館里正式創刊發行，發行人美國人普爾，主編威廉·伍德。

　　《中國差報與廣州鈔報》報頭欄分三部分：首先是英文報名 Chinese Courier and Canton Gazette，圍繞著一艘乘風破浪的帆船；報名下面是卷首語：
"*Oh! Printing, how hast thou disturbed the peace of mankind! that lead, when moulded into bullets, is not so mortal as when founded into letter. Marvell*"，譯為：「哦！印刷，你是如何擾亂了人類的和平！將鉛鑄造成子彈還不如鑄造成文字那麼致命！——馬韋爾」。這是英國近代著名詩人和政治家安德魯·馬韋爾（Andrew, Marvell）關於出版權利的名言。第三部分是報紙的卷期，No.1 Thursday, 28th, July, 1831。

　　《中國差報與廣州鈔報》每期四頁，分欄編排，有兩個基本欄刊載文章。創刊號 "Canton"（廣州）欄目中，發表了類似「創刊詞」的評論性文章，闡明創刊宗旨，表明刊物的編輯方針。伍德向讀者闡明了創刊原因、言論原則與立場、刊物奮鬥目標和精益求精的編輯態度。首先，他向讀者交代了創刊原因，表明了自己的創刊立場——站在《廣州紀錄報》的對立面，傳達該報無意談論的意見和政策。「在廣州這麼小的一個社區裏再辦一種報紙可能是多

〔註26〕鄧紹根：《美國在華早期新聞傳播史1827～1872》，世界知識出版社2013年，第44～45頁。

餘的工作，想得到社區的支持也可能是不合情理的和不切實際的想法。但是我們深信，我們非常需要傳播媒體，以傳達別人（《廣州紀錄報》）無意談論的意見和政策。但是，如果我們對某種期刊（《廣州紀錄報》）的訴求不放心，我們就應該從事這項事業。我們贊成把這個願望表達出來，並去創辦它，當然也帶著一絲對我們實現願望能力的懷疑。」其次，強烈闡述了出版自由的主張，旗幟鮮明地提出了開載布公的言論立場，表達了他所遵循的「公正、正義和適度」的言論原則。「謹慎而適度的爭論與自由報紙，時常被認為是不相協調的；無根據的害怕也會加快自由迅速向放縱轉化。……公開宣布意圖，我們希望明確的理解。我們公正、正義和適度，除了排斥異己的擁護者和暴政的代理人，我們沒有敵人。」再次，確立了刊物富有戰鬥性的奮鬥目標，呼籲讀者踴躍投稿。「我們目前最大的目標就是建立一個自由和品行良好的媒體；一個可以立即因為言論贏得尊重和因經營值得信賴的媒體。為此，我們懇請我們身邊有寫作能力的人都能積極投稿。我們懇求政治家送給我們意見，旅行者投寄給我們旅行遊記，詩人送來詩歌。如果我們的呼籲能夠成功，我們毫不害怕我們報紙的聲譽；如果得到這些鼓勵，我們將事半功倍。」〔註27〕

　　在上述言論立場和編輯方針的指導下，伍德力圖將《中國差報與廣州鈔報》辦成一份以評論中外貿易，介紹中國狀況，叫囂武力侵華，刊登中外新聞為主要內容的英文週報，內容主要包括以下五個方面：第一，密切關注中外貿易進展，開展自由貿易討論。第二，批評東印度公司在改革廣州體制和保護國家榮譽方面缺乏領導權。第三，介紹中國國情，討論和詆毀中國和中國人的性格和形象。第四，討論解決中外貿易爭端的途徑，叫囂武力侵華。《中國差報與廣州鈔報》創刊起，就開始尋求解決中外貿易爭端的途徑，積極主張採用強硬的手段，武力侵略中國。第五，報導中外新聞。該報創刊號就刊登了歐洲近聞（*Late From Europe per Clematis*），編者以集納報導方式，按國別分別報導了英國議會的請願活動、俄羅斯侵略波蘭、英俄奧普聯軍向法國下戰書、土希矛盾、意大利爆發革命、西班牙革命和比利時大公加冕等七則新聞。《中國差報與廣州鈔報》將時事新聞、航運新聞、訂價廣告放在報紙最後一頁，而優先刊登評論文章，這與同時期《廣州紀錄報》相比，明顯更重視言論。這種編排充分體現了伍德為發表言論而辦報的宗旨，更體現了他與《廣州紀錄報》的敵對立場。

〔註27〕*Chinese Courier and Canton Gazette.* Vol.1, No. 1, July 28, 1831.

　　《中國差報與廣州鈔報》創刊時，就表示將「條件一旦成熟，將大力改善欄目編排，對報紙進行改版」。在精益求精的創新追求下，該報於 1832 年 4 月 14 日出版第 37 號時實行改版，篇幅雖仍為四頁，但形式和內容都發生變化，欄目清晰醒目，內容更加豐富，具體表現在：報名、報頭、卷首語、出版時間、編排形式、經營管理、報導內容等方面。

　　首先是報頭發生改變。報名進行了簡縮，由原報名 *Chinese Courier and Canton Gazette*，改為 *"The Chinese Courier"*（《中國差報》）。其實從創刊號起，該報在定價廣告中就簡稱為 *"The Courier"*。報頭圖案隨之改變。由原來「一艘在大海中乘風破浪航行的帆船」，變成了「太陽照耀著濃煙彌漫的地球」。報頭編排變為直排。卷首語換成一段出自英國 18 世紀著名劇作家理查德‧布林斯利‧謝里登的名言：

　　若不給我新聞自由，我將帶給部長一個腐敗的上議院，我將帶給他一個腐化和充滿奴性的眾議院，我將會讓他充分享有政治權力，我將會讓他充分發揮領導者的影響力。我將會讓他享有首相這一職位所能帶給他的權威，這個權威能夠買到人們的順從，並能夠懾服反抗。但是，如果我能用新聞自由來武裝自我，我會勇敢地走向他，毫無畏懼；我會用新聞自由那更加強大的引擎來攻擊他所建立起來的強大的政府機構，我會震撼他那極端腐敗的機構，這個腐敗的機構曾試圖掩蔽政府濫用職權這一現象，我將要把這個腐敗的機構埋葬在濫用職權的廢墟下。——理查德‧布林斯利‧謝里登。〔註28〕

　　出版項目欄，改變了以往標明「號」「星期」「年月日」的做法，先是「卷」、出版地「廣州」「星期」「年月日」「期」等。出版時間由每星期四改為每星期六。

　　在該號開篇文章的首句中，伍德解釋了改版的初衷，「我們自然希望改進我們報紙的呆板版面，同時我們將盡力通過密切關注報紙內容使它更具價值」。

　　改版後，最大的變化就是版面編排形式。《中國差報》的版面編排形式突破了原來的二欄制，實行三欄編排。欄目更加突出鮮明，編輯手段較以往多樣化。過去僅標明「廣州」欄目，其他就是每篇文章的題目，即便刊登中外近聞、讀者來信，也沒有欄目表明。改版後，欄目設置保持了「廣州」外，增設了 *"Selections"*（摘要）欄目。編輯解釋了原因：「在目前一年沉悶的季節裏，

〔註28〕 *The Chinese Courier.April,* 14, 1832.

在沒有趣事發生的情況下，我們願從外國最好的雜誌中為讀者提供文摘。」欄目間都用粗橫線隔開，欄目內每篇文章都用細橫線分開，版面更加醒目美觀。

改版後，《中國差報》更加注重經營管理，反映在版面上就是關於廣告、船期、價目表的增加。在改版前，該報長期僅刊登一則內容相同的訂價廣告；改版後，廣告、船期、價目表篇幅明顯增加，每期都刊有兌換比例、伶仃洋的鴉片輸出、船期、通告、減價、訂價廣告等內容。

改版後，《中國差報》主要內容也發生了微妙變化，具體表現在：第一，不斷強化武力侵華主張。第二，批評東印度公司在維護外國人權利方面的軟弱和缺乏領導權，同時也抱之以同情態度。伍德認為：真正的犯錯者是倫敦董事局，廣州特選委員會只是依令行事而已。委員會不必為指令負責，但是建議在廣州的改革者應避免與中國的摩擦，直到命令能得到歐洲力量的武力支持。第三，更加關注東印度公司最後的命運和未來貿易局勢的發展。

1833 年 9 月 24 日，《中國差報》出版至第三卷第六期停刊。《中國差報》停刊的根本原因是由於中外貿易形勢發生了變化，導致它失去了存在的基礎。《中國差報》關於中外貿易的主張是獨特的。它反對東印度公司的壟斷貿易，提倡自由貿易；它提倡自由貿易，但又主張徹底摧毀廣州貿易體制之前，貿易最好由東印度公司壟斷，否則「自由貿易將不起作用」。因此，這種貿易主張既得不到東印度公司的支持，也得不到英國自由商人的支持，甚至美國商人們也反對。儘管伍德是美國人，但他並不代表在華美國社團的意見。因為美國商人主要通過英國商人的壟斷權獲利。隨著 1833 年 8 月 23 日，英國國會通過《東印度公司改革法案》，宣布將於 1834 年 4 月 24 日開始取消東印度公司對華貿易的獨佔權。該法案的出臺，直接粉碎了伍德的貿易主張，證明他是失敗的。外國社區不再有人支持伍德出版的這類主張摧毀廣州貿易體制後再自由貿易的報紙。另外，隨著東印度公司特權的結束，《廣州紀錄報》編輯史雷德（*John Slade*）從公司的新聞審查中解脫出來，開始自由地大膽發言，成為 1834 年後廣州自由貿易商人的喉舌。從此，伍德失去了進攻該報的口實，也就失去了存在的條件。

《中國差報》停刊的直接原因是伍德個人生活問題。1833 年 9 月，伍德向美國旗昌公司主任洛先生（*Mr. W. H. Low*）侄女哈雷爾（Harrier Low）求婚，但是洛先生斷然拒絕了這位不名一文的冒險家的請求。有論者指出：報

紙最後停刊更多的可能主要是因為伍德個人的原因。因為他向美國著名商人的侄女求婚，卻遭拒絕。這次求婚被拒，對他無疑是雪上加霜。事業發展的不如意，個人生活的不稱心，心灰意冷，他決定離開中國前往菲律賓開始新的生活。因此，《中國差報》停刊，既有主編伍德因個人在華生活不如意萌生離開中國之心，又有因中外貿易變化導致東印度公司壟斷貿易取消致使該報失去了安身立命的基礎。〔註29〕在主客觀因素的作用下，《中國差報》難逃停刊的厄運。

1834年，威廉·伍德傷心地離開了廣州前往菲律賓。他在馬尼拉建立和經營咖啡和甘蔗種植園。他是第一個把攝影技術引進馬尼拉的人，在他的傳授下，許多在菲律賓居住的歐洲人後裔掌握了攝影技術。他也曾短暫訪問過歐洲，也曾再加入美國在馬尼拉的旗昌公司再次從事商業貿易工作，有時返回澳門拜訪他的好友。1855年，威廉·伍德在馬尼拉去世。他的好友威廉·亨特評價他說：其不尋常的人生中，他體現了巨大的個人價值。

威廉·伍德在近代中國新聞史上創造了諸多第一：1827年11月，他與馬地臣共同創辦中國第一份英文報刊《廣州紀錄報》，並出任首任編輯和印刷工。他打破了中國新聞事業開創階段只有宗教報刊和葡文報刊的局面，掀起了中國商業報刊的歷史序幕，成為中國英文報刊事業的奠基人。1831年7月，他創辦中國新聞史上第二份英文報刊，也是美國在華的第一份英文報刊《中國差報與廣州鈔報》，成為美國在華新聞傳播活動的開創者，更是中國英文報刊事業的開拓者。他在新聞業務上不斷創新，開創「卷首語」形式，最早實行三欄編排，並發行號外迅速報導新聞，拓展了中國新聞事業新領域的發展。他主編《中國差報》兩年有餘，標誌著美國在華勢力在新聞領域取得重大突破，推動著中美關係向文化交流的邁進；他向美國人民介紹了真實的中國，加深了中美人民的認識，增進中美人民的感情。因此，威廉·伍德不僅是中國英文新聞報刊事業的奠基人、開拓者，而且是中美人民歷史交往的見證者和記錄者。〔註30〕

〔註29〕鄧紹根：《美國人在華創辦的第一份報紙——中國差報與廣州鈔報研究初探》，《新聞與傳播研究》2012年第6期。

〔註30〕鄧紹根等：《威廉·伍德：中國英文報刊的奠基人與開拓者》，《新聞與寫作》2013年第9期。

第七章 開拓創新：裨治文與《中國叢報》〔註1〕

　　裨治文（*Elijah Coleman Bridgman*，1801～1861）在中國前後生活了 32 年（1830～1861）。他作為美國第一位來華傳教士，於 1832 年 5 月在廣州創辦英文報刊《中國叢報》（*The Chinese Repository*）。他是「虎門銷煙」的見證者和記錄者。如 1839 年 6 月 17 日，他前往虎門鎮口村受到了林則徐的接見，並在監化鴉片廠棚觀看了銷煙全過程。6 月 19 日，他在《中國叢報》發表了《鎮口銷煙記》一文，詳細記敘他從澳門來虎門鎮口觀看銷煙的所見所聞以及銷煙池的面積、位置、建築構造、會場布置，林則徐等主要官員當天所穿的服飾，各路官員的言談表情、禮儀舉止，場外周邊布置，被邀前來觀看的外國駐穗官員、商人傳閱大清有關禁煙的法律條文等諸多細節。他的虎門銷煙報導，隨著《中國叢報》發行傳至海內外。《中國叢報》持續出版二十年，成為鴉片戰爭前後出版時間最長、影響最大的英文期刊，對近代中國社會產生廣泛影響。裨治文不僅是《中國叢報》的創辦者和主編，而且是《中國叢報》發表文章最多的撰稿人。裨治文不僅是美國在華宗教新聞事業的開拓者創新者，而且是近代中美交流的文化使者。他在中國出版《美理哥合省國志略》，成為美國人用中文撰寫的最早向中國人介紹美國的史志書籍。他組織翻譯的最具代表性《聖經》中譯本，對近代基督教在華傳播發揮了至關重要的作用。

〔註 1〕本文曾發表於《嶺南傳媒探索》2017 年 06 期。

第一節　裨治文創辦《中國叢報》

裨治文，又稱高理文。1801 年 4 月 22 日出生於美國馬薩諸塞州貝爾徹城（*Belchertow*n）的一個虔誠基督教家庭。1813 年 2 月，裨治文受洗加入公理會教會。1822 年，裨治文經波特牧師（*Dr. Porter*）推薦進入阿默斯特學院（*Amherst College*）。他學習希臘文經典著作、數理化和外語等必修課程，並成為宗教報刊《教士先驅報》（*Missionary Herald*）和《波士頓紀錄報》（*The Boston Reporter*）的忠實讀者，產生了海外傳教的濃厚興趣。1826 年，他考入安多弗神學院（*Andover Theological Seminary*）。1829 年 9 月，他在安多弗神學院畢業，接受美部會派遣前往中國傳教。10 月 8 日，美部會秘書埃瓦茨交給裨治文一封美部會的指示信，建議他應向傳教士先驅馬禮遜牧師征詢意見，在澳門或廣州活動；並布置三項具體的任務：第一，學習中文；第二，分發福音傳單和書籍；第三，來信介紹有關中國人民的性格、生活狀況、禮儀風俗等。〔註 2〕10 月 14 日，裨治文登上了「羅馬」號商船，前往中國的航程。

1830 年 2 月 25 日，裨治文抵達廣州。次日，他見到了朝思暮想的第一位來華新教傳教士馬禮遜。他在日記中寫道：「他用父親般的熱情接待了我們，並衷心歡迎我們來到新的工作環境」。〔註 3〕馬禮遜對他給予無微不至的關懷，聘請教師教他學漢語，並為他準備一些學習參考工具書，如《華英詞典》《廣東省土話字彙》、中文《聖經》等〔註 4〕，為他後來研究中國語言文化打下堅實基礎。

1831 年 2 月 25 日，裨治文在日記中總結了來華一年的工作：一、學習語言；二、佈道；三、準備和散發書籍；四、教授學生經文；五、寫信。〔註 5〕最讓裨治文沮喪的是，美部會關於「在中國人中間推廣福音」的指示根本無法直接進行。首先，在廣州制度下，官方的限制阻止了傳教士對中國人的公開號召。他悲歎：我們的傳道，幾乎沒有人聽，很多人加以嘲笑，大多數人

〔註 2〕顧長聲：《從馬禮遜到司徒雷登——來華新教傳教士評傳》，上海書店出版社2005 年，第 20 頁。

〔註 3〕雷孜智著，尹文涓譯：《千禧年的感召——美國第一位來華新教傳教士裨治文傳》，廣西師範大學出版社 2008 年，第 58 頁。

〔註 4〕Eliza J. Gillett Bridgman: *The Life and Labors of Elijah Coleman Bridgman*, New York, 1864, pp40.

〔註 5〕Eliza J. Gillett Bridgman: *The Life and Labors of Elijah Coleman Bridgman*, New York, 1864, pp57.

不予理睬。〔註6〕其次，馬禮遜也反對這種直接傳教的方法，一再告誡他，最好不去散發書籍。因此，失望和挫折感籠罩著他。

但是，裨治文從馬禮遜創辦近代報刊進行文字傳教的業績中看到了曙光。美部會希望他以馬禮遜馬首是瞻；在美部會的指示信中，也贊同文字傳教：「介紹福音知識的最好手段，乃是印好的傳單和書籍。」另外，美部會希望裨治文介紹有關中國人民的性格、生活狀況、禮儀風俗等。儘管他中文學習有所成效，但還不足以用中文撰稿和編輯。因此，裨治文創辦英文報刊，不僅能達到「在中國人中間推廣福音」的目的，而且能完成「介紹有關中國人民的性格、生活狀況、禮儀風俗等」的任務。他向美部會提出了在廣州或澳門設立教會印刷所的願望，認為有兩大益處：其一，出版物可以作為收集中國各種知識的平臺；其二，向西方的海外傳教運動支持者介紹中國。〔註7〕

當時，廣州出現了出版英文宗教報刊的契機。廣州有兩家英文報刊，一家是英國商人的《廣州紀錄報》，一家是美國商人的《中國差報》。兩家經常為自由貿易激烈論戰，相互攻擊，使得狹小的外僑社區氣氛緊張，急需一份站在中間立場，調和兩家對抗情緒，團結各派外僑力量的報刊。當時中國沿海雖然沒有出版英文宗教刊物，卻有該類刊物的發行，僑民讀者都喜歡閱讀。裨治文曾收到過馬禮遜從澳門寄給他的兩期英文宗教期刊《東方基督教觀察》（*Oriental Christian Spectator*）。因此，裨治文意識到英文宗教報刊為大眾所需。

當然，付諸行動之前，裨治文顧慮重重。他選擇印刷機作為突破口。因為沒有印刷機等物質技術條件，一切將是空談；而且馬禮遜曾經向美部會提出過這個要求，美部會也沒有反對。1827年11月，馬禮遜等人在向美部會建議說：「隨傳道團送來一個印刷機，以出版宗教書刊和本地的傳教小冊子，是很有價值並且很重要的。」〔註8〕1828年6月，美部會積極回應道：「在你的來信中，有一項工作是我們沒有想到的，就是應在廣州設立一座英文印刷所。我認為，經過審慎的安排，成立印刷所可能是極為有用的。」〔註9〕但是，當

〔註6〕〔美〕韓德著，項立嶺、林勇軍譯：《一種特殊關係的形成──1914年前的美國與中國》，上海：復旦大學出版社，1993年，第28～29頁。

〔註7〕雷孜智著，尹文涓譯：《千禧年的感召──美國第一位來華新教傳教士裨治文傳》，廣西師範大學出版社2008年，第72頁。

〔註8〕吳義雄：《在宗教和世俗之間──基督教新教傳教士在華南沿海的早期活動研究》，廣東教育出版社2000年，第65頁。

〔註9〕顧長聲：《馬禮遜評傳》，上海書店出版社2006年，第176頁。

裨治文來到中國時，並沒有帶來印刷設備。這讓馬禮遜興奮之餘略帶失望。
他希望美部會能認識到在中國設立宗教印刷所的重要性，允許美國傳教士出
版宗教期刊。〔註10〕

　　1830年5月，裨治文寄給美部會幾份《東方基督教觀察》，表達自己創辦
報刊的願望，試探總部的態度。10月15日，美部會在回覆馬禮遜信特表歉
意，「我們也將非常謝謝你對我們在東方傳教的任何建議，特別是關於我們在
何時可以運送一部印刷機去協助在中國的聖工，請予指教。」〔註11〕美部會
的《教士先驅報》發表文章，讚揚馬禮遜的報刊活動，「馬禮遜博士認為，美
國傳道團沒有帶一臺印刷機到廣州，是非常可惜的，並希望這樣一項能產生
重大影響的事業能盡快實現。馬禮遜博士在廣州及周邊地區開展傳教活動已
有多年，他非常清楚報刊的影響和對傳教事業的積極作用。」〔註12〕美部會
的回信，讓裨治文備受鼓舞。一是美部會關於印刷機的積極態度，二是讚揚
了馬禮遜的報刊活動的積極作用。

　　裨治文積極行動起來。他首先極力爭取了外國在華僑民的支持。11月5
日，裨治文、馬禮遜和雅裨理三名傳教士，聯合美國商人、奧立芬的合夥人
查爾斯‧京（*Charles W. King*）和馬儒翰建立「在華基督徒協會」（*Christian
Union in China*）。在裨治文的主持下，該會很快就募集到第一批善款。裨治文
向美部會的報告說：「我們的幾個英國和美國朋友已經給了550元。」〔註13〕
其次，裨治文向美部會積極說服他們支持建立出版印刷所。他向美部會強調：
在目前的環境中，向中國人傳播福音的唯一方式就是分發大量的宗教書籍和
小冊子。1831年4月8日，裨治文向總部建議：如果使用西方的印刷技術將
極大地便利中文印刷物的生產；呼籲鑄造一套中文活字取代雕版印刷。5月
10日，裨治文闡述印刷出版書籍的重要意義，宣稱：「由於中國政府不容許公
開講道傳播福音，因此，傳播基督教相關知識的最好辦法就是刊印宗教書籍
和手冊。如此看來，新教傳教士到中國後的首要任務，就是刊印和散發書籍；
這也將是他們以後的工作，直到每個說漢語的人都能用他們自己的語吾言閱

〔註10〕雷孜智著，尹文涓譯：《千禧年的感召——美國第一位來華新教傳教士裨治文
　　　　傳》，廣西師範大學出版社2008年，第72頁。
〔註11〕〔英〕馬禮遜夫人編，顧長聲譯：《馬禮遜回憶錄》，廣西師範大學出版社2004
　　　　年，第269頁。
〔註12〕*China Mission*, The Herald Missionary Vol.26, Nov 1830, p.366.
〔註13〕*Missionary Herald*, Vol.27, p.244.

讀上帝的偉大作品並認識到神的恩典。」〔註14〕

他的呼籲得到了美國商人的資助。1831年底，美國商人奧立芬提供了所有的幫助，包括印刷設備、印刷場所，特別是資金。1831年12月，印刷機由美國「富蘭克林」號運抵廣州。

《郭士立遊記》促使裨治文加快了創辦報刊的步伐。普魯士新教傳教士郭士立曾於1831年6～12月在中國沿海各地考察，並撰寫旅行見聞。1831年1月，裨治文第一次見到郭士立，並欣然答應在「在華基督徒協會」即將創辦的刊物第一期上發表他的遊記。〔註15〕

裨治文等不及美部會關於創辦報刊的明確指示，就迫不及待地著手開始籌辦報刊。1832年3月26日，他在致美部會的信中說：「馬禮遜博士越來越渴望能有一份大眾媒介來報導這裡的純粹事實。我們現在手頭有一篇非常有價值而篇幅較長的日記。它是郭士立在暹羅和華南沿海等地的遊記，準備付印，其他事項也在準備之中。我們期望創辦一份類似於孟買出版的那種期刊。」〔註16〕這說明，裨治文已經開始進行組稿工作，決心創辦一份英文宗教期刊。

4月，「羅馬」號運來印刷活字後，裨治文立即雇傭印刷工人，建立印刷所，著手出版刊物。他向美部會宣布：「我們即將創辦一份期刊，但具體形式尚待最後確定。」〔註17〕但他心中已經有了基本的形式，即傚仿馬禮遜和米憐創辦的《印支搜聞》(*The Indo-Chinese Gleaner*)。由於裨治文與馬禮遜關係密切，能夠直接從馬禮遜處獲得經驗。該刊內容「主要是關於宗教問題相互聯繫的渠道，同時還可能成為瞭解我們傳教的幾個國家的文學、歷史等許多有用信息的中介。」〔註18〕這些不僅直接促使裨治文創辦《中國叢報》，而且對《中國叢報》的編輯思想和編排形式產生了直接的影響。

1832年5月1日，裨治文已經著手編輯《中國叢報》。當天日記中，他寫道：「開始創辦《中國叢報》，但願它完完全全是上帝的作品，從誕生之日起，在它的整個成長過程中，都是如此；願它的每一頁都充滿了真理，宣揚上帝

〔註14〕雷孜智著，尹文涓譯：《千禧年的感召——美國第一位來華新教傳教士裨治文傳》，廣西師範大學出版社2008年，第73頁。

〔註15〕雷孜智著，尹文涓譯：《千禧年的感召——美國第一位來華新教傳教士裨治文傳》，廣西師範大學出版社2008年，第74頁。

〔註16〕鄧紹根：《美國在華早期新聞傳播史》，世界知識出版社2013年，第89頁。

〔註17〕雷孜智著，尹文涓譯：《千禧年的感召——美國第一位來華新教傳教士裨治文傳》，廣西師範大學出版社2008年，第74頁。

〔註18〕譚樹林，《馬禮遜與中西文化交流》，中國美術學院出版社2004年，第256頁。

的榮耀，增加其子民的德與善。」〔註19〕5 月 5 日，裨治文創辦《中國叢報》
取得實質性進展，已經印刷好創刊號的前兩頁。5 月 31 日，裨治文主編的《中
國叢報》在廣州美國商館正式創刊。

第二節　裨治文主編《中國叢報》

　　1832 年 5 月，裨治文作為創辦者，成為《中國叢報》首任主編，一直到
1847 年 6 月，裨治文奉美部會命令，前往上海，參加《聖經》修改工作並負
責開闢上海傳教站工作，從此長期居住上海，無法繼續編輯《中國叢報》，只
得由別人擔任。因此，裨治文擔任主編的時間長達 15 年之久，是《中國叢報》
持續出版 20 年的三分之二。在他主編期間，《中國叢報》成長發展，成為鴉
片戰爭前後近代中國最具影響力的英文報刊，他為之進行了卓有成效的主編
工作。

　　第一，確立《中國叢報》的刊物宗旨和編輯方針。

　　在 1832 年 5 月 31 日出版的《中國叢報》創刊號上，裨治文撰寫《導言》，
以二千多字的篇幅詳盡地闡述了該報的創刊宗旨和編輯方針。他首先從中國
「閉關鎖國」入手，介紹了它「孤懸」於世界之外的狀況以及世界對中國的
錯誤認識，從而推導出認識中國的必要性；其次，旗幟鮮明地提出編輯方針，
將從自然歷史、商業、社會關係、宗教等四方面入手介紹中國情況；「關於自
然歷史，要求適當和有利地介紹以下內容：氣候、天氣、風雨的變化對健康
的影響；土地，包括礦藏、植物、動物、肥沃和耕作的狀況；以及河、湖、海
的出產。關於商業，特別有興趣地關注過去到現在的進展，並觀察目前現狀
的利弊。關於社會關係方面，要求細緻地調查社會的構成以及相連的道德性
格，要求密切地不間斷地觀察他們相互的行為，君臣、夫妻、父母子女等等，
這要求會得到許多幫助，通過文藝性格的培養，他們的書和教育系統值得檢
驗，他們不斷強有力地影響所有的主要關係和社區至關重要的利益。我們願
將積極地關注人們的宗教特徵。……」〔註20〕再次，他闡釋了創辦刊物的態
度，責任、公正、無私和堅忍不拔；最後，強烈呼籲讀者支持和喜歡他們的刊

〔註19〕雷孜智著，尹文涓譯：《千禧年的感召——美國第一位來華新教傳教士裨治文
　　　　傳》，廣西師範大學出版社 2008 年，第 75 頁。
〔註20〕*Introduction*, Chinese Repository, Vol.1. No.1. pp3～4.

物。這篇《導言》充滿了西方人的文化優越感，表達了傳播上帝福音、改造中國的強烈願望，傳達了「只有認識中國，才能改造中國」的理念。因此，裨治文創辦《中國叢報》目的是：其一，介紹中國，內容無所不包，就像名字 "Chinese Repository" 一樣，中文直譯「中國的倉庫」，雅意「中國的寶庫」，以便向西方的傳教支持者介紹中國，讓西方認識中國，成為「有能力、值得信賴的、公認的中國權威」；其二，傳播西方文明和基督福音，從而改造中國人的靈魂。

在《中國叢報》隨後發行的數年裏，裨治文不繼重申該刊的宗旨和編輯方針，並一以貫之地執行。1833 年 5 月，他在《導論》(*Introductory Remark*) 一文中指出：「我們應該運用方法去改善與中國的政治和商業關係，取得宗教的寬容。……我們應該有更多的知識交流。我們尋求獲得關於中國的法律、禮儀、風俗、資源等方面的信息。」〔註 21〕仍然強調認識中國國情，福音改造中國的目的。1836 年 8 月，他在介紹恒河外印度地區的歐洲雜誌時，對該刊宗旨和編輯方針作了進一步的補充和深化。「出版《中國叢報》是我們的責任，我們將逐月地竭盡全力地為讀者提供我們能夠搜集到的最有價值的信息。……更加迫切需要大量的、更加確定的、準確無誤的、重要的信息。我們希望《中國叢報》在適當的時期，將展現所有最重要的、值得記載的故事和事實。它們包括：中國的典制、教育制度、風俗習慣、社會交往、社會禮儀、宗教迷信、歷史、藝術等等。的確，我們堅信這一時刻必將很快到來：當我們認識中華帝國的狀況和人民的性格及需要比現在更準確得多的時候，基督教國家團結友好，相互尊重，按照最佳原則來共同行動——培養起帝國子民真正賦有樸實而可敬的品格，為激勵中國名列文明友愛的大家庭而共同努力！」〔註 22〕

1845 年 7 月，裨治文更加直接地表明了《中國叢報》刊物宗旨：「我們確信我們的刊物值得所有對占人類三分之一人口的中華帝國感興趣的人的關注。激起這種興趣和改進中國的直接努力，過去是，現在是，將來仍然是《中國叢報》的首要宗旨。」〔註 23〕

第二，精益求精編排《中國叢報》欄目。

在上述刊物宗旨和編輯方針指導下，裨治文注重編排藝術，主要採取一

〔註 21〕*Chinese Repository*, Vol.2. p6.
〔註 22〕*European periodicals beyond the Ganges*, Chinese Repository, Vol.5. p160.
〔註 23〕*Editorial Notice*, Chinese Repository, Dec.31th, 1851.

欄制編排形式，偶而出現二欄制；編排以文字為主，偶配有圖畫、表格等；在編排欄目方面，以 1834 年 5 月為界，呈現顯著差異。《中國叢報》前兩卷採用當時西方雜誌比較流行的分欄編纂方法。每欄界限清楚，欄目前留有較多空白，欄目名稱用大號粗體字標示，欄目間用兩粗橫線分開。欄目內有多篇文章時，也儘量用小橫線分隔開。欄目名稱下的文章都採用斜體字印刷，以示與正文字體的區別。

《中國叢報》創刊號設有三個欄目。第一個欄目「書評」（*Review*），刊登了兩篇書評。第一篇是《古代中國和印度》（*Ancient Account of India and China*）；第二篇文章是《郭士立遊記》。第二個欄目，「宗教通訊」（*Reilgious Intellgence*）。欄目內文章均以黑體的國名、地名為小標題，介紹基督教在該國該地的傳教情況，雖有新聞成分，但其寫法更像是我們今天的地方通訊，所以譯為「宗教通訊」更為妥當。每篇通訊又以小橫線隔開。第三個欄目，「時事日誌」（*Journal of Occurrences*）。《中國叢報》創刊號發表了關於廣東、廣西和湖南交界處的叛亂、海林阿將軍之死、軍人吸食鴉片、北京、饑荒、交趾支那、搶劫、刑部尚書陳若霖退休等文章。

1832 年 6 月，《中國叢報》第二期增加了三個欄目。在「書評」欄目後，增設了「雜錄」（*Miscellanies*）欄目，刊登有《一位基督徒》《友誼》《平安》《偶像崇拜》和《婆羅門教徒》等文章。在「宗教通訊」後，增設「文藝動態」（*Literary Notices*）欄目，刊登有《一個新學院》《黃教教義的幾點研究》《以怨報德的多事之秋》《聖書集口》和《訓女三字經》等五篇短文。該期末頁最後幾行增加了一個「附記」（*Postscript*）欄目，即選錄的是北京《京報》的新聞消息。從此，《中國叢報》欄目相對比較穩定，以「書評」「雜錄」「宗教通訊」「文藝動態」「時事日誌」和「附記」等六個為基礎欄目進行內容編排。

1834 年 5 月，《中國叢報》雖然仍然是分欄編纂方法，但對欄目形式進行了編排形式的重大改革，開始採用文章「*Article*」的縮寫形式 "Art." 為單位進行編排。每篇文章前冠以 "Art."，按羅馬文數字順序依次編排，*Art.I*、*Art.II*、*Art.III*、*Art.IV*、*Art.V*、*Art.VI*、*Art.VII*、*Art.VIII*、*Art.IX*、*Art.X*、*Art.XI*、*Art.XII*。雖然一些欄目名稱被取消，但也有些欄目名稱出現在 "Art." 後面。

第三，精心組織稿源。

關於《中國叢報》的稿源，臺灣學者王樹槐認為：「《中華叢報》（現譯《中

國叢報》）的取材，可分為下列四個方面：一、已出版的有關中國之西文書籍，《中華叢報》摘要轉載，或為文評論，共達一百三十種之多；二、個人遊歷所見所聞；三、華人口述，《中華叢報》據以報導；四、中文書籍，此為材料最大的來源，《中華叢報》將之譯為英文，提要介紹，共達八十八種之多，此外則就某一問題研究，引徵中西文書不少。」〔註24〕雖然這一統計未必完全準確，但基本反映了裨治文開闢的《中國叢報》的稿源情況。

其一，在「書評」和「文藝動態」等欄目中，《中國叢報》轉載摘要或評論大量有關中國的西文書籍，這充分反映了該刊「旨在評論關於中國的外國書籍」的編輯方針。經筆者粗略統計，《中國叢報》涉及的西文著作多達 151 種，而不是王樹槐統計的「一百三十種之多」。這些西方書籍內容廣泛，包括宗教、語言、地理、文學、教育、歷史和地理等方面；作者是歐美各國的一些漢學家和外交官等。裨治文將這些書籍內容編輯進《中國叢報》，不僅大大豐富了《中國叢報》的內容，而且讓讀者瞭解西方漢學書籍的出版狀況，豐富了西方世界對中國的認識，推動了歐美漢學研究的發展。

其二，《中國叢報》所利用的中文書籍，多達 88 種，如《文獻通考》《三字經》《百家姓考錄》《孝經》《三國志》《搜神記》《三皇木紀》《紅樓夢》《四洲志》《四庫全書》《說文解字》等。這些中國書籍，內容廣泛，有經史子籍，有文學詩詞；有皇帝聖諭，有故事小說；有經典古籍，有時人著作等。這為西方瞭解中國打開了一扇窗戶，加深了西方對中國的認識。

其三，中外報刊也是《中國叢報》的重要稿源。根據筆者初步整理，《中國叢報》所採用的中外報刊達 60 種之多，如《威斯敏斯特評論》《便士雜誌》《印支搜聞》《中國差報和廣州鈔報》《愛丁堡評論》《廣州紀事報》等。這些中外報刊，來自世界各地，主要地域是廣州、英美和東南亞。《中國叢報》經常採用的是京報，甚至設立專欄專篇摘要其內容，是它中國信息的主要來源。

其四，《中國叢報》稿源還來自各地的通訊員和讀者來信。《中國叢報》採用這些文稿都會注明 "correspondent"。第一次出現的時間是 1837 年 3 月，《中國叢報》刊登文章《漢語拼音法》，寫有 "By a Correspondent"。〔註25〕

〔註24〕王樹槐：《衛三畏與〈中華叢刊〉》，《近代中國與基督教論文集》，臺灣宇宙光出版社 1990 年，第 180 頁。
〔註25〕Chinese Repository, Vol.5. No.11. p481.

隨後一期，即第五卷第 12 期，發表的《暹羅史》一文，也寫有 *"By a Correspondent"*〔註26〕刊登各地的讀者來信，是《中國叢報》的編輯特色之一。

　　裨治文廣泛發動外國在華僑民為《中國叢報》積極撰稿。經筆者粗略統計，《中國叢報》撰稿人主要來自三個部分：傳教士、外交官和商人。他們大部分是各國在華的外僑，其中人數最多的是在華傳教士，成為撰稿的主力。中國籍作者較少，僅有三位，梁進德、阿沖、阿昌，他們都是裨治文的學生。在裨治文的主編下，《中國叢報》成為外國在華的主要言論機關，是外僑在中國的一個公開的言論平臺，也是外僑一個薈集意見、交流思想、影響中外的重要陣地。

第三節　《中國叢報》撰稿第一人

　　裨治文主編《中國叢報》十五年，不僅積極組織稿源，發動在華僑民撰稿，編輯各種稿件文章；而且筆耕不輟，親自撰寫了大量稿件，成為《中國叢報》發稿最多的作者。據臺灣學者王樹槐統計，主要撰稿人發表的文章數：裨治文 350 篇，衛三畏 114 篇，馬禮遜 91 篇，馬儒翰 85 篇，郭士立 51 篇。〔註27〕但據大陸學者尹文涓統計，裨治文 424 篇，衛三畏 146 篇，馬禮遜 71 篇，馬儒翰 74 篇，郭士立 51 篇。〔註28〕雖然數字不盡相同，但都反映了一個事實：裨治文是《中國叢報》出版 20 年中發稿最多的撰稿人。筆者根據衛三畏在《中國叢報》停刊時編輯出版的《中國叢報二十卷總目》統計，《中國叢報》在出版 20 年內共發表 1256 篇文章，裨治文一人發表文章 352 篇，占該刊文章總數的 28%，不僅成為《中國叢報》名副其實的撰稿第一人，而且基本奠定了刊物的內容風貌。

　　《中國叢報二十卷總目》包括 30 個主題內容，分四大版塊：第一，介紹中國國情，《中國叢報二十卷總目》統計文章共 424 篇，裨治文占 128 篇文章，主題文章分布為：1. 地理（63／22 篇），2. 中國政府與政治（81／17 篇），3. 歲賦、軍隊、海防（17／3 篇），4. 中國人民（47／15 篇），5. 中國歷史（33／20 篇），6. 自然歷史（35／0 篇），7. 藝術、科學與工藝（27／8 篇），8. 遊

〔註26〕 *Chinese Repository*, Vol.5. No.12. p537.
〔註27〕 王樹槐：《衛三畏與〈中華叢刊〉》，《近代中國與基督教論文集》，臺灣宇宙光出版社 1990 年，第 180 頁。
〔註28〕 鄧紹根：《美國在華早期新聞傳播史》，世界知識出版社 2013 年，第 145 頁。

記（27／14篇），9. 語言、文學（94／29篇）等九方面。其中，裨治文撰寫的「地理」類文章有《中國十八省的總分布》《湖北省地志》《浙江省地志》《江蘇省地志》《安徽省地志》《江西省地志》《直隸省地志》《河南省地志》《山東省地志》《陝西省地志》《福建省地志》《廣東省地志》《河南省地志》《山東省地志》《陝西省地志》《福建省地志》《廣東省地志》《廣西省地志》等22篇，介紹了中國分省的行政區域和地形地貌情況。

第二，評論中外關係，文章共 365 篇，裨治文占 108 篇，具體主題文章分布為：10. 商業、貿易（60／7 篇），11. 航運（26／3 篇），12. 鴉片（55／17 篇），13. 廣州、洋行（36／10 篇），14. 中外關係（34／14 篇），15. 中英關係（38／17 篇），16. 中英戰爭（74／28 篇），17. 香港（22／4 篇）18. 中美關係（21／8 篇）。

第三，介紹中國周邊國家的概況，文章共 99 篇，裨治文占 19 篇。在《中國叢報二十年總目》主題文章分布為：19. 日本、高麗（24／4 篇），20. 暹羅、交趾支那（21／0 篇），21. 其他亞洲國家（18／3 篇），22. 南洋群島（36／12 篇）。這些文章主要介紹中國周邊國家的歷史、地理以及同國外的交往關係。

第四，記載基督教在華活動的進展，討論和評價基督教在華的發展得失。文章共 368 篇，裨治文撰寫 97 篇，具體主題文章分布為：23. 異教（43／4篇），24. 傳教（102／41篇），25. 醫務傳教（48／6篇），26. 聖經修訂（40／10篇），27. 教育會（31／11篇），28. 宗教（29／3篇），29. 傳記（38／8篇），30. 雜俎（37／14篇）等。

在 30 大主題內容中，裨治文僅有「自然歷史」和「暹羅、交趾支那」兩個方面沒有撰寫過文章；他最關注的主題內容分別是傳教（102／41 篇）、語言文學（94／29 篇）、中英戰爭（74／28 篇）、地理（63／22 篇）、中國歷史（33／20 篇），均超過了 20 篇文章。

第四節　組織出版編輯隊伍

《中國叢報》創刊後，每月編輯出版叢報成為裨治文的首要大事，但他並沒有放棄傳教、學習中文、從事教育以及譯書等活動，因此，常常感到身心疲憊，分身乏術。1833 年 2 月 16 日，他向美部會強烈請求派遣一位「負

責、虔誠、受過良好教育的印刷工人」前來中國。〔註29〕美部會從裨治文寫回的報告中認識到在華傳教是很有前途的事業,認為:「印刷品對於改造異教徒的工作是大有助益的」〔註30〕;決定派遣一個專門從事印刷事務的人來華協助。〔註31〕於是,物色到出身於印刷世家的衛三畏(*Samuel Wells William*)。〔註32〕

1833 年 10 月,衛三畏抵達廣州。衛三畏的到來,受到裨治文的熱烈歡迎。他倆一見如故,開始了在中國長期的深厚友誼。在工作上,兩人合作默契,裨治文負責《中國叢報》的編輯,而衛三畏負責印刷出版。在生活上,「他們同住在商行後面的一個擁擠的地方,就像一家人一樣。」裨治文向衛三畏提出了三個良好的建議,第一,不能一心只想著學習語言,因為他的首要任務是印刷;第二,要經常並且準確地觀察他們身處其中的奇怪的中國人;第三,避免受到中國文明中光怪陸離成分的誘惑,要鍛鍊自己每天在不友善和懷疑的目光下生活的能力。〔註33〕衛三畏到達廣州後,立即承擔起管理印刷所的重任,投入到《中國叢報》印刷所的工作之中,保證刊物出版的正常運轉。

1837 年底,美部會的諮詢委員會開始向傳教士們施壓,要求他們不得參與所有非宗教性質的活動,並停止刊行《中國叢報》。裨治文進行了積極的抗爭。他的不妥協態度激怒了諮詢委員會。1838 年,美部會在《教士先驅報》公布:裨治文先生被要求退出《中國叢報》的編輯工作。這份雜誌已經基本上完成了國內基督教界所賦予的使命。目前傳教站的緊要任務是,要求懂漢語的傳教士將全部時間和精力投入到需要漢語的工作中去。〔註34〕裨治文決心保住他心愛的雜誌。在美部會將這一決定通知他後不久,他答覆道:「儘管我沒有遵照信件上的要求做,但這個要求所要達到的目標已經實現了。」他明確地向總部表明了他將違抗指示繼續刊行《中國叢報》的

〔註29〕雷孜智著,尹文涓譯:《千禧年的感召——美國第一位來華新教傳教士裨治文傳》,廣西師範大學出版社 2008 年,第 80 頁。

〔註30〕〔美〕衛斐列:《衛三畏生平及書信》,廣西師範大學出版社 2004 年,第 6 頁。

〔註31〕吳義雄:《在宗教和世俗之間——基督教新教傳教士在華南沿海的早期活動研究》,廣東教育出版社 2000 年,第 79 頁。

〔註32〕〔美〕衛斐列:《衛三畏生平及書信》,廣西師範大學出版社 2004 年,第 6 頁。

〔註33〕〔美〕衛斐列:《衛三畏生平及書信》,廣西師範大學出版社 2004 年,第 22 頁。

〔註34〕雷孜智著,尹文涓譯:《千禧年的感召——美國第一位來華新教傳教士裨治文傳》,廣西師範大學出版社 2008 年,第 169 頁。

意圖，並著手防備這項事業在將來受到進一步干涉。他通知諮詢委員會，《中國叢報》已不再「處於美部會的管轄範圍之內」。他譴責美部會通訊秘書安德森說：「《中國叢報》第九卷即將發行。現在，《中國叢報》用的並不是您的印刷機，也沒有怎麼使用您的人力、經費。我對您在報告和《教士先驅報》上說的話深感遺憾。您讓一部分人誤以為您已經將《中國叢報》停辦了，或打算這麼幹。奧立芬先生、金查理先生和陶伯特先生是《中國叢報》直接或間接的主要贊助人，而且我知道他們是不會停止資助《中國叢報》的。現在《中國叢報》只需要投入一點編輯力量，就會辦得很好。您盡可以把這裡最好的資源抽走，但我希望您以後不要再干預它了。我會竭盡所能把它繼續辦下去的，當然我也不會因此而影響我的本職工作。」〔註35〕由於裨治文的大膽叛逆和同孚行的慷慨資助，《中國叢報》才得以繼續刊行，並與美部會脫離關係。

在鴉片戰爭爆發的前後，隨著中英矛盾逐漸激化，裨治文組織《中國叢報》編輯部遷往澳門，與印刷所會合。〔註36〕鴉片戰爭結束後，英國割占香港島，裨治文又組織人員將《中國叢報》編輯部於 1844 年 10 月 19 日，遷往局勢穩定的香港出版。〔註37〕1845 年 7 月，《中國叢報》發表聲明：「我們明白，感謝上帝，由於環境超出了我們的控制，叢報辦公室遷回廣州。」〔註38〕三次遷移，保證了《中國叢報》在戰亂時局下堅持連續出版和順利運轉，這離不開裨治文的組織之功。

1847 年 6 月，裨治文離開廣州前往上海工作，不得不卸任《中國叢報》主編。當時衛三畏返美探親未歸，他只好將《中國叢報》交付給堂弟詹姆斯·裨治文（*James Granger Bridgman*，1820～1850）主編出版。《中國叢報》能夠連續出版，正常有序運行，裨治文功不可沒。

第五節　注重《中國叢報》經營發行

《中國叢報》創刊後，裨治文比較注重經營。雖然他不像《廣州紀錄報》

〔註35〕雷孜智著，尹文涓譯：《千禧年的感召——美國第一位來華新教傳教士裨治文傳》，廣西師範大學出版社 2008 年，第 170 頁。
〔註36〕*Chinese Repository*, Vol.13. No.10. p559.
〔註37〕*Chinese Repository*, Vol.13. No.10. p559.
〔註38〕*Chinese Repository*, Vol.14. No.7. p351.

和《中國差報》等商業報刊一樣，刊登廣告，收取廣告費用；但他另闢蹊徑，從事宗教書籍的印刷，進行銷售經營，補貼印刷開支。裨治文建立中國叢報印刷所後，雖然人員少，但為了傳教的需要，就開始印刷小開本的《聖經》摘要等書籍。書籍的印刷出版，為《中國叢報》帶來了利潤，補貼的印刷開支。

裨治文比較重視發行工作，《中國叢報》利用當時的基督教傳教網絡在中外發行。《中國叢報》出版第九期後，裨治文稱已經有一百多位訂戶。當第一卷結束時，有了 200 位訂閱者。〔註39〕但也有研究者說：「第一期和第二期，各印四百冊，因銷售一空，故第三期即增印一倍。」〔註40〕1834 年 1 月，裨治文就曾向美部會彙報，鑒於《中國叢報》的訂戶正在穩步增加，他們決定將定價減半，並將發行量從 400 份增加到 1000 份。2 月，美國商人奧立芬同意在訂閱費不足以抵付開支的情況下承擔全部費用，為《中國叢報》擴大發展提供了經濟保障。

裨治文採用增大《中國叢報》發行量的明智策略。他十分清楚，選擇贈送《中國叢報》的那些機構與個人，會進一步將《中國叢報》所刊登的內容廣為傳播。當時《中國叢報》向英美兩國各出版社和教育機構提供了大量的贈刊。《中國叢報》成為兩國關於中國的最有價值、最可靠的信息來源。正如伊麗莎白‧馬爾科姆所言：「當時西方大部分有影響力的期刊得到了《中國叢報》的贈刊，如《北美評論》《愛丁堡季刊》《威斯特敏斯特評論》以及《布萊克伍德雜誌》等，其所刊登的有關中國方面的文章，大都參考了《中國叢報》的內容或鳴謝《中國叢報》贈刊。」〔註41〕

1836 年 8 月，《中國叢報》在對創刊四年來的情況總結時，介紹了自己的發行情況。「第一卷和第二卷的每冊價格是六美元不等。隨後每冊價格僅為原來的一半。第一卷早已脫銷；第二卷尚存 13 冊；第三卷還有 219 冊；第四卷尚餘 500 冊。目前在世界各地發行情況如下：中國（200 冊）、馬尼拉（15 冊）、夏威夷群島（13 冊）、新加坡（18 冊）、馬六甲（6 冊）、檳榔嶼（6 冊）、巴達維（21 冊）、泰國（4 冊）、悉尼、新南威爾士（6 冊）、孟加拉（7 冊）、錫蘭（2 冊）、孟買（11 冊）、好望角（4 冊）、漢堡（5 冊）、英國（40 冊）、美

〔註39〕鄧紹根：《美國在華早期新聞傳播史》，世界知識出版社 2013 年，第 115 頁。

〔註40〕王樹槐：《衛三畏與〈中華叢刊〉》，《近代中國與基督教論文集》，臺灣宇宙光出版社 1990 年，第 181 頁。

〔註41〕雷孜智著，尹文涓譯：《千禧年的感召——美國第一位來華新教傳教士裨治文傳》，廣西師範大學出版社 2008 年，第 109 頁。

國（154 冊）。當月發行共計 515 冊，但是其中有五分之一是向公眾機構及其他期刊免費贈送。……從發行以來，我們不斷收到讀者新的訂單，他們不僅要求購過刊，也索買新刊，由於這些需求的增加，將會使我們每月發行量超過 800 冊。」〔註42〕根據這則史料，可以得知《中國叢報》的大致發行狀況：第一，銷售發行價格，前兩卷六美元，第三捲起減價一半，改為三美元。第二，發行雖有滯銷，但發行數在逐漸增加；另外，由於該刊是雜誌，不是日報和週刊，《中國叢報》發行週期比較長，經常會出現讀者購買前幾期或幾卷的情況，所以才有出現庫存不一樣的數字；但從上面的數字也可以看出，《中國叢報》很受歡迎，第一卷已經脫銷，第二卷所剩無幾。第三，發行方式除了定價出售外，也有免費贈送。第四，發行區域廣泛。因此，在裨治文的經營管理下，《中國叢報》已經發行遍布世界十六個國家和地區，成為影響世界的重要刊物。英國《便士報》（*The Penny Magazine*）稱讚它：「即使在英國，這個刊物也是出色的。」〔註43〕

　　鴉片戰爭後，中國大門洞開。隨著中外時局的變化，基督教新教傳教中心的由廣州北移上海。1847 年 6 月 4 日，在美部會擴大在華傳教使命的指示下，裨治文乘坐美國公司的「科柯特號」（*Coquette*）帆船離開廣州前往上海。他心懷兩大目標：一是與代表委員會的其他成員一起完成《新約》的修訂工作；二是為美部會調查在這裡建立一個新傳教站的前景。〔註44〕從此，他離開了自己創辦、主持了十五年之久《中國叢報》主編崗位，交由堂弟詹姆斯·裨治文（1846 年 6 月至 1848 年 9 月）負責。1848 年 9 月，衛三畏，返回中國後出任了《中國叢報》第三任主編直到停刊。

　　裨治文雖然離開了《中國叢報》，但他一直關心它的發展，繼續為《中國叢報》撰稿。他到上海後，就將自己沿海的見聞《1847 年廣州到上海的航行記》以及初到上海的觀感寫成文章《上海印象》發表在《中國叢報》上，隨後陸續發表了《嘉定和南翊等城市訪問記》《江蘇輿地營伍全圖解說》《上海附近眾山紀遊》《中國君主的穩定和任期》等數十篇文章。

　　1851 年 12 月 31 日，《中國叢報》20 卷 8～12 期合刊出版，並刊登由「裨

〔註42〕 *European periodicals beyond the Ganges*, Chinese Repository, Vol.5. pp159～160.

〔註43〕 方漢奇：《中國新聞事業通史》第一卷，中國人民大學出版社 1992 年，第 281 頁。

〔註44〕 雷孜智著，尹文涓譯：《千禧年的感召——美國第一位來華新教傳教士裨治文傳》，廣西師範大學出版社 2008 年，第 254 頁。

治文、衛三畏」署名的《停刊通告》。此時，他遠在上海，《停刊通告》並非出自他的手筆，在裨治文日記中也未見有關《中國叢報》1851 年停刊的任何記載。這顯然是衛三畏尊重和感念裨治文創辦、主編《中國叢報》的功勞，而將其名列於自己之前，發表通告，昭告中外讀者《中國叢報》正式停刊。

總之，裨治文不僅是美國在華宗教新聞事業的開拓者創新者，而且是近代中美交流的文化使者。裨治文開啟了美國來華傳教士創辦報刊的大門，拓展了近代來華傳教士報刊活動的範圍，創新了近代來華傳教士報刊的宣教模式。他將《中國叢報》向所有在華外國人開放，使之不僅成為外國人在華的交流平臺和輿論陣地，而且是當時西方人士瞭解和觀察中國的最權威的、最詳細的外文報刊。同時，裨治文先後在中國出版了最早的美國史志《美理哥合省國志略》，並首次刊布了美國《獨立宣言》文本的部分漢譯，先後出版《廣東方言撮要》《真假兩岐論》《永福之道》《復活要旨》《靈生詮言》《耶穌獨為救主論》和《孝經》（英文版）等書籍。美國歷史學家費正清認為：裨治文等新教傳教士創辦的「早期的中國問題刊物《中國叢報》在世界上實際產生的影響與《聖經》有代表性的中譯本的影響同樣久遠。它們在文化交匯中起了關鍵作用」。〔註 45〕美國紐約大學為表彰裨治文在中美文化交流上所作出的貢獻，特授予他榮譽神學博士學位。1861 年 11 月 2 日，裨治文因病在上海逝世，終年 60 歲。

〔註 45〕譚樹林，《馬禮遜與中西文化交流》，中國美術學院出版社 2004 年，第 271 頁。

第八章　守成發展：衛三畏與《中國叢報》〔註1〕

　　2008 年 8 月 8 日，世界矚目北京，第 29 屆夏季奧運會在鳥巢主體育場盛大開幕。當日也發生了一件載入中美兩國關係史冊的喜事，即新落成的美國駐華大使館舉行了剪綵儀式。美國國務院歷史文獻辦公室為此專門發行紀念圖冊《共同走過的日子——美中交往兩百年》，將 1833 年抵達廣州的衛三畏稱為美國「來華傳教第一人」（史實有錯，應是 1830 年抵達廣州的美國傳教士裨治文〔*Elijah Coleman Bridgman*〕），對衛三畏在促進中美兩國人民的文化交流的貢獻概括如下：傳教士成為介紹中國社會與文化的重要信息來源，因為他們與大部分來華經商的外國人不一樣，這些傳教士學習了中文。如美國傳教士衛三畏就會說流利的廣東話和日語。他曾參與編輯英文期刊《中國叢報》，供西方傳教士及時瞭解中國的最新動態，方便在美國的讀者瞭解中國人的生活。衛三畏還編輯出版了《漢英拼音字典》（即《漢英韻府》）和分為上下兩卷的歷史巨著《中國總論》。時至今日，他依然被公認為對 19 世紀的中國生活認識得最為精透的觀察家。〔註2〕確實，衛三畏是近代中美關係史上的重要人物。他在華 43 年（1833～1876）編輯過報紙，當過中英文翻譯，出任過美國駐華公使代辦，搜集和掌握了晚清中國豐富大量的第一手資料，是美國一位重要的研究中國問題的專家，被稱為美國「漢學之父」，其名著《中國總論》將中國研究作為一種純粹的文化來進行綜合的研究，成為美國漢學研

〔註 1〕本文曾發表於《嶺南傳媒探索》2018 年 01 期。
〔註 2〕《美國「漢學之父」衛三畏》，http://www.sohu.com/a/151101845_231566。

究的奠基之作。衛三畏在近代中美文化交流中取得如此大的成就並獲得後世高度的評價，均與他守成發展《中國叢報》密不可分、緊密相連。衛三畏為印刷出版《中國叢報》而來，負責印刷出版工作時間最長；他為《中國叢報》撰寫了大量文章，成為地位僅次於該刊創辦者裨治文的撰稿人；他是《中國叢報》的第三任主編，也成為該報無奈結局的「送終人」。衛三畏對《中國叢報》的印刷出版、編輯發行和後期報務工作發揮了極其重要的作用。

第一節　基督感召，為《中國叢報》來華

衛三畏（*Samuel Wells Williams*，1812～1884），全名塞繆爾・韋爾斯・威廉斯。據說其祖上於 1637 年由英格蘭移民到美洲大陸，成為當今波士頓社區最早定居者之一。1812 年 9 月 22 日，出生於紐約州伊薩卡（*Utica*）。青少年時期，他先後在新哈特福德就讀於主日學校和帕里斯希爾村學校。1831 年 2 月，他宣誓入教，成為一位虔誠的基督徒。他看待上帝就像蘇格拉底看待他的守護神一樣，他的這一習慣一旦形成就一直保持著……這種體驗中蘊藏著宗教的真正含義和他整個事業的動力。〔註 3〕1831 年夏，衛三畏前往特洛伊倫塞勒學院求學。

當時，美國第一位來華傳教士裨治文正積極呼籲美部會運送印刷機和鉛字到中國擴大文字傳教。1831 年年底，美國商人奧立芬提供印刷設備並運抵廣州，建立起印刷所，但缺乏熟練的印刷工。他們向美部會要求派遣一位印刷工來中國幫助出版《中國叢報》（*The Chinese Repository*）。1832 年 4 月，美部會找到衛三畏父親，請他幫他們物色一位前往中國管理傳教會印刷所的年輕人時，父親毫不猶豫地推薦了衛三畏。他父親認為：「對他兒子來說，傳教工作並不陌生，對上帝和他的事業的熱愛是所有事情中最重要的，把福音傳給異教徒是為主效力的最好辦法。」於是，父親立即寫信給衛三畏，建議他前往中國照管傳教會印刷所。

1832 年 4 月 23 日，衛三畏接到父親來信後，回信表示願意前往中國，但是提出一個條件：「在十月份課程結束以後，是否可能讓我好好學習一下印刷方面的業務，以便能夠勝任這項工作？……在這裡一切結束以後，如果

〔註 3〕〔美〕衛斐列著，顧鈞等譯：《衛三畏生平及書信》，廣西師範大學出版社 2004年，第 5 頁。

我能夠完全學會我現在還是一無所知的那門印刷技藝，我願意去，而且非常榮幸自己能夠這樣為耶穌的事業效力。」〔註4〕7月20日，他寫信給美部會秘書安德森表達願望：「您肯定也不願意送一個不稱職的人去。在那麼短的時間裏我必須學習印刷和管理，以及其他一些業務……當然前兩者是主要的。目前我所具備的關於印刷的知識都是在做其他事情的間隙中學來的，我需要全面的複習和學習。……美部會需要的是一個熟練工人，而不是一個學徒。」〔註5〕

1832年5月，《中國叢報》正式出版後，裨治文更加需要一名熟練的印刷工人。7月28日，他寫信給父母抱怨：「印刷工是一個葡萄牙人，英語不好，這使得我很難理解他的語言。」〔註6〕12月，他請求美部會調遣一位熟練印刷工來華的願望更加強烈。1833年2月16日，他向總部去信，再一次強烈請求美部會派遣一位「負責、虔誠、受過良好教育的印刷工人」前來中國。

此時，大學畢業的衛三畏已經學習印刷事務，並樂在其中，決心在前往中國前盡可能學會印刷和包裝的所有技藝。他信心百倍。他說：「一旦作出承擔這項工作的決定，我就絲毫沒有懷疑過最終的勝利，或者後悔做這件事。」〔註7〕1833年4月，經過六個月的學習，他完成了書籍製作的所有環節的訓練。他隨著排好的鉛字從排字間來到印刷廠，從那兒隨著印出的校樣來到負責校對的地方，然後學習使用折疊機、縫紉機，以及裝訂的整個過程。〔註8〕

1833年6月15日，衛三畏和美部會派遣的傳教士伊拉·持雷西（Ira Tracy），乘坐「馬禮遜」號從紐約港出發，經過一百多天的航行，於10月25日下午抵達廣州。衛三畏的到來，受到了《中國叢報》主編裨治文的熱烈歡迎，「對衛三畏來說，有這麼一位前輩是非常幸運的，他們脾氣相似、興趣相仿，所以在中國共事的多年當中他們之間一直保持著親密的友誼。他們的工

〔註4〕〔美〕衛斐列著，顧鈞等譯：《衛三畏生平及書信》，廣西師範大學出版社2004年，第6頁。

〔註5〕〔美〕衛斐列著，顧鈞等譯：《衛三畏生平及書信》，廣西師範大學出版社2004年，第9～10頁。

〔註6〕〔美〕雷孜智著，尹文涓譯：《千禧年的感召——美國第一位來華新教傳教士裨治文傳》，廣西師範大學出版社2008年，第80頁。

〔註7〕〔美〕衛斐列著，顧鈞等譯：《衛三畏生平及書信》，廣西師範大學出版社2004年，第7頁。

〔註8〕〔美〕衛斐列著，顧鈞等譯：《衛三畏生平及書信》，廣西師範大學出版社2004年，第13頁。

作聯繫緊密──編輯和印刷《中國叢報》，這使兩人一開始就關係密切。」〔註9〕在生活上，「他們同住在商行後面的一個擁擠的地方，就像一家人一樣。」衛三畏立即接替了孤軍奮戰、疲憊至極的裨治文，成為印刷所裏的主要印刷工。他倆很快就成為親密的好朋友與高效的合作夥伴。裨治文年紀稍長，所接受的教育稍多，成為衛三畏可信賴的良師益友。裨治文幫助他學習漢語，共同擔負著沉重的工作。

第二節　嘔心瀝血，印刷出版《中國叢報》

　　衛三畏立即承擔起管理印刷所的重任，投身《中國叢報》印刷出版之中。《中國叢報》創刊時，利用奧立芬捐贈給美部會的印刷機和活字建立起自己的印刷所（*The Office of the Chinese Repository*）。衛三畏在印刷所的工作首先遭到語言困難。因為「他的印刷所裏的許多工人都是來自殖民地澳門的葡萄牙人，……為了指揮印刷工人，他發現他自己首先學習的是葡文而不是中文。」但工作任務較輕，「印刷《叢報》是當時印刷間裏唯一一固定的工作」。〔註10〕

　　當時印刷所條件簡陋，衛三畏寫信給父親抱怨說：「我的印刷所相當冷，因為露天部分的地面上鋪的是石頭，且沒有壁爐。你也許知道這裡從 12 月到 4 月都生火，因為天氣又冷又濕。」〔註11〕1834 年 10 月，美國商人奧立芬回到廣州後，花費 250 元在商館後面為印刷所蓋建了一間辦公室，中國叢報印刷所環境得以改善。但由於中外時局出現嚴重危機，衛三畏等考慮將印刷所轉移到清政府管轄範圍之外的地方。1835 年 12 月，衛三畏將印刷所轉移到澳門。

　　中國叢報印刷所遷至澳門後，衛三畏租下一棟獨樓，共 12 間房，每間約二丈見方，比原來在廣州時只有一間辦公室的條件大為改善。該樓位於山坡上，一邊為兩層，另一邊為三層，印刷所設在中間。人員也比以前增多，共雇有守門人一名，買辦一名，廚子一名，男傭一名，印刷工人一名，為五人；另

〔註 9〕　〔美〕衛斐列著，顧鈞等譯：《衛三畏生平及書信》，廣西師範大學出版社 2004年，第 22 頁。

〔註 10〕　〔美〕衛斐列著，顧鈞等譯：《衛三畏生平及書信》，廣西師範大學出版社 2004年，第 24 頁。

〔註 11〕　〔美〕衛斐列著，顧鈞等譯：《衛三畏生平及書信》，廣西師範大學出版社 2004年，第 26 頁。

外有小孩四名，九歲左右，是衛三畏收養的學生。後來，隨著印刷增加，印刷工人增加到五名，其中華人三名，葡人二名；後來又增加了一名遇難被救的日本人。〔註12〕1839 年 1 月 26 日，衛三畏在寫給父親的信中詳細介紹澳門印刷所情況：「我的印刷所有多麼古怪是你想像不出來的，我確信它很奇特。首先我們這裡有中文鉛字，它們被安放在屋子四周的架子上，正面朝上，因為只有將鉛字一個個看過去才能找到其中需要的那一個。我們還有 60 盒大號鉛字——大小相當於四個 12 點活字，共 25000 多個，幾乎沒有兩個是相同的。小號鉛字一盒一盒地放在架子上，共 20 盒，其中的間隔用 18 點鉛字填充。所有的鉛字都是背面朝下、正面朝上的。中文鉛字佔了半個房間的面積，關於它就說這麼多。我們這裡還有笨重的英文印刷機，是用鋼鐵製造的，有三個排字架。」〔註13〕

鴉片戰爭結束後，英國割占香港島，《中國叢報》於 1844 年 10 月 19 日遷往香港出版。隨著廣州局勢穩定，1845 年 7 月，《中國叢報》遷回廣州出版。在衛三畏主持下，中國叢報印刷所添購一些印刷活字和設備，不斷改進印刷條件。1845 年，返美途中，他在巴黎購買了一套滿文鉛字和字模，「這樣我們就可以印刷任何想印的東西了，而且美觀程度決不亞於皇家印刷局的水平。」〔註14〕

1832 年 5 月一直連續出版至 1851 年 12 月 31 日停刊，《中國叢報》共 19 年又 8 個月，總 232 期。對於前四年的出版情況，《中國叢報》曾作過總結：第一卷印刷了 400 冊；第二卷，400 冊，第三卷 800 冊；第四卷，1000 冊；因此第五卷將超出 1000 冊。第一卷 512 頁；第二卷，576 頁；第三、四卷都為 584 頁；類似於印刷了總數為 2256 頁的八開本書籍。每卷都附有一個總目錄。〔註15〕其出版時間做過兩次調整。1832～1840 年前八卷出版時間均為上年 5 月至下年 4 月；第九卷作出調整，從該年 5 月出版至 12 月，8 期為一卷，但總篇幅沒有減少，與第八卷持平均為 648 頁。第十卷開始到終刊，每卷從

〔註12〕王樹槐：《衛三畏與中華叢刊》，《近代中國與基督教論文集》，臺灣宇宙光出版社 1990 年，第 177 頁。

〔註13〕〔美〕衛斐列著，顧鈞等譯：《衛三畏生平及書信》，廣西師範大學出版社 2004年，第 56 頁。

〔註14〕〔美〕衛斐列著，顧鈞等譯：《衛三畏生平及書信》，廣西師範大學出版社 2004年，第 76 頁。

〔註15〕*European periodicals beyond the Ganges*. Chinese Repository, Vol.5.159.

該年 1 月至 12 月為一卷；僅有第二十卷例外，僅有 8 期，8～12 月合刊出版。
其具體出版詳情見下表：

《中國叢報》出版情況表 〔註16〕

時　　間	卷期數	頁　　數
1832.5～1833.4	一　12	512
1833.5～1834.4	二　12	576
1834.5～1835.4	三　12	584
1835.7～1836.4	四　12	584
1836.5～1837.4	五　12	576
1837.5～1838.4	六　12	608
1838.5～1839.4	七　12	656
1839.5～1840.4	八　12	648
1840.5～1840.12	九　8	648
1841.1～1841.12	十　12	688
1842.1～1842.12	十一　12	688
1843.1～1843.12	十二　12	632
1844.1～1844.12	十三　12	656
1845.1～1845.12	十四　12	592
1846.1～1846.12	十五　12	624
1847.1～1847.12	十六　12	616
1848.1～1848.12	十七　12	656
1849.1～1849.12	十八　12	672
1850.1～1850.12	十九　12	680
1851.1～1851.12	二十　8	560
總計：19 年又 8 個月	20 卷總 232 期	12356

在 19 年又 8 個月中，《中國叢報》共出版 232 期總 12356 頁，平均每卷
617.8 頁，每期 53 頁有餘。篇幅最長的一期是第 20 卷第 7 期，多達 168 頁。
篇幅最短是創刊號，為 32 頁。在每卷內頁碼連續，每卷裝訂成套，成為合訂
本。篇幅最大的第十、十一卷，均為 688 頁；最小為第一卷，512 頁。如果算

〔註16〕鄧紹根：《美國在華早期新聞傳播史 1827～1872》，世界知識出版社 2013 年，
　　　　第 111～112 頁。

每卷平均，則數第九卷，僅出版八期，就 648 頁，平均 81 頁；當然平均數最小的為第一卷，每期平均僅 42 頁有餘。如此的篇幅，已經成為當時中國篇幅最大的期刊。

另外，每卷《中國叢報》合訂本，衛三畏都會按照字母順序製作目錄，附在卷首，一般長達 5～6 頁。從第十三卷開始，又增加了內容目錄，一般也長達 3～4 頁。特別在第二十卷首，還發表了長達 4 頁、類似「停刊詞」的「社論通告」。此外，中國叢報印刷所還對前期第 15 卷的《中國叢報》進行了重印，以滿足各地讀者的需要。「《叢報》一共印刷出版了 21000 冊，全部用當地的紙張印刷。衛三畏還給這套雜誌做了總目錄，每年度的合訂本都附了一份。目錄將全部文章的題目分類列出，並注明了文章的作者。僅這份總目錄就有 168 頁。」〔註 17〕

1833 年 10 月，衛三畏到廣州時，《中國叢報》已經由裨治文出版至第二卷第六期，從此，他掌管中國叢報印刷所，負責印刷出版《中國叢報》直到終刊。期間，僅因 1844 年 11 月至 1848 年 9 月返美，《中國叢報》由詹姆斯・裨治文（*James Granger Bridgman*）負責印刷出版。即便返美期間，衛三畏也忙於為印刷所購買活字和設備。因此，衛三畏負責印刷出版時間長達 14 年之久，為《中國叢報》的印刷出版工作嘔心瀝血。

第三節　勤於筆耕，位列第二的撰稿人

1833 年 10 月，衛三畏到廣州後，印刷出版《中國叢報》是他唯一的固定工作，使得他有大多數時間來學習語言和研讀字典。同時，開始嘗試為《中國叢報》寫稿，走上了研究中國之路，邁向漢學研究之門，「幾個月後衛三畏開始《叢報》寫稿子，之後一直沒有中斷，直到《叢報》停刊。」〔註 18〕

1834 年 2 月，《中國叢報》第 2 卷第 10 期在「雜錄」專欄中刊登了衛三畏兩篇文章。第一篇為《中國的度量衡制度》，篇幅為三頁，分三部分向國外讀者介紹了中外國貿易過程中中國使用的度量衡制度。第二篇是《廣州的進出口貨物》，該文篇幅較長，達 26 頁。按照字母順序介紹了廣州港口主要貨

〔註 17〕〔美〕衛斐列著，顧鈞等譯：《衛三畏生平及書信》，廣西師範大學出版社 2004
　　　　年，第 104 頁。
〔註 18〕〔美〕衛斐列著，顧鈞等譯：《衛三畏生平及書信》，廣西師範大學出版社 2004
　　　　年，第 22 頁。

物的進出口貿易情況。這是衛三畏在《中國叢報》首次發表文章，成為該刊撰稿人的開始。他的寫作範圍不斷擴大，「其後幾年他寫了一些關於中國自然史方面的文章，因為這個題目他最感興趣。後來隨著中文程度的加深，以及閱讀能力的提高，他對中國文學和建築也發生了興趣。」他的寫作水平也不斷提升，並不斷受到認可。「雖然這些早期文章的風格沒有什麼吸引人的地方，但是通過它們衛三畏使自己的研究成果為人所知。他意識到自己文字表達的笨拙後就嘗試改進和提高，為此他師法自己最喜歡的作家——查爾斯·蘭姆。他試圖用《關於烤豬》的筆法來描寫廣州生活的情景，結果其幼稚和拙劣的模仿使裨治文先生看後笑出了眼淚，他要求衛三畏燒掉那篇美妙的文章並回到平實持重的風格上來。衛三畏來中國以前在自己本國語言方面準備不足，但是通過後來的勤學苦練他在雙語字典的編撰中寫出了一個個充滿力量和表現力的句子。雖然他的長篇著作總是避免不了一些笨拙的遣詞造句，但是他撰寫的字典詞條卻以其精練和明快受到了眾多學者的稱讚，同時也為語文學的發展作出了顯著的貢獻。」〔註19〕

據《〈中國叢報〉二十卷總目》統計，衛三畏勤於筆耕，為該報撰寫了114篇稿件，僅次於該刊創辦人、第一任主編裨治文之後，位列第二；《中國叢報》20年內共發表1256篇文章，衛三畏占9%強。他撰寫的114篇文章分布為：第2卷2篇，第3卷8篇，第4卷2篇，第5卷2篇，第6卷6篇，第7卷11篇，第8卷5篇，第9卷4篇，第10卷2篇，第11卷6篇，第12卷0篇，第13卷5篇，第14卷1篇，第15卷0篇，第16卷0篇，第17卷3篇，第18卷24篇，第19卷12篇，第20卷21篇。從以上粗略統計明顯可以看出：第一，衛三畏長期為《中國叢報》撰稿，跨度16年；即便在1844年11月至1848年9月返美期間，他仍然堅持為《中國叢報》（第13至17卷）撰寫了9篇稿件。第二，1848年自美歸來後，他撰寫稿件57篇，占總數的一半。

衛三畏撰寫的114篇文章按照《〈中國叢報〉二十卷總目》30個主題內容分布四大版塊：第一，介紹中國國情，76篇，分布為：1. 地理（17），2. 中國政府與政治（4），3. 歲賦、軍隊、海防（4），4. 中國人民（10），6. 自然歷史（19），7. 藝術、科學與工藝（11），8. 遊記（2），9. 語言、文學（13）

〔註19〕〔美〕衛斐列著，顧鈞等譯：《衛三畏生平及書信》，廣西師範大學出版社2004年，第22～23頁。

等九方面。第二，評論中外關係，15 篇，分布為：10. 商業、貿易（3），12. 鴉片（2），13. 廣州、洋行（3），14. 中外關係（4），16. 中英戰爭（1），18. 中美關係（2）。第三，介紹中國周邊國家的概況，7 篇，分布為：19. 日本、高麗（7）。第四，記載基督教在華活動的進展，討論和評價基督教在華的發展得失，16 篇，分布為：23. 異教（2），24. 傳教（4），25. 醫務傳教（1），26. 聖經修訂（5），28. 宗教（1），29. 傳記（3）等。因此，衛三畏撰寫文章的內容主要集中在介紹中國國情方面，如自然歷史（19 篇）、地理（17 篇）、語言、文學（13 篇）、藝術、科學與工藝（11 篇）中國人民（10 篇）。其實，發表在《中國叢報》上關於中國國情各個方面的內容，成為他 1848 年出版《中國總論》的重要基礎。

第四節　殫精竭慮，主持《中國叢報》大局

1848 年 6 月 1 日，衛三畏帶著新婚的妻子離開紐約，經好望角前往中國，9 月 1 日到達廣州，歷時 90 天。此時，裨治文已由 1847 年 6 月赴上海開闢新的教區，《中國叢報》由第二任主編詹姆斯・裨治文（*James Granger Bridgman*，1820～1850）主持。衛三畏回到廣州後，接任《中國叢報》第三任主編，一人負責該刊的編輯、出版和發行。《中國叢報》的工作就完全落在了衛三畏一個人身上。「他一個人負責編輯出版的全部事宜，直到停刊。由於該報的許多支持者都遷居別的沿海城市或者去了歐洲，它的發行量大大減少了，並且開始資不抵債。除了極少數文章是由以前的支持者們撰寫的之外，大部分稿件都出自衛三畏之手。甚至有一期從頭到尾都是衛三畏的手筆。」〔註20〕

隨著五口通商、傳教重心北移之後，撰稿隊伍流失，《中國叢報》編輯工作越來越艱難，衛三畏只好自己多寫文章來保證刊物的出版。1849 年 2 月 24 日，他致信弟弟 W. F.威廉斯牧師說：「《中國叢報》佔用了我不少的時間和精力。我來到這裡以後，一切事情都是由我來處理的。沒有任何人可以幫助我。不過還是在盡自己所能做好一切，希望能夠支撐下去。」〔註21〕

衛三畏主編《中國叢報》，工作異常繁忙，以致只能用上帝的旨意寬慰自

〔註20〕〔美〕衛斐列著，顧鈞等譯：《衛三畏生平及書信》，廣西師範大學出版社 2004 年，第 95 頁。

〔註21〕〔美〕衛斐列著，顧鈞等譯：《衛三畏生平及書信》，廣西師範大學出版社 2004 年，第 93 頁。

己。他說：「我忙於《中國叢報》的編輯工作，同時正在編一個英漢對照詞彙表……我幾乎連吃飯的時間都沒有，即使在吃飯時也會時常離開餐桌，去看看那些正在印刷的東西是否有問題。印刷室就在客廳隔壁。雖然事務繁忙，但是我想，我所做的這一切都是上帝的旨意。」〔註22〕

　　同時，衛三畏負責《中國叢報》經營工作。為了使得該報順利出版，他印刷出版其他書籍，以補貼《中國叢報》的開支。如出版《華番通書》（*Anglo-Chinese Calendar*）。這是一本八開、篇幅大約100頁到120頁的年鑒式書籍，內容是簡要介紹上一年中國發生的大事，提供一些官方的數據資料，並附有居住在開埠城市的外國人名單。衛三畏把他編的每一種都印刷300冊，並把出售所獲得的微薄利潤用來補貼印刷所開支。〔註23〕

　　從1832年中國叢報印刷所在廣州建立，中經澳門和香港，最後遷回廣州，到最後被大火焚毀，印刷書籍如下：

　　1832～1851年，《中國叢報》20卷，8開本，23000卷（含1～5卷的重印卷數）。

　　1837年，麥都思，《福建土話詞典》，4開本，300冊。

　　1841年，裨治文、衛三畏，《廣東方言中文文選》，4開本，800冊。

　　1842年，衛三畏，《拾級大成》，8開本，700冊。

　　1844年，衛三畏，《中國地志》，8開本，200冊。

　　1844年，衛三畏，《英漢對照詞彙表》，8開本，800冊。

　　1844年，衛三畏，《商務指南》第二版，8開本，100冊。

　　1845年，《中國與英、美、法三國條約》，8開本，600冊。

　　1847年，裨治文，《馬若瑟〈中國語文劄記〉》，8開本，600冊。

　　1848年，衛三畏，《商務指南》第三版，8開本，800冊。

　　1849～56年，衛三畏，《華番通書》，8開本，8冊，共2000冊。

　　1849年，密迪樂，《英譯滿文資料》（木版印刷），8開本。

　　1854年，博尼，《廣東話詞彙和口語習慣用法》，8開本，800冊。

　　1856年，若特爾，《英國、印度、中國貨幣匯率換算法》，8開本，300冊。

〔註22〕〔美〕衛斐列著，顧鈞等譯：《衛三畏生平及書信》，廣西師範大學出版社2004年，第99頁。

〔註23〕〔美〕衛斐列著，顧鈞等譯：《衛三畏生平及書信》，廣西師範大學出版社2004年，第95頁。

1856 年，衛三畏，《英華分韻撮要》，8 開本，800 冊。

1856 年，衛三畏，《商務指南》第四版，8 開本，1000 冊。

印刷品共計約 38000 冊（卷），此外印刷機構還多次承印了印刷各種小冊子。25 年來，出版物和其他業務盈利超過 12000 美元。〔註 24〕

衛三畏也重視《中國叢報》的發行工作。1834 年 2 月 23 日，他在寫給父親的信中說：「我一向遵循的準則——一次做一件事——還是讓我做成了許多事。《叢報》是最艱苦的工作，但是否是最有益於傳教的工作還有待觀察。如果它能讓基督教世界瞭解到傳教的重要性，那麼我們的工作就沒有白費。教導那些贊助這項偉大工作的人們，應該不是一個不切實際的目標，因此請傳閱送往伊薩卡德《叢報》，讓你手上的 3 份起到 30 份的作用。」〔註 25〕《中國叢報》已經飄洋過海，在衛三畏的家鄉流傳。

另據《衛三畏生平及書信》統計：《中國叢報》出版總數為 21000 卷，即每年合訂本約 1000 卷，每期（月）平均發行 800 餘冊。1851 年，只有 300 人訂閱。1856 年廣州商館區發生大火，庫存的 6500 冊毀於一炬。〔註 26〕1851年，五口通商後，傳教士、外國商人大量湧進中國，但五口加上香港六處的外僑共計也不過 1007 人。〔註 27〕可見《中國叢報》受到中國外僑的歡迎。

第五節　無奈結局，親歷《中國叢報》停刊

1851 年 12 月，《中國叢報》出版第 20 卷第 8 期（8～12 月合刊）後宣布停刊，並於 12 月 31 日在第 20 卷的合訂本目錄前發表了由衛三畏執筆、裨治文和衛三畏合署簽名的停刊《通告》。在這篇幅長達兩千五百多字的停刊《通告》中，衛三畏自豪地肯定了《中國叢報》的成就：「本刊可以達到而且已經達到的成就在於：傳遞有關中國的信息；激發對中國千百萬人的精神和社會福利的興趣；指出對中國人狀況和特徵尚有很多地方需要瞭解；以及記述在中國對外關係方面發生的重大的事件和變化。我們為《中國叢報》發行時所

〔註 24〕〔美〕衛斐列著，顧鈞等譯：《衛三畏生平及書信》，廣西師範大學出版社 2004年，第 155 頁。

〔註 25〕〔美〕衛斐列著，顧鈞等譯：《衛三畏生平及書信》，廣西師範大學出版社 2004年，第 25 頁。

〔註 26〕〔美〕衛斐列著，顧鈞等譯：《衛三畏生平及書信》，廣西師範大學出版社 2004年，第 104 頁。

〔註 27〕*Chinese Repository*. Vol.20, 11.

定的目標顯而易見達到而感到滿足。」〔註28〕最後他宣布：《中國叢報》正式停刊。

據中外學者研究：《中國叢報》停刊有美國國內美部會的原因，有美國商人奧立芬去世的原因，有鴉片戰爭中西關係變化和基督教在華傳教格局變化的時代原因，有裨治文、衛三畏的個人原因，也有《中國叢報》自身的問題。這些種種原因的合力就成為《中國叢報》停刊的必然因素。但《中國叢報》停刊並不是說停就停的，從提出停刊到最終停刊，有一個時間發展過程。

1849 年 9 月 12 日，衛三畏寫給弟弟的信中，首次提出了《中國叢報》停刊的想法，「我一直在考慮停辦《中國叢報》，騰出時間和精力來辦一本中文雜誌。我相信，即使《叢報》的確有存在的必要，另一份雜誌也應該立即創辦。現在這裡的商人們對中國的情況不再像從前那樣關注了，《叢報》也處於負債運行的狀況，這也是我覺得應該停辦的理由之一。我很願意編這樣一份報紙，但是又覺得我做這樣的工作不是很合適，我比較傾向於用一種更直接的方式來幫助中國人。」〔註29〕在信中，衛三畏開載布公地說明停刊理由：第一，想辦一份中文雜誌。第二，商人不支持，致使《中國叢報》虧損。第三，自己喜歡用「更直接的方式幫助中國人」，即參與世俗事務，如外交活動等。這些信息表達出衛三畏對主辦《中國叢報》的態度發生了動搖。

1850 年 6 月 22 日，衛三畏已經決定停刊《中國叢報》。他在寫給詹姆斯‧達納教授的信中說道：「我很快就可以從繁忙的編輯工作中抽身了，因為幾個月之內，《中國叢報》就將停刊。它在讀者中受到的冷遇讓我們覺得勞而無功。在過去的三四年中，它所帶來的虧損都由我們其他業務的贏利來填補。但是現在，我們開始許多新的工作，這需要投入較多的精力，我們已沒有時間來精心料理《中國叢報》了。」〔註30〕在信中，他明確地表達了自己停刊《中國叢報》的決心，也給出了解釋：第一，勞而無功，讀者不歡迎；第二，虧損；第三，其他新事業。在信中，他有一種如釋重負的感覺，使讀者感受到了《中國叢報》即將停刊的命運。

1851 年 12 月 25 日，衛三畏在致 W.F.威廉斯牧師的信中寫到：「我最近

〔註28〕 *Editorial Notice*, Chinese Repository, Vol.20.
〔註29〕 〔美〕衛斐列著，顧鈞等譯：《衛三畏生平及書信》，廣西師範大學出版社 2004年，第 98 頁。
〔註30〕 〔美〕衛斐列著，顧鈞等譯：《衛三畏生平及書信》，廣西師範大學出版社 2004年，第 100 頁。

已經停辦《中國叢報》了。等我將《叢報》的索引出版以後，我就會開始考慮開辦一份新的中文報紙或別的什麼刊物。」〔註31〕12月底，他出版了《中國叢報》第20卷最後一期，即8至12月的8～12期的合刊。這在該期首頁清楚地表明 "Vol.XX.——Aug. to Dem., Vol20. Nos.8 to12."《中國叢報》就此停刊。仔細閱讀12月31日刊登的停刊《通告》，似乎蘊含著向讀者或某機構解釋、申明之意，意味著停刊背後還有一些深層的導致停刊的原因，使他倍感壓力。衛三畏在《中國叢報》停刊後同友人聯繫的信件中，逐漸道出了其中的緣由。

1852年6月21日，他致信W. F.威廉斯牧師，再次談到《中國叢報》停刊的真正原因：美部會的要求。「我們遠在波士頓的可敬的秘書已經打算關閉我的印刷所，並把所有的出版工作交給別的印刷機構去做。安德森博士看來意欲停辦所有的印刷機構、學校和醫院，要這裡的傳教團把全部精力投入到佈道中去。我們現在和國內進行著長篇累牘的通信，他們已開始催促我趕快接受聖職——就像我在美國一樣。」〔註32〕

衛三畏為印刷《中國叢報》而遠渡重洋來到中國；他嘔心瀝血，印刷出版《中國叢報》，達14年之久；他勤於筆耕，積極為《中國叢報》撰稿，長達19年，發表114篇文章，成為位列第二的撰稿人；他殫精竭慮，長期編輯《中國叢報》，並臨危受命《中國叢報》第三任主編，主持大局，負責經營發行，使該刊受到僑民喜愛，遠銷歐美。在《衛三畏生平及書信》一書中總結寫道他與《中國叢報》的緊密關係：《中國叢報》在發行20年之後停刊，這在衛三畏的生平事業中是一件大事。自從衛三畏到廣州後，他為這份報紙的編輯和出版付出了很多心血。在他旅居中國的日子裏，他一直都在為此而忙碌。〔註33〕《中國叢報》是美國傳教士在華創辦的第一份報刊，成為美國在華宗教新聞事業的開端；衛三畏雖然不是《中國叢報》開創者，但在衛三畏的守成發展下，《中國叢報》成為美國早期在華時間最長、影響最大的刊物，是近代西方人瞭解和觀察中國的最權威的、最詳細的英文報刊，也是中國人認識西方、瞭解西方，西方人認識中國、瞭解中國的一個最重要橋樑和窗口。

〔註31〕*Chinese Repository*, Vol.20, No.7, 513.

〔註32〕〔美〕衛斐列著，顧鈞等譯：《衛三畏生平及書信》，廣西師範大學出版社2004年，第103頁。

〔註33〕〔美〕衛斐列著，顧鈞等譯：《衛三畏生平及書信》，廣西師範大學出版社2004年，第105頁。

在衛三畏守成發展《中國叢報》過程中，他於 1848 年成功出版美國最早最具權威的漢學研究巨著《中國總論》（*The Middle Kingdom*），奠定了他美國漢學第一人的學術地位。《中國總論》是美國第一部關於中國的百科全書，更是一部十九世紀國際漢學的集成之作。該書分上下兩卷，凡 23 章，對中華帝國的政治、經濟、外交、文化、歷史、地理、教育、藝術以及宗教等方面做了系統的論述。美國歷史學家費正清稱讚他是「一個天才的業餘歷史學家」，稱讚《中國總論》不僅堪稱「一門區域研究課程的教學大綱」，而且成為「數代美國人認識中國的英文模板」。除此之外，衛三畏對中國問題有比較全面的瞭解，曾先後出版過十多部關於中國的書籍，內容包括政治、經濟、歷史、文學、文字等諸多領域，如《簡易漢語課程》（*Easy Lessons in China*，1842）、《官方方言中的英漢用詞》（*An English and Chinese Vocabulary in the Court Direct*，1844）、《中國地志》（*A Chinese Topography*，1844）、《中國商業指南》（*A Chinese Commercial Guide*，1844）、《漢英拼音字典》（*A Syllable Dictionary of the Chinese Language*）等。這些書籍一度成為外國來華傳教士和商人的必讀之書。《中國叢報》停刊後，他開始投身美國駐華外交事務。1855 年任美國駐華專員署（廣州）秘書。1856 到 1876 年二十年間曾七次代理駐華公使職務。1860 年任美國駐華公使館（北京）臨時代辦。1876 年，由於身體等方面的原因，他辭去外交職位，返美在康涅狄格州的紐黑文（*New Haven*）定居。1877 年，衛三畏受聘為耶魯大學漢學講座首任教授，也是美國的第一位漢學教授，成為美國第一位職業漢學家。在他積極推動下，耶魯大學首先開設中文課程，建立第一個漢語教研室和東方圖書館，經常舉辦關於中國問題的講座，出版《我們同中華帝國的關係》（*Our Relations with Chinese Empire*，1877）、《中國歷史》等。1881 年，衛三畏當選為美國東方學研究權威機構——美國東方學會的會長。1884 年 2 月 16 日，衛三畏在家中病故，享年 73 歲。

第九章 另闢蹊徑：郭實獵與《東西洋考每月統記傳》[註1]

　　普魯士新教傳教士郭實獵（德文名為 *Karl Friedlich August Gützlaff*，英文名為 *Charles Gutzlaff*，1803～1851），是近代中西文化交流史上舉足輕重而又異常複雜的人物。他在中國新聞傳播史上最重要的貢獻就是創辦了中國境內第一個中文近代報刊──《東西洋考每月統記傳》（以下簡稱《東西洋考》）。它是我國學界公認的在中國境內最早出版的中文近代期刊，在中國報刊史、新聞出版史上佔有重要地位。中國新聞史學家戈公振在奠基之作《中國報學史》中認為：「此報發刊於中國境內，故我國言現代報紙者，或推此為第一種，因前三種皆發刊於南洋也。」[註2]

第一節　郭實獵來華創辦《東西洋考每月統記傳》

　　郭實獵，1803 年 7 月 8 日出生於普魯士波美拉尼亞（*Pomerania*）的佩里茲（*Pyritz*）小鎮。父親約翰·雅各布·古茲拉夫（*Johann Jacob Gützlaff*）是一個裁縫，虔誠信奉基督教。4 歲時，郭實獵母親去世。在跟隨一名銅匠當學徒後，進入學校勤習阿拉伯語和土耳其語，希望加入普魯士駐君士坦丁堡的公使館。1818 年，他萌生了要成為一名向異教徒傳道的傳教士的想法。18 歲時，他前往柏林教會學院學習。1823 年，他赴鹿特丹，加入荷蘭傳道會，並

〔註 1〕本文曾發表於《嶺南傳媒探索》2018 年 03 期。
〔註 2〕戈公振：《中國報學史》，上海古籍出版社 2003 年，第 79 頁。

在那裡學習了一段時間。為搜集他決定去傳教的馬來群島所需的相關傳教資料，他前往法國巴黎和英國倫敦遊學。1826 年 7 月 20 日，他在鹿特丹被按立為牧師，並於 9 月 11 日乘坐「海倫娜‧克里斯蒂娜號」（Helena Christina）輪船啟程前往巴達維亞。〔註 3〕1827 年 1 月 6 日，郭實獵抵達巴達維亞。他在麥都思家裏住了一段時間。郭氏主動請麥都思牧師教導他中國語文和馬來語，其時所學的華語，是以閩南語、廣府語和官話為主。在其指導下開始學習馬來語和漢語，郭氏在漢語方面取得了驚人的進步。

郭實獵最初的目的地是蘇門答獵島，但當地的戰事令他無法前往，因此他轉而前往廖內島。在那裡除了傳教外還擔任了牧師。1828 年 8 月 4 日，他同倫敦傳道會湯雅各牧師（Rev. Jacob Tomlin）一起乘坐中國帆船離開新加坡前往暹羅，並於 23 日到達，成為基督教入暹羅傳道的第一批教士，後來還與湯雅各牧師合譯泰文聖經。1829 年郭氏被派往蘇門答臘工作，因與他專向華人傳道的旨趣相違，所以脫離荷蘭傳道會，自始專做個人獨立傳教士。1829 年初往馬六甲訪問倫敦傳道會施約翰牧師。在馬六甲期間，因倫敦會暫無常駐馬六甲的傳教士，郭實獵被被委任管理當地倫敦傳道會傳教事務；同時，他認識了倫敦會首位女傳教士瑪麗‧紐厄爾小姐（Miss Mary Newell）進而結為夫婦，並和她一起返回新加坡。1830 年 2 月 14 日，他又離開前往暹羅。1831 年初，當郭氏著手策劃遊歷中國沿海佈道之際，郭實獵夫人不幸於 1831 年 2 月 16 日難產，母女先後去世，郭氏深受打擊，但仍不改變向中國傳教的心志。

1831 年 6 月 18 日，郭實獵為實現進入中國內地傳教的理想，以回鄉探親為由，乘坐中國帆船「順利號」沿海南島、南澳、澄海入福建同安。從這裡繼續北上，9 月到達天津，10 月抵達遼東。郭實獵因為在當地人中行醫、穿當地人的服裝、並且起了一個中國名字而獲得好評，同時他向很多人發放了基督教書籍。12 月 13 日，他返抵澳門，受到馬禮遜牧師夫婦的熱情接待。不久，又有東印度公司專屬的「阿美士德伯爵號」（Lord Amherst）將要啟程北行，研究在廣東以外設立商港的可能性，郭氏被邀請以譯員和醫生的身份隨船通往。1832 年 2 月 27 日啟程，途徑廈門、臺灣、福州、高麗、琉球各地，郭實獵於 9 月 5 日返回澳門。儘管開闢新商道的計劃失敗了，但他卻藉此向

〔註 3〕偉烈亞力著，趙康英譯，顧鈞審校：《基督教新教傳教士在華名錄，附傳教士略傳及著述目錄》，天津人民出版社 2013 年，第 66 頁。

人們發放了大量書籍。10 月 12 日，他乘坐「西爾芙號」（*Sylph*）輪船又開始一次向北的航行，並於 1833 年 4 月 29 日返回廣州。〔註4〕1831、1832、1833 年三次中國沿海航行，不斷刺探中國沿海各地的軍事、政治、地理、經濟等情報，並做傳教活動，促使他深入思考如何扭轉在華傳教局面問題。

　　19 世紀 30 年代，西方列強迫切要求打開中國的門戶，但使用武力條件還不太成熟；在廣州的傳教士卻普遍地存在著對中國傳教的失望情緒。在當時廣州體制下，清政府禁止西方傳教士公開佈道，並且禁止利用出版物傳教。他傳教士們發現，在中國廣大的具有牴觸心理的居民中打下一個明顯的烙印是困難的。他們悲歎：我們的傳道，幾乎沒有人聽，很多人加以嘲笑，大多數人不予理睬。郭實獵除了能同自己教的幾個學生接觸外，根本沒有接觸中國人的機會。即便這幾個學生也只是學習英語而已，根本沒有皈依基督教的跡象。其次，馬禮遜也反對這種直接傳教的方法，一再告誡他，最好不去散發書籍。因此，失望和挫折感籠罩他的情緒。〔註5〕

　　神聖的宗教使命感和殘酷的現實挫折感，令郭實獵寢食難安；但他並沒有放棄信念，開始積極行動起來，謀求改變現狀。這促使他另闢蹊徑地探索行之有效的新方法，推動傳教運動新發展。於是，郭實獵直接繼承了馬禮遜和米憐開創的文字傳教的間接方法，將他們在南洋創辦報刊的做法運用於廣州，改變過去直接宣傳基督教的報刊內容，更多地為現實政治服務，為西方列強武力打開中國門戶、改變中國國民思想意識的行動作準備。1832 年 9 月，郭實獵就堅信「中國的大門必將撞開」，並表示「誠懇的期望，應該採取某些更為有效的措施，以打開和中國自由交往的道路，我如能盡微力，為推進這一事業做些有益的工作，將感到莫大榮幸」〔註6〕。當時廣州已經先後創辦了英文報刊《廣州紀錄報》《中國差報》和《中國叢報》，但他們發行和閱讀對象均限於在華外國人社區，少有中國讀者。要改變中國國民思想意識，則只能另闢蹊徑地創辦中文報刊，直接向中國民眾發放，直接宣傳外國人的主張；而精通漢語的郭實獵則當仁不讓地在廣州創辦起中國境內第一份中文近代報刊《東西洋考》。在清政府明文禁令之下，他能順利創辦《東西洋考》也真是

〔註4〕偉烈亞力著，趙康英譯，顧鈞審校：《基督教新教傳教士在華名錄，附傳教士略傳及著述目錄》，天津人民出版社 2013 年，第 67 頁。

〔註5〕鄧紹根：《美國在華早期新聞傳播史》，世界知識出版社 2013 年，第 85 頁。

〔註6〕*Voyages To The North Of China*, The Chinese repository, Vol.1, No.4, Sep. 1, 1832, p196～197.

一種奇蹟。所以有研究者認為唯一的解釋是：當時清政府腐敗，賄賂成風，很多政策法令全徒具空文。郭士立是賄賂的能手，他自然會運用這一手段以售其奸。再者，郭實獵和華人頗多聯絡，為了便於在華人中活動，他不惜拜認一個福建人為乾爸爸，也有助於掩護他的非法行為。〔註7〕

1833 年，郭實獵加緊了《東西洋考》的出版籌備工作。6 月 23 日，郭實獵已經起草了一份出版緣起，並在《中國叢報》8 月號發表。這份緣起〔註8〕所表達的辦刊宗旨是：鑒於中國人仍然妄自尊大，故步自封，視異族為「蠻夷」，需要謹慎巧妙地展示西方的文明，使中國人認識到洋人不是「蠻夷」，並且知有不足，願向西方學習，俾以維護在華洋人的利益，發展他們與中國人的交往。因此該刊主要宣傳目標是，宣傳西方文化優越，以征服中國人驕傲自大的思想，傳播西方友誼，清除中國公眾敵視外國人的心理。這當然是在維護洋人的利益，實際上是為英國商業資本打開中國門戶而服務的。

1833 年 8 月 1 日，《中國叢報》8 月號刊登新聞報導說：「一種中文月刊——其第一號本月一日在廣州出版。」確切地說，陽曆的 8 月 1 日，或陰曆的六月十六日（道光癸巳年六月），郭實獵主持的《東西洋考》在廣州正式創刊。

《東西洋考》創刊號封面書冊式排列，寬 13.7 釐米，長 25.8 釐米，頂上是橫排的出版時間：道光癸巳年六月；中間是豎排的報名：東西洋考每月統記傳；報名左側是豎排的警語：人無遠慮必有近憂；最左邊下側是編者自稱：愛漢者。接下來一頁是目錄：序、東西史記和合、地理、新聞、東南洋並南洋圖。

《東西洋考》正文首先刊登《序》，660 字占一頁篇幅。〔註9〕此《序》全文以大量中國典籍的文字，特別是孔子的語錄，來說明「多聞」的重要性。為了向中國人傳播西方文化，仍要引用中國經典尋到根據，而且聲明西方文化也只是有別於中國文化的殊異的一枝，宣傳「合四海為一家，聯萬姓為一體，中外無異視」。有研究者認為：該序文「可謂十足的八股，對於想要傳西學入中國，和中國人較量上下的動機卻隻字不提，由此亦可見郭氏的為人如

〔註7〕方漢奇主編：《中國新聞事業通史》第 1 卷，中國人民大學出版社 1992 年，第 269 頁。

〔註8〕*The Chinese Repository*, August, 1833, p186.

〔註9〕愛漢者等編、黃時鑒整理：《東西洋考每月統記傳》，中華書局 1997 年，第 3 頁。

何謹慎」。其實，「傳西學入中國」等動機不是「隻字不提」，而是謙恭又巧妙地掩蓋在當時中國讀者可以接受的言詞之下了。郭實獵似乎理解了「循循善誘」的意思，而且竭力貫徹，也可謂用心良苦了。〔註10〕這時的郭實獵對中國與中國人已經知之較深，他知道辦這麼一個刊物來傳播西方文化，不能操之過急，必須做到「不談政治，避免就任何主題以尖銳言詞觸怒他們」，相反，必須與廣州地方當局處好關係，「贏得他們的友誼」。

　　《序》之後是文章《東西史記和合》，3 頁篇幅，分「漢土帝王歷代」和「西土古傳歷記」上下欄進行東西方歷史對比。「地理」欄目下文章《東南州島嶼等形勢綱目》《南洋州》，占 1 頁篇幅。「新聞」欄目有文章《土耳其國事》《荷蘭國事》，占 1 頁篇幅。最後地圖《東南洋並南洋圖》。因此，從創刊號看，《東西洋考》是《察世俗每月統記傳》的延續。形式上，兩者都使用雕版印刷和中國線裝書款式，採用同樣的封面設計，刊名都使用了「每月統記傳」字樣，都大量引用中國儒家語錄；纂者署名也較為相似（《察世俗》署「博愛者纂」，《東西洋考》署「愛漢者纂」），由此可以看到《察世俗》對郭實獵影響之深。內容上，兩者都是由宗教、倫理道德和科學文化知識三部分組成，但由於兩者辦報方針的不同，決定了它們之間的差異。〔註11〕

第二節　《東西洋考》形式和內容的創新發展

　　郭實獵正是繼承了傳教士在南洋創辦了《察世俗每月統記傳》（馬六甲，1815～1822）、《特選撮要每月紀傳》（巴達維亞，1823～1826）、《天下新聞》（馬六甲，1827～1828）等創辦中文近代報刊進行間接傳教的傳統，且極力迎合中國讀者的閱讀習慣，大力推崇儒學，直接引用孔孟語錄，以期吸引更多的中國讀者。他從刊物封面題字到文章內容，大量引用孔孟語錄，以便中國讀者能有興趣讀下去，通常編者會在引用孔孟語錄之後引出自己的觀點、看法，使中國讀者在潛移默化的過程中，接受編者的觀點。《東西洋考》每一期封面上都引用儒家經典語句，創刊號後分別為「皇天無親，惟德且依」「好問則裕，自用則小」「德者，性之端也；藝者，德之華也」「儒者博學而不窮，

〔註10〕黃時鑒：《黃時鑒文集》第三卷，中西書局 2011 年，第 306 頁。
〔註11〕方漢奇主編：《中國新聞事業通史》第 1 卷，中國人民大學出版社 1992 年，第 266 頁。

篤行而不倦」「子曰：唯君子能好其正，小人毒其正」「子曰：亦各言其志也已
矣」「四海為家，萬姓為子」「知者不惑，仁者不憂，勇者不懼」「遇惡揚善，
推多取少」「不知禮義，而與閭閻鄙俚同其習見，而不知為非者多矣」「飽食
暖衣逸居而無教，則近於禽獸」「仁，宅也；義，路也；禮，服也；智，獨也；
信，符也」「推古驗今，所以不惑；欲知未來，先察已往」「好勇不好學，其蔽
也私；好剛不好學，其蔽也狂」「形勢不如德論」「教子孫而行正路，惟讀惟
耕」「孟子曰：存其心，養其性，所以事天也」「孟子曰：非禮之禮，非義之
義，大人弗為」「詩云：民之好，好之；民之所惡，惡之」「道者，須臾不可離
也」等。

　　但是從內容上看，《東西洋考每月統記傳》已經不以「神理」為中心主題，
而把內容擴大到當時歐美商人最關心的貿易問題與鴉片問題上。三個部分的
分量和比例有了明顯的變化。宗教雖然仍是該刊的必備內容，上帝在這裡仍
然有著無上的權威，但是宗教內容已退居次位，解釋教義的專文沒有了，闡
發基督教義也不是刊物的基本要務。倫理道德頁還是刊物常見的內容，但分
量也逐漸減弱，重要的是，《東西洋考》已不是主要為宣揚教義服務，而是用
來宣傳中外人士之間的行為準則。比如，宣傳中國人和外國人做生意要公平、
誠實，中外人士要和睦相處等。科學文化知識成了刊物的主要內容，包括相
當廣泛的社會科學知識和自然科學知識。該刊著重介紹中國社會所需要而又
能較好反映西方近代科學成就的知識，以標榜外國人對中國人的友好感情，
並宣傳西方文化的發達。〔註12〕如果說《察世俗》是一種宗教刊物，那麼《東
西洋考》就像是一種由牧師編纂的世俗刊物。《東西洋考》在廣州的創辦發行，
使得近代中文報刊的發展出現了一個新的趨向，開創了一個新階段。〔註13〕
《東西洋考》在形式和內容封面均取得了創新發展。

　　形式上，郭實獵從《東西洋考》的編纂宗旨出發，其一採取了分類編纂
方法，這是明顯不同於《察世俗》的地方。《察世俗》雖然也有目錄，但都是
文章名稱，而《東西洋考》創刊號一開始即將所刊文章按照欄目分為序、東
西史記和合、地理、新聞，接著，以論取代序，增加天文、煞語。次年甲午年

〔註12〕方漢奇主編：《中國新聞事業通史》第 1 卷，中國人民大學出版社 1992 年，
　　　　第 267 頁。
〔註13〕方漢奇主編：《中國新聞事業通史》第 1 卷，中國人民大學出版社 1992 年，
　　　　第 262 頁。

五期均附市價篇，從正月號起增加文藝、科技方面文字；從三月號起增闢史記；從四月號起，又開始以書（信）發論。後來丁酉年（1837）正月復刊，編纂方法有一次整合，又增加了雜文（似取代了煞語）以及介紹西方科技、商務、政治、文化和生物等的篇幅。這樣明顯地採用分類的方法來編纂中文期刊，在中國報刊史上無疑是一種創舉，而且對以後中國期刊的編輯產生了深遠的影響。〔註14〕

其二，《東西洋考》設有「新聞」專欄。《察世俗》沒有新聞專欄，出版期間也僅刊登過一天日食消息。而《東西洋考》每期都刊出一定數量的新聞，絕大部分是譯自外報、經過編者加工的國際新聞，也有少量來自廣州和澳門的國內新聞，還包括郭實獵的見聞記錄。報導中國和世界各國的消息，領域相當廣泛，包括政治、軍事、交通、貿易、天氣、災難等各個方面。這些對於中文報刊來說應屬首創。此外，乙未年正月號、甲午年二月號發表過述評性新聞《新聞之撮要》。

其三，《東西洋考》開闢評論專欄，大多置於各期首篇，使得言論得到改進。其論的形式也多樣化，如創刊號《序》，第二號再次刊登《序》，第三至六號位《論》，第七至八號《論‧敘話》，第六號又刊登《煞語》。有時則直接刊登帶「論」字文章，如乙未五月《論歐羅巴事情》、丁酉九月《論管子之書》、戊戌四月《論刑罰書》、戊戌八月《論詩》等。這些論說性文章都具有具體主題，其言論有時用來闡釋教義，但大多用來回答現實生活中提出的問題，如中外貿易、中國應學習各國所長等問題。

其四，《東西洋考》最早在稿末使用中文「編者按語」。編者按語，是報刊主編者依附於新聞報導或文稿的前面或後面的一種簡短評論。它通常是編者針對新聞稿件的觀點、材料，加以畫龍點晴式的評介、批註、建議或說明性文字，或說明提示，或提醒建議，或評點強調，或褒貶批判，以期引起讀者的注意。創刊之初，主編郭實獵就在「新聞」欄加了按語，說明該欄的創辦目的和消息來源。該刊最有代表性的編者按語，見於丁酉年（1837）四月、五月和六月，連續三期在《奏為鴉片》的標題下，分別摘錄了許乃濟等、朱蟬和許球的三篇奏摺，並在文後發表了評論。按語大談「鴉片流弊之惡」，寫道：與其禁絕鴉片，「莫若多講善言，勸人善行，教人以善守志、樂道，且廣布耶穌

〔註14〕黃時鑒：《黃時鑒文集》第三卷，中西書局2011年，第309頁。

之天道，除此外無他方法」。〔註 15〕該編者按語將鴉片流毒歸咎於中國人的不佈道、不信教，而對英國鴉片販子的罪行隻字不提，充分暴露了該刊的偽善面孔和為侵略者諱的立場。〔註 16〕

總之，形式上，《東西洋考》在編輯方面每期在卷首都刊有本期內容目錄，清晰醒目，便利讀者閱看。欄目基本穩定，隨著需要的變化略有改動。在稿末編者有時加上編者按語。這些做法，後來中文報刊經常採用，但當時還是第一次出現。在業務上，《東西洋考》已在相當程度上具有近代報刊的基本特徵了。〔註 17〕

在內容上，《東西洋考》也有諸多創新。

其一，它刊登了中國第一篇中文新聞學專文《新聞紙概論》。1834 年 1 月（1833 年癸巳十二月）和 2 月，《東西洋考》兩次刊出《新聞紙略論》一文，簡介新聞紙的產生，新聞紙的種類，以及英美法三國的種數，傳播了近代新聞出版自由思想。這是中文撰寫的第一篇新聞學專文，在中國新聞學史上具有特殊的價值。〔註 18〕

其二，《東西洋考》開設「歷史」專欄，介紹中外歷史知識。《東西洋考》分十一次刊登了麥都思撰寫的《東西史記和合》，東史是中國史，西史是其古史與英國王朝史。東史起自盤古分天地，迄於明亡；西史起自上帝造天地，迄於英吉利哪耳慢朝。敘述的方法，上欄敘東史，下欄述西史。一如其序文中所示，「與讀者觀綱目，較量東西史記之和合，讀史者類，由是可觀之。……善讀者，看各國有其聰明睿智之人，孰為好學察之，及視萬國當一家也。盡究頭緒，則可看得明白」。〔註 19〕此文確可被認作中文著述中比較敘述中西歷史的首次嘗試。〔註 20〕在丁酉七月號上，又刊出《史記和合綱鑒》。此外《東西洋考》還發表了基督教觀念的上古史，講到以色列、麥西（埃及）、非尼基、

〔註 15〕愛漢者等編、黃時鑒整理：《東西洋考每月統記傳》，中華書局 1997 年，第 247 頁。

〔註 16〕方漢奇、李矗主編：《中國新聞學之最》，新華出版社 2005 年，第 134 頁。

〔註 17〕方漢奇主編：《中國新聞事業通史》第 1 卷，中國人民大學出版社 1992 年，第 268 頁。

〔註 18〕愛漢者等編、黃時鑒整理：《東西洋考每月統記傳》，中華書局 1997 年，第 66 頁。

〔註 19〕愛漢者等編、黃時鑒整理：《東西洋考每月統記傳》，中華書局 1997 年，第 4 頁。

〔註 20〕黃時鑒：《黃時鑒文集》第三卷，中西書局 2011 年，第 310 頁。

亞書耳（亞述）、巴比倫、希獵、猶太諸古國的歷史。同時，積極介紹歐美著名人物，如拿破崙、華盛頓等。丁酉八月號發表史論《霸王》一文，認為「若以拿皇帝較之秦始皇及元之忽必烈或謂相似，但拿破戾翁乃為霸中之魁矣」。〔註21〕丁酉十月、十一月和十二月三期，又連續刊登了《譜姓：拿破戾翁》一文，全文 2500 餘字較為全面地介紹拿破崙的一生，高度評價說：「若論其行藏，可謂出類拔萃，而高超乎眾。蓋彼實鍾山川之英氣而為特異之人也。」〔註22〕這是最早用中文編寫的拿破崙傳記。戊戌正月號上，還發表了《華盛頓言行最略》，這恐怕也是中文最早的華盛頓傳記。〔註23〕

　　其三，《東西洋考》開設「地理」專欄，介紹中外地理知識。該專欄刊登世界地理知識，敘述各國地理，發表世界地理類文章達 35 篇，主要介紹的是東南亞、南亞和歐洲各國，此外，關於「南方大洲」（南極）、以至比多（埃及）、亞非利加浪山（好望角）和北亞米利亞（北美）各一篇，還有地理全圖之總論和列國地方總論各一篇，以及《東南洋並南洋圖》《大清一統天下全圖》《俄羅斯國通天下全圖》《北痕都斯坦全圖》等地圖。它刊登的世界地理，大致上是沿著當時中西交通的海路，有計劃地從中國由近及遠地進行介紹：東南亞一南亞一歐洲。該刊也特別刊登了《蘭墩十詠》，成為最早用中文描寫英國首都倫敦的詩作，「海遙西北極，有國號英倫。地冷宜親火，樓高可摘星。山澤鍾靈秀，層巒展畫眉。賦人尊女貴，在地應坤滋。少女紅花臉，佳人白玉肌。由來情愛重，夫婦樂相依。兩岸分南北，三橋隔水通。舟船過胯下，人馬步雲中。富庶煙花地，人工鬥物華。帝城雙鳳闕，雲樹萬人家。公子馳車馬，佳人弋緞紗。六街花柳地，何處種桑麻？」〔註24〕癸巳八月刊載《新考出在南方大洲》一文，當是 19 世紀二三十年代歐美國家南極探險取得重大進展後最早的中文報導。〔註25〕

　　其四，《東西洋考》開設「地理」專欄，介紹中外天文知識。《東西洋考》刊出的天文文章有《論日食》《論月食》《北極星圖記》《黃道十二宮》《日長

〔註21〕愛漢者等編、黃時鑒整理：《東西洋考每月統記傳》，中華書局 1997 年，第262 頁。

〔註22〕愛漢者等編、黃時鑒整理：《東西洋考每月統記傳》，中華書局 1997 年，第303 頁。

〔註23〕黃時鑒：《黃時鑒文集》第三卷，中西書局 2011 年，第 311 頁。

〔註24〕愛漢者等編、黃時鑒整理：《東西洋考每月統記傳》，中華書局 1997 年，第 77頁。

〔註25〕黃時鑒：《黃時鑒文集》第三卷，中西書局 2011 年，第 312 頁。

短》《宇宙》《太陽》《月面》《露雹霜雪》《節氣》《星宿》和《經緯度》等，大體上是用當時歐洲天文學簡要地介紹文章標題所列的概念，有時還夾進「上帝有無極之大」之類的說教。

其五，《東西洋考》重視經濟報導。首先是開設「市價篇」欄目，分「入口的貨」和「出口的貨」，報導進出口中外貿易情況，「省城洋商與各國遠商相交買賣各貨現時市價」。其次是發表文章，主張中外貿易。如丁酉十二月，《東西洋考》在首篇發表《通商》一文，揭示互通有無，「各國之民，相為貿易」，「此通商之理，乃自然而然者也」。〔註26〕從戊戌年正月起，又連續刊出《貿易》專文數篇，論及大商與小販共相輔佐，「開廣通商，內外兩相有益矣，合四海為一家，聯萬姓為一體矣」。〔註27〕戊戌八月，《東西洋考》宣揚「貿易」主義，述及「貿易險中做」，建議向「保舉會」擔保，並介紹了「保舉會」對商務、房屋、人壽等西方保險制度和方法。

其六，《東西洋考》介紹了歐美的政治制度。如戊戌三月，該報刊登《自主之理》一文，介紹英國的「國家之政體」。戊戌八月又發表《批判士》專文，具體介紹了西方陪審員制度。戊戌四月、五月、六月，《東西洋考》分三期連載《英吉利國政公會》，介紹英吉利國政公會的建立，國王與國政公會的關係，國政公會分「爵房」與「鄉紳房」，兩房（即今所說兩院）的職權及行事規程。戊戌七月，該報刊出《北亞默利加辦國政之會》，介紹北亞默利加國不立國王而遴選統領、副統領的制度。

其七，《東西洋考》也介紹一些西方「技藝」（科學技術）。如蒸汽機以及相關的蒸汽發動的輪船和火車。癸巳十月「新聞」專欄刊出《孟買用炊氣船》。乙未六月發表《火蒸車》，介紹西方火車。丁酉四月，刊出《氣舟》介紹西方熱氣球。丁酉六月號《水內匠籠圖說》介紹了當時西方已在使用的潛水員襻具。戊戌八月刊出《醫院》一文，記述在廣州開辦醫局（又稱新豆欄醫局）的醫生伯駕在治目與割瘤等方面的醫療專長。

其八，《東西洋考》也介紹一些西方名人名著。丁酉二月該報發表《經書》一文，提及西方14位著名「文君」，如希羅多德、修昔底德、澤諾封、德摩

〔註26〕愛漢者等編、黃時鑒整理：《東西洋考每月統記傳》，中華書局 1997 年，第299 頁。

〔註27〕愛漢者等編、黃時鑒整理：《東西洋考每月統記傳》，中華書局 1997 年，第314 頁。

斯特尼、蘇格拉底、柏拉圖、亞里士多德、塔西佗、西塞羅、普林尼等；文中準確用了「文藝復興」四字，似乎是這個詞語見於中文文獻的最早記錄。〔註28〕戊戌九月，《東西洋考》提及了《伊索寓言》的中文翻譯情況。戊戌八月號上《論詩》，評價了《荷馬史詩》以及英國大詩人「米里屯」（彌爾頓，*Johr Milton*）。

其九，《東西洋考》創製了一批近代新詞。據研究統計，結構新詞有 30 個，分別是：摒絕、保會主、保主、炊氣船、擔保、發售、火蒸船、火蒸車、構想、接辦、女性、群島、全食、散商、聖城、跳虱、提神、文藝復興、學理、線人、行銷、猶太人、洋銀、洋商、議會、醫館、煙引、增速、祝福、資金；語義新詞 21 個，分別是：愛情、崇拜、登載、匪徒、關稅、國會、皇上帝、領事、牧師、內閣、千里鏡、入口、事務、順眼、水氣、聖地、偷渡、醫院、藥房、政體、正教。〔註29〕

總之，在內容上，《東西洋考》大大超越了傳教士們之前創辦的三份宗教報刊，由宗教、倫理道德和科學技術，向歷史、經濟、政治、社會科學等範圍擴展，推動了它由一種宗教刊向世俗刊物的過渡。雖然，《東西洋考》曾在甲午年（1834）和乙未年（1835）兩度中斷，丙申年（1836）也全年未出，但由於其在形式和內容方面的創新發展，使得該刊發行取得不錯的成績，初版 600 份問世以後，馬上銷售一空，於是再版又加印了 300 份。在廣州擁有很多中國讀者，但訂閱者不多，曾寄往北京、南京等地，反映很小。1837 年，郭實獵又將前面所出的十二期重印一千冊在南洋地區發行。丁酉年（1837）正月，《東西洋考》遷往新加坡由中國益智會，又被稱為「在華傳播實用知識會」或「在華實用知識傳播會」復刊出版，一直維持到戊戌年（1838）。鑒於現存有戊戌年的七、八、九月三號，說明《東西洋考》至早在 1838 年農曆九月停刊。根據現存耶魯大學圖書館和康奈爾大學圖書館所藏的《東西洋考》，並補以哈佛一燕京學社圖書館的藏本，從實際內容而言，共有 33 期。而目前中華書局出版的影印本收入 39 期，包括了重出的六期，是為了儘量全面地提供該刊的出版情況，以供研究之需。〔註30〕

〔註28〕黃時鑒：《黃時鑒文集》第三卷，中西書局 2011 年，第 319 頁。
〔註29〕陳戈：《東西洋考每月統記傳新詞研究》，浙江財經大學 2013 年碩士學位論文。
〔註30〕黃時鑒：《黃時鑒文集》第三卷，中西書局 2011 年，第 30 頁。

第三節　文化交流的急先鋒：近代早期中西文著述成果最豐碩者

1834 年 3 月，郭實獵前往馬六甲，並和英國女子沃恩斯多爾小姐（*Miss Warnstall*）喜結連理。1835 年，郭實獵被任命為駐華英國使團的漢語秘書之一。1837 年 6 月 24 日，他乘英國輪船「拉里號」（*Raleigh*）前往福州，並從福州跨海前往琉球。同年 8 月 29 返回澳門。1838 年，他再次前往福州。鴉片戰爭期間，他隨英軍到定海、寧波、上海、鎮江等地進行侵略活動，一度任英軍佔領下的定海「知縣」。1842 年 8 月，他參與簽訂《南京條約》，是英方三位翻譯之一。1843 年 8 月，馬儒翰（*Hon J. R. Morrison*）去世後，郭實獵接任了其在香港政府的漢語秘書（撫華道）一職，專責香港華人事務兼辦滿清官方事務。工餘之暇，即乘船前往港島對岸的鄉村佈道，晚間授課生徒。1844 年 2 月 14 日，為使福音工作有效發展，他創立「福漢會」（*The Chinese Union*），意即「欲漢人信道得福」，專門訓練華人深入內地傳教。在繁忙的傳教和世俗工作外，郭實獵筆耕不輟，據偉烈亞力統計他一生撰寫著述 85 種，成為近代早期來華基督教新教傳教士（1867 年前）中西文著述成果最豐碩者，成為近代中西文化交流的先鋒。郭士立著述 85 種，其中漢語著作 61 種，日語著作 2 種，邏羅語著作 1 種，荷蘭語著作 5 種，英語著作 9 種。

此外，郭實獵還用英文或其他歐洲語言為《中國叢報》等一些報紙期刊撰寫了許多文章，與此同時他還留下了大量的手稿，手稿的內容是一部未及編輯完成的英漢詞典。郭實獵曾經在《中國叢報》上發表了數遍關於中國文學的作品。其中包括對《蘇東坡全集》《紅樓夢》《聊齋誌異》《書經》《海國圖志》《三國志》等文學作品的介紹、翻譯和評論。

郭實獵在近代中西文化交流中充當了急先鋒角色。以地理知識為例，正是從郭實獵在《東西洋考》上連續發表世界地理文章，掀開了新教傳教士在華傳播世界地理知識的第二波浪潮，從而推動了一些先進的中國人終於站起來「睜眼看世界」，在中國學術界產生了一些全新的世界地理著作，如魏源的《海國圖志》、梁廷枏的《海國四說》和徐繼佘的《瀛環志略》等。事實上，魏源、梁廷枏和徐繼佘都讀過《東西洋考》，並且在不同程度上受到它的影響。其中，魏源所受影響最大。他引用《東西洋考》凡 13 期，文章達 24 篇，自然，其中多數是與世界地理有關的文章。若按篇目內容分別計算，《海國圖志》引用《東西洋考》的文字達 28 處。從《東西洋考》看，它刊出的世界地理文

章 35 篇總數之中 18 篇被魏源引述。從《海國圖志》看，魏源所引錄的他那個時代的 7 種西書約 257 處，其出自《東西洋考》者占第 4 位，約占引錄總數（處）的十分之一強。〔註31〕

　　郭實獵在西方傳播的中國文化和信息也產生過重要影響。隨著 1848 年歐洲革命的失敗，馬克思、恩格斯於 1849 年下半年分別流亡到倫敦，籌備創辦《新萊茵報評論》雜誌。這時，郭實獵正在歐洲休假，遊歷各國，大談他使中國耶穌教化的計劃。12 月，郭士立在倫敦大學和不同的協會做了多場關於中國的演講。正是郭的講演，促使馬克思和恩格斯開始撰寫一系列有關中國的通訊。他們於 1850 年 1 月 31 日，共同完成了為《新萊茵報評論》寫的第一篇《國際述評》的主要部分。而在 1849 年 12 月 22 日，恩格斯就把正在與馬克思寫這篇東西的事通報給了一位瑞士書商。由於當時的文體尚不重視標題，這篇述評實際上是由多篇可以獨立的小文章組成的，其中由郭實獵的講演而引發的述評，完全可以視為一篇獨立的小文章。他們注意到郭的演講，是由於郭介紹的中國事態很像歐洲正在發生的革命危機。述評說：最後，再談一談有名的德國傳教士居茨拉夫從中國回來後宣傳的一件值得注意的新奇事情。由於當時信息溝通還較為困難，像郭實獵這樣的在中國的傳教士，就成為聯繫中國與歐洲的重要橋樑。馬克思和恩格斯後來論述中國現實問題的通訊，其材料來源，主要是傳教士們有關中國的論著、一些在中國出版的外文報刊和外國駐華人員的報告。而郭實獵，無形中成為這樣為他們提供材料的第一人。這裡有一定的必然性，正如馬恩所說，這是由於郭當時已經是「有名的德國傳教士」。郭的有名在於，他已經出版了許多關於中國的論著。〔註32〕

第四節　後世評論和爭議

　　1849 年至 1850 年，郭實獵在法國、荷蘭、波蘭、俄國、芬蘭、瑞典、丹麥、奧地利、瑞士等各地演說，為福漢會工作廣做宣傳，組織「中國傳道會」，鼓勵各教會青年獻身中國宣教事業。1851 年 3 月 28 日，郭實獵回到香港。隨

〔註31〕黃時鑒：《黃時鑒文集》第三卷，中西書局 2011 年，第 323 頁。
〔註32〕陳力丹：《郭士立與馬克思、恩格斯》，《國際新聞界》1999 年地 1 期，第 73
　　　　～74 頁。

著福漢會正式分裂，他深受打擊。1851 年 8 月 9 日，郭實獵在香港因痛風病逝世，享年 48 歲。郭實獵的安息禮拜在聖約翰大教堂舉行，其遺體最後安葬於香港跑馬地墳場。香港總督和港府高級官員皆出席了葬禮。其墓以石棺設計，四面刻上中英文字，碑文稱他是「近代中國首位使徒」「中國信義宗教會之父」。

　　19 世紀中葉後，香港逐漸開始用中文命名街道。為表彰他為港英政府的工作功績，中環有一條短小橫街被命名為「郭士笠街」（*Gutzlaff Street*），後來又根據它粵語的諧音改作「吉士笠街」。香港之外，在中國境內以 *Gutzlaff* 之名命名的地名或者機構至少還有三處。最重要的一處，是位於上海與嵊泗列島之間的 "*Gutzlaff Island*"。這是 1832 年郭實獵作為隨船翻譯乘「阿美士德勳爵」號路過上海時，同行的其他英國船員們用他的姓氏命名的。還有上海外灘南端的外灘信號塔（*The Gutzlaff Signal Tower*）、上海最早由華人創辦的西醫院——體仁醫院（*Gutzlaff Hospital*）。

　　郭實獵不僅是近代來華的關鍵外國人之一，而且是一個極具爭議性的人物。他作為近代早期來華新教傳教士，在華活動長達二十年生涯中，積極熱情地參與了傳教、著書、航行、以及鴉片戰爭、香港殖民管理等活動，扮演了不光彩的角色，被人斥為鴉片販子的夥伴、英國侵略者的幫兇。他是一個集傳教、鴉片走私和間諜於一身的三位一體式的人物，披著宗教外衣的侵略者。阿瑟‧維利將郭實獵比喻為「牧師和強盜、江湖郎中和天才、慈善家和騙子的綜合體」。〔註33〕但他也實現了多個西方傳教士在華的「第一次」：第一次到中國沿海航行遊歷；第一次創建以華人為主導的傳教團體——福漢會；第一次創建女子新式學堂——澳門女塾……

　　正因為他的極具爭議性的身份以及他在近代中西文化交流的貢獻，他的名字不斷地被中外文獻記載，以致於他的名字也像他的身份一樣顯得撲朔迷離，據研究者考證：在中外文文獻中竟出現過其姓名至少有 34 個。他自己先後用過的有：愛則蠟、郭實獵、甲利、愛漢者、愛漢（Gaihan）、善德者、善德等；別人給他起的中文名有：郭士立、郭士力、郭叻、郭士笠、郭士利、郭子立、郭士林、郭實獵、郭實拉、郭實烈、郭施拉、郭甲利、吳士利、吳士拉、吳士拉付、咭、吉士笠、甲士立、古特拉富、古茲拉夫、古茨拉夫、居茨

〔註33〕J‧G‧路茲著，李英桃等譯：《教士外交家郭士立與鴉片戰爭》，《史學選譯》199 年第 17 期，第 50 頁。

拉夫等；外文名字有：*Karl Friedrich August Gützlaff*、*Charles Gutzlaff*、*Karel Gutzlaff*、*Carl Gützlaff*、*Philo-Sinensis* 等。其實，早在 1997 年，黃時鑒就根據見於 *Marty Gregory's Catalogue* 的郭氏簽名，敏銳地指出他本人用的是「郭實獵」三個字。因此嚴格地說，「郭實獵」是郭氏本人一直公開使用的唯一中文姓名。〔註 34〕在學術研究中，使用「郭實獵」（而非郭士立）這個名字來代指他自然更為適宜。

〔註 34〕李鶩哲：《郭實獵姓名考》，《近代史研究》2018 年第 1 期。

第十章　子承父業：馬儒翰與嶺南近代新聞事業的興起[註1]

　　馬儒翰（*John Robert Morrison*）追隨父親——近代來華第一位新教傳教士馬禮遜（*Robert Morrison*）學習中文，並像父親一樣從事譯經、設學校、印刷出版等傳教事業。父親去世後，他子承父業，接替父親出任東印度公司任中文翻譯。因其多數襲用父名，自稱馬禮遜，很少自稱馬儒翰，所以又稱小馬禮遜。

　　在新聞事方面也一樣，馬儒翰也學習父親一樣積極為廣東英文報刊撰稿，參與中文報刊編輯活動，創辦中英文報刊，卓有建樹，成為嶺南近代新聞事業興起的重要推動者。但是，在英國人偉烈亞力編撰的《基督教新教在華傳教士名錄（附傳教士略傳及著述目錄）》卻沒有論及馬儒翰在近代中國新聞事業的事蹟；在目前權威性新聞史著作《中國新聞事業通史》中也極其簡單地提及兩次：第一次是出任《東西洋考每月統記傳》編輯，第二次是創辦《香港憲報》。這與馬儒翰在近代中國新聞史的地位是不匹配的，其新聞業績也是含糊的，所以很有必要進行細緻的梳理和深入的研究，具有重要的學術價值。

第一節　四渡重洋，學習中文終不悔

　　馬儒翰於 1814 年 4 月 17 日出生於澳門，是馬禮遜的次子，馬禮遜在當日日記裏記載：「今日愛妻瑪麗生了一個兒子，上帝恩待，母子平安。」[註2]

〔註 1〕本文曾發表於《嶺南傳媒探索》2019 年 05 期。
〔註 2〕〔英〕馬禮遜夫人編、顧長聲譯：《馬禮遜回憶錄》，廣西師範大學出版社，

馬禮遜給他取名約翰，並在 5 月 1 日就為他做了洗禮。

由於馬儒翰母親在澳門長期患病，要回英國治療。1815 年 1 月 21 日，母親帶著他和姐姐啟程回國。1820 年 8 月 23 日，他又隨同身體好轉的母親、姐姐一起返回澳門生活。可惜好景不長，1821 年 6 月 10 日母親因病去世。

雖然馬禮遜忙於傳教和東印度公司事務，無暇照顧馬儒翰的生活，但是他並沒有放鬆對兒子的教育。6 月 13 日，馬禮遜在寫給倫敦會的信件中表達出將兒子培養成一名漢學家、傳教士，以繼承他的傳教士事業的想法，他寫道：「如果上帝保祐我和我的兒子馬儒翰，我要培養他成為一個漢學家。我為他祈禱上帝，希望他接受聖靈的感召，能夠成為向中國人傳播基督福音的牧師。」〔註3〕他將馬儒翰送回英國曼徹斯特的 J. 柯蘭理牧師（*Rev. J. Chnie*）學校接受了基礎教育，後又轉學到倫敦附近米樂丘文法學校（*Mill Hill Grammar School*）學習。

1823 年底，馬禮遜獲得公司同意返英休假探視子女，啟程回英。馬禮遜在印度洋上撰寫了兩份與馬儒翰有關的文獻：一是關於亡妻瑪麗的回憶錄，聲明留給馬儒翰作為紀念；二是介紹中國的一本兒童讀物，藉著父親和一對子女的十次談話，討論中國的歷史、宗教、圖書等十項主題。馬禮遜在該書的序言中，特別向讀者說明，書中的一對子女確有其人，而且都出生於中國。在書的結尾，他勉勵馬儒翰學習中文，將來成為中國學者。這部兒童讀物可說是馬禮遜培養兒子馬儒翰繼志的第一步行動。對於剛滿十歲的馬儒翰而言，這本讀物也是他有系統地學習中國知識的啟蒙書。〔註4〕

作為第一位來華新教傳教士馬禮遜回到英國後受到基督徒公眾的熱烈歡迎，不斷有到處訪問、拜會、講道、授課之類的公開活動，並且自己又續弦再娶，以至於他也承認那兩年和子女相聚的時日反而很少。不過，他決定將兩名子女再度攜帶來華，以便「教育他們裨益於對華傳教事業」。1826 年 5 月 1 日，年僅 12 歲的馬儒翰跟隨父親從倫敦搭船東來，卻已是第四次遠渡重洋。在航程中，馬儒翰跟隨父親勤奮地學習中文。

2004 年，第 109 頁。

〔註3〕〔英〕馬禮遜夫人編、顧長聲譯：《馬禮遜回憶錄》，廣西師範大學出版社，2004 年，第 179 頁。

〔註4〕蘇精：《中國，開門！馬禮遜及相關人物研究》，香港基督教中國宗教文化研究社，2005 年，第 173 頁。

第二節 「在中國從事石印的第一人」，主持馬家英式印刷所

　　1826 年 9 月，馬禮遜一家抵達澳門。此後直到 1834 年父親辭世為止的 8 年間，馬儒翰主要是在父親的教導訓練下，學好中文，努力學習成為一名中國通。一開始，馬儒翰隨同父親前往廣州商館同住，並跟著父親學習中文。馬禮遜曾在日記中記載了馬儒翰學習的情況：「我的兒子儒翰每天上午學習幾段聖經章節，先讀英文，後讀中文，然後他唱一首讚美詩歌和禱告。今日上午讀的聖經是《創世紀》第 22 章 18 節：地上萬國必因你的後裔得福。」〔註 5〕

　　馬禮遜回英國期間，對石印技術發生興趣，希望引進中國後應用到中文書籍出版方面。返華時，馬禮遜攜來一部石印機。是年 11 月 14 日，在華人阿才（Arsow）幫助下，馬儒翰印刷完成一幅石印的山水畫，馬儒翰因而稱為「在中國從事石印的第一人」〔註 6〕。

　　半年後，馬儒翰奉父親之命前往馬六甲英華書院讀書。該院傳教士柯利（David Collie）和吉德都中文嫻熟。在此後三年多時間內，馬儒翰勤奮讀書，學習學中文和學講中國官話，當時佈道站附近設有較大規模的印刷所，有 12 名印刷工匠、設有三部西式活字印刷機。馬儒翰對於印刷的興趣日漸濃厚，課餘活動便是在印刷所學習與幫助，得以嫻熟掌握了活字印刷技術，並以此種新技術印製一些傳教單張。1830 年 5 月，由於英國商人急需翻譯人才，馬禮遜徵召兒子馬儒翰回國。16 歲的馬儒翰結束了英華書院求學生涯，於 6 月下旬回到中國。

　　馬儒翰回到廣州商館後，與父親一起出任了共同翻譯，先試用一年，年薪 1200 元，為英國商人服務。同時，在父親的直接教導下繼續研讀關於中國的一切，包括新學習的滿文在內。馬儒翰希望自己成為「基督徒商人」，但父親馬禮遜則希望他成為兼向華人傳教的中國學者——修正為「商人兼傳教士」，最後，父子決定馬儒翰應該成為「印刷商人」。〔註 7〕

〔註 5〕〔英〕馬禮遜夫人編、顧長聲譯：《馬禮遜回憶錄》，廣西師範大學出版社，2004 年，第 259 頁。

〔註 6〕蘇精：《中國，開門！馬禮遜及相關人物研究》，香港基督教中國宗教文化研究社，2005 年，第 175 頁。

〔註 7〕蘇精：《中國，開門！馬禮遜及相關人物研究》，香港基督教中國宗教文化研究社，2005 年，第 176 頁。

　　當時馬儒翰已擁有相當的活字和石板印刷技術，家中還有現成的一部石印機，只要再添一部活字印刷機即可，於是父親馬禮遜立刻寫信請倫敦傳教會代購印刷機與配備。馬儒翰也開始了印刷工作。1830 年，東印度公司澳門印刷所決定要出麥都思負責編纂的《福建方言辭典》，馬儒翰即負責了辭典的印刷與校對工作。同時，他溫習石印技術並將它教給華人梁發和屈昂。

　　1832 年 11 月，在價值 150 鎊的英式印刷機與活字抵達澳門後，馬氏父子立即成立了「馬家英式印刷所」。該所雖為馬禮遜創立，但實際主持人是馬儒翰。11 月 19 日，馬儒翰將將馬禮遜發表的紀念基督教來華 25 週年的《基督教在華廿五年發展經過》的英語報告付印成單張，成為馬家英式印刷所的首份出版物。在馬儒翰的幫助下，他父親馬禮遜如虎添翼，先後於 1833 年 4 月和 5 月創辦了中文報刊《雜聞篇》和中英合刊的報刊《傳教者與中國雜報》。在馬儒翰的主持下，馬家英式印刷所先後印刷出版了《雜聞篇》《傳教者與中國雜報》《祈禱文讚美詩》《華英通書》《商業指南》等書籍，其中後兩本小冊子是馬儒翰自己編撰的書籍。

　　但是，由於《傳教者與中國雜報》的出版，引發澳門天主教勢力不滿，澳門當局以「出版預檢制度」的名義下令該報停刊並關閉馬家英式印刷所。1833 年年底，馬家英式印刷所的平版印刷機和石印機搬運至廣州，由馬儒翰照料使用。1834 年 2 月，馬家英式印刷所恢復了營業，馬儒翰很快就接到印製鴉片貨單的兩筆生意。除了這些零星雜項的生意，馬儒翰在 1834 年最重要的印刷工作是自己編纂的英文《華英通書》《商業指南》。8 月，馬禮遜去世後，馬儒翰繼任英國駐華商務監督中文秘書兼翻譯，無暇兼顧馬家英式印刷所。12 月，馬儒翰主動關閉了自己經營的印刷所。

　　在他主持馬家英式印刷所期間，馬儒翰曾在父親鼓勵下開始鑄造中文鉛字，但成本太大。馬儒翰負責的馬家英式印刷所存世時間不長，但在澳門以至中國新聞出版史上佔據重要的地位。現存可查的資料顯示，馬儒翰印刷出版的《雜聞篇》是首份以中文活字印刷的報刊，是中國境內出版的第一份報刊，也是澳門歷史上的首份中文報刊，以及中國史上首份中英文合刊的報刊《傳教者與中國雜報》。而且，這家印刷所還開創了中國石印的先河，以及用鉛活字排印中文報刊的創舉。〔註8〕另外，馬儒翰率先在中國嘗試鑄造中文鉛

〔註 8〕林玉鳳：《中國近代報業的起點——澳門新聞出版史（1557～1840）》，社會科學文獻出版社，2015 年，第 90 頁。

字，使他成為在中國歷史上最早應用印刷技術與活字印刷的地方——鑄造活字的第一人。〔註9〕

第三節　青年「中國通」，積極為嶺南英文報刊撰稿

在主持馬家英式印刷所期間，馬儒翰開始積極撰寫英文稿件，發表於當時廣州及英國的英文報刊上。據研究者發現：馬儒翰從 1831 年開始在東印度公司廣州商館編印的英文月刊《廣東雜記》（*Canton Miscellaneous*）第 2、4、5 期上，發表了他的中文印刷樣張，包括木刻、活字、石印等作品。

1832 年，他在英國《皇家亞洲學會集刊》（*Transactions of the Royal Asiatic Society*）第 3 卷第 2 期發表過有一篇《中國飾物》（*Some Account of Charms, Talismans, and Felicitous Appendages*），說明中國人隨身佩戴或懸掛在屋中，以及使用的護身符、避邪物和幸運飾物；他還搜集符咒寶物送給皇家亞洲學會附設的博物館公開陳列。他還在《廣州紀事報》（*The Canton Register*）和《廣州新聞》（*The Canton Press*）也發表過他的一些報導和翻譯。不過，馬儒翰的文章大多數是發表在《中國叢報》（*Chinese Repository*）上。〔註10〕馬儒翰從第一卷第二期（1832 年 6 月）開始，擔任該報撰稿人，陸續在該報發表了 81 篇文章，甚至在他去世之後，《中國叢報》還在刊登他以前撰寫好的稿件。馬儒翰的發稿量位列《中國叢報》撰稿人第四位。

1832 年 5 月 31 日，馬儒翰父親馬禮遜積極支持美國來華第一位新教傳教士裨治文在廣州創辦了《中國叢報》。《中國叢報》的宗旨：其一，介紹中國，內容無所不包，就像名字 *"Chinese Repository"* 一樣，中文直譯「中國的倉庫」，雅意「中國的寶庫」，以便西方認識中國，成為「有能力、值得信賴的、公認的中國權威」；其二，傳播西方文明和基督福音，從而改造中國人的靈魂。〔註11〕

在近 20 年中，《中國叢報》共出版了 232 期 12356 頁，平均每卷 617.8 頁，每期 53 頁有餘。篇幅最長的一期是第 20 卷第 7 期，達 168 頁之多。篇

〔註 9〕蘇精：《中國，開門！馬禮遜及相關人物研究》，香港基督教中國宗教文化研究社，2005 年，第 178 頁。

〔註10〕蘇精：《中國，開門！馬禮遜及相關人物研究》，香港基督教中國宗教文化研究社，2005 年，第 183 頁。

〔註11〕鄧紹根：《美國在華早起新聞傳播史》，世界知識出版社 2013 年，第 91 頁。

幅最短的要數創刊號，為 32 頁。〔註 12〕《中國叢報》後期主編衛三畏曾將文章內容分成 30 個主題（括號內是發表文章數量）製作了《中國叢報總索引》：1. 地理（63）；2. 中國政府與政治（81）；3. 歲賦、軍隊、海防（17）；4. 中國人民（47）；5. 中國歷史（33）；6. 自然歷史（35）；7. 藝術、科學與工藝（27）；8. 遊記（27）；9. 語言、文學（94）；10. 商業、貿易（60）；11. 航運（26）；12. 鴉片（55）；13. 廣州、洋行（36）；14. 中外關係（34）；15. 中英關係（38）；16. 中英戰爭（74）；17. 香港（22）；18. 中美關係（21）；19. 日本、高麗（24）；20. 暹羅、交趾支那（21）；21. 其他亞洲國家（18）；22. 南洋群島（36）；23. 異教（43）；24. 傳教（102）；25. 醫務傳教（48）；26. 聖經修訂（40）；27. 教育會（31）；28. 宗教（29）；29. 傳記（38）；30. 雜俎（37）；總計 1256 篇。

筆者根據《中國叢報總索引》（連載算一篇）統計：裨治文 374 篇、衛三畏 114 篇、馬禮遜 91 篇，馬儒翰 81 篇，郭士立 51 篇。馬儒翰撰寫的 81 篇稿件，分布於以下 16 個主題：地理（4）、中國政府與政治（18）、歲賦、軍隊、海防（1）、遊記（2）、語言、文學（8）商業、貿易（9）、鴉片（13）、中外關係（2）、中英關係（2）中英戰爭（13）、日本、高麗（1）、暹羅、交趾支那（1）、異教（1）、教育會（3）、傳記（2）、雜俎（1）等。具體文章主體和數量分布如下。

關於地理文章有《大清萬年一統經緯輿圖》（Vol.1. p33, 113, 170）、《「廣府」港考證》（Vol.3. p115）、《中國海岸和地方簡介》（Vol.5. p335, Vol.6. p9）、《舟山的地理概況》（Vol.10. p328）等 4 篇。

關於中國政府與政治文章有《1832 年四川叛亂》（Vol.1. pp29, 78, 111, 206, 246）、《秘密會社》（Vol.1. p207）、《歷朝皇帝的稱號》（Vol.2. p309）、《中國政府結構和人民等級》（Vol.4. p11）《中國政治的分權和統治者》（Vol.4. p49）、《中央政府的結構》（Vol.4. p135）、《地方官員和在北京的他們下屬》（Vol.4. p181）、《地方政府的結構》（Vol.4. p276）、《1835 年中國官員任職名單》（Vol.4. p473）、《1835 年廣東官員名單》（Vol.4. p529）、《皇太后六十壽辰所頒布的諭旨》（Vol.4. p576）、《漢族統治藏族》（Vol.6. p494）、《1837 年廣東省狀況的奏摺》（Vol.6. p593）、《京報報導的官員升遷》（Vol.7. p226）、《林則徐關於暫住澳門的奏摺》（Vol.8. p503）、《1843 年北京官員的任職名單》（Vol.12. p20）、

〔註 12〕鄧紹根：《美國在華早起新聞傳播史》，世界知識出版社 2013 年，第 112 頁。

《高級官員的失禮》（Vol.12. p275, 327）等 13 篇。

　　關於歲賦、軍隊、海防文章有《努力阻止白銀外流》（Vol.2. p383）1 篇。關於遊記文章有《Harris 的旅行全集》（Vol.2. p282）、《1836～1837 年在中國的番鬼》（Vol.7. p328）等 2 篇。

　　關於語言、文學文章有《三字歌集解》（Vol.1. p244）、《報刊》（Vol.1. pp492, 506）、《聖廟祭天圖》（Vol.2. p236）、《中國文字特性的起源和形成》（Vol.3. p14）、《中國口語的特點和方言》（Vol.3. p480）、《漢語拼音法》（Vol.5. p22，Vol.6. p479）、《子不語節選》（Vol.6. p445）、《研究漢語的便利條件》（Vol.7. p113）等 8 篇。

　　關於商業、貿易文章有《廣州對外貿易規則》（Vol.3. p579）、《關於停泊海岸的外國商船的上諭》（Vol.4. p343）、《行商關於商業的報告》（Vol.5. p385）、《關於貨幣流通的報告》（Vol.5. p419）、《停止走私船的上諭》（Vol.6. p103）、《1836 至 1837 年英美貿易》（Vol.6. p280）、《關於興泰行債務的回覆》（Vol.6. p589）、《關於以固定價格輸出茶葉、絲綢和大黃的奏摺》（Vol.7. p311）、《曾望顏關於停止廣州外國貿易的建議》（Vol.8. p560）等 9 篇。

　　關於鴉片文章有《禁止鴉片輸入的上諭》（Vol.3. p487）、《建議鴉片輸入合法化的奏摺》（Vol.5. p138）、《廣東總督建議鴉片合法化的報告》（Vol.5. p259）、《朱尊反對鴉片合法化的奏摺》（Vol.5. p390）、《許球奏請嚴禁鴉片摺》（Vol.5. p398）、《皇帝將朱尊和許球奏摺轉給粵省官吏諭旨》（Vol.5. p405）、《地方官員關於鴉片商人離境的命令》（Vol.5. p462）、《反對在伶仃鴉片貿易和沿海鴉片船》（Vol.6. p341）、《地方官員關於鴉片貿易狀況的奏摺》（Vol.6. p473）、《黃爵滋反對吸食鴉片奏摺》（Vol.7. p271）、《廣東人民杜絕鴉片的通告》（Vol.7. p498）、《林則徐抵達廣州》（Vol.7. p599）、《關於外國人鴉片和林則徐抵達廣州的通告》（Vol.7. p602）等 13 篇。

　　關於中外關係文章有《外國人與中國人的早期交往》（Vol.3. p307）、《嚴令外國人離開廣州》（Vol.6. p296）等 2 篇

　　關於中英關係文章有《關於英國全權大使的通令和書信》（Vol.3. pp186, 235, 285, 327）、《清帝恩准英國使團來廣州》（Vol.5. p527）等 2 篇

　　關於中英戰爭文章有《關於舟山失守的正式公告》（Vol.6. p61）、《取消英國人食物供應和驅趕僕人通令》（Vol.8. p216）、《中國官員號召人民反抗》（Vol.8. p264）、《林則徐和當局對外國人的告示》（Vol.8. p426）、《中英關係中

斷的原因》（Vol.8. p610）、《佔領舟山後的中國報告》（Vol.9. p408）、《耆善進攻虎門的奏摺》（Vol.10. p108）、《耆善保衛廣州的報告》（Vol.10. p235）、《劉雲飛保衛寧波的奏摺》（Vol.10. p675）、《英軍在浙江的軍事行動》（Vol.11. p289）、《關於中國戰爭文件的選輯》（Vol.11. p470）、《伊里布和璞鼎查談判》（Vol.12. p103）、《1842年上海戰事回憶》（Vol.17. p528）等13篇。

關於高麗的文章有《高麗語字母發音表》（Vol.2. p135）1篇；暹羅、交趾支那文章《安南——拉丁字典》（Vol.8. p591）1篇；異教文章《中國人身上穿戴和房屋裏懸掛的吉祥物》（Vol.14. p229）1篇；教育會《在華實用知識傳播會第二年報告》（Vol.5. p507）、《在華實用知識傳播會第三年報告》（Vol.6. p334）、《在華實用知識傳播會第四年報告》（Vol.7. p399）等3篇；傳記文章《馬禮遜的生平和事工回憶錄》（Vol.10. p25）《馬儒翰生平和事工介紹》（Vol.12. p456）等2篇；雜俎《1832年颱風》（Vol.1. p156）1篇。

馬儒翰撰寫的81篇稿件，分布於以下16個主題；除關於其中高麗、交趾支那各一篇文章外，其他79篇文章包含了中國的地理、政府與政治、歲賦、軍隊、海防、遊記、語言、文商業、貿易、鴉片、中外關係、中英關係、中英戰爭、異教、教育會、傳記和雜俎等方方面面內容。正因為馬儒翰撰寫這些文章，才研究了中國，瞭解了中國，向世界傳播了中國，成為名副其實的青年「中國通」。

馬儒翰對於知識方面比較客觀公正，對於現實政治問題卻未能抱持同樣態度。由於《中國叢報》刊登許多馬儒翰翻譯的中國政府文件。他身為英國駐華商務監督的首席翻譯，官方地位超越年齡較大、經驗更豐富的郭實獵之上，他的翻譯能力自然令人關切。如他翻譯的《鴻臚寺卿黃爵滋奏請嚴塞漏卮以培國本摺》，促成道光皇帝決心禁煙、派林則徐為欽差大臣以致鴉片戰爭等連串重大歷史事件。有研究者對比奏摺原文和馬儒翰的譯文，發現文字極為講究典雅簡練，是相當準確的。〔註13〕馬儒翰積極支持英軍發動鴉片戰爭，談判中竟然扮演了「居中翻譯」的角色。但馬儒翰並不是一個「中立者」。他是在民族國家環境下成長起來的，有著強烈的民族或國家意識。他精通中國的人情和政治，能夠為英軍提供非常有針對性的建議。英軍攻打南京的戰略，恐怕就是參考了他的觀點。與此同時，由於雙方主帥互不通曉對方語言，馬

〔註13〕蘇精：《中國，開門！馬禮遜及相關人物研究》，香港基督教中國宗教文化研究社，2005年，第187頁。

儒翰能夠充分利用起草條約文本的機會，將自己的想法或考慮注入其中，為此後英方強佔更多權益提供藉口。〔註14〕就連英國人都認為：「1839 年 3 月至 1842 年 8 月那段英國和中國政府之間的衝突和困難時期裏，馬儒翰一直擔任著為英國服務的重要職責，謹慎行事，令其上司非常滿意。」〔註15〕

第四節　參與編輯《東西洋考每月統記傳》

馬儒翰曾經感歎，自己為《中國叢報》與《東西洋考每月統記傳》兩種雜誌寫稿，甚至還要比兩刊主編裨治文和郭實獵盡心盡力！〔註16〕確實，馬儒翰對《東西洋考每月統記傳》出力頗多。有研究者認為：馬儒翰與《東西洋考每月統記傳》的關係確實非常密切。1833 年郭實獵創辦該刊並表明辦刊宗旨為介紹西方的技術、科學和本質，讓中國人瞭解後得以消除鄙視他人為蠻夷的妄自尊大觀念。馬儒翰非常認同此種做法，因此在刊物問世後熱心協助。1834 年年初，郭實獵隨同鴉片船北上中國沿海各地期間，馬儒翰代為編印《東西洋考每月統記傳》，他還得承擔寫稿工作。

雖然該刊的文章都未署名，但從馬儒翰寫給馬禮遜的信中至少可以確定：1833 年 12 月號和 1834 年 1 月號重複刊登的《新聞紙略論》就是馬儒翰的作品。又如同年 2 月號的《新聞之撮要》以及以後接連出現的《市價篇》等篇。也都出於馬儒翰的筆下。1834 年 7 月初，由於馬儒翰義務為《東西洋考每月統記傳》大力付出，郭實獵在邀請馬儒翰成為刊物的合夥出版者，只是郭實獵行事作風以自我為中心，總是理所當然地視別人為完成他目標的工具，讓馬儒翰覺得自己不需要承擔更多麻煩，因此寫信給父親說已婉拒郭實獵的邀請。

1836 年，《東西洋考每月統記傳》轉由「在華傳播實用知識協會」接手，並改在新加坡印刷出版，同時決議在另外覓得新加坡當地的主編前，仍由該協會的中文與英文秘書繼續編輯，而當時該會的中文秘書是郭實獵和裨治文，

〔註14〕胡其柱、賈永梅：《翻譯的政治：馬儒翰與第一次鴉片戰爭》，《浙江社會科學》2010 年第 4 期，第 90 頁。

〔註15〕〔英〕偉烈亞力著，趙康英譯：《基督教新教在華傳教士名錄（附傳教士略傳及著述目錄）》，天津人民出版社 2013 年，第 13 頁。

〔註16〕蘇精：《中國，開門！馬禮遜及相關人物研究》，香港基督教中國宗教文化研究社，2005 年，第 183 頁。

英文秘書則是馬儒翰，因此他很可能仍繼續參與本刊的寫稿與編輯。1839年，在華傳播實用知識協會停止了運作，《東西洋考每月統記傳》則已於1838年停刊，但馬儒翰沒有忘懷辦刊的宗旨和內容。〔註17〕

第五節　創辦刊香港第一份英文報刊《香港憲報》

1840年2月，英國政府委任懿律（*George Elliot*）為海軍統帥及全權代表，義律（*Charles Elliot*）則被委任為副代表。6月，英軍40多艘戰艦和4000多名士兵抵達珠江口海面，鴉片戰爭爆發。由於廣東一帶佈防嚴密，懿律揮軍北上，攻陷了浙江定海，並於8月11日抵達直隸沿海的大沽口。9月，道光帝將林則徐撤職，委任琦善為欽差大臣，與英軍談和。

1841年1月20日，義律與琦善擬定了《穿鼻草約》，規定清廷割讓香港島予英國。1月26日，英軍派出戰艦硫磺號在水坑口登陸，強佔香港島。4月30日，義律委任威廉·堅（*William Caine*）為香港第一位裁判官，成立警隊維持境內治安，並在香港設立監獄。而作為管治香港的英國駐華商務監督兼英國遠征軍總司令義律的中文秘書，馬儒翰為了讓英國實行有效管治，提議創辦發行憲報，將政府的告示公布於眾。

5月1日，在英軍義律的支持下，馬儒翰先在澳門創辦了《香港憲報》（*Hong Kong Gazette*，也有譯作《香港鈔報》《香港轅門報》《香港政府公報》等），不久遷至香港，成為香港第一份報刊。

英國佔領香港島後，土地投機買賣隨即出現，為商人和其他有意在香港創業的人提供土地，成為政府首要處理的事。《香港憲報》創刊號內立即公布了出售土地的原則。6月14日，義律在澳門舉行了首次賣地，賣出了33幅沿海的土地。

《香港憲報》最初是一份半月刊，每期出版四頁紙，主要是有關政府的檔案或公告，例如高級官員的任命、土地拍賣的結果、人口統計數字、政府頒布的法令或招標、註冊結婚、公司上市等。

《香港憲報》最初是單獨出版，不到一年後便併入了《中國之友》（*Friend of China*）。《中國之友》在1842年3月17日創刊，每週一次，3月24日與

〔註17〕蘇精：《〈千里鏡〉——鴉片戰爭後的第一種中文期刊》，《新聞出版博物館》2015年第1期，第48～49頁。

《香港憲報》合併，改名為《中國之友與香港憲報》（*Friend of China and Hong Kong Gazette*）。其實這個做法是港英政府爭取英文報紙支持政府決策的策略：政府把《香港憲報》的印刷權賦予某一報社，當該報社批評港英政府，政府便把《香港憲報》刊印權轉交另一家報社，以減輕報社批評政府的聲音。由於刊印政府憲報會為報社帶來可觀的廣告收入，報紙如《香港紀錄報》（*Hong Kong register*）、《德臣西》（*China Mail*）等先後取得《香港憲報》的刊印權。直至 1853 年，《憲報》才正式以獨立形式出版。此後，它成為香港政府的官方公告，一切政府向公眾發布的信息均會刊登。

第六節　創辦鴉片戰爭後第一種中文報刊《千里鏡》

1842 年 8 月 29 日，《南京條約》簽訂後，英國割占香港，馬儒翰出任香港首任「撫華道」（即其後的「華民政務司」），並委任為香港政府議政局（即今行政局）和定例局（即今立法局）的議員。公務忙碌的馬儒翰抽空從南京城外寫信給倫敦傳教會的秘書說最新的中英關係與未來發展的可能性，他認為香港割讓給英國為英國提供了一個合適堅實的基地，使得以往努力於改善中國人性格的各種行動，終於不必再從距離中國遙遠的東南亞零星散漫地進行。馬儒翰的意思顯然是說，戰爭前傳教士在東南亞從事的傳教、學校教育和印刷出版等等活動，此後都可以在香港重新開展，而《東西洋考每月統記傳》也可以化身為《千里鏡》捲土重來。

1843 年 1 月，馬儒翰在香港創辦了《千里鏡》（*Telephone*）。據蘇精研究：《千里鏡》是典型的中國木刻線裝產品，半頁紙幅高 26.5 公分、寬 14.5 公分，內文 10 頁（20 頁），每半葉 10 行，每行 26 字，版框高 19.3 公分、寬 13.5 公分，四周雙欄，上記篇名，下記頁次。《千里鏡》封面印有書名題簽及目錄，題簽為大字《千里鏡紀》，下分兩行小字：「癸卯正月」與「第一編」，癸卯即 1843 年（道光二十三年）。目錄則包含《自序》《漢人序》《各國紀略》《亞細亞內各國》《漢英年月合紀》《詩語》和《新聞》等八行篇名。但是，目錄的篇名、順序和內文的篇名、順序不盡相同，如目錄是先《自序》再《漢人序》，內文則是先《漢人序》再《自序》，又如《各國紀略》在內文篇名為《諸國紀略》，而目錄在《亞細亞內各國》與《漢英年月合紀》兩篇中空一行，應該是原定還有材料插入其間，結果沒有實現而空下一行。《千里鏡》的第一篇

序（葉一）署「道光二十三年正月朔日梁棟才拜序」，內容主要是說中國人一向不知天下事，得此一編，有裨於博覽。本刊將大有益於中國人等。〔註18〕

《千里鏡》創刊號刊登了《千里鏡傳序》，署有「道光二十三年正月元旦大英人思誠自序」字樣。馬儒翰在序文中簡略地介紹：「余乃西人，居此有年，稍通漢文。」該自序將近一千字，論及取名《千里鏡》的由來、創辦緣起與目的、雜誌內容及出版方式等項。關於取名《千里鏡》的由來，馬儒翰說：千里鏡，能明見遠物者也，是見明知著，莫若千里鏡矣。是所紀，皆係遠國事蹟，中國人所不能知、不能見者，今特傳述著明，如人不能遠見。而憑千里鏡視之，故名之曰「千里鏡」也。馬儒翰期望《千里鏡》成為向中國人展現西方社會的窗口，讓中國人透過如千里鏡般的這份報刊觀察、瞭解過去不知的西方。接著，他敘述自己創辦《千里鏡》的緣起，「將泰西各國近日事蹟，略為詳說，倘中國朋友相問，余即以此傳答之可也」。認為《千里鏡》能讓中國人「知最遠各國之事，不致生於此國，限於此國，不與外國人相交」。馬儒翰創辦《千里鏡》的目的在於：遠國事情，非中國人所能知，故余將所見所聞，逐一敘述，使中國之人，皆得知泰西諸國之事，不致睽隔不通，此余著此傳之意也。〔註19〕《千里鏡傳序》也交代了該刊的內容與出版方式：千里鏡雖能逐一分看各物，不能一時統見百物，既不能一時統見，自當隨時分見。……茲擬每月著書一次，每次付梓，或三五篇不等，其中所論，或古往今來，事情不一，故不得先為預定也。

自序之後是《千里鏡》的內容，共有五篇，第一篇為《諸國紀略》（頁四），篇幅不長，不到三百字，說明天下分為五大洲：亞細亞、大洋萬島，此兩者稱為泰東；其次歐羅巴、亞非利加和美理哥，此三者稱為泰西。之後是本期介紹的《亞細亞內各國》（頁四至六），從中國起到阿拉伯，共介紹十六個國家與地區，篇幅少者如暹羅只有一行文字。最多的印度也只有七行，不到兩百字。此後是半頁作補白用的格言，「勿謂歲時無胳合，須知天道有乘除。」格言居中，四周有裝飾用的花樣。接著是《漢英年月合紀》（頁七、八），之後是七言漢詩四首（頁九），前兩首題為《詩語》，旨在恭維鴉片戰爭後從此太平

〔註18〕蘇精：《〈千里鏡〉——鴉片戰爭後的第一種中文期刊》，《新聞出版博物館》
　　　　2015 年第 1 期，第 44 頁。
〔註19〕蘇精：《〈千里鏡〉——鴉片戰爭後的第一種中文期刊》，《新聞出版博物館》
　　　　2015 年第 1 期，第 45 頁。

景象，後兩首則為《題千里鏡紀》，都沒有作者署名。一首：海噬山陬共此天，誰雲外紀可無編？請看異域當年事，各國情形在眼前。另一首：「風土人情各不齊，殊方絕域遠難稽；英賢博覽窮圖籍，盡識天涯別有蹊。」最後一頁（頁十）為《新聞》，有三則：第一則為阿富汗背棄和約，捉拿英國官兵監禁，英國進兵攻城，解救被囚官兵。第二則為美國與英屬加拿大邊界糾紛，英國於1842年派遣特使赴美談判，釐清疆界，消弭雙方爭執。第三則為美國與墨西哥兩國發生戰爭，但情況不明。這三則新聞篇幅都很簡短，第一則80字，第二則150字，第三則61字。〔註20〕

　　1843年2月，《中國叢報》以約兩百字的篇幅介紹了新創刊的《千里鏡》，表示該刊旨在作為已停刊的《東西洋考每月統記傳》的後繼刊物，又介紹了《千里鏡》創刊號的內容等，「《千里鏡》，我們最近收到一份新的中文月刊的第一期，這本月刊叫做 "Tsien-li-king"，千里鏡或者望遠鏡。如果我們的消息是正確的話，這本刊物旨在作為《東西洋考每月統記傳》的延續，這份刊物由在華實用知識傳播會監管出版，並於1838年停刊。然而新的時代正在到來，我們傾向於相信，本地和在北方港口的聰明人都會對這項工作十分感興趣，甚至是為之喝彩。去年，一些北方城市的中國官員和低調的紳士對於瞭解西方國家的事情有著極大的渴望，這種渴望似乎也不能完全歸因於他們想要討好征服者。給了他們雜誌的副本，得到了很好的反響。」〔註21〕

　　確實，在形式上，《千里鏡》的封面明顯類似《東西洋考每月統記傳》，尤其是「目錄」「目次」，在一個方框中臚列本期各篇內容，讓讀者一目了然，這完全是模仿《東西洋考每月統記傳》；在內容方面，《千里鏡》創刊號的「序」「各國紀略」「亞細亞內各國」「新聞」等欄，都和《東西洋考每月統記傳》相似。〔註22〕

　　1843年1月中旬，馬儒翰隨璞鼎查前往廣州會見伊里布，展開五口通商稅則章程的談判，直到1843年7月22日《五口通商章程及進出口稅則》公布，馬儒翰才算完成任務。在長達六個月的談判期間，他在和中方會談之外，每天必撰寫報告，並將中方文書和附件譯成英文，一併送往香港。如此緊張

〔註20〕蘇精：《〈千里鏡〉——鴉片戰爭後的第一種中文期刊》，《新聞出版博物館》2015年第1期，第46頁。
〔註21〕*The Telephone*, The Chinese Repository, Feb 1843. p112.
〔註22〕蘇精：《〈千里鏡〉——鴉片戰爭後的第一種中文期刊》，《新聞出版博物館》2015年第1期，第50頁。

繁忙，馬儒翰根本不可能再顧及《千里鏡》的編印，鴉片戰爭後第一種中文報刊在創刊號後就戛然而止。〔註23〕

1843 年 8 月 18 日，馬儒翰患瘧疾，8 月 29 日在澳門病逝，年僅 29 歲。葬於澳門基督教墳場（位於白鴿巢公園和東方基金會旁邊），與父母親長眠於一起。香港總督璞鼎查為英國侵略者喪失了一個侵華的急先鋒和得力幹將而深感惋惜，認為這是他們「國家的一大災難」。香港島上環近港澳碼頭的「摩利臣街」，就是紀念馬儒翰的。馬儒翰去世後不久，香港澳門的中外教友特為他立碑紀念。碑文如下：

> 當聞令德之後必有達人，如我英國之儒翰馬禮遜君。所謂達人者，非耶？其生於中國之澳門也，守先業，行己志，藝益精而學益勤，品愈練而情愈達，以致其作為、文詞，居然與漢人無異。若夫能通中華正音土語等技，不過是其餘事耳。更有令人不忘者，當中國與英國一體，往來時皆是馬禮遜力為經理，阮開五港互市之區，復締萬年和好之局，詎料所事未終，遽為棄世。中外各國不忘獲享安樂貿易，永息干戈之德，聞其長逝無不傷心墮淚，共作百身莫贖之哀，茲無可奈何，立碑以志之曰：儒翰馬禮遜君，英人羅伯馬禮遜之子也。生於嘉慶十八年四月十七日，距終於道光二十三年閏七月初五日，共享壽二十九歲。道光二十二年兩國和好，職司翻譯，為之設立章程，事事盡善，雖功未就身先去，豈非一時之偉人哉！

> 道光二十三年八月十五日
> 聖人一千八百四十三年十月初八日
> 各國眾友等仝勒碑

〔註23〕蘇精：《〈千里鏡〉──鴉片戰爭後的第一種中文期刊》，《新聞出版博物館》2015 年第 1 期，第 51 頁。

第十一章 譯報先聲：林則徐與 《澳門新聞紙》[註1]

　　林則徐是近代中國第一位偉大愛國者和傑出民族英雄。鴉片戰爭前夕，中國遭遇千古未遇之變局，民族危機嚴重，抵制西方侵略，維護國家主權成為時代主旋律。林則徐在時代風雲突變之際提出了學習西方的主張，使原來經世致用思想中滲進了向西方尋找真理的內容，成為近代中國進步思潮的啟迪者和向西方尋求救國救民真理的先驅，被著名歷史學家范文瀾譽為「清朝開眼看世界第一人」。其中，他組織編譯的《澳門新聞紙》就是他「開眼看世界」的產物和歷史證據。在中國新聞史上，林則徐被認為是「中國重視近代報刊的第一人」，而《澳門新聞紙》被認為是「中國最早的譯報資料彙編」。[註2] 有學者評價說：《澳門新聞紙》是中國最早的「譯報」，並不是嚴格意義上的報紙。它只是內部傳抄的新聞資料，並不是公開發行的報刊，只是外報的譯文匯編，屬參考資料性質，不是正式出版物，更不是定期刊物。……歷史已經證明，林則徐目光遠大，是第一位利用外報為中國服務的有識之士。他的這項工作有益於當時，也給後代以啟迪。[註3] 有研究者認為：在中國新聞史上，林則徐的貢獻，主要是他率先看到了新聞紙的參考價值，並實實在在地利用洋人的報紙為我所用。[註4] 新聞史學界逐漸將林則徐在鴉片戰爭時期組織的翻譯外報活動，視為「我國人自辦報刊活動的前奏和先聲」[註5]。

〔註 1〕本文曾發表於《嶺南傳媒探索》2018 年 04 期。
〔註 2〕方漢奇、李矗主編：《中國新聞學之最》，新華出版社 2005 年，第 35 頁。
〔註 3〕丁淦林著：《中國新聞事業史》，高等教育出版社 2002 年，第 74～75 頁。
〔註 4〕徐新平著：《維新派新聞思想研究》，湖南人民出版社 2010 年，第 189 頁。
〔註 5〕劉家林著：《中國新聞史》，武漢大學出版社 2012 年，第 107 頁。

但是，隨著新史料和新研究的逐漸公開，林則徐編譯《澳門新聞紙》的史實，新聞界有必要進行重新的分析和梳理，以求還原歷史真相，做出正確歷史判斷。

第一節　林則徐赴粵禁煙，開眼看世界

林則徐（1785 年 8 月 30 日～1850 年 11 月 22 日）字元撫，又字少穆，福建侯官（今福州）人。他出身貧寒的士人家庭，「無一尺之地，半畝之田」，有時「半饑半寒，遷就度日」。4 歲隨父入塾讀書，7 歲始學八股文，後入學鼇峰書院。林則徐常「以經學世自勵」，13 歲府試第一，20 歲中舉。27 歲（嘉慶十六年），他考取進士，在京出任庶吉士、翰林編修等職，奉行「交遊以少為妙」，「力學而潛修」經世之學。從 1820 年起，他先後在浙江、江蘇、陝西、湖北、河南等省擔任道員、鹽運使、按察使、布政使、東河河道總督、江蘇巡撫、署兩江總督、湖廣總督等職。曾在督修河提、勘災籌賑、整頓錢漕和查倉庫等工作中，廉潔奉公，政績卓著，被人譽為「林青天」。

18 世紀以來，儘管清朝政府屢次禁煙，而且愈禁愈嚴，但這些禁令終究禁不住外國殖民者的貪欲和野心。他們不斷變換花樣，採取種種卑劣手段破壞禁令，致使鴉片輸入不但沒有減少，反而急劇增長，進入 19 世紀 20 年代以後，幾乎是直線上升。林則徐主張嚴禁吸食鴉片。他的禁煙主張最早可以追溯到 1823 年。〔註 6〕是年，他建議對那些包攬伎船、開設煙館的游手好閒之民，「密訪嚴拿，期於閭閻稍靖」。1838 年 6 月，黃爵滋《請嚴塞漏卮以培國本疏》奏摺下發後，他是最早奏復者之一。他認為鴉片流毒已甚，決非常法所能禁止；要力挽頹波，非嚴莫芝濟。吸食者以死論罪，「似皆有合於大聖人闢以止闢之義，斷不至與苛法同日而語也」。為了完善黃爵滋的禁煙主張，在覆奏中特擬具章程六條，提出包括收繳煙具，開館、興販各罪名的失察議處，審斷之法宜用熬審等的全面禁煙主張。9 月，林則徐向道光帝上書言事，痛陳西方國家對我國大量傾銷鴉片的危害，「若猶泄泄視之，是使數十年後，中原幾無可以禦敵之兵，且無可以充餉之銀」。〔註 7〕林則徐不僅是積極的嚴禁派，而且是禁煙運動的領導者，他用實際行動實踐了自己嚴禁

〔註 6〕蕭致治主編：《鴉片戰爭史》（上），福建人民出版社 1996 年，第 185 頁。
〔註 7〕蕭致治主編：《鴉片戰爭史》（上），福建人民出版社 1996 年，第 186 頁。

鴉片的主張。在湖廣總督任內，他目睹鴉片禍害，「心如搗」，與湖南巡撫錢寶琛、署湖北巡撫張岳崧籌商，決定派員「先訪開館興販之，嚴緝務獲」，同時在武昌、漢口設立禁煙局，妥派得力人員收繳煙槍及一切器具餘煙，並且捐款配製斷癮丸，勸導吸食者戒煙。兩湖的禁煙措施很快收到效果。短短幾個月，湖北就收繳煙土煙膏 2 萬多兩，煙槍數千杆；湖南也收繳煙具數千件，煙土煙膏 3 萬多兩。道光帝獲悉兩湖禁煙取得顯著成效，十分高興，當即諭令嘉獎，認為：地方公事，果能振奮精神，實心查辦，自可漸有成效。〔註8〕1838 年 11 月 9 日，道光帝終於下定了嚴禁的決心，下令宣召林則徐進京，商討禁煙事宜。12 月 26 日，林則徐抵達北京。從第二天起，8 天之內，道光帝 8 次召見林則徐，而且破格任命林為欽差大臣，節制廣東水師，趕赴廣東查禁鴉片。

　　1839 年 1 月 8 日，林則徐離京赴粵。他水陸兼程，經直隸、山東、安徽、江西等省。一路上，他十分注意調查鴉片情況，通過各種渠道掌握了一批販毒、賄縱犯的姓名和住址。2 月 24 日，他在江西泰和縣下了一道密令，責成廣東布、兩司迅速捉拿王振高等 17 名最要犯，經確查後再拿蘇光等 40 次要犯，武弁中蔣大彪等 5 犯則先行查復，暫緩拘拿。因此，林則徐還未到廣東，已在粵海造成先聲奪人的禁煙氣勢。3 月 10 日，林則徐抵達廣州，立即積極投入到禁煙的工作中。他一面致函外海水師，確查退泊丫洲洋一帶外國鴉片躉船的行蹤；一面發出各種告示和規條，動員粵省士商軍民速戒鴉片，要求各學教官嚴查生員吸煙情況，造冊互保，要求當地衿耆編查保甲，並頒發了查禁營兵吸食鴉片規條。連日間，他與廣東主要官員鄧廷楨、怡良、關天培、豫坤等商討禁煙事宜，並同關天培乘舟勘察虎門及澳門等處海口形勢。3 月 18 日，林則徐禁煙的第一個行動，就是傳見十三行總商伍紹榮，交給伍紹榮兩份諭帖：一份是要行商責令外商呈繳煙土，一份諭令各國商人呈繳煙土。3 月 19 日，粵海關監督豫坤宣布，暫停外商請牌下澳。禁止外國人離開廣州，迫使他們繳出鴉片。3 月 22 日，林則徐當即下令南海、番禺兩縣令捉拿顛地，並正告外商：大臣奉命來此查辦鴉片，法在必行。林則徐還制訂出一套收繳鴉片細則——《收繳躉船煙土章程》。4 月 11 日下午，繳煙正式開始。繳煙活動持續一個多月，到 5 月 18 日，迫令英美煙販交出鴉片 19187

〔註 8〕蕭致治主編：《鴉片戰爭史》（上），福建人民出版社 1996 年，第 187 頁。

箱又 2119 袋,計 237 萬餘斤,並於 6 月 3 日在虎門公開銷毀,史稱「虎門銷煙」。

　　林則徐的禁煙運動遭到了英國侵略者的多次挑釁。林則徐奉命赴廣東查禁鴉片時,就已經意識到是一場十分尖銳而複雜的鬥爭,不以武力作後盾,不足以制服狡詐的侵略者。抵粵後,他一面嚴厲禁煙,一面即著手加強沿海防務。除在虎門收繳鴉片後視察了虎門防務外,8 月間又偕同鄧廷楨先赴香山視察,隨即於 9 月 3 日巡閱澳門,回程改行水路,於 6 日再抵虎門,留了三個多月,到 12 月 11 日才回到廣州。他統籌全局,增建東翼炮臺;密購洋炮,加強火力配備;穩步整頓水師,調整兵力配備;募練水勇鄉團,號召兵民聯合抗敵。通過加強廣東沿海防禦設施,穩步整頓水師,並發動水陸群眾共同抗敵,廣東的防禦大大加強。

　　林則徐與當時清朝的官場劣習截然相反。他是一個開明的官員,不同於那些閉目塞聽、狂妄自大的頑固官僚。他能在反抗英國侵略時虛心瞭解外國情況,尋找抵禦侵略的可行方法。在禁煙運動中,林則徐認為要抵制西方侵略,首先要瞭解西方,強調只有「時常探訪夷情」,「知其虛實,始可以控制之方」。為「採訪夷情」,他組織人員仔細搜集外國人用中文編譯印的第一種出版物,摘錄有關外國的說明,為此種目的,他利用了好多種傳教的小冊子、中文報、商務指南、美國和英國以及世界地理;並請人翻譯了《地理大全》,改編為《四洲志》,編譯了《各國律例》《華事夷言》等。〔註9〕林則徐在禁煙過程中主編的《四洲志》《華事夷言》《各國律例》等,是中華民族瞭解政治與地理、國情與民情的最初資料。他組織人員編譯的《四洲志》,成為後來魏源編撰《海國圖志》的重要來源,其主張「盡得西人之長技,為中國之長技」,也是魏源「師夷長技以制夷」的思想來源。其「實事求是,不涉時趨」治學主張,在仕途歷練中,養成了他重視實務、不尚空談的作風。正是這種不避艱險的務實風格,使他在履行職責時不遺餘力地搜集和翻譯西方國家的書報,積極瞭解西方列強的情況,開眼看西方的先河。〔註10〕在中國新聞史上,集中反映林則徐「開眼看世界」的成果就是《澳門新聞紙》。

〔註 9〕鄧紹根:《林則徐與陶澍》,見王碧秀、林慶元主編:《林則徐經世思想研究》,中國文史出版社 2002 年,第 198 頁。

〔註10〕張豈之主編:《中國思想史》修訂本(下卷),西北大學出版社 2012 年,第 903 頁。

第二節　林則徐組織編譯，出版《澳門新聞紙》

抵達廣州後，林則徐開展禁煙運動，立即著手進行譯報譯書工作。當時的翻譯人才不多，中國官府向無翻譯人才的儲備，廣州海關和十三行雖有華籍通事，但他們只略通一些商務知識，文化素養很差，難以勝任翻譯報刊和西書任務。經過林則徐的多方羅致，一個頗具規模的譯報班子迅速建立並開始工作。1839 年 2 月（農曆），他致廣東巡撫怡良封信中就提及「新聞紙零星譯出」一事。按照陽曆計算，寫信時間當在公元 1839 年 3 月下旬至 4 月初間。林則徐 3 月 10 日抵達廣州，到任還只約 20 天，一批譯報材料已經出籠，足見譯報工作效率之高。〔註 11〕林則徐當時聘用的翻譯人員主要有四人，即袁德輝（*Shaou Tih*，亦譯小德）、阿曼（*Aman*，亦譯亞孟）、阿倫（*Alum*，亦譯亞林）和梁進德（*Atih*，亦譯阿德）。這四名專任的譯者，他們在林則徐搜集情報、認識世界的活動中，是不可或缺的關鍵人物，但是在林則徐及當時相關的中文史料中，卻沒有出現過他們的名字。所幸這四人都和西方的傳教士有關，當時的傳教士記下了他們的姓名和活動，一百餘年後再經傳教士的研究介紹，引起世人的注意。

1839 年 7 月 4 日，美部會傳教士伯駕（*Peter Parker*，1804～1888）代表該會廣州佈道站撰寫上半年報告，內容除佈道站工作外，也包含中國局勢，尤其是林則徐到廣州禁煙和中英間的緊張關係，其中提到林則徐的四名翻譯：欽差大臣林則徐正十分積極地以各種方式，搜集世界其他國家的兵力、財富、領土、風俗習慣、法律和商業等信息；確切地說，他雇有四名熟悉英文的中國人：阿曼（*Aman*），曾在雪蘭坡的馬煦曼博士處；小德（*Shaou Tih*），曾在馬六甲接受教育，此後在北京的俄羅斯代表團擔任拉丁文翻譯；阿倫（*Alum*），曾在美國康乃迪克州的康沃爾；最後一位但不是最差的一位是梁發的兒子與裨治文的學生阿德（*Atih*），他肯定是當前中國英文最好的一名學生。無獨有偶。同年 7 月 16 日，《廣州紀錄報》（*The Canton Register*）刊登了美部會傳教士裨治文一篇題為《鎮口訪問紀實》（*Memoranda of a Visit to Chunhow*）長文，敘述 6 月他和美國商人金恩前往鎮口實地參觀林則徐銷煙的經過，並在文末附筆提到林則徐的譯者：欽差大臣有四名在英文方面都有些能力的中國人協助：第一位是個青年，在檳榔嶼和馬六甲受教育，並在北

〔註11〕方漢奇主編：《中國新聞事業通史》第一卷，中國人民大學出版社 1992 年，第 452 頁。

京的中國政府工作了數年；第二位是個老人，在雪蘭坡受教育；第三位是曾就讀美國康乃迪克州康沃爾學校的青年；第四位是個年輕小夥子，在中國受教育，可以相當輕易、正確而流暢地閱讀與翻譯各種一般性的文件。該文，後來也發表於隨後出版的《中國叢報》（*The Chinese Repository*）。〔註12〕這兩份報告內容雖有點出入，但大致相同，主要差別是伯駕記載了四位譯者的名字，而裨治文則沒有，卻彌補了歷史的遺憾。

林則徐的第一名譯員是袁德輝（*Shaou Tih*，亦譯小德）。他原籍四川，曾在檳榔嶼一所羅馬天主教總修院學習了三年的拉丁文。並將希伯來文與拉丁文對照的聖經詞彙譯成中文。1825～1827年間，他就學馬六甲英華書院，成績優秀。當時在書院學習期間，袁德輝深入學習英文，進步驚人，人人都佩服他用功學習的態度，稱讚他的英文水平。1826年英華書院年報記載說：由書院基金負責的學生中，有兩人來自中國，年紀都是二十一歲。其中一人是個能力優秀的青年，他在十二個月稍多的時間裏學到的英文知識，已讓他可以輕易而正確地進行翻譯，他也已將凱斯關於地球的書譯成中文，由於他熟諳中文，很快就能正確地譯出任何一位英文作者的中文版本。1826年，他翻譯的著作《英文與中文學生輔助讀本》問世。這是傳教士為增進書院學生的英文閱讀能力，選擇生活、道德、宗教、史地、科學，以及書信等主題，每個主題由傳教士撰寫幾句英文對話，請袁德輝逐句加上對應的口語中文對照而成。〔註13〕1827年，他因是否加入三合會問題，被迫離開馬六甲，返回廣州，與英國傳教士馬禮遜取得聯繫。1829年八九月間，他被兩廣總督李鴻賓推薦至北京理藩院任職，也曾於1830和1838年兩度短暫地回過廣州。1839年，他作為林則徐的隨員重返廣州工作。在林則徐的四名譯員中，按在職先後而論，袁德輝是第一位，而且他又是四人中唯一有官職在身者，因此裨治文等人認為他是林則徐的首席譯員是有道理的。〔註14〕

林則徐的第二名譯員是阿曼（*Aman*，亦譯亞孟）。他父親是中國人，母親是孟加拉人。他在印度塞蘭爾一所教會學校受教過十年之久。雪蘭坡的馬煦

〔註12〕蘇精：《〈澳門新聞紙〉的版本、底本、譯者與翻譯》，《翻譯史研究》2015 第五輯，第116頁。

〔註13〕蘇精：《〈澳門新聞紙〉的版本、底本、譯者與翻譯》，《翻譯史研究》2015 第五輯，第121頁。

〔註14〕蘇精：《〈澳門新聞紙〉的版本、底本、譯者與翻譯》，《翻譯史研究》2015 第五輯，第123頁。

曼博士（Dr. Marshman）曾是他的老師。他曾用中文《聖經》協助馬煦進行傳教工作。1830 年前後，阿曼抵達廣州，生活了八年或十年，繼續說和寫英文，只是程度並不太好，他的生活貧困，社會地位也低下，但具有基督教知識，裨治文希望這能有助於阿曼獲得信仰上的啟發。1839 年春，他為林則徐聘為譯員。

　　林則徐的第三名譯員是阿倫（Alum，亦譯亞林）。阿倫是廣東人，有著豐富曲折的國外生活經歷。1821 年，阿倫坐上荷蘭貨船前往阿姆斯特丹。1823 年初，他又乘船前往美國費城生活。5 月，在美部會的支持下，進入康乃迪克州康沃爾「外國傳教學校」學習。但是隨著該校的關閉，他於 1826 年前後離開康沃爾。1830 年回國後，他曾在外國商行裏教中國職工的英文。1839 年，他被林則徐聘為譯員。美國傳教士伯駕撰寫的 1839 年上半年美部會中國（廣州）佈道站報告中，在介紹林則徐的四名譯者之前提及阿倫：幾天前，一名曾在美國七年的華人阿倫說，林欽差特別詢問了關於美國人的習俗，得知美國二十四州都有為窮人病人設立的醫院；欽差又問那些醫院是如何維持的，當他獲知都仰賴慈善捐助及善心人士的遺產時，大表贊同。〔註 15〕

　　林則徐的第四名譯員是梁進德。他是廣東高明人，1820 年生，是倫敦佈道會刻工、中國第一個基督教傳教士梁發的兒子。他於 1823 年 11 月 20 日由馬禮遜施洗成為基督徒。1830 年年初，美國第一位來華傳教士裨治文抵達廣州，十個月後決定收留一些中國少年讀英文。梁進德成為裨治文最早的學生之一，1830 年 11 月 1 日裨治文的日記寫著：梁發來訪。他希望我收留他十歲的小孩。他希望兒子學習英文並能熟悉英文聖經，以便日後協助修訂中文聖經。由於梁發送兒子讀書是為了協助修訂聖經，因此裨氏對進德的期望顯然高於其他學生，他的學習的內容不只英文。1832 年 5 月，他已開始學習希伯來文法。同年 12 月，他已經熟諳希伯來文字母，並準備開始學希臘文。1833 年 4 月，他已經練習翻譯了新約全部，並繼續讀希伯來文法等。1834 年 8 月，他隨父親梁發逃往新加坡。1835 年 6 月梁進德獨自返回廣州。1836 年 3 月，再次前往新加坡。1837 年 10 月又回到廣州依裨治文生活與讀書。1838 年 7 月，他已經再度將希伯來文法溫習一遍，並抄完一部教科書上的動詞和名詞例句。10 月初，他繼續研讀希伯來文和英文文法、算術與中文。他的語言能

〔註 15〕蘇精：《〈澳門新聞紙〉的版本、底本、譯者與翻譯》，《翻譯史研究》2015 第五輯，第 129 頁。

力受到了傳教士的稱讚：他的英文還可以，同時也繼續讀中文，他很安靜、專心和服從。一旦他能獲得大家的認可，也具備了傳教的精神，將對我們的事業大有貢獻，有朝一日還能成為修訂中文聖經的得力助手。裨治文先生就是因此而教他希伯來文，並將繼續教以充分的古典教育。〔註16〕

　　1839年3月，隨著中外緊張局勢更加嚴峻，梁進德離開廣州前往澳門。兩個月後林則徐差人上門，說服他擔任林則徐的口頭與書面翻譯。進入欽差幕下後，他得到林則徐的善待與優厚報酬，並獲得較好的中文學習環境。從1839年5月底入幕到1840年10月林則徐卸職，梁進德擔任一年七個月左右的翻譯，甚至在林則徐離任後，仍私人雇用梁進德一段時間，並曾打算將進德介紹給新任欽差大臣琦善，可見林則徐對於協助自己大開眼界的梁進德是相當賞識的。〔註17〕

　　以上四名譯員中，阿曼在孟加拉學習英文的情況不明，但有他的英文能力不算好。袁德輝在馬六甲只學了兩年不到的英文，又被人批評程度很差。阿倫在康沃爾則至多學習三年，寫的信件內容倒還通順。四人中年紀最輕的梁進德，學習英文的時間較長，至少有六七年之久，美國傳教士伯駕肯定表示他是當時中國英文最好的人，被認為是這個班子中水平最高的譯員。如此看來，四人中至少有兩三人的英文能力有些問題，他們能否善盡為林則徐開眼看世界的翻譯任務是不無可疑的，但是這四人恐怕已是林則徐當時所能網羅到的最好譯員了。〔註18〕當時，能組成這樣的譯員班子，已是很不容易了。但林則徐對他們的工作並不都很滿意。如袁德輝所譯林則徐等致英女皇的信，林則徐很不放心，請亨德再將它譯成中文加以審核，認為譯文質量不是很好。凡選送道光皇帝的譯稿，都作了重要修改（可能林親自動手），修改稿的確比原稿精練文雅多了。林則徐對梁進德是比較賞識的，但認為他的中文水平仍須提高，曾在這方面給他不少幫助。〔註19〕

　　林則徐組織譯員開展譯報活動的流程，大致如下：第一，林則徐派遣譯

〔註16〕蘇精：《〈澳門新聞紙〉的版本、底本、譯者與翻譯》，《翻譯史研究》2015第五輯，第131頁。

〔註17〕蘇精：《〈澳門新聞紙〉的版本、底本、譯者與翻譯》，《翻譯史研究》2015第五輯，第132頁。

〔註18〕蘇精：《〈澳門新聞紙〉的版本、底本、譯者與翻譯》，《翻譯史研究》2015第五輯，第134頁。

〔註19〕方漢奇主編：《中國新聞事業通史》第一卷，中國人民大學出版社1992年，第454頁。

員到當時外報集中出版地澳門，搜集外國人出版的外文報刊；第二，將其中有關鴉片貿易和其他方面的消息、言論翻譯成中文；第三，將譯好的材料整體裝訂起來，分送給兩廣總督、廣東巡撫、海關監督和軍方參考。這種翻譯材料，是零散的，並無名稱，後來彙集成冊，稱為《澳門新聞紙》。它是我國最早的「譯報」，還不是嚴格意義上的報紙。它只是內部傳抄的新聞資料，而不是公開發行的報刊。它雖然具有一點新聞傳播的性質，但更多的還是一種情報的載體。

第三節 《澳門新聞紙》譯稿來源和主要內容

1999 年 12 月，南京舉辦的「澳門四百年」展覽上，首次公開展出了中國目前已發現並完整保存的唯一一套《澳門新聞紙》。這套珍貴的孤本為南京圖書館收藏，具有獨特珍貴的史料價值。這部抄校本的封面無題簽，書中夾簽題名《澳門新聞紙摘抄》，內文則題為「幾月幾日澳門新聞紙」或「澳門幾年幾月幾日新聞紙」，或只題為「澳門新聞紙」，等等，寫法不一。書共六冊，線裝，高 25.4 公分、寬 15.1 公分。本書抄於毛泰紙上，未編頁次，每半頁八行，每行二十字，遇皇帝、欽差、天朝、奉旨等抬頭。全書校改處不少，抄手不止一人，以墨筆抄寫；校者朱筆，或直接改在字面上，或在字旁行間。書中藏印有「江蘇省立第一圖書館藏書」及「南京圖書館藏」兩方陽文朱印。南京圖書館這部《澳門新聞紙》並非林則徐自用或當時抄送其他官員的本子之一，而是後來的抄校本，因為書後有鄧廷楨曾孫鄧邦述（1868～1939）記於丁巳年（1917）正月的三篇跋文，但並非鄧氏親筆，而是和內文抄手相同的筆跡。可知跋文為過錄，再按鄧氏於 1930 年刻印其《寒瘦山房鬻存善本書目》，收錄有《澳門新聞紙》的跋文，所記年份也和抄校本同樣是丁巳年，這些都足以證明這部《澳門新聞紙》為 1917 年或以後的抄校本。因書中有「江蘇省立第一圖書館藏書」印記，而江蘇省立第一圖書館的名稱存在期間為 1919 年至1927 年，再對照前文所述鄧邦述跋文作於 1917 年，則這部《澳門新聞紙》應是 1917 年以後傳抄，而於 1919 年至 1927 年之間入藏江蘇省立第一圖書館，再遞藏於南京圖書館至今。〔註20〕

〔註20〕蘇精：《〈澳門新聞紙〉的版本、底本、譯者與翻譯》，《翻譯史研究》2015 第五輯，第 101～102 頁。

現存《澳門新聞紙》六冊材料所收錄的 177 則譯報稿，自 1839 年 7 月 16 日至 1840 年 11 月 7 日，歷時一年又三個多月，應該說是比較完備了，但也並非全豹。1839 年 2 月（陰曆），林則徐在致怡良的信中說：「新聞紙零星譯出」一事，在六冊中均未見有收錄。再如 1840 年 9 月 19 日至 11 月 7 日近 50 天中，竟然沒有一篇譯稿，不合常情，也可能為漏收了。另外，1840 年 10 月 3 日，林則徐被正式宣布革職。但其組織的譯報活動還繼續堅持了一個多月之久。〔註 21〕因此，現存《澳門新聞紙》六冊抄本雖然篇幅約十萬三千餘字，但很明顯並非譯稿的全部，只是林則徐所組織的譯報材料部分彙編，經後人整理並冠以「澳門新聞紙」而成。

林則徐的譯員袁德輝、阿曼、阿倫和梁進德編譯《澳門新聞紙》的底本，澳門林玉鳳博士認為：《澳門新聞紙》的內容，除了少數譯自當時在澳門和廣州「輾轉購得」的倫敦、孟買、孟加拉和新加坡等處的報紙以外，其餘的大部分均是譯自在澳門和廣州出版的報紙。究竟《澳門新聞紙》最主要的內容是譯自當時出版的何種外文報紙，目前還有不同說法。以往不少學者認為是《中國叢報》，可是，經不同學者對照了《澳門新聞紙》上所載的日期與當時出版的英語報刊的出刊日期後，目前較通行的說法是：《廣州週報》是《澳門新聞紙》譯稿的主要資料來源，《廣州紀錄報》也是其來源之一。至於葡文報刊，由於《澳門鈔報》已散佚，《商報》僅存第三十四期副刊，未能進一步查證；《在華葡人週報》在週四出版，與《澳門新聞紙》中譯自週二和週六出版的報刊不符，因此，目前未能確定「澳門新聞紙」當中是否有譯自葡文報刊的內容。〔註 22〕經過臺灣學者蘇精的詳細考證認為：《澳門新聞紙》的底本是《廣州紀錄報》《廣州週報》和《新加坡自由報》（*The Singapore Free Press and Mercantile Advertiser*）三者，其他如《中國叢報》或倫敦、孟買、孟加拉與其他地方的報紙與書籍，都不是《澳門新聞紙》的底本，或者只能說是間接的來源。〔註 23〕《澳門新聞紙》所收錄的 177 則譯報稿底本分布如下：譯自《廣州週報》者 141 則，約是全部的 80%，占絕大部分；譯自《廣州紀錄

〔註 21〕方漢奇主編：《中國新聞事業通史》第一卷，中國人民大學出版社 1992 年，第 455 頁。

〔註 22〕林玉鳳：《中國近代報業的起點——澳門新聞出版史（1557～1840）》，社會科學文獻出版社 2015 年，第 194 頁。

〔註 23〕蘇精：《〈澳門新聞紙〉的版本、底本、譯者與翻譯》，《翻譯史研究》2015 第五輯，第 110 頁。

報》者 21 則，約占 12%，譯自《新加坡自由報》者 15 則，約占 8%。〔註 24〕

現存《澳門新聞紙》全部篇幅超過十萬字的內容非常廣泛，所譯遍及底本三種報紙的新聞、評論、行情、廣告等欄目內容，但由誰來選擇以及如何決定翻譯的內容？林則徐及其幕僚都不識英文，或者說其英文程度不可能從英文報紙中具體擇定要翻譯的內容，因此也許是他們先指示了一些主題範圍，例如關於中國的報導、在華夷人及其本國的動靜、鴉片與茶葉買賣的消息等等，再由四名譯者據此選擇內容譯出；又或許是譯者將一天的報紙每則內容主題譯出整理後，再由林則徐或其幕僚圈出要譯的內容；當然也不無可能是完全交由四名譯者自行選擇，譯出內容後上呈林則徐批閱。但是不論這項選擇與決定的過程如何，譯成的《澳門新聞紙》內容確實包羅廣泛，其中大都是肩負禁煙抗英重任的林則徐亟須知己知彼的信息，卻也有不少看來並非緊要夷務或軍情的內容，例如英國女王宮中女官名單與薪水、菲律賓農業、秘魯設公司招股、彩色地圖印法、麻打（Malta）報業情況、南北極探險，甚至還有船隻保險廣告等等，這些非緊要的內容至少有十五六則，接近《澳門新聞紙》全部則數的十分之一。〔註 25〕

確實，從現存的《澳門新聞紙》看，譯報內容廣泛，既有消息性的，也有評論性質的，當中有對林則徐禁煙活動的報導和評論、對中英數次軍事衝突的報導、英國人由要求通商到提出以武力強行通商再到為通商開戰的言論、外國人對中國歷史和現狀的簡介，等等。

據澳門林玉鳳博士的研究統計，從譯報內容的性質看，《澳門新聞紙》更注重消息性的內容，資料彙編中 65.91% 內容屬於消息的翻譯，而評論性質的則占 34.09%。其既關注外報上刊載的消息，也關心外國人的言論，但以消息，也就是他所說的「夷情」為主，內容包含鴉片和茶葉的價格、世界各地消息、英國消息、中國消息、廣東和澳門一帶的地區消息、中英衝突和林則徐虎門銷煙（禁煙事件）的後續報導、林則徐以及英國人對俄國在阿富汗出兵的報導等消息。〔註 26〕從各種消息性內容所報導的主體看，林則徐明

〔註 24〕蘇精：《〈澳門新聞紙〉的版本、底本、譯者與翻譯》，《翻譯史研究》2015 第五輯，第 112 頁。

〔註 25〕蘇精：《〈澳門新聞紙〉的版本、底本、譯者與翻譯》，《翻譯史研究》2015 第五輯，第 135 頁。

〔註 26〕林玉鳳：《中國近代報業的起點──澳門新聞出版史（1557～1840）》，社會科學文獻出版社 2015 年，第 197 頁。

顯最重視與他的禁煙活動相關的報導，該類報導占各類消成息的 43.97%，其次是英國消息 18.97%，再次是世界各地消息 12.07%，中國消息則達 7.76%，而鴉片及茶葉價格和地方消息各占 4.31%，廣告也達到了 1.72%，其他則 6.9%。〔註27〕

　　評論性質的內容，大部分直接與鴉片貿易引起的中英衝突有關。其中有直接評論鴉片貿易的，也有評論駐華商務監督義律、林則徐和鄧廷楨的行為的；有主吹攻打中國的，也有提出中國應就繳煙事件賠償英國的。其中，第一為「攻打中國」言論主題，占25%；第二，「鴉片貿易」，23.33%；第三，是「賠償英國」「林則徐、鄧廷楨行為」各占10%，第四為「義律行為」，8.33%，其他則占23.33%。上述這些不同主題的評論，在傾向上不是一面倒的，像對鴉片貿易，「澳門新聞聞紙」上編譯的內容所顯示的，就是既有贊成也有反對還有中立的。對林則徐和鄧廷楨當時發布的命令和相關行動，也有不同的取向。只有在中國應否就繳煙銷煙事件賠償國的問題上，編譯資料中的言論都認為中國應該做出賠償。〔註28〕

第四節　　林則徐組織編譯《澳門新聞紙》的歷史影響

　　蘇精研究認為：若從翻譯的質量而言，通過底本原文與譯文對照後的《澳門新聞紙》，呈現出來的卻是問題頗多而錯誤不少的一部譯作，這是無法諱言的事實。林則徐四名譯者的侷限不足與錯誤，甚至有意操弄譯文，多少是情有可原而難以苛責；只是，這些侷限不足、錯誤與操弄，導致林則徐雖然睜開了眼，看到的卻是籠罩著一層薄霧也有些扭曲變形的世界。但從翻譯史的角度說，《澳門新聞紙》雖然是問題頗多而錯誤不少的一部譯作，卻是具有豐富歷史意義與價值的文獻，中國人所謂的這第一部英文中譯作品。〔註29〕《澳門新聞紙》譯稿有多處以相當辛辣的語言，揭露清廷官府愚昧自大，貪污成風，軍隊無能，不堪一擊，甚至對乾隆、道光皇帝也出言不恭。對林則徐

〔註27〕林玉鳳：《中國近代報業的起點——澳門新聞出版史（1557～1840）》，社會科學文獻出版社2015年，第198頁。
〔註28〕林玉鳳：《中國近代報業的起點——澳門新聞出版史（1557～1840）》，社會科學文獻出版社2015年，第198頁。
〔註29〕蘇精：《〈澳門新聞紙〉的版本、底本、譯者與翻譯》，《翻譯史研究》2015第五輯，第143頁。

本人，譯員固然有若干稱頌之詞，但對他的責罵也是嚴厲的，如指責他失信背約，不自量力，「所做之事，俱是性急、冒失及自傲」，說他所造成的災害「已布滿此省（指廣東）及近海之處」。譯稿忠實於原文，不作任何修改和潤色，是符合要求的。〔註30〕

　　林則徐的譯報活動在當時就受到外人的關注和稱讚，在《澳門新聞紙》中有這樣的評論：澳門一八三九年十二月十四日新聞紙：中國官府全不知道外國之政事，又少有人告知外國事務。故中國官府之才智誠為可疑。中國至今仍舊不知西邊。……然林行事全與上相反，他自己先預備幾個最善翻譯之本地人……俾有翻譯人譯出大概之事情，有如此考究，並添許多知識。於今有何應驗？林係聰明好人，凡有所得，不辭辛苦，常時習用，記在心中。於今觀其知會英吉利國第二封信，好似初學知識之效驗。〔註31〕

　　林則徐對譯稿的內容有著清醒認識。1839 年 4 月，他轉送數本裝訂成冊的《澳門新聞紙》給廣東巡撫怡良參閱，並附信說：「其中頗多妄語，不能據以為實，不過藉以採訪夷情耳」。〔註32〕其譯報活動目的也十分明確，就是為了獲取情報、瞭解國外的情況。1840 年 3 月，林則徐將部分譯稿上呈道光帝說：「現值防夷吃緊之際，必須時常探訪夷情，知其虛實，始可以定控制之方。」〔註33〕他對自己的譯報活動也是肯定的，且將它作為防夷經驗之談傳授給其他官員。1841 年 4 月，道光帝將抗英不利的琦善革職查辦，任命林則徐赴浙江協辦海防，「日以鑄炮演炮為務」。同時他積極關心廣東海防，並給靖逆將軍奕山寫信，推介自己當年的譯報做法：澳門地方，華夷雜處，各國夷人所聚，聞見較多。尤須密派精幹穩實之人，暗中坐探，則夷情虛實，自可先得。又有夷人刊印之新聞紙，每七日一禮拜後，即行刷出，係將廣東事傳至該國，並將該國事傳至廣東，彼此互相知照，即內地之塘報也。彼本不與華人閱看，華人不識夷字，亦即不看。近年顧有翻譯之人，因而輾轉購得新聞紙，密為譯出。其中所得夷情，實為不少。制馭準備之方，多由此出。雖近時期有偽

〔註30〕方漢奇主編：《中國新聞事業通史》第一卷，中國人民大學出版社 1992 年，第 455 頁。

〔註31〕中國史學會主編：《鴉片戰爭·澳門新聞紙第三冊》（二），上海人民出版社 1955 年，411～412 頁。

〔註32〕林則徐：《致怡良書諫》，見楊國楨編《林則徐書柬》，福建人民出版社 1985 年，第 46 頁。

〔註33〕林則徐：《林則徐集·奏稿》中冊，第 765 頁。

託，然虛實可以印證，不妨兼聽並觀也。〔註34〕

　　當時清政府官員驕傲自大、才智貧乏、目光短淺，對西方不屑瞭解，而出於身負重任的林則徐中外互動緊張的關鍵時刻，為了「採訪夷情」，不僅組織譯員翻譯西方書報，彙編出版《澳門新聞紙》，而且能「凡有所得，不辭辛苦，常時習用，記在心中」，並讓有關西方的知識在外交事務中很快發揮了作用，成為「開眼看世界第一人」。由於翻譯的錯誤和自身的侷限性，他通過《澳門新聞紙》看到的世界「未必真切」，但是他重視《澳門新聞紙》，不僅參考它制定的禁煙抗英策略，如直接照會英女王，利用外國人反對鴉片貿易的言論說明清廷的立場，應該說，都是瞭解到外報上也有反對鴉片貿易言論的結果；而且主動送予廣東同僚和他省督撫分享，還將一部分內容進呈道光皇帝御覽，使得其「制馭準備之方」，在禁煙運動和抗英前期發揮了預期的積極效用。

　　在中國新聞史上，林則徐的譯報活動，被視為「中國譯外國新聞紙之嚆矢」。〔註35〕他是中國近代史上第一個組織人力翻譯洋報和重視報紙作用的人。他認為翻譯外國報紙可供「採訪夷情」、瞭解虛實，為我所用。林則徐也是中國近代史上第一個提出如何對待洋報的人。他認為對待外報的態度：不可全信又不可不信，須有自己的眼力判斷，「然虛實可以印證，不妨兼聽並觀」。他把新聞視為情報，「密為譯出」。這種認識是膚淺和錯誤的。但是，在長期閉關鎖國的情形之下，清政府把本應讓大眾知曉的東西也視為機密，因此，林則徐對近代外國新聞紙的認識不符合新聞之特點也淵源有自。〔註36〕確實綜合林則徐在編譯《澳門新聞紙》時的言論，可見他對外報有如下三點認識：第一，性質上是「塘報」，也就是提塘報房發行的邸報；第二，內容上有「夷情」，甚至是敵情，「凡以海洋事進者，無不納之；所得夷書，就地翻譯」；第三，功能上是「將廣東事傳到該國，將該國事傳至廣東」，有跨地域的溝通作用。這說明，對以林則徐為代表的國人來說，報刊既有情報作用，也模糊地有了可以助人瞭解新世界、新事物的功能。〔註37〕正因如此的認識，林則

〔註34〕林則徐：《答奕將軍防禦粵省六條》，見《魏源全集》，嶽麓書社2004年，第1931頁。

〔註35〕中國史學會主編：《鴉片戰爭·澳門新聞紙跋》，上海人民出版社1955年，第522頁。

〔註36〕徐新平著：《維新派新聞思想研究》，湖南人民出版社2010年，第189頁。

〔註37〕林玉鳳：《中國近代報業的起點——澳門新聞出版史（1557～1840）》，社會科學文獻出版社2015年，第202頁。

徐沒有直接仿傚外國人辦報，而只是進行了譯報活動，對其後國人自辦報刊也沒有直接推動作用。但是，林則徐勇於探求，敢於放下「天朝大員」的架子，通過翻譯外報，更多地瞭解了西方各方面的情況，大大開闊了視野和知識面，對後代產生了深遠影響，開創了近代中國報人「廣譯五洲近事」之先河，翻譯外報成為近代報刊的重要辦報方法和內容。戊戌變法的領導者康有為在保國會的一次演講辭中推崇說：道光二十年，林文忠始譯洋報，為講求外洋情形之始。他譯報的意義，是中國「講求外國情形之始」，由此開啟了立譯館、譯西書、瞭解學習外國的風氣。〔註38〕近代知識分子魏源、馮桂芬、薛福成、王韜、康有為、梁啟超等人，都是沿著林則徐開拓的瞭解西方、勇於探索新知的道路，一步步地打破了閉關鎖國的禁錮局面。

〔註38〕黃旦：《也論林則徐的新聞觀──兼論中國近代新聞思想之源頭》，《新聞與傳播研究》1998 年第 1 期，第 72 頁。

第十二章　譯報再傳：魏源與
《澳門月報》〔註 1〕

　　魏源（1794.4.23～1857.3.26）是近代中國著名的愛國主義思想家、史學家、文學家。他畢生憂國憂民，孜孜矻矻，筆耕不輟，著述宏富，尤以《海國圖志》最著名，影響也最深遠。它是一部劃時代的著作，囊括世界地理，歷史、政制、經濟、民族、宗教，曆法、文物的百科全書，奠定了其在中國近代史中崇高地位的名作，書中豐富的世界歷史地理內容對近代中國、東亞歷史產生了深遠的影響。他不僅因宣傳「師夷長技以制夷」經世致用思想與林則徐同時躋身「開眼看世界」的第一批先進人物，而且其著作《海國圖志》收錄了林則徐組織譯員編譯並親自交付給他保存的《澳門月報》，使得該譯報內容得以留存於世，影響著近代中國和東亞社會，也讓他在近代中國新聞傳播史具有了「譯報再傳」的歷史地位。

第一節　魏源與林則徐的交往

　　魏源，原名遠達，字默深，又字墨生、漢士，湖南邵陽金潭（今邵陽市隆回縣司門前鎮）人。七八歲時，他入私塾學習，讀書刻苦，手不釋卷，喜獨坐深思。15 歲時考中縣學生員後，開始研習王陽明心學。1813 年，他舉為貢生。1814 年，他隨父親魏邦魯入京。1819 年，他考中順天鄉試副貢生。1822 年，以第二名的成績考中順天鄉試舉人。他被延館於侍郎李宗瀚家，結識了京師當時各種學術流派的名士，先隨胡承珙學習漢學，又師事姚學塽究心宋學。隨著今文經學崛起，他和龔自珍都拜在今文經學家劉逢祿門下，研習《公羊春秋》。兩人都為劉逢祿所激賞，常常在一起切磋古文辭，探討實學。

1825 年，魏源於被江蘇布政使賀長齡延為幕賓。他幫助賀長齡在漕糧改河運為海運，確保京師糧食供應上大獲成功，從此開始了他的「經世」實踐。他還協助賀長齡主編 120 卷的《皇朝經世文編》，逐漸形成了自己的社會改革思想。

1826 年，魏源與龔自珍同赴禮部試。劉逢祿適為會試考官，得浙江、湖南兩卷，認為必是龔、魏，極力推薦，但他們還是落第了。劉逢祿感慨萬端，於是作《題浙江湖南遺卷》詩以表痛惜，但從此世以「龔魏」並稱二人。他猛烈抨擊了使士林醉心於功名利祿的八股科舉制度，但又只能通過這個途徑獲得一個官職，來實現自己經世致用的抱負。因此，他仍不斷地參加會試。1828 年，他以舉人捐資為內閣中書舍人。他置身浩瀚典籍檔案之中，博覽群書，積累了深厚的典章制度知識。1829 年，他再做楊芳幕僚，應會試仍不第，撰《詩古微》二卷，其師劉逢祿為分《詩古微》作序，稱讚他「其志大，其思深，其用力勤」。〔註2〕

1830 年 6 月 2 日，魏源與林則徐在北京相遇。他們的相識是因為其父親曾是林則徐的下屬。魏源父魏邦魯歷任江蘇海州惠澤司巡檢、寶山縣主簿等地方佐雜官，管理刑名、錢糧、水利等事務，曾受到歷任布政使林則徐、賀長齡、梁章鉅和巡撫陶澍的好評。林則徐對其父魏邦魯「破除積習，不受陋規」的思想和行事給留下了深刻印象。當日，龔自珍組織林則徐、魏源等人在龍樹寺，吟詩作賦，「置酒兼葭移」，時任湖北布政使林則徐對這位以批判程朱理學，反對腐敗、主張改革而名滿京師的故人之子，多了一份親近感。他們共同對好友王竹嶼的正直有作為卻仕途坎坷有著相同的態度：不但同情，而且都祝福王能仕途通達。

1831 年 7 月，魏源父喪，南歸。賞識他經濟才幹的兩江總督陶澍，延請他入幕協助改革鹽政，且在鹽務、漕運、治河等方面，提出了一系列的改革主張。他開始在南京清涼山下烏龍潭西畔購二三進宅，名曰「小卷阿」。1832 年 6 月，林則徐由河東河道總督調任江蘇巡撫，在對農業、漕務、水利、救災、吏治各方面都做出過成績，尤重提倡新的農耕技術，推廣新農具。由於他也大力支持陶澍在淮北推行的鹽法等改革，因之對幫助陶澍籌劃改革的魏源更為讚賞。林則徐每從蘇州到南京，都愛去請他商議時政。1834 年 3 月，

〔註 2〕魏源全集編輯委員會編校：《魏源全集》第 1 冊，《詩古微》，嶽麓書社 2004 年，第 731 頁。

林則徐為了推廣種植早稻，以《再熟稻賦》為題通場考題，在蘇州甄別紫陽、正誼兩書院諸生，曾延請魏源等前來閱卷，後又進行了補、復試。1837 年 1 月，林則徐從署理兩江總督兼兩淮鹽政任上卸職進京陛見，同魏源從此一別就是四年。這期間，魏源多半時間都定居揚州，在「絜園」侍奉老母，著書立說；同時也密切注視著湖廣總督林則徐的政務活動，並時有飛鴻，互訴衷情。

1838 年 6 月，黃爵滋《請嚴塞漏厄以培國本疏》奏摺下發後，林則徐是最早奏復者之一。9 月，林則徐向道光帝上書言事，痛陳西方國家對我國大量傾銷鴉片的危害。11 月 9 日，道光帝下令宣召林則徐進京，商討禁煙事宜。12 月 26 日，林則徐抵達北京，被任命林為欽差大臣，節制廣東水師，趕赴廣東查禁鴉片。1839 年 1 月 8 日，林則徐離京赴粵。3 月 10 日，林則徐抵達廣州，積極開展禁煙運動，立即著手進行譯報譯書工作，聘任翻譯人員袁德輝（Shaou Tih，亦譯小德）、阿曼（Aman，亦譯亞孟）、阿倫（Alum，亦譯亞林）和梁進德（Atih，亦譯阿德）等四人搜集外國人出版的外文報刊翻譯成中文，分送給兩廣總督、廣東巡撫、海關監督和軍方參考，後來彙集成冊，稱為最早「譯報」《澳門新聞紙》。魏源不但對林則徐的禁煙運動表示擁護和支持，而且對禁煙成效充滿希望。

1840 年 6 月，英國發動鴉片戰爭，英軍派艦隊封鎖珠江口，進攻廣州。林則徐率領廣東軍民奮起抵抗英國入侵，由於嚴密布防，英軍的進攻未能得逞。英軍受阻後沿海岸北上，於 7 月 5 日攻佔定海，8 月 9 日抵達天津大沽口，威脅北京。道光帝驚慌失措，急令直隸總督琦善前去「議和」，又命令兩江總督伊里布查清英軍攻佔定海原因。9 月 29 日，道光帝下旨，革去林則徐職務，命令「交部嚴加議處，來京聽候部議」。魏源關心林則徐安危，聞而感慨，賦詩《寰海》，讚揚林則徐領導的廣東軍民抗英鬥爭，斥責了清朝官僚的投降舉動。

10 月，欽差大臣伊里布與英將訂定浙江停戰協定。浙江鎮海千餘人請願，反對伊里布撤退守軍。賦閒在揚州的魏源關注戰爭進展和軍民安危以及林則徐的命運，親赴軍中，親詢英軍俘虜安突德，瞭解英國情況，後又旁採其他材料，後來寫成《英吉利小記》一文。10 月 25 日，林則徐收到吏部文書，通知他暫留廣州，等待新任欽差大臣琦善的審問和發落。11 月，琦善抵廣州，撤除林則徐布置之海防工事，解散壯丁。12 月，英軍進犯虎門，攻陷大角、沙角炮臺，佔領香港島。

　　1841 年正月，道光帝下令對英宣戰，派奕山為靖逆將軍、隆文、楊芳為參贊大臣，馳往廣東。因為伊里布不敢進攻定海，被撤欽差大臣之職，裕謙代之。裕謙馳抵鎮海，積極籌辦浙江防守事務。3 月 25 日，林則徐被降為四品卿銜，速赴浙江鎮海聽候諭旨。他舉薦魏源入裕謙幕府，魏源也毅然投筆從戎，兩人再次共事。到鎮海後，林則徐積極參與了當地的海防建設事宜，力圖「戴罪立功」。由於清廷和戰不定，魏源深「知與願違」，心情憂憤地回到揚州。由於清軍戰事失利，6 月 28 日，道光皇帝下旨革去林則徐四品卿銜，「從重發往新疆伊犁，效力贖罪」。林則徐抗英有功，卻遭投降派誣陷，被道光帝革職，他忍辱負重於 7 月 14 日踏上戍途。

第二節　受託《澳門月報》等資料，編撰《海國圖志》

　　1841 年 8 月，林則徐從浙江到揚州途中在京口（鎮江）會見魏源。兩人同宿一室，對榻傾談，「與君宵對榻，三度雨翻蘋」。林則徐在反省了國人中鄙視遠夷不諳世情之誤後，將他在廣東收集和編譯的《澳門月報》《四洲志》《華事夷言》和《粵東奏稿》等資料鄭重地交給魏源，希望魏源編撰《海國圖志》，喚醒國人，放開眼界，瞭解世情，挽救危亡。魏源在此以前已有志於這方面的著述，曾根據道光二十年在寧波、臺灣等地收集的英俘所述英國情況，寫成《英吉利小記》一文（後收入《海國圖志》）。所以，他便接受了林則徐的囑託，纂集《海圍圖志》。這次會見，讓魏源激動感慨不已，他賦詩兩首，追憶這次難忘的志同道合者的會面。

江口晤林少穆制府

萬感蒼茫日，相逢一語無。

風雷憎蟄屈，歲月笑龍屠。

方術三年艾，河山兩戒圖。

乘槎天上事，商略到鷗鳧。

（時林公屬撰《海國圖志》）

聚散憑今夕，歡愁並一身。

與君宵對榻，三度雨翻蘋。

去國桃千樹，憂時突再薪。

不辭京日月，肝膽醉輪囷。

魏源的詩表達了他和林則徐之間的真摯感情。他珍重林的委託，戀戀於倉促的聚散，歡愁交集，卻又說不出什麼可安慰對方的恰當語言，但對國事依然憂心忡忡。詩中的「方術三年艾，河山兩戒圖」，是林、魏兩人反侵略思想的共同信念——要早做反抗侵略的準備，要同時注意西北和東南的兩處邊界（兩戒即兩界）。這反映了兩個具有愛國思想的士大夫不僅關心當前東南英國侵略的現實，而且還預見到西北沙俄威脅的隱患而主張要先事預防。魏源不曾料到的是，這次會面竟是兩人有生之年的最後一次，《海國圖志》遂成為兩人友誼的見證和思想共鳴的結晶。次月，林則徐改發東河效力，魏源聞訊後，題寫《題林少穆制府飼鶴圖》詩，對時局多所譏評，譬林則徐為元鶴，推崇其禁煙抗英功績，同情其不公正遭遇，期盼其再起。

1842 年 8 月 29 日，喪權辱國的《南京條約》簽訂。魏源得知消息後，大為震動。他敏銳地意識到，清政府因腐敗而導致軟弱，若不進行改革是難以為繼的。他想通過清朝開國以來的歷史找出盛衰之由，興替之漸，再提出匡時濟世的治安良策，於是奮筆疾書，寫就 14 卷的《聖武記》，為《海國圖志》的問世作了必要的思想準備。12 月，魏源在揚州完成了 50 卷本《海國圖志》的撰述。他在《海國圖志敘》中寫道：《海國圖志》五十卷，何所據？據前兩廣總督林尚書所譯西夷之《四洲志》，再據歷代史志及明以來島志及近日夷圖、夷語。鉤稽貫串，創榛闢莽，前驅先路。大都東南洋，西南洋增於原書者十之八，大、小西洋、北洋、外大兩洋增於原書者十之六。又圖以經之，表以緯之，博參群議以發揮之。何以異於昔人海圖之書？曰：彼皆以中土人談西洋，此則以西洋人談西洋也。是書何以作？曰：為以夷攻夷而作，為以夷款夷而作，為師夷長技以制夷而作。1843 年，《海國圖志》正式出版，成為第一部由中國人自己編寫的、介紹世界各國情況的巨著，成為中國研究世界的開山之作。該書以林則徐的《四洲志》為基本素材，自己搜集、友人支持的歷代史志，以及國外的輿圖、書籍和外國傳教士的最新著作，補充了很多林則徐無法找到的資料編撰而成書，全書 57 萬字，比 8 萬字的《四洲志》更為全面、系統和完善。他揭露了英國殖民者在世界各地的侵略和剝削，特別是它的東擴直接對中國構成了威脅，並探討了英國「兵賈相資」的海盜式貿易與致富政策，指出其原因是英國政治制度造成的，要對付列強的侵略，像中國這樣的弱國只能學習它的長處來與之抗衡。因此，他在書中開門見山地寫道，編撰《海國圖志》的目的是「為師夷之長技以制夷而作」。《海國圖志》50 卷本

刊行以後，他好友曹楙撰詩讚揚說：胸中何止四大洲，神光往來鞭赤蚪。直走龍堂割龍石，紅輪不盡海西頭。

1847 年，魏源將《海國圖志》由 50 卷本擴充至 60 卷本 60 餘萬，書中增加了對海外各國的概況介紹，新書在揚州刊行。1852 年，魏源又親自到澳門、香港實地考察，訪求資料，繼續將 60 卷本又補成 88 萬字的 100 卷本，刊行於高郵。《海國圖志》100 卷本涉及「西國政教例」，開始介紹西方各國的政治體制。林則徐贈給他的有關鴉片戰爭的檔案資料和組織翻譯的《澳門月報》等國外書報資料，也都利用起來編入書中，在《海國圖志》中分別注明「歐羅巴人原撰」「侯官林則徐譯」和「邵陽魏源重輯」。《海國圖志》先後徵引了歷代史志 14 種，中外古今各家著述 70 多種，還有各種奏摺十多件和魏源的一些親身經歷。其中也徵引廣州《東西洋考每月統記傳》26 處。

《海國圖志》內容非常豐富，全書 100 卷分屬 9 個部分：其一為「籌海篇」2 卷，縱論應敵之策，分別為議守、議戰和議款；其二為圖 2 卷，包括《海國沿革圖》《地球正背面圖》和世界各大洲分國地圖；其三為地志部分 66 卷，分述世界各主要國家，其中尤詳於法、英、俄、美四國；其四為表 3 份，即《南洋西洋各國教門表》《中西曆法異同表》《中西紀年通表》；其五為「國地總論」3 卷，介紹全球地理，分別為《釋五大洲》《釋崑崙》以及利瑪竇的《地圖說》、艾儒略的《四海總說》和南懷仁的《坤輿圖說》；其六為「籌海總論」4 卷，輯錄各家關於沿海情形、籌海方法和論說；其七為「夷情備採」3 卷，輯錄林則徐所編譯的《澳門月報》《華事夷言》《滑達爾各國律例》等材料；其八為「西洋技藝」12 卷，介紹有關西方堅船利炮等西洋技藝。《海國圖志》九個部分的內容分屬於制夷、悉夷和師夷這 3 個議題，而悉夷、師夷最終是為了制夷。《海國圖志》從反侵略的動機出發，在中國近代史及中國史上，第一次全方位、多角度地介紹世界政治、經濟、歷史、地理和自然科學的概貌；第一次從「開眼看世界」的高度，將一個嶄新的、充滿生氣與進取精神的外部世界展現於「天朝上國」的昏睡世人面前。魏源在《海國圖志》100 卷中圍繞著制夷——悉夷——師夷這個思路進行了展開，使得《海國圖志》不僅成為中國第一部關於世界史地的著作，更是一部切合於時代所需的圖強禦侮之書。魏源在書中所闡述的中國近代啟蒙思想達到了那個時代的高峰，《海國圖志》也因此成為經典傳世之作，被譽為「影響中國歷史進程最大的一百本書之一」。

第三節　《澳門月報》主要內容

為了掌握夷情，「製取準備之方」，林則徐組織四位譯員編譯《澳門新聞紙》，抄送給廣東督撫衙門作為禁煙和備戰的參考。林則徐還將其中的部分內容，加工、潤色、分類彙集為五輯《澳門月報》，分別為：一是論中國，七條；二是論茶葉，五條；三是論禁煙，十四條；四是論用兵，十三條；五是論各國夷情，十三條，共五十二條，載入魏源所編的《海國圖志》卷八十一夷情備採一（《澳門月報》）、卷八十二夷情備採二（《澳門月報》）。

《澳門月報》第一輯《論中國》（道光十九年及二十年新聞紙），共七條，每一條一段一事。《論中國》第一條敘述了中國風俗律例千年不變，「最奇者，惟中國之法度，自數千年來皆遵行之。……自謂王化之國，而視外國皆同赤身蠻夷。」第二條介紹了中國人口眾多，「若論人民之多，即無一國可與中國比較。」第三條分析了中國人軍事上不肯與外國海戰的原因，中國對外要堅壁清野。第四條介紹了中國軍隊及其火槍火炮等武器裝備情況。第五條，介紹了中國文字和印刷出版技術。第六條，中國政府閉關鎖關，不瞭解世界發展。第七條，介紹了馬禮遜出版的《依涇雜說》，溝通中西文化。

《澳門月報》第二輯《論茶葉》，共五條。第一條，闡述茶葉貿易的重要性，「貿易中貨物之利於人並利於稅餉，捨茶葉外，斷無勝於此者。」第二條，介紹茶葉種類和分布。第三條，敘述茶葉對外貿易的發展情況。第四條，介紹茶葉種植在國外的推廣。第五條，分析鼓勵種植農作物的獎勵措施。「我國王以小呂宋耕種不甚起色，下令凡有農器進口免稅，凡有人肯栽洋靛等貴物，議公項如何獎賞。又肯墾荒栽種各物之人，如何賞給，令各官商議定奪。若有兩家合栽架非樹，數至六萬株者，給頭等賞銀八千圓，四萬五千株者，給次等賞銀六千圓，三萬株者，給三等賞銀四千圓，並於架非出口時免稅。凡栽種桂皮、茶葉、桑樹者同之。凡栽種椰子樹者，較架非樹三等，每等加賞二千圓，其栽玉桂、丁香者，賞格較架非樹加倍。凡栽種洋靛及糖蔗及以上各樹之人，准其自開鬥雞場，永不納稅。現在中國人及印度人本地人，會合不過二十家，其耕種產業，上好糖不過二萬棒，或產洋靛不過一萬棒者，方其栽種時，即不收地稅，若有人代官府盡心耕種各樹，五年之後，不但免其地稅，並將五年內所納稅餉，加三倍給回。」

《澳門月報》第三輯《論禁煙》，共十四條。其主要內容包括：孟加拉鴉片在中國銷售情況、印度鴉片稅收、廣東鴉片走私、義律繳銷鴉片、鴉片貿

易發展情況、零丁洋鴉片運輸、英國禁煙禁酒措施、在華英商存儲鴉片情況、義律破壞繳煙活動、茶葉價格上漲、鴉片貿易導致外國貿易受損、中國停止貿易的後果、鴉片醫藥用途等。「我等自知以鴉片貽害中國之故，為中國人所憎惡，常欲自解於中國，因思惟醫道有益於人，於嘉慶十年有醫生俾臣者至粵教種牛痘，一年收所種小兒數千。道光七年，有醫加釐赤者在澳施設眼科，五年中醫愈華人四千餘，費去施藥銀千有八百餘棒，皆眾人捐助。道光十五年，復布彌利堅國名醫伯駕者亦開外科，數年間醫愈七千餘人，一切下證，皆來就醫，其餘輕證，難以數計，所費銀亦三千兩，亦眾人捐助，此皆伯駕不貪利，不厭煩，一片誠心所致。」

《澳門月報》第四輯《論用兵》，共十三條。其主要內容包括：英國戰爭準備、中國海島分布、廣州城防情況、英軍在香港的軍事行動、潭仔英國船隻起火、英國兩軍艦航行至虎門、中英海上軍事衝突、英船退守外洋、中國封鎖海口防禦英船進犯、廣東水師船燒毀、中國火船進攻準備、中國火船進攻英船、泉州廈門海戰、甘密底立定倉庫之法、英軍軍需費用情況、英軍軍費等情況。在敘述英國戰爭準備時翻譯說：「現在蘭頓國都中有助官兵要打仗者，有助民人不欲打仗者，爭論三晝夜，決以紙鬮，各大官得九分戰鬮，方免爭論。現在東印度英國屬地及國中各部落，已出令各船裝定軍器，往東印度會合。又甘文好司分付不准擾害中國地方。又云：打仗之事，宜長久不宜短速。試問我等應將鴉片拋棄乎？抑與中國長久打仗以保鴉片乎？看來中國究沒有行過一事足為我國攻打之故。」

《澳門月報》第四輯《論各國夷情》，共十三條。其主要內容包括：俄羅斯準備攻打印度、英國防備俄國、中國應提防俄羅斯陰謀、中國新得「飛炮之法」、英國船隻具結進口、美國被英國鴉片貿易傷害、英人在澳門居住權、日本貿易情況、美國無戰爭準備、中美貿易照常、美國人慾作「兩邊俱不管之人」、歐洲各國定章程等情況。其來源都為外國報紙言論，如「米利堅駁英吉利新聞紙曰：爾屢次爭論，不過結上有云「若查出船上有一兩鴉片，甘願將犯人交中國官府正法、船貨入官」等語。爾豈不思英國屢次示知義律云：凡到中國貿易之人皆應遵守中國法律乎？我等若不夾帶鴉片，中國人亦不能加以刑法，倘我等船隻人民到英國，若有違犯英國法律，豈能不按英國法律治罪，何以到中國遵中國律例即以為有辱本國之尊貴？前英國噶船、色循船均具結進口，皆係公眾道理。」

第四節 《澳門月報》隨《海國圖志》流傳存世

魏源出版《海國圖志》後，希望它能順利發行流通，其倡導的「師夷長技以制夷」觀念能夠深入人心；但事與願違，該書出版以後，各級官員的罵聲紛至沓來，有的官員甚至建議將該書列為禁書。最後《海國圖志》在中國只印刷了 1000 本左右。晚年魏源中進士後，先後分發江蘇以知州任用，揚州府東臺知縣、揚州興化知縣、高郵知縣，直至 1853 年，被清廷革職，被迫中止了自己經世致用的實踐。1857 年 3 月，魏源病逝於杭州，享年 64 歲。魏源一生勤於著述，留下了大量的詩文和學術著作。他的著作主要有《書古微》《詩古微》《古微堂集》《古微堂詩集》《聖武記》《元由新編》《海國圖志》等書籍。作為當時中國乃至亞洲的最完備的一部介紹世界各國史地知識的巨著《海國圖志》，經兩次增補，內容愈來愈豐富，影響也愈來愈大，在全國被多次重刊，除了 3 個初版外，還有近 10 次重版，其中流傳較廣的有：

1844 年，邵陽魏氏古微堂聚珍本（50 卷）；

1849 年，邵陽魏氏古微堂重刊本（60 卷）；

1867 年，郴州陳善圻重刊本（100 卷）；

1868 年，廣州重刻本（100 卷）；

1876 年，魏光燾平慶涇固道署重刊本（100 卷）；

1880 年，邵陽急當務齋新鑴刻本（100 卷）；

1887 年，巴蜀成善堂重刊本（100 卷）；

1895 年，上海積山書局刊本（100 卷）；

1902 年，文賢閣石印本（100 卷）。

從 1842 年到 1902 年的 60 年間，《海國圖志》這樣一部篇幅巨大的書不斷地被重印，充分說明了它的歷史作用。

《澳門月報》作為《海國圖志》重要內容的組成部分，隨著《海國圖志》的不斷出版發行而流傳存世，甚至流傳到了海外，如日本。《海國圖志》在中國出版後，1851 年就傳播到了日本，被多次翻刻，影響極大。「忽然摩眼起快讀，落手邵陽籌海篇。」這兩句詩表達了日本詩人梁川星岩渴望讀到《海國圖志》的一種迫切之情。第二年，中國商船又帶來一部，還是被禁止出售。1854 年，日本開國後，中國商船運來了《海國圖志》15 部，除去官府徵用 7 部外，在市場上出售了 8 部。此後年年均有輸入，而且到了 1859 年，因為供不應求，價格從原來的每部 180 目漲至 436 目一部。根據日本學者鯰澤信太

郎研究，從 1854 年到 1856 年的 3 年間，日本所刊行的《海國圖志》各種節選本有二十餘種。到了 1855 年和 1856 年，相繼又有 7 種《海國圖志》選本面世。但是在 1868 年明治維新以後，日本基本上就再也沒有《海國圖志》的翻刻本了，僅在 1869 年有一個鶴嶺道人的《海國圖志國地總論》。《海國圖志》在日本的廣泛傳播，對於促進日本瞭解世界以及後來的明治維新，都具有相當的積極作用。隨著《海國圖志》在日本的傳播，《澳門月報》也再傳日本，且不斷出版發行，也成為日本社會瞭解西方國情的重要參考資料。此外，《澳門月報》也隨著《海國圖志》再傳到其他國家，並產生了一定的影響。《海國圖志》50 卷刊行後，普魯士傳教士郭實獵就將此書加以摘譯，提供給英國，以研究瞭解當時中國士大夫官僚知識分子的反應。英國人威妥瑪又將《海國圖志》的日本部分譯成英文，向西方介紹，以瞭解日本。《海國圖志》也還曾經傳入朝鮮。

　　正因為《澳門月報》隨著《海國圖志》在時空中具有再傳之功，以致著名報學家戈公振在中國新聞史奠基之作《中國報學史》中曾論述中國「譯報」發展歷史時，大書特書魏源之功，「鴉片之役，兩廣總督林則徐延通西文者翻譯外報，故於英人，瞭如指掌。嘗將外報所論中國、茶葉、軍事、鴉片四端，奏進呈。又編成《華事夷言錄要》一書，見兩江總督裕謙奏摺中。時客林幕者為魏源（默深），倡議譯報最力。其所著《聖武記》及《海國圖志》，頗採外報之說。其答奕山將軍防禦粵省書，至以譯報為其一端。兵志有之，『知彼知此，百戰百勝』，言譯報之功，魏氏實開其先也。」雖然這似有抹殺林則徐組織譯報《澳門新聞紙》《澳門月報》之嫌，但也承認了一個客觀事實，林則徐的譯報活動在魏源《海國圖志》的影響下聲名遠播，魏源及其《海國圖志》對林則徐譯報具有「再傳」之功。正因為魏源及其《海國圖志》對林則徐譯報具有「再傳」之功，共同推動了近代中國社會變法潮流的興起。梁啟超曾指出：「自道光二十年（即 1840 年）割香港、通五口，魏源著《海國圖志》，倡師夷長技以制夷之說，林則徐乃譯西報，實為變法之萌芽」。

第十三章　天國新聞夢：洪仁玕與《資政新編》之「辦報條陳」[註1]

　　在太平天國運動中，洪仁玕（1822～1864年）是一個具有特殊經歷的人物。他撰寫的《資政新篇》在中國近代啟蒙思想史上是一座不朽豐碑。他以西方國家為參照系，在著作《資政新篇》中提出了一個在中國發展資本主義的方案，內容涉及到政治、經濟、法制、外交、社會習俗、新聞、郵政等，堪稱是當時國內最為完整和先進的近代化方案，具有鮮明的資本主義性質，是太平天國革命運動中最進步、最有遠見卓識的思想家，他發展資本主義的思想在中國近代史上佔有重要地位。[註2]這使他成為中國近代化的首倡者和設計師，被認為是中國最早興辦中國銀行和建立專利制度倡導者、中國法律近代化第一人、創議中國興辦保險的第一人。洪仁玕對近代啟蒙思想的大膽傳承與全面創新，也為嶺南文化鍛冶鑄造了一枚金燦燦的勳章，這是中國早期近代化事業對南粵精英的隆重加冕與破格冊封。[註3]因為洪仁玕在《資政新篇》提出了辦新聞館、准買新聞篇、設新聞官等主張，被認為是「中國人最早提出的辦報構想」[註4]，他的天國新聞夢使他在中國新聞傳播史上也有了

〔註1〕本文曾發表於《嶺南傳媒探索》2019年01期。
〔註2〕白壽彝總主編，龔書鐸主編：《中國通史·第11卷·近代前編（1840～1919）》下冊，上海人民出版社2013年，第991頁。
〔註3〕高原：《洪仁玕為嶺南文化披上近代時裝》，《深圳特區報》2013年9月10日。
〔註4〕方漢奇、李矗主編：《中國新聞學之最》，新華出版社2005年，第179頁。

一席之地，被研究者認為是中國第一個提出新聞理論的人，而且是近代中國第一個提出制定新聞法的人〔註5〕。

第一節　追隨洪秀全宣教，避險香港學習西方文化

　　洪仁玕，字謙益，號吉甫，1822 年 2 月 20 日（道光二年正月二十九日）出生於廣東省花縣大布鄉官祿埔村。父親洪名揚，母親溫氏，都是普通農民。他們生了五個兒子，洪仁玕是最小的。他從小在家鄉念書，喜讀經史、天文曆數。他和同宗族兄洪秀全一樣曾想躋身仕途，屢次赴考不第。參加科舉失敗後，在家自修經史，設帳授徒，以教村塾為生。1843 年，洪秀全第四次應考落第，使他放棄了科舉的夢想，在迷惘而苦悶中，洪秀全和馮雲山、洪仁玕三人共同逐字逐句潛心研讀《勸世良言》。該書是基督教新教派最早的中文佈道書。由中國傳教士梁發著於 1832 年。全書共 9 卷（或分四卷、三卷），約 11 萬字，由英國傳教士馬禮遜修改校訂在廣州付印刊行。書中多半集《聖經》章節而成，餘則結合中國人情風俗，借用某些儒家言論，闡發基督新教基本教義。該書雖然編譯得不高明，但對正在解慰寂寥、尋找出路的他們卻如荒漠得甘泉。《勸世良言》給了洪秀全創造性的新思維，創立了拜上帝教。他從西方找到的一個「真理」：在天國只有上帝才是真神，其他都是邪魔，中國最終要皈依在上帝名下。在他的思維世界裏，斬邪留正，最後是人人崇拜上帝。

　　洪仁玕也對《勸世良言》頗有興味，他後來撰寫的《英傑歸真》中回憶當時與洪秀全談論情景時說：「每與談經論道，終夜不倦，言笑喜怒，未嘗敢薄待己身；時論時勢，則慷慨激昂，獨恨中國無人。」〔註6〕洪仁玕和馮雲山，追隨洪秀全，自行洗禮，成為最早加入拜上帝教的人。他和洪秀全、馮雲山一起，開始在族人、親戚中傳教，積極勸說他們入教。洪仁玕本人因為信拜上帝教受到其兄毆打，其兄甚至撕破他的衣服，要把他逐出家門，但他誓死抗爭，絕不妥協；他還身體力行放棄偶像崇拜，為了表示他對上帝信仰的篤誠，便將他所在私塾中的孔子牌位拆除，並說：「我是不是老師呢？孔夫子死了許久怎能再教人呢？」這樣旗幟鮮明地反對孔子，在當時需要有

〔註5〕孫永興：《洪仁玕：近代中國第一個提出制定新聞法的人》，《蘭臺世界》2015 年第 28 期，第 8 頁。

〔註6〕《洪秀全從〈勸世良言〉中獲得新思維》，https://www.toutiao.com/i62760356 80321667586/。

足夠的勇氣和大無畏精神。

1844 年正月十五花燈節，官祿埔父老希望洪仁玕等寫歌頌偶像的詩詞和對聯。他嚴加拒絕並宣傳自己是「尊上帝誡條」行事的，因而大受鄉間士紳指責，激怒了舊傳統勢力。加上由於洪仁玕等因撤除孔子和文昌牌位，學生驚散，鄉紳便藉此解除他們的「教席」。洪秀全被迫遠走他鄉，洪仁玕則因年紀較小和家人的阻攔，沒能和洪秀全、馮雲山同行。但他在本村也呆不下去了，只好跑到清遠去教書和傳教。洪秀全在廣西傳教返粵潛心著作《百正歌》《原道救世歌》《原道醒世訓》《原道覺世訓》等書籍，闡釋基督教義。洪仁玕和洪秀全過往很密切，經常和洪秀全一起探討真道教義。1847 年 2 月，他跟隨洪秀全一起前往廣州拜訪了美國來華傳教士羅孝全處「研究真道」「尋求宗教原理」。羅孝全教導他們學習了基督教教義和關於聖經的知識。重返花縣後，洪仁玕學習一段醫術，再回清遠教書傳教，但他十分嚮往和積極支持天平天國運動。

由於馮雲山在廣西紫荊山創立拜上帝教，並把發展拜上帝教和農民起義最終推翻清皇朝的目的結合起來，使得拜上帝教在廣西得到很大發展。1851 年 1 月 11 日，金田起義爆發，洪仁玕立即響應，親自率領「五十多人，或為洪、馮族人，或為友人，一同西上，迨抵潯州時，乃聞悉太平軍已棄營他去，……不得已乃中途折回。」〔註 7〕洪秀全在金田起義後也曾派江隆昌到花縣迎接洪、馮族人及親友，但未成功。1852 年正月，洪秀全再次派江隆昌來粵召親友人赴桂，但由於清政府對洪、馮家族實行嚴厲鎮壓，挖墳、燒屋無所不為。在江隆昌的主持下，洪仁玕等積極支持，決定在清遠谷嶺發動起義，響應太平天國革命。但由於事先缺乏準備，又沒有足夠的軍需，起義沒有成功，江隆昌陣亡，不少人被捕。洪仁玕也被擒獲，將解官治死罪，幸而他機靈，當晚自解繩索，連同一起被捕的十多人逃入山中，藏匿在山洞中。一連幾天，飢寒交迫，歷盡艱險才找到一個親戚家，這個親戚怕事，竟要將他押送清地方當局投案，幸得一位父老挺身相助，才得以脫險。〔註 8〕

3 月，洪仁玕逃往香港，住在瑞典傳教士韓山文處，曾口述《洪秀全來歷》一文，積極宣傳太平天國革命；由於生活困難，又嚮往革命，幾個月後，他離港回到廣東，隱匿在東莞一個朋友家裏。1853 年 10 月，洪仁玕再度來到

〔註 7〕中國史學會主編：中國近代史料叢刊《太平天國》第 6 冊，第 875 頁。
〔註 8〕白壽彝總主編，龔書鐸主編：《中國通史·第 11 卷·近代前編（1840～1919）》下冊，上海人民出版社 2013 年，第 993 頁。

香港，開始學習和研究西方先進理論和文化。由於太平天國運動迅猛發展並不斷取得革命勝利，他又口述並由韓山文寫成《太平天國起義記》一文宣傳革命。他再赴上海，希望得到外國軍艦的援助並從上海直達南京，直接參加天平天國革命運動，但外國人堅決不肯。上海小刀會起義，洪仁玕決心先投小刀會，然後找機會到南京；但小刀會首領不相信他是洪秀全的族弟，也沒有收留他。不得已，洪仁玕於是年冬重返香港，決心學習西方文化，以便將來回去輔助洪秀全。他受聘於倫敦浸信會，為外國傳教士教授中文，兼習天文曆法。他學習西方文化主要有兩個途徑：一是博覽所能涉獵到的西方著述，當時香港和南洋出版許多報刊，介紹西方各國和當地的情況，以此為媒介，洪仁玕瞭解到不少西方各國的經濟、政治、地理、歷史等各方面的情況。同時，一些傳教士來到中國，都致力於譯述外國書籍，如《大英國志》《地理全志》《聯邦志略》以及一些科學技術方面的著作。這些書籍，凡是洪仁玕能拿到的，他都進行認真學習；二是洪仁玕廣泛接觸外國傳教士，這些傳教士大多是些有學問有主張的知識分子，他從他們那裡學到不少東西。〔註9〕洪仁玕在香港居住四年多，通過對各國的政治、歷史、地理有關書籍的認真研究和考察，他認識到西方國家有許多可取之處，值得仿傚。他如饑似渴地學習西方文化，曾遍覽英國傳教士里雅各的藏書，對西方各國的政治、經濟、文化都有了較深刻的瞭解。他認為只有向西方學習先進的技術和政治制度，才是中國走向富強的唯一通途。他認為，如果洪秀全能採用西方先進的政治、經濟制度來管理中國，中國是會富強起來的。只有把學到的東西和太平天國政權結合起來，才能發揮重大的作用。1858 年 6 月，得到洋人資助的路費後，洪仁玕由陸路經南雄過梅嶺，一路跋山涉水到達江西上饒，輾轉湖北黃梅，再坐船東下。一直到 1859 年 4 月 22 日，洪仁玕到達了他嚮往已久的太平天國首都天京（南京），開始了他一生中最輝煌的時期。

第二節　干王總理朝政，《資政新篇》描繪資本主義發展藍圖

　　洪仁玕抵達南京時，恰逢天京事變後洪秀全用人之際，人心渙散，太平

〔註 9〕白壽彝總主編，龔書鐸主編：《中國通史·第 11 卷·近代前編（1840～1919）》下冊，上海人民出版社 2013 年，第 994 頁。

天國極需重振朝綱。洪仁玕的到來，使洪秀全「格外歡喜」，他對洪仁玕給予極大的期望。不到一月，洪仁玕先被封為「干天福」，幾天後擢升為「干天義」，加九門主將銜。5 月 11 日，洪仁玕又被封為「開朝精忠軍師、頂天扶朝綱干王」，授以總理太平天國軍政大權重任。對此，朝中大臣「均有不服之色」。洪仁玕也對這些任命表示擔心，他未參加前期的軍事鬥爭，僅因為是天王的族弟，初到就得王爵，居軍師高位，恐朝臣不服，多次表示請辭，但天王不許，力予支持，洪仁玕很受感動，決心為太平天國的強大貢獻自己的聰明才智。洪秀全則給予了高度信任，「傳令到教堂齊集眾官」，令洪仁玕登臺受印，下令「京內不決之事，問於干王」。洪仁玕來天京不到一個月，就榮膺封典，身任軍師，總理朝政，這是洪秀全對他極大的恩寵。這位天王的族弟，拜上帝教的最早信仰者，在國難當頭的時候擔起了治理國家的重任。洪仁玕受命後，重申楊秀清秉政時的各項制度，「又把從前案件批評榜示」，在「萬人之前，談論無錯」。朝臣逐漸信服，稱他是「文曲星」下凡。

　　洪仁玕參與太平天國後期的中樞領導不久，又被封為文衡正總裁，主持了太平天國考試事務。他積極把將西方文化思想同太平天國的實際相結合，決心要在太平天國的地區推行發展資本主義的政策。他很快就向天王條陳《資政新篇》，隨後又頒行《立法制宣諭》《欽定軍次實錄》《欽定英傑歸真》等書，詳細闡述了他改造太平天國政權的主張。其中，最著名的就是他寫下《資政新篇》，最完整、最全面地揭示了他發展資本主義的思想主張。〔註10〕作為治國方略，他上奏天王洪秀全後，受到天王贊許，立即付刻頒行，成為太平天國後期的重要政治綱領。

　　《資政新篇》僅僅一萬⋯千字，完全出自洪仁玕一人之努力。洪仁玕文章開頭就交代了「治國必先立政，而為政必有取資」的寫作緣由，「小弟仁玕跪在我真聖主萬歲萬歲萬萬歲陛下，奏為條陳款列，善鋪國政，以新民德，並跪請聖安。事緣小弟自粵來京，不避艱險，非圖爵祿之榮，實欲備陳方策，以廣聖聞，以報聖主知遇之恩也。……其要在於因時制宜，審勢而行而已。茲謹將所見聞者條陳於後，以廣聖聞，以備聖裁，以資國政，庶有小補云爾。昔周武有弟名旦，作周禮以肇八百之幾，高宗夢帝賚弼，致殷商有中葉之盛，惟在乎設法用人之得其當耳。蓋用人不當，適足以壞法，設法不當，適足以

<hr>

〔註10〕白壽彝總主編，龔書鐸主編：《中國通史・第 11 卷・近代前編（1840～1919）》下冊，上海人民出版社 2013 年，第 996 頁。

害人，可不慎哉！」最後也再次強調了這一目的，「小弟誠恐前後致有不符之跡，故恭錄已所窺見之治法，為前古罕有者，彙成小卷，以資聖治，以廣聖聞。」

《資政新篇》全文共分四部分：一、「用人察失類」，主張團結奮鬥的行政綱領，嚴禁朋奸，「倘有結盟聯黨之事，是下有自固之術，私有倚恃之端，外為假公濟私之舉，內藏弱本強末之弊。為兵者行此，而為將之軍法難行；為臣者行此，而為君之權謀下奪，良民雖欲深倚於君，無奈為所隔絕，是不可以不察也。」二、「風風類」，是移風易俗，改變傳統中國不思進取、庸庸碌碌生活方式，革除腐朽習俗，如女子纏腳及吉凶軍賓瑣屑儀文等，提倡福音真道；三、「法法類」，「以法法之，其事大關世道人心，如綱常倫紀，教養大典，則以立法以為準焉」。四、「刑刑類」，採用新的刑法制度，如善待輕犯，「十款天條治人心惡之未形者，制於萌念之始」、「與番人並雄之法」等。其中，第三「法法類」是全篇的中心，詳細介紹了英吉利、美國（花旗邦即米利堅）、法國（佛蘭西邦）、土耳其、俄羅斯、埃及、日本、馬來西、秘魯、澳大利亞、新嘉坡等國宗教信仰、政經大勢。洪仁玕總結說：「各邦大勢，足見綱常大典，教養大法，必先得賢人，創立大體，代有賢能繼起而擴充其制，精巧其技，因時制宜，度勢行法，必永遠不替也。」然後列提出了仿傚西方國家方案，列舉了二十八條仿傚西方資本主義制度實行新的社會經濟政策的建議，具體包括：一、興車馬之利，以利便輕捷為妙。一、興舟楫之利，以堅固輕便捷巧為妙。一、興銀行。一、興器皿技藝。一、與寶藏。一、興省郡縣錢穀庫，以司文武官員俸值公費。一、興市鎮公司。一、興士民公會。一、興醫院以濟疾苦。一、興鄉官。一、興鄉兵。一、罪人不孥。一、禁溺子女。一、外國有興保人物之例。一、外國有禁賣子為奴之例。一、禁酒及一切生熟黃煙、鴉片。一、禁廟宇寺觀。一、禁演戲修臺建醮。一、革陰陽八煞之謬。一、除九流。一、屋宇之制。一、立丈量官。一、興跛盲聾啞院。一、興鰥寡孤獨院。一、禁私門請謁，以杜賣官鬻爵之弊。

洪仁玕撰寫的《資政新篇》是一個企圖自上而下地實行資本主義性質改革的新政綱，包括政治、濟、文化、宗教諸方面具有資本主義色彩的改革方案。政治上，革新政治，整頓中央，建立法制，以法制來加強中央集權，建立一個具有資產階級民主政治性質的天國。經濟上，他提出一個發展資本主義的宏偉方案，主張在太平天國佔領區進行經濟改革。中心是發展現代

化交通，開辦現代化工業。這些倡導不僅有內容，而且有具體措施；文化上，推行進步的文化政策；外交上，他主張平等互利，主張積極和先進國家建立外交關係。上面這些主張，是洪仁玕針對太平天國的現狀，參照西方治國之策提出的具有明顯資本主義性質的發展藍圖，是任何封建思想家所無法提出來的。《資政新篇》與《天朝田畝制度》的內容是不同的。前者主張發展資本主義，鼓勵財產私有，後者主張廢除一切私有財產；前者是符合時代潮流的綱領，後者是一個空想的烏托邦的綱領，帶有極大的空想性，早已名存實亡。

　　《資政新篇》條陳上奏後，洪秀全在條陳上面寫了批語，「欽定此策是也」「此策是也」的字樣。除四條有所保留外，他都是加以支持的。雖然《資政新篇》被李秀成認為是不屑一讀，但陳玉成卻加以讚賞。但是由於太平天國的形勢所然，處於戰爭年代加上守舊勢力的掣肘，洪仁玕的抱負不能付實施，《資政新篇》未能實現。但是該方案得到了一些時人的贊許。如中國第一位留學美國的容閎於 1860 年 11 月抵達動盪中的天京，會晤了洪仁玕。他認為：干王居外久，見識稍廣，故較各王略悉外情，即較洪秀全之識見，亦略高一籌。凡歐洲各大強國所以富強之故，亦能知其秘鑰所在。他還向洪仁玕提出七條經濟改革的建議，洪仁玕也是加以贊同的。甚至洪仁玕的敵人——曾國藩的重要幕僚趙烈文看到《資政新篇》的新印本後，在 1861 年 4 月日記中也不得不承認：其中所言，頗有見識……法法類，皆是效法西人所為，其欽折外洋，殆為心悅誠服，而於夷情最諳練；……觀此一書，則賊中不為無人。〔註 11〕《資政新篇》未能實現，但這並不影響洪仁玕的光輝思想作為向西方學習真理的重要里程碑而載入史冊。而在《資政新篇》裏，洪仁玕也提出了辦報條陳，擘畫了天國新聞夢。

第三節 「辦報條陳」，擘畫天國新聞夢

　　1859 年，洪仁玕在《資政新編》中提出的關於創設新聞館和各省新聞官的建議，是中國人最早提出的辦報構想。洪仁玕從整個國家政權結構的宏觀方面著眼，闡明了他的辦報設想，描繪了天國新聞夢。

〔註11〕李揚帆：《天國遺恨：洪仁玕和〈資政新篇〉》http://news.sina.com.cn/c/2006-04-21/15059683829.shtml。

戈公振在中國新聞史奠基之作《中國報學史》中特將洪仁玕的辦報條陳設置在第二章《官報獨佔時期》第十五節，冠以「太平天國之辦報條陳」之名，全文如下：

> 太平天國己未九年（咸豐九年），軍師干王洪仁玕進呈《資政新篇》，其中有設新聞館之建議，謂：「所謂以法法之者，其事大關世道人心，如綱常倫紀，教養大典，則宜立法以為準焉。是以下有所趨，庶不陷於僻矣。然其不陷於僻而登於道者，必又教法兼行，如設書信館以通各省郡縣市鎮公文，設新聞館以收民心公議及各省郡縣貨價低昂事勢常變。上覽之辦以資治術，士覽之得以識變通，農商覽之得以通有無，昭法律，別善惡，勵廉恥，表忠孝，皆藉以行其教也。教行則法著，法著則知恩，於以民相勸誡，才德日生，風俗日厚矣。」朱批：「欽定此策是也。」又謂：「一興各省新聞官，其官有職無權，性品誠實不阿者，官職不受眾官節制，亦不節制眾官，即賞罪亦不准眾官褒貶。專收十八省及萬方新聞篇有招牌圖記者，以資聖鑒。則奸者股栗存誠，忠者清心可表。於是一念之善，一念之惡，難逃人心公議矣。人豈有不善，世豈有不平哉。」朱批：「此策現不可行，恐招妖魔反問。俟殺絕殘妖後行未遲也。」時客干王幕者多教士，故能見之獨早。我國之言新政者，當莫先於此書矣。〔註12〕

洪仁玕在《太平天國之辦報條陳》中提出了以下五方面的新聞設想。第一，報紙是維繫中央政權、加強太平天國集權統一領導的工具。他認為通過報紙的作用，可以禁朋黨之弊，消弭各種弱本強末的離心力量。「……或如唐太宗之責尉遲恭以漢高故事，或如漢文之責吳不會而賜杖以愧之，亦保全之一道也。若發洩而不能制，反遭其害，貽禍不淺矣。倘至兵強國富，俗厚風淳之日，又有朝發夕至之火船火車，有新聞篇以泄奸謀，縱有一切詭弊，難逃太陽之照矣」。他希望發揮報紙的作用，來協調中央和地方政權，使太平天國政權達到如身使臂、如臂使指的暢通局面。

第二，報紙是實現民主政治的手段。他主張運用報紙，溝通太平天國的中央決策和民間公議。他說：「要自大至小，由上而下，權歸於一，內外適均

〔註12〕戈公振著：《中國報學史》，中國新聞出版社1985年，第36頁。

而敷於眾也，又由眾下達而上位，則上下情通，中無壅塞弄弊者，莫善於准賣新聞篇或設暗櫃也。」

第三，准賣新聞篇。興郵亭，以通朝廷文書，書信館以通各色家信，新聞館以報時事常變、物價低昂。……郵亭由國而立，餘准富民納餉，稟明而設。或本處刊賣，則每日一篇，遠者一禮拜一篇，越省則一月一卷，注明某處某人某月日刊刻，該錢若干，以便遠近採買。

第四，報紙有教育民眾、移風易俗的作用，可以改變社會風氣。他說：設新聞館以收民心公議，及各省物價低昂，事勢常變。上覽之得以資治術，士覽之得以識變通，商農覽之得以通有無，昭法律，別善惡，勵廉恥，表忠孝，皆藉以行其教也，教行則法著，法著則知恩，予以民相勸誠，才德日生，風俗日厚矣。

第五，報紙有監察政治的作用，監督地方政權機關和官吏，以加強中央政府權力。他設想：「興各省新聞官，其官有職無權，性品誠實不阿者。官職不受眾官節制，亦不節制眾官，即賞罰亦不准眾官褒貶，專收十八省及萬方新聞篇有招牌簽記者，以資聖鑒，則奸者股栗存誠，忠者清心可表，於是一念之善，一念之惡，難逃人心公議矣。」為了保證報紙有效的監察作用，他強調了新聞官的相對獨立性。

第六，文風樸實。他說：觀今世之江山，竟是誰家之天下？無如我中花之人，忘其身之為花，甘居韃妖之下，不務實學，專事浮文，良可慨矣。請試言之：文士之短簡長篇，無非空言假話；下僚之稟帖面陳，俱是讒諂讚譽，商賈指東說西，皆為奸貪詭譎！農民勤儉誠樸，目為愚婦愚夫，諸如雜教九流，將無作有；凡屬妖頭鬼卒，喉舌模糊。他提倡「切實透明，使人一目了然」的淺明文體，反對「吟花詠柳」的浮華文風，並把真實作為「新聞篇」文風的首要標準和最高原則，「新聞館，以報時事常變，物價低昂，只須實寫，勿著一字浮文。倘有……偽造新聞者，輕則罰，重則罪。」

在近代中國新聞傳播史上，洪仁玕在《資政新編》裏提出的太平天國新聞設想，具有一定歷史地位的。它在從林則徐翻譯外報、開眼看世界，到王韜辦報宣傳變法的這段時期，構成了從地主階級革新派到資產階級改良派先驅之間的中介環節，是中國近代報刊思想史上最初階段的一個逐步遞進的階梯。〔註13〕

〔註13〕方漢奇、李矗主編：《中國新聞學之最》，新華出版社2005年，第179頁。

第四節　視死如歸，英雄正氣存

　　太平天國後期軍事形勢越來越嚴峻。1862 年 5 月底，湘軍進駐雨花臺後，太平軍組織的天京破圍戰與「進北攻南」計劃均遭失敗。1863 年 6 月，雨花臺失守。12 月，洪仁玕奉旨再次出外催兵解圍。1864 年 3 月，天京被合圍。6 月 1 日，天王洪秀全病逝。7 月 3 日，地堡城被攻佔。至此，天京城外據點盡失，天京保衛戰進入最後關頭。7 月 19 日，湘軍掘地道轟塌太平門城垣 20 餘丈，蜂擁搶入。天京城終於陷落。天京陷落時，洪仁玕正在浙江湖州，幼主洪天貴福逃到湖州。洪仁玕擔負起衛護幼主的重任。他主張到江西聯絡侍王李世賢所部，然後北渡河南與陳得才部匯合，以圖振作。但是，當他們抵達到江西時，李世賢早走贛南，消息隔絕。10 月 25 日，洪仁玕、幼天王所部勢單力薄，被席寶田部游擊周家良軍在江西省石城縣俘獲。至此，太平天國的王統中斷，洪仁玕的復國期望也化為泡影。江西巡撫沈葆楨命席寶田派員將洪仁玕、幼天王等解至南昌親自提審。11 月 23 日，洪仁玕大義凜然，在南昌英勇就義，年僅 43 歲。臨刑之前，他視死如歸，曾寫絕命詩一首，其中寫道：英雄正氣存，有如虹輝煌；思量今與昔，忿然挺胸膛；一言臨別贈，流露壯思飛；我國祚雖斬，有日必復生。他堅信革命事業最終要獲得勝利，實現了生前立下的「寧捐軀以殉國，不隱忍以偷生」的誓言，他留給後人的是視死如歸的浩然正氣。

　　洪仁玕不僅是個理想主義者，他的天國新聞夢在當時戰火紛飛的條件下是無法付諸實施的；而且是一個具有超前意識的先進的思想家，他對新聞事業的設想，是對現實的超前性的反映。他所提出的設「新聞館」和「新聞官」一些具體措施，並非脫離實際的空中樓閣。〔註 14〕他認識到報紙具有輿論監督、傳遞信息、溝通上下、移風易俗等功能，提出報紙內容真實和文風樸實以及報人品性誠實不阿等要求，是符合當時報紙的實際情況和發展規律的，為後人留下了寶貴的新聞思想遺產。

〔註 14〕徐新平、唐林：《洪仁玕對中國新聞事業的認識與設想》，《新聞三味》2006 年
　　　　第 8 期，第 56 頁。

第十四章　嶺南「報春鳥」：國人自辦報紙第一家《采新實錄》[註1]

　　1927 年，著名報學史家戈公振在中國新聞史奠基之作《中國報學史》第四章「民報勃興時期」總論認為：「我國日報之產生，當以同治十二年在漢口出版之《昭文新報》為最早」[註2]，在第一節「日報之先導」再次主張：「我國人自辦之日報，開其先路者，實為《昭文新報》，《循環日報》次之。」[註3]但十一屆三中全會以後最早問世的新聞史力作《中國近代報刊史》（1981）中，著名新聞史學家方漢奇則認為：「在內地，中國人自己主辦的最早的近代化報紙，是 1872 年在廣州創刊的《羊城采新實錄》，具體情況失載。其次是1873 年 7 月在漢口創刊的《昭文新報》。」[註4]1987 年，廣州新聞史研究者撰寫的《廣州新聞界之最》一文中採納了該觀點，並認為：廣州是我國新聞事業發達最早的一個地區。在這裡，除誕生過外國人在中國本土出版的第一家英文週刊《廣州紀錄》和另一份中文報刊《東西洋考每月統紀傳》外，還有1872 年出版《羊城采新實錄》。這是我國內地出版最早的一份近代化報紙。[註5]但是，該觀點並沒有被改革開放以來大陸新聞史研究成果的集大成之

〔註 1〕本文曾發表於《嶺南傳媒探索》2019 年 02 期。
〔註 2〕戈公振：《中國報學史》，中國新聞出版社 1985 年，第 95 頁。
〔註 3〕戈公振：《中國報學史》，中國新聞出版社 1985 年，第 99 頁。
〔註 4〕方漢奇：《中國近代報刊史》，山西教育出版社 1991 年，第 61 頁。
〔註 5〕謝駿：《廣州新聞界之最》，《廣州研究》1987 年第 2 期，第 33 頁。

作《中國新聞事業通史》認可。該著作在記敘中國人在國內所創辦的第一張報紙，分析了《香港華字日報》《香港中外新報》後認為：很可能還是在武漢出版的《昭文新報》，並賦予其歷史意義於：為中國人自己做了最早的辦報嘗試。在中華大地上，中國人自己辦的報紙的歷史由此正式開端。《昭文新報》之成為我國第一國人自辦的報紙，就是歷史偶然性的體現。〔註6〕而1998年廣州出版的《中國新聞記錄大全》開列辭條「最早由國人自辦的近代化報刊」認為：真正在內地出版又是中國人自己主辦的近代化報刊是1872年在廣州創辦的《羊城采新實錄》。其次是1873年7月漢口創刊的《昭文新報》。〔註7〕這也沒有被新聞學權威工具書《中國新聞學之最》採用。有些書籍則兩說並存。如陳昌鳳在著作《中國新聞傳播史：傳媒社會學的視角》中認為：「第一份國人自辦的報紙，一說是1872年在廣州出版的《采新實錄》（或稱《羊城采新實錄》），只是該報失傳，已無從考據。一般新聞史認為，艾小梅1873年8月8日創刊於漢口的《昭文新報》，是國人自辦報的第一份。該報初為書冊狀日報，其內容以奇聞軼事、詩詞雜作為主。三個月後因閱者少而改為五日刊，不久告閉。」〔註8〕歷史上有無羊城《采新實錄》，其出版於何時，是何狀態？解開歷史謎團，廓清歷史認識，唯有運用新史料對羊城《采新實錄》進行研究和考證，才能說清楚廣州或者嶺南新聞史上的重要歷史節點，也事關近代中國人自辦報紙的歷史開端，具有重要的學術價值和現實意義。

第一節　歷史上有無《采新實錄》考

　　《中國報學史》《中國新聞事業通史》《中國新聞學之最》等中國新聞史權威著述均沒有論及《羊城采新實錄》；但也有一些史志類著作則也有提及，如《中國文化通志·藝文典·新聞志》《中國大百科全書·中國歷史》《清代全史》《廣東通史》《中國新聞通史》等，或者一些個人著述都有所提及，但語焉不詳，如「具體情況失載」，「因原報早已失存，詳情已難考察」〔註9〕諸多著

〔註6〕方漢奇：《中國新聞事業通史》第一卷，中國人民大學出版社1996年，第471～472頁。

〔註7〕劉聖清：《中國新聞記錄大全》，廣州出版社1998年，第33頁。

〔註8〕陳昌鳳著：《中國新聞傳播史：傳媒社會學的視角》，清華大學出版社2009年，第79頁。

〔註9〕谷長嶺：《中國文化通志·藝文典·新聞志》上海人民出版社1998年，第61頁。

述記載情況各異，但是首先要解決的是歷史上有無羊城《采新實錄》的問題。歷史研究要講究史料，做到論從史出。我們要堅持用唯物史觀來認識和記述歷史，把歷史結論建立在翔實準確的史料支撐和深入細緻的研究分析的基礎之上，因此要加強史料收集和整理，讓歷史說話，用史實發言。

　　筆者在查閱報刊資料過程中發現有史料可以證明歷史上有《采新實錄》的存在，廣州確實創辦過《采新實錄》。1873 年 1 月 14 日，上海《申報》第222 號刊登了《記羊城采新實錄之創設》一文，共 513 個字，全文如下：

　　　　廣東省城采新實錄之倡已告蔵矣。閱其文則寸管淋漓，跡其事則黜華尚實。上記中西之和好，合萬國以咸寧；下關陋習之推移，羨八方而賓服；旁及商賈貨殖億中不需壟斷，而登兼之帆檣，流通破浪得乘風順以至。

　　　　該館采新實錄之興也，則以嶺南固文物冠裳，粵省亦地靈人傑，張曲江之相業，代有名流白沙之真儒，時多理學。至於廣州為通都之壤，珠江尤名勝之區，塵捨谿然，城池宛若隔大通之煙雨，得沙面以通津接無心之白雲，賴新填而成地，類聚者不少文章翰墨，遊憩者豈乏騷雅風流。況復天子當陽，聖王在位，勤施德政，遍澤恩膏。穆穆明明，禮樂涵儒乎；四海彬彬，濟濟教化洋溢夫。

　　　　群生筆以瑞記語以祥言，或頌聖主得賢良之選，或述居官有拆獄之明，或參輿論之是非，博訪務期於聞達，或序鄰對之交際，盡言不棄於芻蕘。此則嘉記館之設，所自來也。嗚呼，采新實錄一道，豈易言哉。

　　　　泰西諸國之有日報也，論軍國之大計，言得其詳，考政治之從違，知得其要，述事則為時人之耳目，博聞則為朝野之觀光，故巨而至於名宦公卿，小而至於農工士庶，莫不望之，而喜近之而驚，咸以為褒之若華袞之榮，其尊等此，貶之若斧鉞之辱，其嚴何如也。吾願主日報者，具三長之筆，儲八斗之才，而自勵之，則閱之者，亦視為長我見聞，資我博識也。〔註10〕

　　歷史研究講究孤證不立原則，即只有一條證據支持某個結論，這個結論是不能成立，且不可接受的，在邏輯學上，被稱為弱命題。《申報》登載《記羊城采新實錄之創設》的史料似乎是一條史料的孤證，但是在該文最後刊登

〔註10〕《記羊城采新實錄之創設》，《申報》1873 年 1 月 14 日。

了「以上四條香港華字日報」字樣，特意交代了原文出處，即該文是轉引自香港華字日報，且不是一條史料，而是四條都是來自香港華字日報。這些史料不符合歷史孤證不立原則，因為證明歷史上存在羊城《采新實錄》的史料，不是一條，而是四條，不僅先在香港華字日報刊登，而且被上海《申報》轉載。因此，歷史上確實有羊城《采新實錄》。

第二節　羊城《采新實錄》出版時間考

目前各種著述中，羊城《采新實錄》出版時間也是有三種說法。第一種 1871 年說。如中國地理百科叢書編委會編著的《羊城地區自然經濟歷史文化》認為：「1839～1900 年，廣州先後創辦有 22 家報刊，其中林則徐於 1839 年主籍編譯的報紙文摘，後入輯為《澳門新聞紙》，可視為中國最早的譯報和文摘報；1871 年創辦的《羊城采新實錄》成為廣州第一家近代中文報紙。這一時期廣州報刊以反對外國侵略和鼓吹維新變法為主流，處於中國報業的前列。」〔註 11〕

第二種 1872 年說，這是大多數著作採納的。如梁群球主編的《廣州報業》認為：「1872 年《羊城采新實錄》創刊於廣州，這是廣州地區中國人辦的第一張報紙。」〔註 12〕如《中國大百科全書·中國歷史》在論述「中國人自己創辦的最早的一批近代報紙」時說：「19 世紀 50 年代起，一些受過西方教育具有資本主義傾向的知識分子開始辦按。1858 年在香港創辦了《中外新報》，這是中國人自己創辦的第一份近代報紙，伍廷芳曾經參加過它的編輯工作。這以後，陸續創辦的有《羊城采新實錄》（1872，廣州）、《昭文新報》（1873，漢口）、《循環日報》（1874，香港）、《彙報》（1874，上海）、《述報》（1884，廣州）等。以《循環日報》《彙報》《述報》這三家最有影響。」〔註 13〕如劉家林的《中國新聞通史》認為：國人在內地創辦的最早一批近代中文報紙在內地，從 19 世紀 70 年代起，至 80 年代末，在南方一些大、中城市先後出現由國人自辦的報紙。這些大中城市主要包括漢口、上海、

〔註 11〕中國地理百科叢書編委會編著：《羊城地自然經濟歷史文化》，世界圖書出版社 2015 年，第 99 頁。
〔註 12〕梁群球主編：《廣州報業　1827～1990》，中山大學出版社 1992 年，第 4 頁。
〔註 13〕中國大百科全書出版社編：《中國大百科全書·中國歷史》，中國大百科全書出版社 1994 年，第 299 頁。

廣州等。國人自辦的最早的近代化報紙是 1872 年在廣州創刊的《羊城采新實錄》，具體情況失載。其次是 1873 年在漢口創辦的《昭文新報》。另外還有 1874 年在上海創辦的《彙報》、1884 年在廣州創辦的《述報》和 1886 年在廣州創辦的《廣報》等。〔註 14〕如蔣建國在著作《報界舊聞：舊廣州的報紙與新聞》中記敘說：「廣州畢竟具有中國內地最為悠久的辦報歷史，對於傳教士對中文報業的壟斷，有遠見的廣州文人早已表示不滿，在香港出現第一批中國人自辦報紙後，廣州當地文人也不甘落後，開始了自辦報紙的努力。1872 年創辦的羊城采新實錄是廣州地區中國人自辦的第一張報紙，但該報存續時間不長。」〔註 15〕再如工具書《萬象溯源》記載：「近代，伍廷芳於 1858 年在香港創刊了《中外新報》，陳靄亭於 1864 年在香港創刊了《華字日報》。兩報的篇幅、欄目相似：有『京報全錄』『羊城新聞』『中外新聞』及船期行情等欄目。內地最早是 1872 年創刊於廣州的《羊城采新實錄》。其次是 1873 年創刊於漢口的《昭文新報》，內容以奇聞軼事、詩詞雜作為主。1874 年由王韜在香港創刊的《循環日報》，是第一份傳播資產階級政治改良思想的報紙。」〔註 16〕再如 2018 年出版的《中國新聞事業編年史》（增訂版）則記載：同年（1872），中國人自己辦的早期報紙《采新實錄》（又名《羊城采新實錄》）在廣州創刊，旋停。

　　第三種「同治十一年」說。如《清代全史》記載：「《羊城采新實錄》，同治十一年創刊於廣州，是為中國人在內陸自辦的最早的新式報紙。」〔註 17〕如《廣東通史》在論述「資產階級近代報刊的萌芽」時論說：「19 世紀 70 年代以後，廣東先後出現了幾家由中國人創辦的近代化的報紙。它們是中國資產階級報刊的萌芽。同治十一年（1872），廣州創辦的《羊城采新實錄》是中國人創辦最早的近代化報紙，但非日報，具體情況不詳。」〔註 18〕在《廣州市志》中也記載：「同治十一年，1872 年，《羊城采新實錄》創刊於廣州。」〔註 19〕

〔註 14〕劉家林編著：《中國新聞通史》（上冊），武漢大學出版社 1995 年，第 129 頁。

〔註 15〕蔣建國著：《報界舊聞：舊廣州的報紙與新聞》，南方日報出版社 2007 年，第 59 頁。

〔註 16〕李淑梅、程樹群編：《萬象溯源》，青海人民出版社 2004 年，第 67 頁。

〔註 17〕龍盛運主編：《清代全史》第 7 卷，方志出版社 2007 年，第 318 頁。

〔註 18〕方志欽、蔣祖緣主編：《廣東通史·近代》上冊，廣東高等教育出版社 2010 年，第 995 頁。

〔註 19〕廣州市地方志編纂委員會編：《廣州市志卷一：大事記》，廣州出版社 1999 年，第 39 頁。

　　以上 1871 年說、1872 年說,「同治十一年」說,哪種說法準確或更貼切,從目前的史料來看,還得仔細分析。1873 年 1 月 14 日,上海《申報》刊登的《記羊城采新實錄之創設》,開頭之句說:「廣東省城采新實錄之倡已告蔵矣」,並敘述了其內容,說明記敘者已經看到過已經出版的羊城《采新實錄》,即 1873 年 1 月 14 日已經出版,但具體時間沒有進一步交代。公曆 1873 年 1 月 14 日是農曆壬申(1872)年十二月十六日,即清穆宗同治十二年癸酉。因此,第一種 1871 年說肯定是錯誤的。第二種 1872 年說和第三種「同治十一年」說則不夠貼切。考慮到廣州、香港和上海的信息傳遞速度,羊城《采新實錄》應創刊於農曆壬申(1872)年十二月,或同治十一年十二月,或者 1872 年 12 月。

第三節　羊城《采新實錄》出版狀況

　　新聞學權威著述不採信羊城《采新實錄》的一個重要理由就是「具體情況失載」「具體情況不明」。如谷長嶺認為:「因原報早已失存,詳情已難考察」。在《武漢近代新聞史》,著者認為:「近年來,有的學者認為最早的商辦報紙是廣州的《羊城采新實錄》,早於《昭文新報》一年出版,惜具體情況不明,無所記載。」[註20] 著名新聞學家丁淦林認為:「哪一家是完全意義上的國人辦的報紙?對此,目前尚無一致認同的結論。有的書上提及 1872 年廣州出版的《采新實錄》,但既無原件可考,又無有力的佐證材料,所以難以成立。……從現有材料看,1873 年創刊的《昭文新報》今雖未見原件,但《申報》作過多次報導。……我國新聞史學界,多年來一直沿用戈公振的說法。」[註21] 羊城《采新實錄》確實早已失存,無原件可考,雖然根據的也是上海《申報》1873 年 1 月 14 日《記羊城采新實錄之創設》一條史料,但是它是轉自香港華字日報四條史料;而證明《昭文新報》「多次報導」也僅是上海《申報》的《漢口創設昭文新報館》(1873 年 8 月 13 日)和《記漢口新報改章事》(1873 年 10 月 2 日)等兩條史料。

　　上海《申報》在《漢口創設昭文新報館》(1873 年 8 月 13 日)報導說:
　　　　漢鎮創設昭文新報館,蓋亦仿香港、上海之式而作者也。今

[註20] 唐惠虎、朱英主編;李靜霞、張穎副主編:《武漢近代新聞史》上卷,武漢出版社 2012 年,第 126 頁。
[註21] 丁淦林著:《中國新聞事業史》,高等教育出版社 2002 年,第 77～78 頁。

承該館郵致十六日報，得窺崖略，兼識例言，讀之不勝雀躍。查新報之設，創於泰西，所以使下情能達，時事周知也。倘能於各行省及大都會之處，遍設此館，則南北不致有風尚之殊，山澤不致有情事之隔，將來匯而存之，可以作野史，可以備輔軒矣，豈不美哉！吾尤望漢皋諸君子灑墨揮毫，無第勤於始事也。因記之以志欣幸云。〔註22〕

上海《申報》刊發《記漢口新報改章事》（1873年10月2日）報導說：

漢皋艾君小梅開設昭文新報館，其始每日發印，遍售各埠。然漢皋向無此舉，今驟仿行，未免人情未習，取閱者不能全集，後遂改為五日一期，裝訂成書，改用白鹿紙，墨水亦較腴潤，其所採錄則奇聞軼事居多，間有詩詞雜作，與本館新報亦屬相輔而行，為博覽者所不廢。惟事艱於創始，眾駭於翻新，倘能不阻於人言，不惑於市道，則鶴樓鸚洲間，自可構野史之亭，補蜡軒之錄矣，何至功敗已成哉，餘口望之。〔註23〕

不同的是，證明《昭文新報》的兩條史料是動態的，而證明羊城《采新實錄》的史料在《申報》的　條，即便它是轉自香港華字日報四條史料，也僅是一次性集約出現。從內容上，證明羊城《采新實錄》的史料《記羊城采新實錄之創設》達514字，而證明《昭文新報》的兩條史料《漢口創設昭文新報館》和《記漢口新報改章事》文字相加共353字，前者字數和篇幅比後者多。因此，綜合觀之，證明羊城《采新實錄》的史料具有效力，是可靠的。

根據《記羊城采新實錄之創設》說明羊城《采新實錄》出版狀況如何？上海《申報》證明羊城《采新實錄》的史料四條來自香港華字日報，具體情況包括：第一，羊城《采新實錄》內容豐富，「上記中西之和好，合萬國以咸寧；下關陋習之推移，羨八方而賓服；旁及商賈貨殖億中不需壟斷，而登兼之帆檣，流通破浪得乘風順以至。」根據當時人閱讀後，概括其內容特點，「其文則寸管淋漓，跡其事則黜華尚實。」第二，羊城《采新實錄》創辦於廣州的原因，「該館采新實錄之興也，則以嶺南固文物冠裳，粵省亦地靈人傑，張曲江之相業，代有名流白沙之真儒，時多理學。至於廣州為通都之壤，珠江尤名勝之區，塵捨豁然，城池宛若隔大通之煙雨，得沙面以通津接無心之白雲，

〔註22〕《漢口創設昭文新報館》，《申報》1873年8月13日。
〔註23〕《記漢口新報改章事》，《申報》1873年10月2日。

賴新填而成地，類聚者不少文章翰墨，遊憩者豈乏騷雅風流。況復天子當陽，聖王在位，勤施德政，遍澤恩膏。穆穆明明，禮樂涵儒乎；四海彬彬，濟濟教化洋溢夫。」從以上敘述，羊城《采新實錄》創辦原因在於廣州物華天寶，人傑地靈，人文鼎盛，人口密集，交通發達，是嶺南政治、軍事、經濟、文化和科教中心，不僅嶺南文化的發源地和興盛地，而且是中西文化交流和國際貿易中心。第三，羊城《采新實錄》創辦的目的，「群生筆以瑞記語以祥言，或頌聖主得賢良之選，或述居官有拆獄之明，或參輿論之是非，博訪務期於聞達，或序鄰對之交際，盡言不棄於芻蕘。此則嘉記館之設，所自來也。」第四，羊城《采新實錄》傚仿泰西新報而設，「泰西諸國之有日報也，論軍國之大計，言得其詳，考政治之從違，知得其要，述事則為時人之耳目，博聞則為朝野之觀光，故巨而至於名宦公卿，小而至於農工士庶，莫不望之，而喜近之而驚，咸以為褒之若華袞之榮，其尊等此，貶之若斧鉞之辱，其嚴何如也。」第五，首提報人全才觀，「主日報者，具三長之筆，儲八斗之才，而自勵之。」第六，羊城《采新實錄》閱讀感受，「長我見聞，資我博識也。」

從《記羊城采新實錄之創設》內容看，篇幅更長，敘述宏觀，從內容、創辦原因、目的、傚仿對象、報人全才觀和閱讀感受，但具體的創辦地點人物刊期均沒有涉及；而證明《昭文新報》的《漢口創設昭文新報館》和《記漢口新報改章事》更為具體，包括創辦者艾小梅，創辦地漢口，刊期由每日改為五日一期，形式「裝訂成書」，即書冊式，用白鹿紙印刷，傚仿香港、上海出版後二個月進行了改革。正因為《記羊城采新實錄之創設》敘述宏觀，沒有留下羊城《采新實錄》更多的具體細節，為新聞歷史留下了一個不小的遺憾。

第四節　《采新實錄》歷史地位

綜上所述，根據 1873 年 1 月 14 日上海《申報》第 222 號刊登的《記羊城采新實錄之創設》（轉自香港華字日報的四條史料），證明 1872 年 12 月廣州創辦了《采新實錄》；但根據目前的史料狀況，其創辦目的、創辦原因、其大體內容和傚仿對象大體清楚，但是創辦具體時間、創辦人、創辦具體經過和發展情況不甚清晰。羊城《采新實錄》創辦於中西文化交流和國際性貿易中心——廣州，其直接傚仿對象是泰西新報；而《昭文新報》則傚仿香港、上海，武漢地處中國內陸，無論是地緣還是學習西方的時間和進度都落後於地

處中西文化交流要衝和中外貿易前沿的廣州。它作為嶺南政治、軍事、經濟、文化和科教中心，自 1757 年至鴉片戰爭前一直是中國對外開放通商的唯一港口，也是當時傳播商貿信息最為活躍的區域。這使得廣州成為近代中國新聞事業的發祥地和第一個報業中心。早在 1815 年，廣東人梁發就曾參與了中國第一份中文近代報刊《察世俗每月統記傳》的創辦和印刷工作，成為第一位從事近代新聞事業的中國人。廣州在近代新聞史上擁有諸多第一：廣州誕生了中國的第一份英文報紙《廣州紀錄報》、美國人在華創辦的第一份報刊《中國差報與廣州鈔報》、旨在向西方介紹中國並產生最大影響力的英文月刊《中國叢報》、第一份境內中文報紙《東西洋考每月統記傳》、第一份石印中文報紙《各國消息》、第一份中文週報《中外新聞七日錄》、第一份石印中文日報《述報》等，這充分展示了廣州國際商貿中心的城市優勢和廣州人敢為天下先的創新精神。特別在鴉片戰爭之後，香港報刊迅猛興起，迅速取代廣州報業中心的地位，後來者居上，先後創辦了英文《香港鈔報》《中國之友》《東方地球報》《香港紀錄報》《德臣報》《香港紀事報》《孖剌報》。1853 年開始中文《遐邇貫珍》開始出版，1857 年香港出版了《孖剌報》中文報《香港船頭貨價紙》。隨著 1860～70 年代，近代中文商業報刊逐漸興起，如 1861 年，《上海新報》創辦，同年《德臣報》出版了中文副刊《香港新聞》報導船期、貨價，1864～1865 年《香港船頭貨價紙》改名《中外新報》繼續出版。1872 年 4 月 17 日，香港《華字日報》創刊，4 月 30 日上海《申報》出版。正是在近代中國商業報刊發展潮流中，廣州人直接倣仿泰西創辦了《采新實錄》。當時近代中國商業報刊均是外國人所辦，而中國人於 1872 年 12 月在廣州創辦的《采新實錄》在近代中國新聞史上則成為嶺南中文商業報紙的「報春鳥」，更是中國人自辦報紙的第一家。

附錄一：馬禮遜摘譯《京報》活動與近代中文報刊興起[註1]

　　「京報」從明朝開始逐漸成為古代官方報紙——「邸報」的別稱。至清朝初年，京報與邸報逐漸變成同一概念。清代各省都派有專司文報的提塘長駐京師，兵部則派出提塘分駐各省。駐京提塘稱為「京塘」，京塘抄發的邸報稱為「京報」。於是「邸報」名稱就逐漸為含義更加明朗的「京報」。同時，隨著設在北京的民間報房的興起，它們發行的報紙，也被稱為「京報」，內容基本上是宮門鈔、上諭和章奏，稿源也主要來自內閣、科抄和官方《京報》。清代民間報房複製的邸報消息通稱「京報」，為的是與官方邸報相區別。相應地，民間報房也通稱「京報房」，以區別於提塘報房。乾隆之後進入鼎盛時期，《京報》出現了各種地方版。所謂地方版，是指以北京《京報》為母本，通過翻印或手抄等方式在地方複製而成的報紙，面向地方官紳發行，多由各地省塘、低級胥吏和以報謀生者主持。除翻印《京報》外，這些地方報人還發行轅門抄。保存至今的京報數量很大。目前所見最早的京報是乾隆三十五年（1770年）出版的，此後各朝也均有原件留存。當時外國人關注中國新聞，尤其是官方政府信息的話，必須閱讀《京報》。近代來華新教第一位傳教士馬禮遜就是其中讀者之一。他閱讀當時的《京報》，真實地反映出了《京報》在廣州的出版發行情況；同時，他不僅翻譯《京報》出版書籍向西方介紹了中國，而且從《京報》的形式中孕育出近中文報刊，並使之成為近代中文報刊的重要內容，推動了近代中國報刊萌芽和興起。

[註1] 本文曾發表於《嶺南傳媒探索》2020 年 02 期。

一、東印度公司中文譯員馬禮遜閱讀《京報》記載

馬禮遜是諸多閱讀《京報》的外國讀者之一，在他之前已經有法國、俄國和其他英國人關注過《京報》，閱讀過《京報》，甚至翻譯過《京報》。早在18世紀法國著名學者雅克・菲利貝爾・德・蘇爾熱的著作《雜錄與奇談》和弗朗索瓦・魁奈的著作《中華帝國的專制制度》均有相關段落介紹了中國古代邸報。其全文如下：

> 帝國的官方公報是進行教育的另一種方式。這個公報刊載歷史上的教訓，介紹各種各樣的例證，以此激勵人們尊崇美德，熱愛民主，厭惡陋習；它向人民通報各種法令，各種正義行為和政府需要加以警戒（誠）的事項。在那裡可以看到被解職官吏的名單……。這個公報對於准予支付的款項和必須緊縮的費用等等，也加以實報導。它評盡敘朝的判決，各省發生的諸種災害，以及當地官吏接照皇帝的飭令所採取的各種賑災措範。統治者的經常性和非經常性經費支出的摘要、高級官員們就統治者的所作所為而給予他的規勸、皇帝對其臣屬所做的表彰或譴責等，通通包括在公報裏面。簡而言之，公報忠實、具體和評細地報導了帝國內的一切事務。它每天在北京刊印，發行到帝國內的所有省份。儘管它尚未將該帝國以外所發生的事情包括在內，但已構成了一本70頁的小冊子。負責編撰公報的人在公開出版公報以前，總是必須將它送呈皇帝御覽，其主管官員嚴禁在公報中添加哪怕是具有些微疑問或會引起點滴責難的內容。1726年，兩位編撰者因為刊登了某些經證實是不確切的報導，結果被判處死罪。〔註2〕

18世紀，俄國人開始了《京報》翻譯活動。較有代表性的人是伊・羅索欣。此人是俄國第一個漢學家和滿學家。他在1729年參加東正教駐北京第二用傳教士團來到北京。作為學員，曾經在國子監學習滿文、漢文和蒙文。1741年回國任科學院通譯，從事大量翻譯工作，其中就有他整理、潮譯的京報《1730年京報摘抄》。他將1730年（雍正八年）《京報》中的一些重大新聞，進行摘錄和譯。該摘抄敘述了該年度的日蝕、月蝕等天文景觀、9月19日大地震以及地震中死亡七萬多人，和黃河泛濫等重要事件。〔註3〕

〔註2〕轉見史媛媛：《清代前中期新聞傳播史》，福建人民出版社2008年，第80頁。

〔註3〕林玉鳳：《中國近代報業的起點——澳門新聞出版史（1557～1840）》，社會科學文獻出版社2015年，第174頁。

英國人中，最早介紹《京報》的英語著述，當屬馬禮遜之前擔任東印度公司譯員的喬治・倫納德・斯當東（George Leonard Staunton，1737～1801），英國探險家、植物學家，受雇於不列顛東印度公司。1790 年獲得牛津大學民法學博士學位。1787 年 2 月，入選英國皇家學會院士。1793 年，斯當東成為英國訪華使團的副使（正使為喬治・馬戛爾尼），以慶賀清朝乾隆帝八十大壽為名出使中國，要求中國開放通商口岸。斯當東將沿途的所見所聞詳細記載下來，寫成《英使謁見乾隆紀實》（An Authentic Account of and Embassy from the King of Great Britain to the Emperor of China）一書。該書以一個西方人的視角看盛世時期的清朝，是研究清朝中期歷史的重要史料。他在該書中記載的《京報》情況如下：

> 邸抄在政府指導之下在北京經常發行。它的內容主要登載全國的重要人事任免命令、豁免災區賦稅的命令、皇帝的恩賜、皇帝的重要行動、對特殊功勳的獎賞、外番（藩）使節的覲見、各處的進貢禮物等等。皇室的事務和私人日常起居很少登在邸抄上。邸抄上還登載一些全國發生的特殊事故，如老年人瑞、違法失職的官吏處分，甚至於姦淫案件也登在內。登載後的用意在防微杜漸、以儆效尤。在戰爭時期，軍事上的勝利、叛亂的鎮壓也登在邸抄上。邸抄內容只限於國內事務，國外事務一概沒有。……中國官員在運載使節團的船和車上，插著旗子，用中國字書寫「英國特使進貢」字樣。……這幾個字的意義是惹人注意的，它會一再登載在中國政府的邸抄上，登載在實錄中，通過住在這裡的俄國人和其他國傳教士們傳到歐洲去。〔註4〕

1801 年 8 月 6 日，英國東印度公司大班末氏哈（Richard Hall）曾記載：「哈等近口看見『京報』，叩賀大人高升協辦大學士。天朝大皇帝和大人清正廉明，兩粵之人各得其所。大人若俯准將此轉奏，自可上達天聽，則遠夷感恩不淺矣。」〔註5〕由此可見，早在馬禮遜來華之前，外國的外交使團成員、傳教士、商人、來華留學生等人就已經開始關注、閱讀、翻譯介紹《京報》，

〔註 4〕〔英〕Sir. G. 斯當東著；葉篤義譯：《英使謁見乾隆紀實》，商務印書館 1963 年，第 394 頁。

〔註 5〕轉見史媛媛：《清代前中期新聞傳播史》，福建人民出版社 2008 年，第 118 頁。

並成為它們瞭解中國政治及官府運作情況的重要途徑之一。

近代新教第一位傳教士馬禮遜來華後，一直到去世前均有記載日記和保留書信的習慣。從他日記和書信中可以看到他有關閱讀《京報》的記載。1813年7月25日，馬禮遜日記中就記載道：

> 今天我在《京報》上讀到中國皇帝下詔。他命佛道教的和尚和道士在靠近河邊的山上建造一座特別的祭壇，以便向上天求雨皇帝已命數名皇子前往獻祭。有一位佛教的和尚在北京已被拘投入監獄，因他膽敢張貼告示，要求皇帝修復全國所有的廟宇。〔註6〕

1814年2月24日，馬禮遜日記再次記錄了閱讀《京報》的活動。「今天讀到一份官報，皇上指定日期要中國百姓向關帝、孔夫子、土地公、南海菩薩、海龍王、風火神、天後娘娘和神農氏獻上春祭。」〔註7〕4月24日日記記載：近日收到北京快報，上載有命令在澳門要搜索皈依天主教，或參加天地會和三合會等秘密會社的中國人。〔註8〕1816年1月1日，他在寫信給倫敦會書記柏德牧師的信中，介紹了他在1815年的中國工作情況，其中寫道：在1815年10月6日的《京報》中刊載：中國政府在湖北、江西和江南等省發現有煽動百姓造反的傳單，已有不少人被拘捕，上奏此事的總督已升了官職。這些頻繁的企圖造反的情況當然會引起政府的警惕，而給無辜的百姓帶來了許多限制和不安。〔註9〕

有研究者認為：從馬禮遜的日記推斷，閱讀《京報》應該是他出任東印度公司譯員後養成的習慣，而且很可能是他在東印度公司的工作之一。〔註10〕確實，馬禮遜從1807年9月抵達中國後，苦練中文、官話和土話，已經熟練掌握了漢語，並翻譯了《四福音書》《使徒行傳》《羅馬人書》《哥林多前後書》《加拉太書》《力比書》《歌羅西書》《帖撒羅尼迦前後書》《提摩大前後書》《提

〔註6〕〔英〕馬禮遜夫人編、顧長聲譯，《馬禮遜回憶錄》，廣西師範大學出版社2004年，第91頁。

〔註7〕〔英〕馬禮遜夫人編、顧長聲譯，《馬禮遜回憶錄》，廣西師範大學出版社2004年，第107頁。

〔註8〕〔英〕馬禮遜夫人編、顧長聲譯，《馬禮遜回憶錄》，廣西師範大學出版社2004年，第109頁。

〔註9〕〔英〕馬禮遜夫人編、顧長聲譯，《馬禮遜回憶錄》，廣西師範大學出版社2004年，第121頁。

〔註10〕林玉鳳：《中國近代報業的起點——澳門新聞出版史（1557～1840）》，社會科學文獻出版社2015年，第175頁。

多書》和《腓利門書》。連他自己都評價說：「這批譯文在質量上，總的說來，我認為是忠實的和可靠的。」1809 年經摩頓先生的介紹擔任了東印度公司的中文譯員，終於有了合法身份來往於澳門廣州兩地。他在給倫敦傳教會董事們的信中解釋了其原因：「首先可以使我居留在中國；其次可以增進我使用中文的能力，有助於我中文的進步；第三，東印度公司付給我的年薪，可以減少英國教會對我的經濟負擔，還可以使此間東印度公司的大班們，因我已準備為公司的利益服務，而解除對傳教士們的厭惡。」同時，同時他也闡釋了不利之處，「因為這將佔據我短暫生命中的大部分時間，並與我的第一個目標即傳教的目標是毫無關聯的。當我翻譯官方公文時，我就無法編字典，可是我希望這部字典編成之後，可以為後來的傳教士們提供必不可少的幫助。」〔註11〕他出任東印度公示中文譯員後，要頻繁與中國官員打交道，他也有時因此而苦惱不堪，多有抱怨。他在寫給朋友的信中說：「自從我擔任英國商行的譯員後，工作是非常忙碌的，我頭痛發作的次數也更多了。中國官員不喜歡聽我必須翻譯給他們聽的話。但我必須忠誠地為公司服務，同時還要實現我的第一目標，即傳教的工作，這是一件艱難的事。我的中國助手們常感恐懼，在我與中國官員打交道時，他們不願出面幫助我。」再如他在和同學克羅尼牧師信中寫道：「我在那裡（廣州）工作一直到 3 月份，正在同中國政府談判一個中國人指稱被謀殺的案子，經過證人們的公開審議，我獲得了巨大成功。……結果是，有 3 個在英國商行供職的英國人決定要跟我學中文，所以，今年夏天，我成了他們正式的中文老師。除這 3 個人外，還有 1 個已在中國供職 20 多年的英國人也一起來跟我學習中文，每天要學習兩小時。另有一個荷蘭青年也要求學中文，他整天都在跟我學。今年夏天我為東印度公司做了大量的翻譯工作，頻繁地與中國官員開會。但我要不客氣地說，不論是前者或是後者，他們都不是溫和的或友好的。中國官員們極其傲慢、專橫和喧嚷，他們有時三四人同時講話，聲音之大，像是在罵大街。」當然，他也很得意自己在語言方面的天賦帶給他的成功，「每個人都驚訝，我在短短的兩年內，竟然能夠書寫中文，也能用官話和當地土話與中國官員談判。」〔註12〕正是由於譯員的職責所在，他要和中方官員和商人打

〔註11〕　〔英〕馬禮遜夫人編、顧長聲譯，《馬禮遜回憶錄》，廣西師範大學出版社 2004
　　　　　年，第 59 頁。
〔註12〕　〔英〕馬禮遜夫人編、顧長聲譯，《馬禮遜回憶錄》，廣西師範大學出版社 2004
　　　　　年，第 65 頁。

交道，處理東印度公司的中方業務，所以他要瞭解中國的官方信息，除了同清
政府官員和商人直接打交道獲取外，閱讀《京報》就是最有效的途徑。

馬禮遜出任譯員後也沒有放棄中文的學習，而且更加刻苦攻讀最難的中
文，同時開始研究中文語法並取得了進展。1811 年，他將他編輯的《中文文
法》（*A Grammar of Chinese Language*）（1815 年正式出版後世人譯為《通用漢
語之法》）寄給托馬斯・斯當東（*Sir George Thomas Staunton*，1781～1859）
審閱。托馬斯・斯當東（亦稱小斯當東）是英國最早中國通之一。1792～1793
年，其父老斯當東作為英國特使馬戛爾尼的副使出使中國，托馬斯・斯當東
隨行；來華途中，他跟隨使團雇傭的華人翻譯學習中文，進步很快，隨後在
使團謁見乾隆皇帝時用官話和乾隆皇帝直接交談，一舉成名。1800 年，他被
英國東印度公司駐廣州商館聘為書記員，再次來到中國。1801 年，老斯當東
去世後，他承襲了父親的爵位。1804 年出任貨物管理人。1808 年，出任公司
譯員。1810 年，《大清律例》由他翻譯在英國出版，這是第一本直接由中文翻
譯為英文的書。托馬斯・斯當東接到馬禮遜翻譯的《中文文法》閱讀後回信
馬禮遜說：「我今將你所編的《中文文法》寄還給你，謝謝你能讓我細讀，我
很高興向你祝賀。這部文法書出版之後，將會使學習中文的學生們獲得一部
最有價值的工具書。因此，我盼你能很快地送去印刷出版，因為過去學生們
要學非常特殊和困難的中文，卻得不到具體的幫助。你在書中舉的例句，大
部分採自中國書籍、皇帝的上諭和政府頒布的公文以及中文信件等，我認為
這是非常好的安排。如有可能，還可加注說明。至於書中所舉其他例句或說
明，可以引用其他有權威性的作品。我認為這部《中文文法》出版之後，會被
廣泛使用的。」〔註 13〕倫敦傳教會在年報中也高度評價了馬禮遜學習中文的
成就，「他仍在廣州，有時在澳門繼續刻苦地攻讀最難的中文，他的勤奮精神
是值得我們大為稱許的。他正在編寫的《中文文法》和累積的字彙，在出版
之後將可吸引將來派往中國的傳教士和做其他工作的英國人學習中文。馬禮
遜已可書寫中文，並用中文與中國人交談，這也使他可以擔任東印度公司的
重要職務，對將來擴大在中國的傳教事業會有極大的幫助。」〔註 14〕

〔註 13〕〔英〕馬禮遜夫人編、顧長聲譯，《馬禮遜回憶錄》，廣西師範大學出版社 2004
年，第 69 頁。
〔註 14〕〔英〕馬禮遜夫人編、顧長聲譯，《馬禮遜回憶錄》，廣西師範大學出版社 2004
年，第 70 頁。

1812 年，托馬斯・斯當東因身體健康原因辭職回國休假，馬禮遜成為東印度公司唯一的譯員，責任更加重大。為此，東印度公司將他的年薪從 500 英鎊提升一倍至 1000 英鎊，除此之外，還享有一些特權，如享受獨立辦公室和公司付給他的中文老師的一部分津貼。東印度公司遴選委員會一致認為馬禮遜足以勝任此項工作。斯當東回國後，繼續支持馬禮遜的《聖經》翻譯工作，並高度評價說：「你在繼續將聖經全部譯成中文出版後定可使其成為一部令人滿意的偉大工程。事實上，你是唯一具有各種條件、完全有資格做這項艱巨的翻譯工作的人。我很難想像，有哪一個外國人能夠像你那樣掌握中文真正的精義和成語且有把握地運用，並且還是居住在中國的唯一的英國人，可以擔任翻譯聖經的重任。」〔註 15〕因此，作為東印度公司的中文譯員，馬禮遜具備了較強的中文寫作和溝通能力，具備了翻譯《京報》的良好能力。

二、馬禮遜摘譯《京報》的原因

1815 年，馬禮遜則在澳門東印度公司出版了《中文原本翻譯》（*Translations from the Original Chinese, with Notes*），主要是摘譯《京報》（*PeKing Gazette*）上正式發表的文章和馬禮遜對這些文章所做的注解。有研究者認為：這可能與從 1814 年至 1815 年期間，東公司曾經一度要解除馬禮遜譯員職務的事件有關。〔註 16〕

馬禮遜集傳教士與譯員雙重身份於一身，自己也覺得雙重身份有莫大的壓力。馬禮遜早在 1813 年 7 月 21 日米憐作為第二個來華新教傳教士抵達澳門被驅逐出境後，馬禮遜就因傳教事業受阻感到非常沮喪。他在當日日記中寫道：「事實上，我既要為東印度公司當譯員，又要當傳教士，這兩者是不可兼得的，長此以往，二者必須分開。」〔註 17〕英國東印度公司總部對其雙重身份也深感不安，惟恐馬禮遜的新教傳教事業會危及公司在華利益。尤其 1813 年，在河南、山東、河北地區的白蓮教起義失敗後不久，又爆發了天理教起義。領導人林清、李文全，同河北、山東其他天理教首領約定在 1813 年 9 月

〔註 15〕〔英〕馬禮遜夫人編、顧長聲譯，《馬禮遜回憶錄》，廣西師範大學出版社 2004 年，第 74 頁。

〔註 16〕林玉鳳：《中國近代報業的起點——澳門新聞出版史（1557～1840）》，社會科學文獻出版社 2015 年，第 179 頁。

〔註 17〕〔英〕馬禮遜夫人編、顧長聲譯，《馬禮遜回憶錄》，廣西師範大學出版社 2004 年，第 90 頁。

15 日同時起義，攻佔北京。是日，200 名天理教徒攻入紫禁城東華門、西華門，直插清廷皇宮重地，經過浴血奮戰，終因力量懸殊，宣告失敗，史稱「癸酉之變」，震動全國。嘉慶皇帝還裝模作樣地為此下「罪己詔」，混戰中射在隆宗門上的一個箭鏃也一直被保留了下來。清政府經調查發現部分叛亂與羅馬天主教有關，嘉慶帝遂重申禁教命令。馬禮遜日記記載了此次事變，其中談道：「有一個叛亂分子說他是信奉天主教的，說此次叛亂是由羅馬天主教的神父們策劃的，因此在廣州的中國總督相信此次叛亂可能是由羅馬天主教神父們鼓動的，他便派遣下屬官員前往澳門進行秘密調查萄牙人和天主教主教和神父的行徑。這是一位在此調查的官員對我說的。」〔註 18〕1814 年 1 月 2日，他在日記裏也記載道：今天有一位中國官員來，要我陪他去見一位葡萄牙官員，替他擔任翻譯。那中國官員對葡萄牙人說，中國總督懷疑在華北發生的叛亂是由天主教徒所挑起的，所以要求盡可能地在澳門的葡萄牙人中作秘密的調查。中國皇帝已頒發諭旨，要求國人向天、地、祖宗和四季之神獻祭，為的是使他能成功地平定這次華北的叛亂。〔註 19〕但是，由於倫敦東印度公司總部錯誤地認為馬禮遜在中國印製和散發基督教書籍已經引起了中國政府的注意，為了不影響該公司對中國的貿易，公司已下令免去馬禮遜擔任澳門東印度公司譯員的官職。馬禮遜雖然在表示服從總公司的決定的同時，致信澳門東印度公司董事會主席艾芬斯通先生建議訓練中文譯員以便繼承他的工作，「我服從你免去我譯員職務的命令」，「要接替我職務的人，必須是能夠既會說又會寫中文」，並尖銳地指出：「倫敦總公司並未考慮周全在中國服務的公司職員中必須要有人懂得中文以便能擔當譯員的任務。總公司或澳門公司只是免除了我的譯員官職，卻並無適當人選可以接替我的工作。因為要稍許懂得一點中文可能不需多少努力，但是要真正能說流利的中文和書寫中文，就需要花費許多時間和力。」〔註 20〕但是，可能因為當時托馬斯・斯當東已經返回英國，澳門東印度公司沒有其他人可以擔當譯員，馬禮遜的只能繼續擔任譯員開展翻譯工作。

〔註 18〕 〔英〕馬禮遜夫人編、顧長聲譯，《馬禮遜回憶錄》，廣西師範大學出版社 2004年，第 93 頁。

〔註 19〕 〔英〕馬禮遜夫人編、顧長聲譯，《馬禮遜回憶錄》，廣西師範大學出版社 2004年，第 107 頁。

〔註 20〕 〔英〕馬禮遜夫人編、顧長聲譯，《馬禮遜回憶錄》，廣西師範大學出版社 2004年，第 105 頁。

　　同時，馬禮遜致函倫敦傳教會告知這一消息。倫敦傳教會也於 1815 年 3 月 15 日發出了有關要馬禮遜中斷英國東印度公司的指示信，「倫敦東印度公司總部已通過決議，要把你和該公司的關係全部割斷，原因是該公司不但看到了你一本中文《新約全書》，也看到我會的一份事記錄，內載有你不顧中國皇帝的禁令，仍在中國堅持做翻譯和散發聖書的工作。該公司認為你做了觸犯中國政府的事情，特別考慮到你是該公司的一個職員，因此他們免除你任公司譯員的職務。這條消息使我們極為關心。……但不論發生任何情況，我們信任你必定會繼續做你覺得最重要的工作，那就是繼續把聖經全部譯完。」〔註21〕

　　托馬斯‧斯當東返回中國，當選為東印度公司駐廣州商館的管理機構——特選委員會的成員，並從 1815 年開始出任特選委員會主席，全面負責東印度公司對華貿易事宜。於是，馬禮遜再次收到了東印度公司總公司和澳門東印度公司免除其譯員職務的書信通知。托馬斯‧斯當東致函馬禮遜，正式通知公司決定：

　　　　我們認為有必要通知你，倫敦東印度公司總部因得到消息稱，在中國印刷的中文《新約全書》和數種中國讀物，都是由你翻譯和散發的，這就構成了違抗中國皇帝的禁令的行為，出版者會被判處死刑。東印度公司認為，你的這些翻譯作品，勢必嚴重危害英國對中國的貿易，為此作出決定：你與公司的關係必須終止。……儘管我們無保留地通知你上級的命令，然而我們認為你對公司的重要性是無可比擬的。為此，澳門東印度公司作出決定：推遲執行倫敦公司總部免除你職務的命令，等待倫敦方面進一步的命令。我們作出留用你的決定，是因為倫敦公司總部得到的消息是不正確的。為此，我們請你容許等待倫敦方面進一步的消息和解釋，以便我們在考慮對你的處理時，能有一個公正的看法。〔註22〕

　　雖然，托馬斯‧斯當東表達了挽留馬禮遜繼續擔任譯員的意願，但是馬禮遜對東印度公司對他的不公正的態度義憤填膺，接到信件的當天下午就撰寫了回信給，重申了他自己無辜的立場和憤怒的態度。

〔註21〕〔英〕馬禮遜夫人編、顧長聲譯，《馬禮遜回憶錄》，廣西師範大學出版社 2004 年，第 116 頁。

〔註22〕〔英〕馬禮遜夫人編、顧長聲譯，《馬禮遜回憶錄》，廣西師範大學出版社 2004 年，第 114～115 頁。

　　倫敦東印度公司總部的董事們對我為公可服務多年竟表現得如此冷漠，並對我的行為表示不悅，令我感到非常遺憾。倫敦公司總部的通知內容使用了強烈的「違抗」一詞，指責我所做的事是反對中國皇帝的禁令，這表明是出現了某種程度的誤會。中國皇帝的禁令乃是指責在中國的天主教傳教士「違抗」了中國政府的命令，威嚇將給他們嚴厲的刑罰，這才是事實。但是，中國政府完全不知道我的名字和職業（僅僅是英國商行的一個譯員）；中國皇帝從來沒有頒發論旨直接反對過我，我並不是天主教徒，也不印刷出版任何天主教的親教書籍。即使中國政府即使知道我所做的事，他們可能也不會准許，但我的中國教師讀了我翻譯的《新約全書》之後對我說，中國政府的高級官員如果讀了這部書，也不會找到反對我的依據；至於散發我所譯的宗教書籍，那是在絕對保密和謹慎之下去做的，中國政府很難追蹤到我，即使發覺了，我也絕對不要求東印度公司的保護。

　　迄今為止，我相信我並沒有對公司製造過一分鐘的麻煩。〔註23〕

　　但是，由於有了倫敦傳教會的指示，馬禮遜念念不忘的是他終身奉獻的偉大的傳教事業，他還是和東印度公司脫離了關係，不再作為該公司譯員，名字從該公司名單中勾銷了。但是對於倫敦東印度公司對他的誤會，從1814～1815年期間，他不僅撰寫書信申辯了自己的立場和觀點，而且採取實際行動，翻譯《京報》文章，闡明中國叛亂事件的來龍去脈和嘉慶對事件的評論，論證了自己的立場和觀點。這就是他翻譯出版《京報》書籍的重要原因。

三、馬禮遜摘譯《京報》的主要內容

　　1814年9月，英國東印度公司董事會決定派遣印刷工人湯姆斯（P. P. Thomas）攜帶印刷機以及相關設備抵達澳門，建立了澳門印刷所，這是中國境內第一家西式印刷所，準備為馬禮遜印刷出版《華英字典》。因《華英字典》耗費巨、週期長，為積累印刷經驗，該印刷所於1815年出版的第一種印刷品——馬禮遜的《中文原本翻譯》（*Translations from the Original Chinese, with Notes*）。現存於大英圖書館和倫敦大學亞非學院的《中文原本翻譯》一書是8開小本。在序言中，馬禮遜介紹了《京報》（*PeKing Gazette*）概況，「中國各

〔註23〕〔英〕馬禮遜夫人編、顧長聲譯，《馬禮遜回憶錄》，廣西師範大學出版社2004年，第115頁。

地上呈給皇帝的報告以及天朝發出的諭令，每日都會在北京出版。這些在北京出版的內容，會傳送給各省官員，各省官員會將他們喜歡的內容抄錄後向人民出售。」〔註24〕

《中文原本翻譯》封面分五行印刷了英文書名 Translations from the Original Chinese, with Notes，而且在英文書名下有一句中文儒家名言「入竟而問禁，入國而問俗，入門而問諱」（到一個地方時要問清當地的禁忌，到一個國家時要問清當地的習俗，到別人的家裏要問清這家的避諱），這是涉外禮儀的名句。也說明他翻譯《京報》的用意。接下來出版項：廣州，中國；東印度公司特選委員會批准出版，湯姆斯印刷，1815 年。該書主要內容是就 1813 年發生的起義及叛亂事件進行的《京報》摘譯，交代事件的來龍去脈，以及嘉慶帝為此採取的種種措施對整個事件的看法。全書共 44 頁，分成 11 章，除第一章外，其餘各章均有獨立標題，具體情況如下：

第一章，無標題。1813 年 10 月 18，中國皇帝（即嘉慶）前往熱河的消息，文中以注釋的方式介紹了清代皇朝王族每年到熱河避暑的傳統，全文只占一頁的篇幅。

第二章，Proclamation by His Imperial Majesty Kea-king Emperor of China Receive in Canton（1813 年 11 月 5 日在廣州收到的中國皇帝嘉慶的上諭）：內容是嘉慶評論同年發生在京城的天地會之亂以及嘉慶初年的白蓮教活動，內容似為嘉慶的「罪自己詔」。

第三章，*PeKing Gazette*《京報》（嘉慶十八年十月初六，公曆 1813 年 10 月 29 日）：內容為地方官上奏文件，文件說已經報告了抓獲的罪犯的供詞，這些抓獲的罪犯就是與太監劉德財合謀策動林清叛亂的人。文件中又要求處死更多罪犯。

第四章，*PeKing Gazette*《京報》（嘉慶十九年一月初一，1814 年 1 月 21 日）：內容是一個上諭的譯文，文中說官員張字已經報告了在天閣等地發生的叛亂的過程，還有在牢獄中的因犯李景在監獄中散發叛軍旗號的事件。上諭對事件做了判報決。

第五章，*PeKing Gazette*《京報》（嘉慶十九年一月十五日，1814 年 2 月 4 日）：內容是一個上諭的譯文。嘉慶在其中謂，在最近發生的叛亂期間，因

〔註24〕林玉鳳：《中國近代報業的起點——澳門新聞出版史（1557～1840）》，社會科學文獻出版社 2015 年，第 175 頁。

為關帝兩次顯靈幫助平亂，為感謝關帝，決定下旨重建關帝廟。

第六章，*PeKing Gazette*《京報》（嘉慶十九年一月十五日，1814 年 2 月 4 日）：上諭譯文，諭旨中提及有人建議以捐獻的方式解決因為天災和叛亂導致的國家財政問題。〔註 25〕

第七章，*PeKing Gazette*《京報》（嘉慶十九年一月二十日，1814 年 2 月 9 日）：上諭譯文，內容為一個叫秦元黃的儒生，上書提議清朝檢查是否每年均需要這麼多維修費用，提出皇室應該節省這些費用，同時雇人開墾廣寧等地區的荒地，若成功可在西北的省份施行。嘉慶駁斥儒生的理據，謂其建議含糊不合理，不可實行，無須考慮。

第八章，*PeKing Gazette*《京報》（嘉慶十九年一月二十日，1814 年 2 月 9 日）：上諭譯文，內容是官員上奏建議以募捐方式解決國家財政困難。此段譯文後有馬禮遜按語：「還有其他文件都是討論這個問題的。皇上極為不願意接受這個計劃，但這是唯一一個可以即時解決問題的方案，最終，計劃還是獲得接納。政府的高級官員、行商和其他富紳，其後被要求向國家捐獻。」

第九章，*PeKing Gazette*《京報》（嘉慶十九年一月二十六日，1814 年 2 月 15 日）：內文為官員的上奏，馬禮遜在譯文前有按語解說，上奏內容是希望皇上下令禁止非法搶掠人口的活動，這樣才能國泰民安。按語中特別指出中國官員會用謙卑的語言撰寫奏章。

第十章，*PeKing Gazette*《京報》（嘉慶十九年三月十七日，1814 年 3 月 6 日）：內文為官員奏疏，指協助抗擊山東叛亂的韃靼軍隊在山東強搶了大批當地的少男少女作為奴隸。叛亂平息後，由於韃靼軍隊平亂有功，被安排在北京休息一兩個月後再回韃靼。他們留京期間，有人上奏，謂韃靼兵在山東進入民居強搶當地人民的子女。皇上知情後，立即正視事件，即時對強搶人口者執行嚴刑，以防止將來再有類似事件發生。奏章正文譯出後，馬禮遜又加按語交代事件的發展：「皇上下令找出被拐少年的父母，以助他們團聚。皇上前旨顯示了這個皇帝是一個慈悲的人，這也是人民對他的評語。不過，他的人民也投訴說，他沒有把國家機關管理好。」〔註 26〕

〔註 25〕林玉鳳：《中國近代報業的起點——澳門新聞出版史（1557～1840）》，社會科學文獻出版社 2015 年，第 177 頁。

〔註 26〕林玉鳳：《中國近代報業的起點——澳門新聞出版史（1557～1840）》，社會科學文獻出版社 2015 年，第 178 頁。

第十一章，TENG-KAOU or Ascending the Hills on the 9th Day of the 9 Moon（登高，或九月初九上山去）：內文為重陽節的起源和中國人在每年九月初九登山的習俗。文中在簡介重陽節以後，以中英對照的方式，刊出了杜牧的《九日齊山登高》七律。〔註27〕《九日齊山登高》選自《樊川詩集注》，是公元845年杜牧任池州刺史時的作品。此詩以曠達之意來消解人生多憂、生死無常的悲哀。詩文如下：

> 《九日齊山登高》
>
> 杜牧
>
> 江涵秋影雁初飛，
>
> 與客攜壺上翠微。
>
> 塵世難逢開口笑，
>
> 菊花須插滿頭歸。
>
> 但將酩酊酬佳節，
>
> 不用登臨恨落暉。
>
> 古往今來只如此，
>
> 牛山何必獨霑衣。

《中文原本翻譯》所載的十一章內容，時間自1813年10月18日至1814年10月，第一二章明顯是官方信息，亦有來自可能《京報》的官方信息；而第十一章完全是文化娛樂消遣性內容。第三至十章標有 “PeKing Gazette”，明確來自《京報》的官方信息。在偉烈亞力編撰的《基督教新教傳教士在華名錄附傳教士列傳及著述目錄》中明確寫道：這些主要是摘自《京報》（PeKing Gazette）上正式發表的文章。〔註28〕其中前三章敘述天理教叛亂以及平亂經過、抓獲的叛徒及其供詞和相關判決，以及嘉慶帝對事件發展的看法。第四至六章則講述的是由於平定叛亂國庫支出大增，各地官員及儒生為此上疏建議解決財政困難的方法以及事態。第七、八章圍繞叛亂期間出現的搶掠人口事件展開，介紹了嘉慶帝採取的解決措施。總之，馬禮遜介紹了1813年發生叛亂來龍去脈以及全國的反應及其補救措施。從中可以看出，馬禮遜編譯《京

〔註27〕林玉鳳：《中國近代報業的起點——澳門新聞出版史（1557～1840）》，社會科學文獻出版社2015年，第179頁。

〔註28〕偉烈亞力著，趙康英譯，顧鈞審校：《基督教新教傳教士在華名錄附傳教士列傳及著述目錄》天津人民出版社2013年，第8頁。

報》的重要動因是為了消除東印度公司對自己的誤解，澄清自身與嘉慶禁教並無關聯，以此作為對英國東印度公司解除其譯員職務的有力回應。有研究者認為：馬禮遜選擇翻譯《京報》這一完全屬於世俗事務範疇的官府文獻，表面上看與其傳教活動毫無關係，其實不然。作為倫敦新教傳教士，馬禮遜需要揭示中國政府在政治思想、官府運作以及對待外國宗教等方面的愚昧，以便為基督教在中國的傳播提供理由；作為英國東印度公司譯員，馬禮遜還需要滿足英國政府瞭解中國的現實需要。他摘譯了天地會叛亂、天閣寺叛亂、山東叛亂等諸多有關中國社會的負面報導，反映出譯者揭露中國社會黑暗面的明顯傾向。〔註29〕

四、馬禮遜摘譯《京報》的影響

1815 年，馬禮遜最早系統摘譯《京報》內容並輯錄出版的《中文原本翻譯》是迄今發現的以西方讀者為對象的最早的《京報》英譯出版物，其翻譯刊出了杜牧的《九日齊山登高》七律，也是目前發現最早的唐詩英譯文獻。有研究者指出：迄今所知最早的包含對唐詩作英文介紹和翻譯的詩歌著作是英國漢學家羅伯特·馬禮遜所著的《中文原本翻譯》一書。該書配有詳細注釋，於 1815 年由東印度公司出版社在廣州出版。不過，此書並非是一本譯介唐詩的專著，我們之所以提及，是因為為了說明登高這一習俗在中國社會民俗生活中的重要意義，馬禮遜在此書的第一部分的末尾翻譯了杜牧的詩作《九日齊山登高》。就是這樣一首翻譯的質量很有限而譯者當時也未必十分重視，但是這首詩卻是迄今為止有文獻資料可查考的第一首完整的英譯唐詩。〔註30〕馬禮遜通過摘譯《京報》出版《中文原本翻譯》為 19 世紀初的西方世界介紹了中國政府的運作機制及其社情民意動態，為西方人打開了一扇認識中國、瞭解中國的窗口，同時在西方漢學發展史上也產生學術影響。

同時，我們也應該看到了馬禮遜摘譯《京報》內容並輯錄出版的《中文原本翻譯》在新聞事業發展史的作用的影響。有研究者指出：該書的出版具有特殊的歷史意義的。首先，從書中大部分內容所具有的關聯性看，《中文原本翻譯》其實像對一個事件進行連續報導的新聞書。其次，該書的內容，是

〔註29〕錢靈傑，伍健：《馬禮遜英譯〈京報〉析論》，《淮海工學院學報（人文社會科學版）》2016 年第 11 期，第 67 頁。

〔註30〕江嵐，羅時進：《唐詩英譯發軔期主要文本辨析》，《南京師大學報（社會科學版）》2009 年第 1 期，第 121 頁。

當時馬禮遜類英國人系統閱讀「京報」的一個證明。可見，對十九世紀來華的外國人來說，《京報》是他們瞭解中國社會狀況和政府動態的一個重要窗戶，與他們對本國媒體所具有的「監察社會」功能觀相同。最後，《中文原本翻譯》對後來的在華外國人所辦的報刊，很可能有某種示範作用。該書雖然不是報刊，可是，它那種翻譯「京報」內容及清廷公文然後出版的模式，與其後在華外報那種以「京報」和清廷公文作為重要消息來源的做法如出一轍，僅就這種處理方式而言，《中文原本翻譯》和其後的《蜜蜂華報》《廣州紀錄報》《中國叢報》等報刊，應該說具有明顯的繼承關係。〔註31〕另一位研究者也指出：馬禮遜的《京報》翻譯出版活動為外國人在華辦報起到了一定的示範作用，摘譯《京報》逐漸成為在華外文報刊的重要組成部分，此後在中國境內創刊發行的《蜜蜂華報》《廣州紀錄報》《中國叢報》等英語報章均沿襲了這一新聞採編方式。馬禮遜英譯《京報》在中國典籍英譯史、新聞出版史上都有著重要的意義。〔註32〕但是，很遺憾，研究者並沒有對此展開深入的論述，都忽略了馬禮遜摘譯《京報》對其創辦《察世俗每月統記傳》的影響。

　　事實上，1813～1815年馬禮遜摘譯《京報》並出版《中文原本翻譯》期間，剛好是馬禮遜和米憐討論在爪哇或馬六甲及建立佈道站並創辦《察世俗每月統記傳》之時。1813年7月，米憐抵達澳門被迫離境前往廣州，但迫於當時清政府嚴厲的禁教政策，馬禮遜派遣米憐於1814年2月前往爪哇、馬六甲傳教事宜。同年9月，經過米憐的實地考察返回中國，和馬禮遜彙報考察情況後共同決定在馬六甲建立佈道站，並開始了各項準備工作。1815年4月17日，米憐夫婦帶著中文書籍和印刷用紙乘船前往馬六甲，隨行的還有米憐的私人教師兼助手和一名印刷工梁發。他們於5月21日到達馬六甲，立即著手創辦傳教機構，建立馬六甲印刷所，籌辦華文學校，多項工作齊頭並進。在等米憐在馬六甲定居後，他和馬禮遜共同草擬並提出了《恒河外方傳教計劃》，具體落實將馬六甲建設成各國所派傳教士的一個中心站的設想，其中，第四點中寫道：「4. 在馬六甲出版一種旨在傳播普通知識和基督教知識的中文雜誌，以月刊或其他適當的期刊形式出版。」〔註33〕

〔註31〕林玉鳳：《中國近代報業的起點——澳門新聞出版史（1557～1840）》，社會科學文獻出版社2015年，第182頁。

〔註32〕錢靈傑，伍健：《馬禮遜英譯〈京報〉析論》，《淮海工學院學報（人文社會科學版）》2016年第11期，第68頁。

〔註33〕〔英〕米憐：《新教在華傳教前十年回顧》，大象出版社2008年，第65頁。

正因為馬禮遜摘譯《京報》並出版《中文原本翻譯》一書，對他和米憐出版近代中文報刊《察世俗每月統記傳》產生了一定影響。首先，技術和外在形態上，《京報》成為馬禮遜和米憐出版近代中文報刊《察世俗每月統記傳》的參照對象。1815 年 8 月 5 日，近代中文報刊《察世俗每月統記傳》正式出版。其採用了清代《京報》的雕版印刷技術，並從廣州聘用了中國雕版刻工梁發；其採用的書冊式，也受到了《京報》的影響。其創刊號板框 14.5 x 18.8 釐米，以後略有增減，如 1820 年 5 月號板框 15 x 21 釐米，甚至還有 12 x 19 釐米，這些都是清代雕版印刷和《京報》各種版式。封面應用儒家經典名句反映出版者意圖用意，也被《察世俗每月統記傳》予以了報導；其次，內容方面，《京報》也成為《察世俗每月統記傳》的時事新聞內容之一。《察世俗每月統記傳》曾設有「新聞篇」專欄，目前僅殘存一篇，包括了 1819 年 6 月至 8 月四則消息：一、直隸省之河水漲成災；二、南掌國有使臣到中國；三、皇帝往滿洲時墮馬未傷；四、陝西省西安府南鄭縣民人張守善因父奸其妻殺死伊父一案。其中，第二則明確注明係引自 7 月 22 日的《京報》。〔註 34〕其實，除了馬禮遜，《察世俗每月統記傳》主編米憐也關注過廣州發行的古代報刊。米憐在曾記載：「名為《轅門報》（督撫公署大門口的公告）的廣東日報，包括有 500 個字或單音節詞，就是用這種木活字印刷的；但是做工十分粗糙以至難以辨讀。」〔註 35〕最後，馬禮遜英譯《京報》的策略也在《察世俗每月統記傳》得到了延續。馬禮遜英譯《京報》採用了大量使用翻譯副文本的策略。這些副文本主要包括譯者所作前言、後記、注釋以及單篇譯文前後的介紹與評論等，主要用於介紹相關背景、說明底本來源、敘述翻譯動機等。其中，評論性副文本在馬禮遜英譯《京報》中最具典型性。〔註 36〕這種策略應用到辦報編輯實踐中就是「編者按」。這在《察世俗每月統記傳》也得到了使用。

總之，馬禮遜作為東印度公司的譯員，閱讀《京報》是他瞭解中國政壇動態等信息的重要途徑。但在 1814～1815 年間東印度公司因誤會而解除了其譯員職務，馬禮遜為了申訴自己無辜受罪的立場和觀點，通過摘譯《京報》並出版《中文原本翻譯》一書，不僅為西方世界打開了一扇瞭解中國的窗口；

〔註 34〕蘇精：《馬禮遜與中文印刷出版》，臺灣學生書局印行 2000 年，第 168 頁。
〔註 35〕〔英〕米憐：《新教在華傳教前十年回顧》，大象出版社 2008 年，第 104 頁。
〔註 36〕錢靈傑，伍健：《馬禮遜英譯〈京報〉析論》，《淮海工學院學報（人文社會科學版）》2016 年第 11 期，第 67～68 頁。

而且他將《京報》作為創辦近代中文報刊《察世俗每月統記傳》的參照對象，奠定了近代中國報刊的辦報傳統，對近代中國報刊的興起發揮了積極的示範作用。如《察世俗每月統記傳》採用了《京報》的雕版印刷技術和書冊版式，從而影響了傳教士在創辦版的近代中文報刊《特選撮要每月記傳》《東西洋考每月統記傳》時採用的出版技術和外在形態；《察世俗每月統記傳》開啟了刊登《京報》內容的傳統。近代英文報刊《印支搜聞》《廣州紀錄報》《中國叢報》《東西洋考每月統記傳》刊登了大量英譯《京報》的內容；《察世俗每月統記傳》採用的「編者按」形式也為近代中國報刊所繼承和發展。因此，馬禮遜摘譯《京報》並出版《中文原本翻譯》一書，直接促進了近代中文報刊《察世俗每月統記傳》的出版，推動了近代中國報刊的興起。

附錄二：考釋百年中國新聞學的萌芽起點：1833 年——兼論中國最早新聞學專文的歸屬 [註1]

　　1918 年 10 月，北大蔡元培校長、徐寶璜教授成立中國第一個系統講授新聞學課程並集體研究新聞學的團體——北京大學新聞研究會（1919 年 2 月改組為「北京大學新聞學研究會」），開啟了中國新聞學系統研究和新聞教育的山林，完成了中國新聞學「由術入學」的轉變，標誌著建立中國獨立新聞學學科體系和新聞教育的開端。[註2] 有研究者主張：如果以 1918 年北京大學新聞學研究會成立為標誌，中國新聞學的引入和創建已經百年。100 年來，新聞學西學東漸，由術入學，經歷了曲折的發展道路，走過了萌芽啟蒙（1833～1917）、登堂入室（1918～1937）、分化發展（1938～1949）、政治異化（1949～1976）、回歸學術（1977～1991）、創新繁榮（1992～）等發展階段，幾代新聞學人前赴後繼，以獨特的學術貢獻確立了新聞學的學術地位。[註3] 另有研究者認為：從 1834 年 1 月中國境內第一份近代意義上的中文報刊《東西洋考每月統記傳》刊登的中國第一篇新聞學專文《新聞紙略論》開始，到 1949 年中華人民共和國成立，中國近代新聞學歷經百餘年的歲月陶冶，走完了萌芽、

〔註 1〕本文曾發表於《東嶽論叢》2019 年 09 期，第二作者為羅詩婷。
〔註 2〕鄧紹根：《中國新聞學的篳路藍縷：北京大學新聞學研究會》，清華大學出版社 2015 年，第 297 頁。
〔註 3〕季為民：《中國特色新聞學的歷史、使命和方向——關於中國新聞學創立百年的回顧思考》，《陝西師範大學學報（哲學社會科學版）》2018 年第 3 期，第 146 頁。

建立與初步發展的全部過程。〔註4〕該研究者將1918年前的中國新聞學研究
概括為「前新聞學時期」（1834～1917），認為：在該時期，新聞學專文的撰
寫，是相對正規的學術研究途徑。新聞學專文一般是以報刊發展狀況或報刊
理論作為核心內容的。通過這種途徑進行研究的新聞學成果共有 50 篇，占
48.54%。〔註5〕確實，1918年中國新聞學誕生前，存在著萌芽孕育階段，歷
經了從報刊活動到報刊理論的學術開拓。在近代化報刊實踐中，傳教士、商
人及其國人逐步認識到報刊的重要作用，發表了新聞學專文或短論，傳播了
報刊知識和新聞觀念，拉開了中國新聞學研究的歷史帷幕，為中國新聞學研
究的新階段——「由術入學」的真正意義上的學科研究奠定了良好基礎。但
是，追考百年中國新聞學研究的萌芽起點，學術界卻有1833年和1834年兩
種說法。站在百年中國新聞學歷史關口，研究者不斷總結中國新聞學研究規
律和展望未來前景時，必須夯實中國新聞學研究基礎和萌芽起點。回顧目前
學術界關於最早新聞學專文誕生時間的爭議，明確考證中國新聞學萌芽的起
點並解釋其出現的時代背景和原因，極具重要的學術價值和現實意義。

一、中國新聞學萌芽起點的爭議焦點

中國新聞學萌芽起點爭議的焦點，其實是學術界關於第一篇新聞學專文
的爭論。這個問題經歷了兩個階段的兩個核心問題。學術界關於中國新聞學
的研究起點爭論第一個階段的核心問題是：第一篇新聞學專文發表於何時？
第一篇新聞學專文是《東西洋考每月統記傳》刊登的《新聞紙略論》，其發表
時間是1833年12月還是1834年1月？1982年，寧樹藩在《新聞大學》第5
期發表的論文《〈東西洋考每月統記傳〉評述》中說得很清楚，「在道光癸巳
年十二月（一八三四年一月）出版的《東西洋考》上，刊載了《新聞紙略論》
一文，文章敘述了報紙的起源，新聞自由和目前一些主要國家的報刊出版概
況等問題，還涉及報紙和雜誌的區別（其每月一次出者，亦有非紀新聞之事，
乃論博學之友）。全文雖只三百三十一字，但卻是中文書刊中第一篇介紹西方
報紙的專文。」〔註6〕這段論述清晰地表明：《新聞紙略論》發表時間為道光

〔註4〕李秀云：《中國新聞學術史（1834～1949）》，新華出版社2004年，第14頁。
〔註5〕李秀云：《中國新聞學術史（1834～1949）》，新華出版社2004年，第35頁。
〔註6〕寧樹藩：《〈東西洋考每月統記傳〉評述》，《新聞大學》1982年第5期，第62
頁。

癸巳年十二月，即農曆 1833 年 12 月，公曆 1834 年 1 月。

但是，隨著學術界的不規範引用和該文先後兩次發表，導致不同著述中使用不同發表時間的表述。如「1834 年 3 月」說，有研究者認為：「1834 年3 月，《東西洋考每月統記傳》發表的《新聞紙略論》一文，是中國新聞史上第一篇介紹西方報刊的文章。全文只有 300 多字，簡要地介紹了西方報刊的歷史與現狀。」〔註 7〕如「1834 年 1 月」說，有研究者指出：「1834 年 1 月出版的《東西洋考每月統紀傳》上刊載《新聞紙略論》一文，這是中文近代報刊上出現的第一篇論述西方報紙的專文，全文雖然只有 331 個字，但敘述了報刊起源、新聞自由和當時一些主要國家的報刊出版概況等問題。」〔註 8〕如「1834 年初」說，有研究者主張：「1834 年初出版的《東西洋考察每月統紀傳》上還刊登過一篇《新聞紙略論》，簡略地向中國讀者介紹了歐洲報紙產生的歷史與現狀，同時也最早用中文明確地提出了新聞自由問題。」〔註 9〕如「癸巳十二月」說，黃時鑒認為：「在《東西洋考》癸巳十二月這一期上刊出《新聞紙略論》一文，簡介新聞紙的產生，新聞紙的西方語詞是『加西打』（gazette），民辦新聞紙的送官審查與『隨自意論』，新聞紙的種類，以及英、美、法三國的種數。此當是中文撰寫的第一篇新聞學專文，在中國新聞學史上具有特殊的價值。」〔註 10〕如「1833 年 12 月」說，有研究者記載：「中國領土上的第一個中文近代化報刊是普魯士傳教士郭士立創辦的《東西洋考每月統記傳》，該刊 1833 年 12 月所載《新聞紙略論》一文，簡介了報紙的產生，當前狀況和出版自由問題，是中文報刊上第一篇新聞學專文。」〔註 11〕當然還有著作採取「混合」說的，如《中國新聞事業通史》第一卷前後兩次敘述到《新聞紙略論》。第一次記載：「該刊 1833 年 12 月所載《新聞紙略論》一文簡介了報紙的產生、當前狀況和出版自由問題，當為中文報刊上登載的第一篇新聞學專文」〔註 12〕；第二次又說：「《新聞紙略論》，刊於 1834 年 1 月《東

〔註 7〕丁淦林：《中國新聞事業史》，武漢大學出版社 1990 年，第 57 頁。
〔註 8〕吳廷俊著：《中國新聞業歷史綱要》，華中理工大學出版社 1990 年，第 32 頁。
〔註 9〕徐培汀、裘正義著：《中國新聞傳播學說史》，重慶出版社 1994 年，第 114 頁。
〔註 10〕黃時鑒：《〈東西洋考每月統記傳〉導言》，《東西洋考每月統記傳》中華書局 1997 年，第 19 頁。
〔註 11〕谷長嶺：《中華文化通志・第八典・藝文典・新聞志》，上海人民出版社 1998 年，第 203 頁。
〔註 12〕方漢奇主編：《中國新聞事業通史》第一卷，中國人民大學出版社 1996 年，第 267 頁。

西洋考每月統記傳》。」〔註13〕論文《第一篇新聞學專文到底何時刊出？》經過細緻地考證認為：「《新聞紙略論》首次發表於《東西洋考每月統記傳》的時間是道光癸巳十二月，即1834年1月，而重刊於甲午正月，即1834年2月。」〔註14〕此後，學術界逐漸認可了《新聞紙略論》發表於1834年1月（道光癸巳十二月）的觀點。隨著2005年《中國新聞學之最》收錄專條《中文報刊最早介紹西方國家報刊出版情況的專文》，爭論塵埃落定。

學術界關於中國新聞學的研究起點爭論第二階段的核心問題是第一篇新聞學專文到底是哪篇文章？2005年，有研究者發表《耶穌會士與新教傳教士對〈京報〉的節譯》一文，指出：「道光年間一份在華發行的英文刊物上，有一段關於《京報》的記載，這或許可以幫助我們瞭解一些晚清《京報》的發行情況」〔註15〕，並翻譯了相關段落。在注釋中注明該報為《中國叢報》（*The Chinese Repository*），該報第一卷第12期於1833年4月刊登了介紹《京報》文章 *Peking Gazette*。2006年，《國際新聞界》刊發的《中國境內的第一份近代化中文期刊〈雜聞篇〉考》一文，認為：「《雜聞篇》第二期（1833年8月29日）刊載的《外國書論》一文，我們也可以確定，中國報刊裏最早介紹西方報刊出版的情況的專文，不是刊登在1834年1月出版的《東西洋考每月統記傳》上的《新聞紙略論》一文，而是《外國書論》一文；以『新聞紙』作為報刊的中譯名稱，也應該從《外國書論》這一篇章開始。」〔註16〕這兩篇文章發表後，並沒有引起學術界的多大關注。其後，《中國叢報》（*The Chinese Repository*）刊登介紹《京報》的文章 "Peking Gazette"，先後被李秀清著作《中法西繹：〈中國叢報〉與十九世紀西方人的中國法律觀》和陳玉申編著的《中國新聞史研究導引》提及。而《雜聞篇》第二期（1833年8月29日）刊載的《外國書論》也被學者林玉鳳收入著作《中國近代報業的起點：澳門新聞出版史（1557～1840）》，其觀點再次被強調。2018年，中國新聞學誕生百年之際，這兩篇文章先後被提及，並被賦予了不一般的學術意義。有文章認為：

〔註13〕 方漢奇主編：《中國新聞事業通史》第一卷，中國人民大學出版社1996年，第395頁。

〔註14〕 李秀云：《第一篇新聞學專文到底何時刊出？》，《新聞愛好者》2004年第2期，第42頁。

〔註15〕 尹文涓：《耶穌會士與新教傳教士對〈京報〉的節譯》，《世界宗教研究》2005年第2期，第71頁。

〔註16〕 林玉鳳：《中國境內的第一份近代化中文期刊〈雜聞篇〉考》，《國際新聞界》2006年第11期，第75頁。

「1833 年，馬禮遜在《雜聞篇》發表第一篇中文新聞短論《外國書論》」；並將 1833 年定位為中國新聞學萌芽啟蒙（1833～1917）的起點，且作頁下注釋：「這是目前發現的被認為是中國第一篇新聞出版方面的現代文章。1833 年 8 月 29 日，馬禮遜在《雜聞篇》第 2 期發表《外國書論》，二百多字，介紹西方的活字印刷術的技術和使用方法，首次使用『新聞紙』的概念。」〔註 17〕博士論文《中國新聞史學史研究》則認為：1833 年 4 月 1 日，《中國叢報》刊載了 "Peking Gazette" 一文，這應是目前所見中國境內最早有關「新聞學」的文章。一般認為 1834 年 1 月，《東西洋考每月統紀傳》發表的《新聞紙略論》是中國境內「最早」一篇有關新聞學的文章，此說被多方引用；但與 1833 年 4 月 1 日《中國叢報》所載一文的發表時間相比，後者應是目前所見中國境內最早有關「新聞學」的中文文章。〔註 18〕該文還簡略介紹了 "Peking Gazette" 一文的主要內容，並做頁下注：1834 年 1 月，《東西洋考每月統紀傳》發表的《新聞紙略論》應修正為「最早一篇有關新聞學的中文文章」更為恰當。該論文也將 1833 年定位為中國新聞史學史「醞釀與起步（1833～1949）」的開端。一個時間點，兩篇不同文章，涉及重要的學術定位，需要研究者「讓歷史說話，用史實發言」，堅持用唯物史觀來認識和記述歷史，「把歷史結論建立在翔實準確的史料支撐和深入細緻的研究分析的基礎之上」。〔註 19〕

二、《中國叢報》最早刊登兩篇新聞學專文介紹中國報刊情況

從時間上看，1833 年《中國叢報》（第 1 卷第 12 期）刊登文章 "Peking Gazette"（《京報》）比《外國書論》（1833 年 8 月 29 日）和《新聞紙略論》（1834 年 1 月）更早，但出版時間不是 1833 年 4 月 1 日。因為《中國叢報》一般是月底出刊。從 1832 年 5 月 31 日創刊問世到 1851 年 12 月 31 日最終停刊，《中國叢報》存世時間共 19 年又 8 個月。〔註 20〕有時因時局變化，《中國叢報》在粵港澳三地間搬遷，未能正常出版。《中國叢報》是美國來華的第一

〔註 17〕 季為民：《中國特色新聞學的歷史、使命和方向──關於中國新聞學創立百年的回顧思考》，《陝西師範大學學報（哲學社會科學版）》2018 年第 3 期，第 146 頁。
〔註 18〕 趙戰花：《中國新聞史學史研究》，中國人民大學博士論文 2018 年，第 35 頁。
〔註 19〕 《讓歷史說話用史實發言　深入開展中國人民抗日戰爭研究》，《人民日報》2015 年 8 月 1 日。
〔註 20〕 鄧紹根：《美國在華早期新聞傳播史，1827～1872》，世界知識出版社 2013 年，第 90 頁。

位新教傳教士裨治文創辦和主編的英文月刊，是鴉片戰爭前後出版時間最長、影響最大的英文期刊。由於它致力於向西方介紹中國，內容無所不包，就像名字 "Chinese Repository" 一樣，中文直譯「中國的倉庫」，雅意「中國的寶庫」，以便西方認識中國；同時向中國傳播西方文明和基督福音，意圖改造中國人的靈魂。〔註21〕

1833 年 4 月，秉承向西方介紹中國的辦刊宗旨，《中國叢報》（第 1 卷第 12 期）不僅刊登了上文提及的新聞學文章 "Peking Gazette"（《京報》），而且發表了未被人廣泛關注的另一篇新聞學專文 "Gazette"（《小報》）。當時《中國叢報》基本按照書評（*Review*）、雜錄（*Miscellanies*）、宗教通訊（*Religious Intelligence*）、文藝動態（*Literary Notices*）、時事日誌（*Journal of Occurrences*）和附記（*Postscript*）編排。"Gazette"（《小報》）一文是「雜錄」專欄中第二篇文章。該文首先介紹了小報名稱的來源，「『小報』這個詞的詞源最有可能是『格塞塔』（*gazatta*），它是一種曾在威尼斯風靡一時的銅幣名字，也是威尼斯發行的第一份報紙的普通價格。」其次，對中國小報和西方威尼斯小報進行了簡單地比較，「中國有類似的東西，但它是有瑕疵的。它是一張當出版者認為一些特殊事件能夠引起人們的興趣時才會被印刷發行的小抄。小報被以銅錢的形式出售，被稱為「鈔」，八百或一千個銅幣可兌換一美元。這些瑣碎靈活的小報，被稱為「新聞紙」──這就是現在我們現在所說的報紙。但它們與歐洲的報紙不同，他們沒有自己的報名。」〔註22〕再次，記錄了桂林府（*Kweilin-foo*）發行的一份小報上的一則司法審判新聞；最後評價說：「這張報紙講的故事可能是虛構的，但地方法官所採用的舉證方式是恰當和令人信服的」，並回歸傳教立場，敘述了愛爾蘭士兵秘密禱告上帝最終洗刷嫌疑的事例。

按照編排順序，1833 年 4 月《中國叢報》（第 1 卷第 12 期）刊登的第二篇新聞學專文是 "Peking Gazette"（《京報》）。它是「文藝動態」欄目中的第二篇文章，全文六個段落。第一段簡要地介紹了《京報》名稱由來，並列舉其不同名稱，「這份名稱為《京報》的報紙由官府在北京刊行。『京』意味著『偉大的』，並且在中文裏被用來指代帝國的首都；『報』意味著『宣告』

〔註21〕 鄧紹根：《美國在華早期新聞傳播史，1827～1872》，世界知識出版社 2013 年，第 94 頁。

〔註22〕 *Gazette*. The Chinese Repository. VolI. No.12. April, 1833. pp.492～493.

『報導』。在地方各省,《京報》被稱為『京通』或『閣抄』,或簡稱為『京抄』」。
第二段敘述了《京報》在全國的出版發行及其版本情況,「《京報》從北京發
往全國各省,但是發行很少,也並不固定週期。它經常要花四五十天、甚至
六十天才能到廣東。它通常有大小兩種形號,但都是手抄本。大號《京報》以
日期為單位,約有 40 頁,或者是 12 開本 20 頁;小號《京報》約有 15 頁(12
開本)或 20 頁(12 開本),而且每兩日才發行一次。大號《京報》只呈給總
督、巡撫等高級官員,而小號《京報》(刪改本)是供給各省下級官員的。」
第三段說明了《京報》出版目的,「《京報》發行的原本目的似乎完全是為了
服務政府官員……通過《京報》,全世界都可以在某種程度上熟知中國皇帝及
其幕僚的態度、願望、以及欲求,同樣也能瞭解中國民眾以及中國領土之外
正在醞釀發生的重大事件。」第四段解釋了《京報》報導的政府官員信息等
主要內容,「個人升遷消息,他人被彈劾,官員調任、升遷或貶職以及罷黜……
的通知,這些信息是《京報》主要內容。」第五段討論了《京報》內容風格,
並指出其受皇帝及「御史」的影響,「因為在中國,皇帝以其獨尊的名義發布
自己的意見和決定,《京報》內容風格也由當時在位的皇帝的性格興趣、或者
同一君王在不同時期的不同興趣而變化。……根據御史們個人的脾性以及所
處的時代特徵,極大地影響改變著《京報》的關注重點。……現任皇帝的統
治下,也有幾個膽大的御史之名出現在《京報》上。道光皇帝在《京報》讚美
他們勇氣和忠誠,說他們堪比古代聖賢,完全削弱了他們諫言的銳氣。」第
六段發表了作為外國讀者對《京報》的評論意見,「對於外國人來說,《京報》
中最難辨別的內容,就是對皇帝的高度讚頌和崇高的敬意。……能夠毫無準
備地閱讀《京報》,真不是一件容易做到的事情。」〔註23〕

　　「京報」從明朝開始逐漸成為古代官方報紙「邸報」的別稱。至清朝初
年,「京報」與「邸報」逐漸變成同一概念。清代駐京提塘稱為「京塘」,京塘
抄發的邸報稱為「京報」。於是「邸報」名稱就逐漸為含義更加明朗的「京報」。
同時,隨著設在北京的民間報房的興起,它們發行的報紙,也被稱為「京報」。
因此,外國人關注中國新聞尤其是政府信息,必須閱讀《京報》。18 世紀法國
學者雅克·菲利貝爾·德·蘇爾熱的著作《雜錄與奇談》和弗朗索瓦·魁奈的
著作《中華帝國的專制制度》均有相關段落對中國邸報(「帝國的官方公報」)

〔註23〕 *Peking Gazette*. The Chinese Repository. VolI. No.12. April, 1833. pp.506～507.

進行了簡要介紹。〔註24〕18世紀來華的外國人也有《京報》的讀者。如1729年參加東正教駐北京第二屆傳教士團來到北京的俄國人伊·羅索欣。在北京期間，他翻譯整理了《1730年京報摘抄》。1793年，英國國王派馬戛爾尼使團訪華，隨團的英國人斯當東撰寫的《英使謁見乾隆紀實》也有《京報》的文字記載。〔註25〕

近代來華新教傳教士也重視《京報》。馬禮遜在1813年7月25日日記中記載：「今天我在《京報》上讀到中國皇帝下詔。他命佛道教的和尚和道士在靠近河邊的山上建造一座特別的祭壇，以便向上天求雨」。〔註26〕1814年2月24日，他也記錄了閱讀《京報》的活動。1815年初，馬禮遜則在澳門東印度公司出版了《中文原本翻譯》。該書是迄今發現的以西方讀者為對象的最早的《京報》英譯出版物。在該書序言中，馬禮遜介紹了《京報》概況：「中國各地上呈給皇帝的報告以及天朝發出的諭令，每日都會在北京出版。這些在北京出版的內容，會傳送給各省官員，各省官員會將他們喜歡的內容抄錄後向人民出售。」〔註27〕該書共44頁，分成11則，除第一則外，其餘各則均有獨立標題。其主要內容是就1813年發生的起義及叛亂事件進行的《京報》摘譯，交代事件的來龍去脈，以及嘉慶帝為此採取的種種措施對整個事件的看法。〔註28〕1816元旦，馬禮遜在寫給倫敦佈道會的工作報告中提到1815年10月6日《京報》信息。因此，《京報》是馬禮遜在華暸解中國情況的重要資料，也可能是他作為東印度公司譯員的工作內容之一。馬禮遜積極支持裨治文創辦《中國叢報》。該報不斷翻譯和發表《京報》內容，成為其實現向西方介紹中國辦報宗旨的重要體現。1833年3月出版的第1卷第11期發表的"The Highland Rebellion"（《高地叛亂》）一文中，注明信息出處：1832年10月28日《京報》和1833年2月15日《京報》。〔註29〕1833年4月，《中國叢報》第1卷第12期先後刊登 "Gazette"（《小報》）和 "Peking Gazette"（《京

〔註24〕史媛媛：《清代前中期新聞傳播史》，福建人民出版社2008年，第80頁。

〔註25〕史媛媛：《清代前中期新聞傳播史》，福建人民出版社2008年，第119頁。

〔註26〕〔英〕馬禮遜夫人編、顧長聲譯，《馬禮遜回憶錄》，廣西師範大學出版社2004年，第91頁。

〔註27〕林玉鳳：《中國近代報業的起點——澳門新聞出版史（1557～1840）》，社會科學文獻出版社2015年，第175頁。

〔註28〕林玉鳳：《中國近代報業的起點——澳門新聞出版史（1557～1840）》，社會科學文獻出版社2015年，第179頁。

〔註29〕 *Peking Gazette*. The Chinese Repository. VolI. No.11. March, 1833. pp.470～471.

報》）兩篇文章，向讀者介紹中國報刊（《小報》和《京報》）出版發行現狀，以求西方讀者正確瞭解中國報刊發展情況，成為目前管見所及史料中最早的兩篇新聞學專文。

三、在爭取出版自由鬥爭中，新聞學專文紛紛問世

1833 年 4 月，《中國叢報》第 1 卷第 12 期先後刊登新聞學專文 "Gazette"（《小報》）和 "Peking Gazette"（《京報》），其後兩個月，即 1833 年 6 月，《廣州紀錄報》（*The Canton Register*）和《中國叢報》又刊登了兩篇英文新聞學專文 "The Press"（《印刷自由論》）。

1832 年 11 月，馬禮遜成立了馬家英式印刷所，其子馬儒瀚擔任負責人，配有石印機和英式印刷機和活字。1833 年 4 月 29 日，他創辦中國境內第一份中文不定期報刊《雜聞篇》，5 月 1 日又出版中英合刊的不定期刊物《傳教者與中國雜報》，宣揚基督教義，傳播中國文化知識，報導各地消息及評論。5 月 21 日，《傳教者與中國雜報》出版第二期後，澳門天主教神父認為馬禮遜反對羅馬天主教信仰，其報名「傳教者」三字「竊取了天主教的名義」，部分內容也引發他們的不滿，紛紛向澳門葡萄牙政府施壓。5 月 27 日和 6 月 3 日，馬禮遜堅持出版第三、四期。澳門當局遂致函東印度公司，以違反「出版預檢制度」的名義，下令關閉馬家英式印刷所。〔註30〕6 月 22 日，澳門東印度公司大班授權秘書致信給馬禮遜關閉印刷所。馬禮遜據理力爭，在《廣州紀錄報》發表文章 "The Press"（《印刷自由論》）。他在文章中開門見山地引用法國《人權法案》撰寫《印刷自由論》闡述天賦人權理念，捍衛印刷出版自由權利，「據法國所頒布的新憲法上說：『全體法國人都有權利發表和出版他們個人的意見；審查制度永遠廢除』。……根據這一原則，除了最危險的罪犯外，絕不可剝奪人們是用筆墨和紙張。」他質問澳門當局，「在外國人當中，沒有哪一部分人可以限制其他部分外國人的權利。他們沒有權利禁止一部分外國人閱讀英文書刊和報紙，因為澳門是中華帝國的一部分。中國人沒有禁止，難道葡萄牙人可以禁止嗎？」〔註31〕他運用天賦人權理念，捍衛印刷出版自

〔註30〕林玉鳳：《中國近代報業的起點──澳門新聞出版史（1557～1840）》，社會科學文獻出版社 2015 年，第 92 頁。

〔註31〕〔英〕馬禮遜夫人編、顧長聲譯，《馬禮遜回憶錄》，廣西師範大學出版社 2004年，第 285～28 頁。

由權利，成為中國近代史上最早為捍衛印刷出版自由而撰寫的新聞學專文。《傳教者與中國雜報》出版第四期後停刊，成為中國近代史上第一份被「查禁」報刊，負責該報印刷的馬家英式印刷所也被迫移至廣州。〔註32〕

《傳教者與中國雜報》被澳門當局「查禁」，引發近代來華傳教士的極大關切。6月底，美國來華傳教士裨治文主編的《中國叢報》第2卷第2期刊登文章 "The Press"（《印刷自由論》），聲討澳門當局和天主教剝奪馬禮遜及其英式印刷所享有的印刷出版自由權利，該文明確指明了《傳教者與中國雜報》被查封的原因，「原因有兩個：一是上述出版物中包含有與羅馬天主教會相左的教義；二是除非得到葡萄牙國王的批准，否則所有葡萄牙領土都禁止私設印刷所。」並且反駁了被查封的理由，「我們對當局如此這般的做法感到更為驚訝的是，這些相關出版物沒有提到天主教會，而且用英語印刷；並且這已經被證明是最令人滿意地方式，因為澳門不是葡萄牙國王的領土，它屬於中國。」〔註33〕這篇新聞學專文傳播範圍隨著《中國叢報》的出版發行而影響更加廣泛。因為，《廣州紀錄報》刊登的新聞學專文 "The Press"（《印刷自由論》），筆者及其他研究者在《廣州紀錄報》上並沒有找到原文出處，只能在後來馬禮遜逝世後出版的《馬禮遜回憶錄》中有全文記載。而《中國叢報》刊登的 "The Press"（《印刷自由論》）則明顯是為了聲援馬禮遜，捍衛近代來華新教傳教士的印刷自由為特意撰寫的新聞學專文。

更為關鍵的是，在該文隨後的新聞報導中，《中國叢報》對外宣布：「我們高興地得知，一份中文月刊（《東西洋考每月統記傳》）馬上就將出現在公眾面前。這項工作正在以十分整潔優雅的風格被執行——遠遠優於《京報》。」〔註34〕這說明新教傳教士準備以實際行動來抗議澳門當局壓制出版自由的行為。近代來華新教傳教士不僅以自由出版報刊的實際行動向澳門當局壓迫出版自由進行抗議，而且積極發表文章傳播出版自由的新聞理念。

1833年8月29日，中國境內第一份中文不定期報刊《雜聞篇》第二號出版。該號刊登了一篇重要的新聞學專文《外國書論》，「友羅巴之各國，皆印書篇多用活字板。要印書時，則聚集各字，後刷完數百，或數千數萬本，就

〔註32〕鄧紹根：《西方自由主義新聞理念在中國早期傳播的歷史考察》，《新聞記者》2015年第8期，第78頁。

〔註33〕*The Press*. The Chinese Repository, Vol.2. No.2. pp92～93.

〔註34〕*The Chinese Repository*, Vol.2. No.2. p93.

撒散其字，各歸其類，而再可用聚合刷他書。如是不必存下許多板，且暫時用之書篇，不必刻板之使費。故此在友羅巴各國，每月多出宜時之小書，論當下之各事理；又有日日出的伊所名，「新聞紙」三個字。是篇無所不論，有詩書、六藝、天文、地理、士農商工之各業，國政、官衙詞訟人命之各案，本國各省吉凶新出之事，及通天下萬國所風聞之論。真奇其「新聞紙」無所不講也。」〔註 35〕

有研究者認為：「這一段只有二百字的文獻，是中國刊物上最早介紹西方活字印刷術的中文文獻，文中還首次將中式木刻雕版和活字印刷術做了比較，這也是最早介紹西方報業的中文文獻，而將「報刊」中譯為「新聞紙」，相信亦典出於此。……《雜聞篇》還最早在中文報刊上引介了……活字印刷術和「新聞紙」的概念。」〔註 36〕不過，以「新聞紙」作為報刊的中譯名稱，並非從《外國書論》這一篇章開始。另有研究者認為最早在字典中編入「新聞紙」的是馬禮遜。1828 年，馬禮遜編撰的英漢漢英《廣東省土話字彙》收入了「新聞紙」（newspaper），"NEWSPAPER. 新聞紙 Sun min che. Peking Gazette, 京報 King pow; and 京抄 King chaou. The daily Paper or Governor's Court circular, 轅門報 Use moon pow, Official gate's report." 〔註 37〕且對「新聞紙」一詞進行了分析，「對於 newspaper 一詞，開始時馬禮遜用京報、京抄、轅門報（後來麥都思加上『邸報』）來進行解釋，他想以中國已有的近似的事物來給出其含義，但兩者畢竟有所區別，所以後來轉而採用意譯，以『新聞+紙』對應『news+paper』。於是，『新聞紙』這個詞有了新的生命力。」〔註 38〕

1833 年 8 月 1 日，普魯士傳教士郭實臘（亦譯郭士立，1803～1851）在廣州創辦中文雜誌《東西洋考每月統記傳》。1834 年 1 月（癸巳十二月）和 2 月（甲午正月）先後兩次刊登新聞學專文《新聞紙略論》。該文全長 331 字，簡略地向中國讀者介紹了歐洲報刊名稱「新聞紙」的由來，「在西方各國有最奇之事，乃係新聞紙篇也。此樣書紙乃先三百年初出於義打里亞國，因每張

〔註 35〕林玉鳳：《中國近代報業的起點——澳門新聞出版史（1557～1840）》，社會科學文獻出版社 2015 年，第 137 頁。
〔註 36〕林玉鳳：《中國近代報業的起點——澳門新聞出版史（1557～1840）》，社會科學文獻出版社 2015 年，第 137 頁。
〔註 37〕B. Morrison.《廣東省土話字彙》（*Vocabulary of the Canton Dialect*），The Honorable East India Company's Press. Macao, 1828. p128.
〔註 38〕黃時鑒：《黃時鑒文集III · 東海西海　東西文化交流史》，中西書局 2011 年，第 138 頁。

的價是小銅錢一文，小錢一文西方語說『加西打』，故以新聞紙名為『加西打』，即因此意也。」然後介紹了西方報刊產生發展歷史與英美法三國現狀，並傳播了近代西方出版自由觀念，「各國人人自可告官而得能準印新聞紙，但間有要先送官看各張所載何意，不准理論百官之政事，又有的不須各可隨自意論，諸事但不犯法律之事也。⋯⋯其理論各事更為隨意，於例無禁。」〔註39〕

《新聞紙略論》發表後對清朝社會產生了積極的影響。同年，知識分子葉鍾進撰寫的《英吉利國夷情紀略》談到了對澳門出版的近代化報刊的看法，並使用了「新聞紙」一詞，「澳門所謂新聞紙者，初出於意大里亞國，後各國皆出。遇事之新奇及有關係者，皆許刻印散售，各國無禁。苟當事留意探閱，亦可覘各國之情形，皆邊防所不可忽也。」〔註40〕從文字內容看來看，葉鍾進應該閱讀過《新聞紙略論》一文，且受其啟發提出了通過報紙瞭解夷情況增強國防的主張。這一思想反過來又影響了林則徐和魏源對近代化報刊的認識和使用。1839年3月，禁煙欽差大臣林則徐抵達廣州後，為採訪夷情，知其虛實，「定控制之方」，組織譯員翻譯近代化報刊和西書，彙集成冊，稱為《澳門新聞紙》，呈送北京皇帝和廣州同僚閱覽，成為中國最早「譯報」，由此林則徐成為「清朝開眼看世界第一人」。1843年，魏源在林則徐「採訪夷情」基礎上，將其贈送的《四洲志》《澳門新聞紙》（《澳門月報》）等資料和葉鍾進的《英吉利國夷情紀略》收入了其編著《海國圖志》（50卷）正式出版，且在葉氏這段話之後，加了一句按語「探閱新聞紙，亦馭夷要策」。顯然，魏源是將「探閱新聞紙」作為其「師夷長技以制夷」策略的重要組成部分的。〔註41〕

四、1833年：中國新聞學萌芽的起點

1833年4月，《中國叢報》先後刊登 "Gazette"（《小報》）、"Peking Gazette"（《京報》）二篇英文新聞學專文；6月，《廣州紀錄報》《中國叢報》分別發表了 "The Press"（《印刷自由論》）新聞學專文；8月，《雜聞篇》第二號刊發了《外國書論》；農曆1833年12月（即公曆1834年1月），《東西洋考每月統記傳》發表了《新聞紙略論》兩篇中文新聞學專文。1833年一年之中，近代

〔註39〕愛漢者等編、黃時鑒整理：《東西洋考每月統記傳》，中華書局1997年，第66頁。
〔註40〕魏源：《魏源全集》第六冊，嶽麓書社2004年，第1418頁。
〔註41〕朱漢民總主編、王興國主編：《湖湘文化通史》第4冊上，嶽麓書社2015年，第502頁。

中國報刊頻發六篇中英文新聞學專文，先是介紹中國報刊發展情況，次是採用西方「天賦人權」學說捍衛近代來華報人的出版自由權利，再是介紹西方近代報刊發展情況。1833 年，這些報刊介紹的新聞學知識，有中有西，有史有論，不斷積累，揭開了近代新聞學知識在中國萌芽的序幕，成為中國新聞學萌芽的起點。這既有中外時局變化的因素，也是新聞傳播活動不斷推進的結果。

　　1833 年是中外貿易和中英關係的重要轉折點。在此前很長的一段時期內，英國對東方的貿易，大多由倫敦商人組成的東印度公司壟斷。隨著工業革命的發展，資產階級亟須尋找商品銷售市場，鼓吹自由貿易，猛烈抨擊壟斷貿易制度。他們以議會為陣地，積極鼓吹廢止東印度公司的對華貿易壟斷權。1833 年 8 月 28 日，英國發布威廉四世在位的第 93 號法令，規定：由英國東印度公司保持的、有關與中國貿易和茶葉貿易的壟斷權，1834 年 4 月 22 日以後應予停止。對華（一般）貿易與茶葉貿易應向所有的英國臣民開放。以前為了維護該公司保持到現在的壟斷權而在好望角至麥哲倫海峽之間加於英國臣民的限制，應該廢止。〔註42〕1834 年 4 月 22 日，東印度公司對華貿易特權正式停止。7 月 15 日，新任英國駐華商務監督律勞卑抵達澳門；25 日硬闖廣州，住進英國商館，升起了英國國旗，蓄意破壞「天朝定制」。東印度公司對華貿易壟斷權的廢止，對華自由貿易的新時代的開啟，也引起了中英關係的重大轉變，標誌著英國所採取的對華協商政策的結束和武力恫嚇政策的開始。這使在中國經商的貿易人員，包括廣州英國商行的官員在內都人心惶惶。隨著東印度公司的解散，他們的利益或多或少都受到了嚴重影響。如馬禮遜對此變化的前景感到憂慮，如何安排家庭的經濟開支，妻子因健康原因必須回英國治療，須籌劃回英國船費和家眷留在英國的大筆生活費用等等，這些實際困難，確實使他心急如焚。〔註43〕正是中外貿易和中英關係的重要轉變等時局變動產生不穩定、不安全的新因素，近代在華外人亟需暸解中外新聞報導，以調適自身新環境的變化，催生了他們對近代中外報刊發展及其內容的極大關注。當時閱讀和翻譯中國主要官報《京報》和《小報》成為他們暸解中國新聞的主要來源和重要內容，以便向西方介紹中國現狀。在此背景

〔註42〕蕭致治：《鴉片戰爭史》（上冊），福建人民出版社 1996 年，第 252 頁。
〔註43〕〔英〕馬禮遜夫人編、顧長聲譯，《馬禮遜回憶錄》，廣西師範大學出版社 2004
　　　　年，第 283 頁。

下，1833 年 4 月，《中國叢報》先後刊登 "Gazette"（《小報》）和 "Peking Gazette"（《京報》）二篇英文新聞學專文，向西方世界和在華西人介紹了《小報》《京報》名稱的由來、出版發行情況、出版目的和主要內容、刊物風格，使西方和在華西人對中國報刊發展有了一個較為全面的瞭解。

　　1833 年也是中國新聞傳播發展史上的重要節點。以往近代化中文報刊，如《察世俗每月統記傳》《特選撮要每月紀傳》《天下新聞》等，都是創辦發行於東南亞華人聚集區；在中國境內澳門和廣州也先後出版葡文《蜜蜂華報》和英文《廣州紀錄報》《中國差報與廣州鈔報》《廣州雜誌》《中國叢報》等外文報刊；但是到 1833 年，近代來華新教傳教士則在華掀起了創辦近代中文報刊的小高潮。是年 4 月 29 日，馬禮遜在澳門創辦的中國境內第一份中文不定期報刊《雜聞篇》；5 月 1 日，馬禮遜在澳門出版的中英合刊的不定期刊物《傳教者與中國雜報》；8 月 1 日，郭實臘在廣州創辦的中文月刊《東西洋考每月統記傳》。近代新教傳教士活躍的報刊活動，激發起澳門天主教和殖民當局對他們報刊出版活動進行壓制和迫害。澳門當局責令馬禮遜停刊《傳教者與中國雜報》和馬家英式印刷所搬離澳門。為此，近代來華新教傳教士們為爭取出版自由權利進行抗爭，他們在英文報刊《中國叢報》《廣州紀錄報》發表了兩篇同題 "The Press"（《印刷自由論》）但內容各異的新聞學專文，運用西方天賦人權等自由主義新聞理念反對澳門天主教和殖民當局壓迫出版自由的行徑，捍衛自身享有的出版自由的權利，並以堅持出版《雜聞篇》和在廣州創辦《東西洋考每月統記傳》的實際行動表明他們享有的出版自由權利，抗議澳門當局壓制出版自由的行為。且這兩份刊物則分別刊登了中文新聞學專文《外國書論》《新聞紙略論》，向中國讀者介紹了近代西方報刊出版的簡要概況，並再次宣揚了出版自由理念。因此，1833 年在中國新聞傳播發展史上，不僅是近代來華新教傳教士創辦近代中文報刊小高潮出現的節點，而且是他們主動運用天賦人權學說積極捍衛出版自由權利的開端。1833 年，積極的報刊活動和激烈的出版自由鬥爭，激發起近代來華新教傳教士和在華西人對報刊研究活動的開展，逐漸認識到報刊的重要社會作用，發表反映報刊發展狀況或報刊理論的新聞學專文，傳播新聞學知識和出版自由理念，拉開了近代中國新聞學勃發的序幕，成為中國新聞學萌芽的起點。

　　綜上所述，根據時間順序，1833 年 4 月，《中國叢報》第 1 卷第 12 期刊登的 "Gazette"（《小報》）和 "Peking Gazette"（《京報》）兩篇新聞學專文是中

國最早的新聞學專文；1833 年 6 月，《廣州紀錄報》和《中國叢報》發表的同題而內容相異的文章 "The press"（《印刷自由論》）是中國最早宣揚出版自由理念的新聞學專文；1833 年 8 月 29 日，《雜聞篇》第二號登載的《外國書論》則是中國第一篇中文新聞學專文；而 1834 年 1 月（癸巳十二月，農曆 1833 年 12 月），《東西洋考每月統記傳》刊載的《新聞紙略論》雖不是中國第一篇新聞學專文，也不是「最早一篇有關新聞學的中文文章」，卻是在當時發表後較快對當時知識分子及後來產生廣泛社會影響的新聞學專文。《新聞紙略論》發表後，隨著中國讀者的閱讀產生了顯而易見的社會影響，使得「新聞紙」一詞在 1828 年被馬禮遜翻譯創製後再次發揚光大，被當時社會知識分子認知並自覺使用；後來還產生了由外國新聞紙採訪夷情、師夷長技以制夷等經世致用思想，對近代中國社會產生了實際影響。正是近代國人對報刊的關注和學習，並由此開始研究中國報刊現狀及其理論，啟蒙民眾，孕育中國新聞學，歷經幾代人努力，最終促成中國新聞學誕生，成為一門獨立學科，屹立於中國學術之林。

附錄三：西方自由主義新聞理念在中國 早期傳播的歷史考察[註1]

　　西方自由主義新聞理念是在近代民主國家形成的過程中確立起來的。1644 年，英國政論家約翰·彌爾頓發表《論出版自由》提出「出版自由」的口號，作為反對封建專制、爭取資產階級民主與科學權利的強大武器。18 世紀，西方新聞出版自由從理論鬥爭逐步進入實踐範疇，不斷在法律上得到確認，如 1789 年的法國《人權宣言》和同年經國會通過、1791 年生效的美國《憲法第一修正案》。它們激勵著人們同集權專制政治進行不懈鬥爭，不斷取得勝利。

　　「出版自由」這個口號從中世紀到 19 世紀，在全世界成了偉大的口號。隨著西方船堅炮利的殖民擴張熱潮，商人和傳教士接踵而至，西方自由主義新聞理念逐漸在古老中國打開了思想的缺口，不斷萌發成長。但是，目前學術界關於西方自由主義新聞理念在中國早期傳播的歷史過程的研究，卻由於研究者資料和視野的差異，學術紛爭不斷，需要利用新史料和新視野對它重新進行歷史考察，以修正西方自由主義新聞理念在中國早期傳播的歷史認識。

一、兩觀點相異，卻另有新說

　　目前，學術界關於西方自由主義新聞理念在中國早期傳播的歷史過程有兩種相異的觀點，第一種觀點認為：《東西洋考每月統記傳》刊登的文章《新聞紙略論》最早在中國傳播了出版自由理念，如《中國新聞事業通史》記載：

〔註 1〕本文曾發表於《新聞記者》2015 年 08 期，第二作者為毛瑋婷。

《東西洋考每月統記傳》「1833 年 12 月所載《新聞紙略論》是中文書刊第一篇介紹西方報紙情況和新聞自由觀念的專文。」〔註2〕在目前人大版和復旦版中國新聞史教材以及諸多專著，如《中國近代報業發展史（1815～1874）》《中國新聞史新修》《中國新聞史》等支持該觀點，但修正了該文發表的時間為 1834 年 1 月。

　　第二種觀點認為：《廣州紀錄報》所載的《印刷自由論》是東方報刊上第一篇介紹西方出版自由理念及天賦人權學說的文章，如臺灣政治大學新聞學系賴光臨先生在《中國新聞傳播史》認為：「馬禮遜在《廣州紀錄報》（Canton Register）發表了一篇《印刷自由論》，申論天賦人權，所有人均得享有發表及印行自己意見的自由。強調政府無權減縮或干涉人們知識的溝通，除卻最危險的罪犯以外，無一人所用之紙、筆、墨可被剝奪而去。而印刷機者，可令人之心靈，雖有時間與空間的距離，仍能交換思想，對有理性的人提供精神享受的貢獻。而禁止書報的印行，即是侵犯天賦的人權。這是破天荒第一篇，介紹西方出版自由觀念及天賦人權之說到東方來的文字，雖然用的是英文。」〔註3〕該觀點也得到了諸多大陸學者的認可，如《新聞文化論》《中國新聞傳播學說史》《中國印刷近代史初稿》《自由的歷險：中國自由主義新聞思想史》等。

　　事實上《新聞紙略論》和《印刷自由論》發表時間存在爭議。《東西洋考每月統記傳》發表《新聞紙略論》以往認為是 1833 年 12 月，這其實是道光癸巳年十二月，公曆則為 1834 年 1 月。而英文週刊《廣州紀錄報》（The Canton Register，亦譯《廣州志乘》）發表《印刷自由論》的時間，有研究者進行考證認為：「應不早於 1833 年 6 月，而從 1833 年 6 月期《中國叢報》發表的《論出版》（The Press）一文推測，《廣州紀錄報》中的《印刷自由論》應該出現在 1833 年 6 月的某一期，且極有可能是下半月的那期。」〔註4〕

　　其實早在 1833 年 6 月前，《廣州紀錄報》已經在傳播西方自由主義新聞理念。如 1832 年 3 月 8 日，《廣州紀錄報》刊登讀者來信寫道：「沒有人有權極力宣揚煽動性言論、造反和無政府無秩序；但人人都有權去促進惡習的和

〔註2〕方漢奇主編：《中國新聞事業通史》第一卷，中國人民大學出版社 1992 年，第 271 年。
〔註3〕賴光臨：《中國新聞傳播史》，三民書局 1978 年，第 27 頁。
〔註4〕於翠玲、郭毅：《馬禮遜的〈印刷自由論〉版本探源及價值新論》，《北京行政學院學報》2013 年 6 期，第 116 頁。

平改良、平等、自由和社會秩序；一個人能用任何語言隨意印刷，但政府也有權禁止出版他的出版物。當然人們也有權拒絕購買，就算它是免費派送的，人們也有權拒絕接收它。」〔註 5〕

另外，同年 4 月 14 日，廣州英文週刊《中國差報》改版，刊首語是一段出自英國劇作家、政治家謝里登（*Richard Brinsley Sheridan*，1751～1816）的新聞出版自由名言：「若不給我出版自由（*the Liberty of the press*），我將帶給部長一個腐敗的上議院，我將帶給他一個腐化和充滿奴性的眾議院，我將會讓他充分享有政治權力，我將會讓他充分發揮領導者的影響力。我將會讓他享有首相這一職位所能帶給他的權威，這個權威能夠買到人們的順從，並能夠懾服反抗。但是，如果我能用出版自由來武裝自我，我會勇敢地走向他，毫無畏懼；我會用出版自由那更加強大的引擎來攻擊他所建立起來的強大的政府機構，我會震撼他那極端腐敗的機構，這個腐敗的機構曾試圖掩蔽政府濫用職權這一現象，我將要把這個腐敗的機構埋葬在濫用職權的廢墟下。」〔註 6〕

回溯《中國差報》的歷史可以發現，1831 年 7 月 28 日，《中國差報》創刊號就旗幟鮮明地闡述了西方自由主義新聞理念，希望創辦一份「謹慎而適度爭論與自由報紙（*a free press*）……最大的目標就是建立一個自由和品行良好的媒體。」〔註 7〕

1831 年 8 月 18 日，《中國差報》刊登文章《印度的出版》（*The Press in India*）也表達了出版自由觀點，聲討東印度公司的出版審查政策，「英國曾經因為他們擁有出版自由（*freedom of their press*）而狂喜不已，除了惡意的誹謗，免除任何審查。然而印度報紙如果不是被法國政府的審查制度踐踏和壓迫，同樣也是有效力的。……英國報紙大力報導法國革命時期出版自由（*Liberty of the Press*）的呼聲。」〔註 8〕

由此可見，1831 年 7 月，《中國差報》創刊就開始傳播西方自由主義新聞理念。事實上，西方自由主義新聞理念在中國的傳播不僅僅是個時間點的問題，需要在近代中國新聞業發展的歷史進程中進行重新考察。

〔註 5〕 *Process of Society.* The Canton Register. 1832-03-08.
〔註 6〕 *The Chinese Couriere, No37.4, 14, 1832.*
〔註 7〕 *Chinese Courier and Canton Gazette,* No.1, July, 28, 1831.
〔註 8〕 *The Press in China,* Chinese Courier and Canton Gazette, No.4, August, 18, 1831.

二、西方自由主義新聞理念在中國早期傳播的歷史進程

　　有研究者在闡述西方自由主義新聞理念在中國早期傳播歷史時指出:「馬禮遜這個人的重要,不僅僅在於他是基督教新教派遣到中國傳教的第一人,還在於他是將西方的自由主義報刊理念帶入中國的第一人。遺憾的是,馬禮遜的這種歷史和文化重要性,許多年裏,竟因為他的傳教士身份而被嚴密地遮蔽著。……因此,馬禮遜宗教意圖中所曲涵著的自由主義因素必然也隨之挾帶入中土。」〔註9〕雖然美國商人威廉·伍德於 1831 年 7 月創辦的《中國差報》在刊首語、發刊詞以及部分文章(前已述)充分體現該報對西方自由主義新聞理念的追求,但是馬禮遜的貢獻卻更大。

　　1833 年 5 月 1 日,馬禮遜在澳門創辦《傳教者與中國雜報》宣揚基督教義,傳播中國文化知識,報導各地消息及評論。5 月 25 日,澳門天主教教區代主教施利華致函澳門總督晏德那,指責馬禮遜出版一些反對天主教教義的書刊違反葡萄牙本土法律,用以印刷這些出版物的印刷機也沒有根據澳門法律進行登記,要求澳門當局立即制止他傳播異端邪說,停止出版刊物。一些天主教神父認為:「馬禮遜是反對羅馬天主教的信仰。《傳道人與中國雜記》中的『傳道人』這個名稱是竊取了天主教的名義。」〔註10〕6 月 1 日,施利華致函立法會,要求立法會「作為監管外國人遵守其義務的機構,盡快停止這個出版物,令那個教士將來再也無法如此攻擊我們,同時也禁止其他任何的出版社對我們做同樣的事情」。

　　6 月 8 日,立法會回函給施利華,「將會根據情況作出必要的行動」。6 月 20 日,澳督晏德那致信澳門東印度公司董事會,要求董事會責令馬禮遜停止使用他的印刷機出版刊物。該信譯文如下:

　　　　澳門天主教教區主教施利華神父告知本人,馬禮遜先生利用他在這個城市的家中的印刷機,出版了幾種與天主教教義相違的書刊。在葡萄牙國土之內,只有得到葡萄牙國王的許可,同時遵從預檢制度的出版工作才是被許可的,否則,所有出版活動都是被禁止的。為此,本人要求在華英國商行大班,指令屬於你們商行的馬禮

<hr />

〔註 9〕張育仁:《自由的歷險:中國自由主義新聞思想史》,雲南人民出版社 2002 年,第 41 頁。

〔註10〕〔英〕馬禮遜夫人編,顧長聲譯:《馬禮遜回憶錄》,廣西師範大學出版社 2004 年,第 283 頁。

遜先生，從今以後放棄在這個城市使用上述印刷機進行任何出版活動。〔註11〕

6 月 22 日，澳門東印度公司大班授權秘書致信給馬禮遜：「據澳門天主教代理主教的報告，馬禮遜私自在家印刷反對天主教的刊物。因為在葡萄牙所屬的澳門境內時禁止私自設置印刷所得，除非事先經過審查批准。今特別通知你，請停止在澳門使用你的印刷機繼續印刷出版物。」

馬禮遜收信後，立即寫信抗議。他提出：「1. 我宣講的教義當然是與羅馬天主教的教義不符合的，但文中並沒有攻擊天主教的地方，在《傳道人與中國雜記》也沒有。2. 澳門完全是屬於中國的領土，根本不屬於葡萄牙王國。天主教代理主教所說的，是不合理的。3. 東印度公司在澳門所設之印刷所，迄今已有 20 年，公司在澳門可以自由印刷出版物，根本不必先由澳門葡萄牙總督的審查批准。4. 東印度公司大班到底要求我們什麼呢？是把我看作只是一個英國人，還是公司的職員呢？他們要求是事先要審查，並不要求我停止印刷。公司管理委員會是要我事先送給他們審查呢？或是要我停止印刷呢？兩者都不是。因此，我抗議，反對這整個過程。我認為，這是一種竊權的、專制的和壓迫的行為，是受羅馬天主教代理主教和神父們的指使，讓葡萄牙人和英國人一起壓迫我的非法行為。」〔註12〕

同時，馬禮遜在《廣州紀錄報》發表文章《印刷自由論》，引用法國憲法內容捍衛出版自由權利。全文如下：

據法國所頒布的新憲法上說：「全體法國人都有權利發表和出版他們個人的意見；審查制度永遠廢除。」人之異於禽獸者在於天賦予人有說話的恩賜。有智慧的被造之物在社交時可以進行有教益的溝通，其價值遠勝於肉體的享受。政府無權剝奪人們理智的往來、肉體方面的需要和食物的選擇。根據這一原則，除了最危險的罪犯外，絕不可剝奪人們使用筆墨和紙張。印刷機是僅有的更迅速的寫字機器。在上帝的恩賜中，這種寫字機器幫助傳達和交換人們的思想到最遙遠的地方，並且不受時間的限制。因此，任何實施這個原

〔註11〕林玉鳳：《中國近代報業的起點——澳門新聞出版史（1557～1840）》，社會科學文獻出版社 2016 年，第 167 頁。

〔註12〕〔英〕馬禮遜夫人編，顧長聲譯：《馬禮遜回憶錄》，廣西師範大學出版社 2004 年，第 284～285 頁。

則的政府，秉著公正和平等對待的態度，就不會去剝奪印刷自由的權利。某些人不喜歡閱讀可聽便，但如果這些人是執掌權力的人，他們就沒有權利去剝奪那些喜歡閱讀之人，強制他們不可以閱讀。

中國人已經准許歐美各國人士僑居中國沿海一帶，他們可以根據各自的習俗穿衣、吃喝、跳舞或享受其他娛樂。在外國人當中，沒有哪一部分人可以限制其他部分外國人的權利。他們沒有權利禁止一部分外國人閱讀英文書刊和報紙，因為澳門是中華帝國的一部分。中國人沒有禁止，難道葡萄牙人可以禁止嗎？

上帝賦予人類有思想和言論的自由，有寫作和印刷出版的自由，這是為了使他所創造的人類得到快樂。因此，沒有一條人立的法律可以取消這個天賦的人權。「聽從你們，不聽從上帝，這在上帝面前合理不合理，你們自己去酌量吧」，這是使徒彼得當年在耶路撒冷面對祭司和政府官員所說的辯護詞，載於聖經的《使徒行傳》第4章19節。

這是必須要遵從的上帝的法則。雖然是人制訂的法律，且不論是任何國家或教會，但如有違反上帝的法則，我們仍要遵從上帝所規定的法則行事。

因而，我們的結論是：凡是違背上帝的法則由人們制定的禁止言論、寫作和印刷自由的法律，憑著我們的良心可以不服從。暴君可以懲罰，但上帝一定會稱許。〔註13〕

《傳教者與中國雜報》出版第四期後停刊，成為中國近代史上第一份被「查禁」報刊，負責該報印刷的馬家英式印刷所也被迫移至廣州。馬禮遜引用法國《人權法案》撰寫《印刷自由論》闡述天賦人權理念，成為中國近代史上最早為捍衛言論出版自由而撰寫的反映自由主義新聞理念的文章。

《傳教者與中國雜報》被澳門當局「查禁」，引起近代來華傳教士的關注。馬禮遜是當時新教在華領袖，他在澳門遭受的出版自由迫害引發他們的同情和聲援。1833年6月底，《中國叢報》刊登文章《論出版》（*The Press*），聲討澳門當局和天主教迫害新聞出版自由，「我們震驚並且遺憾地聽說澳門的馬家英式印刷所……被當局禁止印刷工作。……關於禁止該印刷所，我們聽說有

〔註13〕馬禮遜夫人編，顧長聲譯：《馬禮遜回憶錄》，廣西師範大學出版社2004年，第285～286頁。

兩點原因：第一，上述命名的出版物包含了與羅馬天主教會相悖的學說；第二，在葡萄牙領土上，一切印刷所都是被禁止的，除非經過葡萄牙國王的許可。……我們更驚訝於當局這種做法，因為這份出版物並沒有提及天主教會，而且它以英語印刷；它已經被證明是最令人滿意的方式，因為澳門不是葡萄牙國王的領土，它屬於中國……。如今，在每個半球，除了這個狹小的區域，出版自由是被享有的。」〔註14〕同時《中國叢報》刊登消息對外宣布：「我們很高興一份中文月刊即將公開出版。」這說明新教傳教士準備以實際行動來抗議澳門當局壓制出版自由的行為。

　　1833 年 8 月 1 日，《東西洋考每月統記傳》在廣州創刊，不僅以自由出版報刊的實際行動向澳門當局壓迫出版自由進行抗議，而且積極發表文章傳播西方自由主義新聞理念。1834 年 1 月，《東西洋考每月統記傳》刊載《新聞紙略論》一文，提出：「（新聞紙）惟初係官府自出示之，而國內所有不吉等事不肯引入之，後則各國人人自可告官而得准印新聞紙，但聞有要先送官看各張所載何意，不准理論百官之政事；又有的不須如此，各可隨自意論諸事，但不犯法律之事也。……其理論各事史為隨意，於例無禁，然別國亦不少也。」〔註15〕2 月，《東西洋考每月統記傳》再次刊登《新聞紙略論》全文。一篇文章，兩月重複刊登，說明了主編郭士立對它的推崇。由此，近代西方自由主義新聞理念由英文領域進入華文世界，《新聞紙略論》成為最早傳播西方自由主義新聞理念的中文文章。

　　綜上所述，西方自由主義新聞理念在中國的早期傳播經歷了一個無意識到自覺狀態的歷史過程。

　　馬禮遜等近代來華西人開始由東南亞至中國境內自由出版報刊，是一種無奈之舉，卻無意識地踐行了西方自由主義新聞理念。1831 年 7 月《中國差報》出版，美國商人威廉·伍德在刊首語、發刊詞，甚至發表的文章裏，開始有意識地傳播西方自由主義新聞理念。1833 年 6 月，馬禮遜出版的《傳教者與中國雜報》被澳門當局「查封」後，他根據法國《人權法案》天賦人權理念，撰寫文章《印刷自由論》（*The Press*）在《廣州紀錄報》發表，控訴澳門當局迫害新聞出版自由的惡劣行徑，成為中國近代史上最早為捍衛言論出版自由而撰寫的表達自由主義新聞理念的文章。是月，《中國叢報》編者也發表

〔註14〕*The Press*. The Chiese Repository, Vol.2. No.2. pp92～93.
〔註15〕愛漢者、黃時鑒整理：《東西洋考每月統記傳》，中華書局 1997 年，第 66 頁。

文章《論出版》（*The Press*），再次闡述天賦人權理念，聲援馬禮遜爭取新聞出版自由的抗爭言論。這說明近代來華新教傳教士更加自覺地傳播西方自由主義新聞理念，新聞出版自由作為人的基本權利成為他們的一種基本常識。《東西洋考每月統記傳》不僅以自由出版報刊的實際行動向澳門當局壓迫出版自由行徑進行抗議，而且在傳播西方自由主義新聞理念方面邁上了新臺階。1834年1月和2月，該刊連續兩次刊發《新聞紙略論》，使得西方自由主義新聞理念由英文領域進入華文世界，擴大了影響範圍，成為第一篇傳播近代西方自由主義新聞理念的中文文章。

雖然近代西方自由主義新聞理念在中國早期傳播效果甚微，但在古老文明的中國打開了思想的缺口，隨著國人辦報活動的開展逐漸在中華大地萌發成長。

附錄四：《察世俗每月統記傳》
出版時間考[註1]

　　《察世俗每月統記傳》儘管在中國境外馬六甲創辦，卻是近代來華新教傳教士創辦的第一份以中國人為對象的報刊，也是世界第一份中文近代報刊，它揭開了近代中國新聞事業發展序幕。但是由於《察世俗每月統記傳》原件、複製品和微縮膠卷散佚世界各地，給研究者帶來極大不便，導致研究錯訛之處較多，尤其出版時間最明顯。

　　《察世俗每月統記傳》出版於公元 1815 年 8 月 5 日，已是學界共識。其創刊號封面橫刻著「嘉慶乙亥年七月」字樣，「嘉慶乙亥年」是公曆 1815 年，農曆七月日期則比較難確定。但是，據 1820 年米憐出版的《新教在華傳教前十年回顧》明確記載：「第一期已於 1815 年 8 月 5 日印刷出版，也就是學校開始上課的同一天。」公曆 1815 年 8 月 5 日換為農曆則為 1815 年農曆七月初一。因此，《察世俗每月統記傳》創刊號出版時間為公元 1815 年 8 月 5 日。

　　然而，《察世俗每月統記傳》停刊時間在學界卻還沒有共識。從晚清以來長期沿襲著《察世俗每月統記傳》停刊於 1821 年的論斷。1867 年，英國傳教士偉烈亞力《基督教新教傳教士在華名錄（附傳教士略傳及著述目錄）》記載：「《察世俗每月統記傳》，共 7 卷，524 頁，馬六甲，1815～1821 年出版。」1890 年，美國傳教士范約翰在《中文報刊目錄》中對此持贊同態度。進入民國後，該論斷在海內外擴展，如汪英賓於 1924 年在美國出版的《中國本土報

〔註 1〕本文發表於《中國社會科學報》2017 年 5 月 4 日。

刊的興起》也持此說。此後，戈公振在《中國華文報紙第一種》《中國報學史》和《英京讀書記》等論著中均認同該論斷。1946 年，胡道靜在《報壇逸話》中也寫道：《察世俗》出到 1821 年為止，計六年半。此後，《察世俗每月統記傳》停刊於 1821 年的論斷得到學術界的認可，多本新聞史著作採用此論斷。

但從 1960 年代開始，學界開始利用新史料不斷對《察世俗每月統記傳》停刊於 1821 年的論斷表示懷疑並進行挑戰。1968 年，中國臺灣學者蔡武發表《談談〈察世俗每月統記傳〉——現代中文期刊第一種》，以哈佛燕京圖書館藏「道光壬午年二月」《察世俗每月統記傳》為新史料認為：《察世俗》出版到 1822 年。1979 年 1 月，新加坡學者王慷鼎發表《從〈察世俗〉到〈東西洋考〉——馬、印、新華文雜誌發源研究》指出：《察世俗》在嘉慶二十年（乙亥）七月一日（即 1815 年 8 月 5 日）創刊，道光壬午年二月（即 1822 年 2 月至 3 月）出版最後一期後停刊。中國大陸學者劉家林在《中國新聞通史》中採用了此說法，「《察世俗》大約在 1822 年 2 月間，因主編米憐病重就停刊了」。2002 年，葉再生在《中國近代現代出版通史》（第一卷）中明確指出：「最近發現美國哈佛大學圖書館 1949 年 6 月 29 日收藏有道光壬午年二月出版的《察世俗每月統記傳》，著者手頭就有此期的複印件，由此可以肯定 1821 年停刊說不確，該刊停刊於 1822 年。」2011 年，趙曉蘭、吳潮在《傳教士中文報刊史》中明確指出：學術界一般認為它停刊於 1821 年，但這種說法現在可以肯定是不準確，它的停刊時間應該是 1822 年；並論證說：「筆者也從國家圖書館看到道光壬午年二月出版的《察世俗每月統記傳》縮微膠卷。圖片封面上沒有出月份，但筆者與葉再生所拍封面相比，出處應該是相同的，只是這份封面『道光壬午年』後面的字缺失了。」《察世俗每月統記傳》停刊於 1822 年的觀點，越來越得到研究者認可。

筆者先後在國家圖書館和香港中文大學圖書館查閱過「道光壬午年二月」《察世俗每月統記傳》縮微膠卷，由於該期封面圖片破損沒有月份，僅有「道光壬午年」字樣；而葉再生《中國近代現代出版通史》（第一卷）則保存該張封面，清晰地刻有「道光壬午年二月」字樣。不僅封面說明該刊還在出版，而且其內容也能充分說明該論斷。該期最後一篇文章《論上年嗎啦呷濟困疾會事由》文末卻有時間落款，「道光二年二月初五日，濟困疾會總理米憐，全首事等，謹告。」道光二年二月初五日，即公曆 1822 年 2 月 26 日。因此，從以上資料分析，《察世俗每月統記傳》停刊時間為 1822 年，確鑿無異。至於

它具體停刊於 1822 年何時，則還有待進一步考證。雖然根據「道光壬午年二月」《察世俗每月統記傳》看不出停刊的跡象，但可以肯定，這是米憐主編的最後一期《察世俗每月統記傳》。根據中國臺灣學者蘇精查閱的「倫敦會檔案館／恒河域外檔／馬六甲傳教士來函檔」得知：「第八年（1822 年）只出三期（1 月至 3 月）……米憐於 1822 年二月間完成三月份文稿付刻後前往新加坡養病」。當時米憐積勞成疾，於 1822 年 2 月離開馬六甲前往新加坡養病。3 月 6 日，他寫信給馬禮遜說：「你一定會奇怪我怎會在新加坡的……我來此是為了養病……我盼望能在 4 月 1 日或之前回嘛六甲去。英文季刊的稿件已準備了一期，中文雜誌的稿件已準備了兩期。」「中文雜誌」顯然是指《察世俗每月統記傳》，可見該刊出版事務還在繼續進行，沒有打算停刊。5 月 1 日，馬禮遜覆信米憐，似有不祥的預感：「我害怕你已不能讀到我的信了。」確實，米憐離開新加坡前往檳榔嶼，但病情未見絲毫好轉。5 月 23 日，他急於回馬六甲繼續工作，檳榔嶼殖民政府專門備船將他送回馬六甲，他於 6 月 2 日因病去世。根據 1839 年《馬禮遜回憶錄》記載：6 月 14 日，英華書院赫特曼向馬禮遜致信報告米憐死訊，「我今通知你，米憐博士已不幸去世。是從檳榔嶼回來 9 天之後，在 6 月 2 日去世的」；同時告知《察世俗每月統記傳》已經停刊，「無人負責中文部的工作……印刷所還遺下一些工作，但一兩個月之後將會停工。中文雜誌已經停刊」。

綜上所述，美國哈佛大學燕京學社圖書館館藏現存最後一期「道光壬午年二月」《察世俗每月統記傳》表明：該刊於農曆 1822 年二月還在繼續出版；同時 1839 年《馬禮遜回憶錄》表明：《察世俗每月統記傳》至遲於 1822 年 6 月已經停刊。因此，《察世俗每月統記傳》創刊於 1815 年 8 月 5 日（七月初一），終刊於 1822 年 2～6 月。